陈连山 著

神圣叙事与日常生活的建构

图书在版编目(CIP)数据

神圣叙事与日常生活的建构/陈连山著.—北京：北京大学出版社，2023.8
ISBN 978-7-301-34129-2

Ⅰ.①神… Ⅱ.①陈… Ⅲ.①民间文学—神话—文学研究—中国—文集
Ⅳ.① I207.7-53

中国国家版本馆 CIP 数据核字（2023）第 113142 号

书　　　名	神圣叙事与日常生活的建构 SHENSHENG XUSHI YU RICHANG SHENGHUO DE JIANGOU
著作责任者	陈连山　著
责任编辑	王　应
标准书号	ISBN 978-7-301-34129-2
出版发行	北京大学出版社
地　　　址	北京市海淀区成府路 205 号　100871
网　　　址	http://www.pup.cn　　新浪微博：@北京大学出版社
电子信箱	zpup@pup.cn
电　　　话	邮购部 010-62752015　发行部 010-62750672　编辑部 010-62756449
印　刷　者	大厂回族自治县彩虹印刷有限公司
经　销　者	新华书店
	650 毫米 × 980 毫米　16 开本　24.25 印张　357 千字 2023 年 8 月第 1 版　2025 年 5 月第 2 次印刷
定　　　价	85.00 元

未经许可，不得以任何方式复制或抄袭本书之部分或全部内容。
版权所有，侵权必究
举报电话：010-62752024　电子信箱：fd@pup.pku.edu.cn
图书如有印装质量问题，请与出版部联系，电话：010-62756370

目　录

自序 ... 1

20世纪中国神话学简史 ... 1
1998—1999年神话研究述评 ... 23
走出西方神话的阴影
　　——论中国神话学界使用西方现代神话概念的成就与局限 ... 40
论神圣叙事的概念 ... 51
从神话学立场论夏朝的存在 ... 61
论《艺文志》中"形法家"的涵义
　　——从汉代知识形态的特点把握《山海经》的性质 ... 76
《山海经》西王母的正神属性考 ... 83
《山海经》对异族的想象与自我认知 ... 95
从"小说家言"到"神话之渊府"
　　——关于中国现代神话学对《山海经》经典地位的塑造 ... 106
论古代昆仑神话的真实性
　　——古人为什么要探索昆仑的地理位置 ... 120
启母石神话的结构分析
　　——兼论神话分析的方法论问题 ... 129

射日神话的分析与理论验证
　　——以台湾布农族射日神话为例　　139
月亮的圆缺变化与不死观念
　　——论中国古代神话中月亮的能指与所指　　160
世俗的兔子与神圣的兔子
　　——对中国传统文化中兔子形象的考察　　168
从何处寻找中国神话的民族特点？
　　——由狭隘的比较神话学眼光带来的问题　　179
重新思考神话的思想意义　　192
陶瓷、冶炼人祭传说再探
　　——兼论民间传说的研究方法　　203
再论中韩两国陶瓷、冶炼行业人祭传说的比较　　229
作为时间想象的节日　　243
重新审视五四新文化运动与中国现代民俗学的命运
　　——以新文化运动对传统节日的批判为例　　251
二十四节气：精英与民众共同创造的简明物候历　　265
春节（旧历新年）风俗的历史渊源、社会功能和文化意义　　272
论春节的科学性、神圣性与艺术性
　　——清理科学至上主义对春节习俗的谬见　　298
从端午节争端看中韩两国的文化冲突　　304
端午节意义的分裂
　　——谈谈知识分子对端午节的爱国主义阐释　　318
端午枭羹考　　322
七夕节起源研究中史料的恢复问题　　331
中国民俗学未来发展的三个基本问题　　341
论中国隐士文化的成立与发展
　　——中国人的隐居理论与实践　　352

自　序

　　德国诗人弗里德里希·荷尔德林的一首抒情诗《在柔媚的湛蓝中》中说：人生"充满劳作，然而人诗意地栖居在大地之上"。人生的"诗意"并非与生俱来的自然属性，而是源自人类心灵的创造。人们创造了神话传说、时令风俗，用神圣性的叙事和象征性的节日仪式行为使自己从自然性存在上升为文化性存在，而心灵由此进入文化生活的"诗意"的纯粹与宁静。神话传说和节日研究的根本目的就在于揭示这些文化事项与人类生存境遇的关系，以彰显生活的意义。

　　全书所收文章有两组。一组是关于神话与历史，即神圣叙事的论文；另一组是关于传统节日的论文。

　　这些神话论文回溯了一个世纪以来中国神话学的学术史以及研究现状，指出：由于中国文化语境与西方文化语境存在差异，研究中国神话不能完全照搬西方神话概念。否则，我们就可能再次坠入"中国神话历史化"的陷阱，丧失中国神圣叙事的本相，也就无从理解中国神话的意义。神话是古人心目中的历史，为人们提供信仰的证明，提供关于宇宙起源、世界面貌、人类起源、文化起源和政治制度起源的解释，并最终使人类自己获得神圣性——成为万物之灵长。我在此基础上，展开对于中国古典神话的考证与分析，从《山海经》、西王母、昆仑山、日月神话、鲧禹治水，到兔子神话、人祭传说等。最后全面解读中国古典神话的文化意义。神话虽然以神的存在为前提，但最后肯定了人自身的神圣性，为人类的文化性存在提供了可能性。

　　神话传说作为神圣叙事，只是在语言层面建构了人类生活的神圣性；而节日风俗则是实在的行为。这种模式化象征化的行为也是人类的建构，以使人类现实生活获得精神意义。节日风俗的基础是关于时间性质的想象与建构。人们将地球上的自然时间用历法制度加以分割,给不同时刻赋予不同的涵义,并采取相应的象征性行为,从而实现日常生活的美化与意义的建构。春节是传统历法的开端,它的设定是古代天文历法学的完美体现。春节各项习俗表达了人们对美好生活的向往,对人伦关系和完美道德的追求,体现着科学性、神圣性和艺术性。本书也分析了端午节、七夕节和二十四节气的相关风俗。上述研究证明,中国传统节日具有丰富的文化内涵和重要的社会功能。基于上述研究,重新审视"五四"以来文化激进主义者加诸传统节日的各项罪名,指出其错误根源在于误解了启蒙,将科学与信仰对立,使用强制手段启蒙,结果破坏了传统文化生活,也没有建立起正常的新文化生活。走出文化激进主义,重新审视并理解传统节日的社会功能与文化意义,是建立未来中国新文化的基础。

20世纪中国神话学简史

一、神话价值的发现

在强调经验理性、崇尚史学的中国古代精英文化体系中,超现实的神话的价值是被忽视的,传统学术体系中也没有神话学的地位。作为精英文化载体的古代典籍中甚至也没有"神话"这个词语。但是,这并不意味着中国没有神话。实际上,中国古代先民曾经创造过非常丰富、美丽的神话作品,只是得不到士大夫们的肯定,未能全面进入典籍,而是长期处于自生自灭的民间状态而已。少数作品幸运地保存下来,才让今人得以瞻仰远古神话的风采。古代学术系统中,对于神话现象的看法一直笼罩在史学话语之下。要么信以为真,于是相信神话就是历史,或者至少是象征的历史,如孔子、董仲舒;要么斥为虚妄,完全否定神话,如王充。虽然双方结论相反,但是双方的基本根据都是史学性质的判断标准——"真假"。

鸦片战争以后的社会动荡逐渐冲垮了传统社会体制与文化观念,清政权的合法性、儒学经典和传统古史观念的神圣性都遭到质疑。适时而入的西方文化思想则为重新认识中国社会与文化提供了参照系和新方法。一批有志于学的志士仁人在中西方文化碰撞的启发下,力争在科学基础上、在东西方比较的前提下,追溯人类文明的源头、中国文明的源头,目的是重塑中国文化。由于中国上古时代的历史、种族和文学问题都与神话密切相关,于是文学家如鲁迅、周作人、茅盾,历史学家如夏曾佑、顾颉刚、陈梦家,人类学家如黄石、林惠祥等,纷纷涉足神话领域。于是,西方近代产生的一门人文社会科学——神话学就顺理成章地从欧洲和日本传入中国。人们希望从神话中重新认识民族历史与文化,让神话成为创新文化、启迪民智的新工具。这方面,茅盾的思路是具有代表性的。茅盾于1916年进入上海商务印书馆编译所,对于西方各种新知识如饥似渴。他后来回忆当时自己以及朋友们何以对神话学产生巨大兴趣时说:"……当时,大家有这样的想法:既要借鉴于西洋,就必须穷本溯源,不能尝一脔而辄止。……借鉴于欧洲,自当从希腊、罗马开始,横贯十九世纪,直到'世纪末'。……这就是我当时从事于希腊神话、北欧神话之研究的原因。"①正是在这种思路指导下,久受冷落的中国神话终于引起国人的普遍兴趣,最终被纳入新的中国文化体系之中。

1903年是中国神话学的诞生年。三部从日文翻译过来的文明史著作最早使用了"神话"和"比较神话学"等词汇②。留日学生蒋观云的短文《神话历史养成之人物》第一个在自己文章中使用"神话"一词,而且宣称:"一国之神话与一国之历史,皆于人心上有莫大之影响。印度神话深玄,故印度多深玄之思。希腊之神话优美,故希腊尚优美之风。……神话、历史者,能造成一国之人才。"③这篇文章有四点值得注意。其一,它区分了神话与历史。这在中国具有特别重要的意义,以后顾颉刚的古史辨研究核心就是揭示古史之中的神话内容,把神话剔除于历史之外。其二,虚构的神话有独立于史学之外的美学价值,可以"深玄",可以"优美"。其三,神话对于培养人才有着和历史同样重要的作用。神话在意识形态方面的功能在晚清时代是最受社会关注的,神话在新文化体系中的地位也借重于此。其四,东西方神话的比较认识。在以古希腊神话和印度神话为基本研究对象的西方神话学的眼光之下,中国古代神话难免相形见绌。蒋观云评价中国古神话"最简枯而乏崇大高秀、庄严灵异之致",所以其美学价值和社会教育价值都不及希腊神话和印度神话。以上四个方面在未来中国神话学发展中产生了深远影响。

---

① 茅盾《商务印书馆编译所生活之二——回忆录(二)》,《新文学史料》1979年第2期,第53页。

② 马昌仪《中国神话学发展的一个轮廓》,载马昌仪编《中国神话学文论选萃(上)》,中国广播电视出版社,1994年,第9页。

③ 原载《新民丛报·谈丛》第36号,署名观云。引自《中国神话学文论选萃(上)》,第18页。

蒋观云的这些思想主要来自西方神话学,它打破了中国传统学术思想中笼罩在神话观念之上的史学话语,神话无须仰仗"事实"而自有其价值。于是,一向被视为"怪异""虚妄"的神话终于被赋予独立的意义(尽管蒋观云的说法有些夸张),这就确立了神话研究的基石。在现代神话学思想的影响下,中国学人终于走出了古代知识分子要么迷信神话、要么否定神话的怪圈。

1905年至1906年,夏曾佑陆续出版了《中国历史教科书》。他认为任何一个民族的"古事"都是"年代杳邈神人杂糅"的,实际就是神话。神话先是口耳相传,随着文字发明而成为第一本书。于是,"其族之性情、风俗、法律、政治,莫不出乎其间"。他首次提出春秋以前的古史为"传疑时代","中国自黄帝以上,包牺、女娲、神农、诸帝,其人之形貌,事业,年寿,皆在半人半神之间,皆神话也"①。他揭示了传统文化中十分神圣的古史的神话本质。这既打击了传统历史观念,也展示了神话学的价值。夏曾佑的做法直接启发了后来的古史辨学派。

鲁迅把神话视为原始人的宗教需要、哲学需要②。由于当时一些人排斥一切宗教,并贬斥神话为迷信,所以,鲁迅从宗教的合理性出发,肯定了神话作为一种正当信仰的合理性。1908年,鲁迅在《破恶声论》中说:"夫人在两间,若知识混沌,思虑简陋,斯无论已;倘其不安物质之生活,则自必有形上之需求。故吠陁之民,见夫凄风烈雨,黑云如盘,奔电时作,则以为因陁罗与敌斗,为之栗然生虔敬念。"另外,针对当时某些新派人物完全从"科学"出发,否定神话想象的观点,鲁迅则从一个文学家的角度予以反对。他说:"夫神话之作,本于古民,睹天物之奇觚,则逞神思而施以人化,想出古异,淑诡可观,虽信之失当,而嘲之则大惑也。"③这是对神话想象的文学价值的肯定。新文学创作中不少沿袭神话母题的作品,大都是看重神话想象的价值而加以利用的。如郭沫若的《女神》、鲁迅的《故事新

---

① 夏曾佑《中国历史教科书》,生活·读书·新知三联书店,1955年。
② 鲁迅《破恶声论》,《鲁迅全集》卷七,人民文学出版社,1958年,第239页。
③ 同上,第242页。

编》等。在1923年出版的《中国小说史略》中，鲁迅更进一步肯定神话是文明之源头："……神话不特为宗教之萌芽，美术所由起，且实为文章之渊源。"①

神话的意识形态意义，在晚清那些具有民族主义倾向的学者中受到普遍关注。出于反清排满目的，民族起源神话尤其受到重视。章炳麟采用西方人类学关于图腾和原始母系社会的理论去观照中外各族族源神话，特别是满族、蒙古族和汉族的族源神话②。蒋观云用昆仑山神话和西王母神话来考证汉族起源，成为"汉族西来说"的代表之一。而革命家陈去病则驳斥历代王朝更替之时就编造无夫而孕的祖先神话："托诸离奇瑰玮妖妄不经之事，以征帝王受命之符"，"推其究竟，乃莫非笼络愚民之计，而视君位为私产也"③。并指出这和远古时代因为原始草昧未开造成的"只知其母不知其父"是大不相同的。尽管这些研究的意识形态性质过于强烈，但是在晚清时期推动中国神话学建立的过程中，它们是有着一定影响的。

二、中国神话学的建立

1. 西方神话学的全面引进与人类学派的独尊地位

由于中国传统学术思想中缺乏可资利用的神话学资源，20世纪的前三十年，中国神话学界的很大一部分力量都用在引入西方神话学观念和理论上面。而由于神话在现代社会中最大的价值在于文学，新文学的早期代表人物都十分重视神话和神话学。鲁迅、周作人在日本留学期间就广泛接触了欧美国家的神话学著作。对于马克斯·缪勒及其语言学派、安德鲁·朗及其人类学派以及其他新旧神话学理论，都有相当的了解。

---

① 鲁迅《中国小说史略》，新潮社，1923年，第9页。
② 章炳麟《訄书·序种姓上》，日本翔鸾社，1904年，第38—39页。
③ 陈去病《清秘史》，广文书局，1976年影印版，第1—2页。

1917年，周作人就任北京大学教授，讲授欧洲文学史和希腊罗马文学史，更促使他深入地研究了希腊罗马神话。周作人对于当时比较成熟的人类学派的神话研究十分赞赏，并将其作为自己研究神话的基本立场与方法①。后来他接受哈里孙女士的某些仪式学派的思想，大致也是从人类学派的立场出发的。周作人认为神话的思想基础是万物有灵论，其实质则是"原人之宗教"，是"用以表见原人之思想与其习俗者也"②。"……乃知神话真诠，原本风习，今所谓无稽之言，其在当时，乃实文明之信史也。"③神话具有很高的历史认识价值。可是，基于反对宗教的启蒙主义立场，周作人有意忽略神话的宗教意义④，更反对有人利用神话宣传宗教迷信⑤，而着重探讨其文学价值。所以，在周作人眼里，即便神话是完全虚构的，但是仍然不失为极好的文学作品。这样，周作人就完全摆脱了中国传统学者以史学话语要求神话的局限，同时也摆脱了当时某些激进的科学主义者用事实要求神话的荒谬，而以艺术价值作为神话在当代社会中的主要价值，为中国神话学的正常发展奠定了基础。周作人的这些思想影响了同时和以后的不少神话学者。

1927年，开明书局出版了黄石的《神话研究》。该书是我国系统研究神话问题的最早专著之一。黄石论述神话的价值最为全面。第一，神话是"野蛮社会的反映"，具有认识价值。研究者可以根据神话去考求当时社会的"事实与知识"。第二，部分神话是从历史转变来的，具有历史价值。第三，神话不是宣传宗教，但是它反映宗教信仰，因而有宗教价值。第四，神话代表着当时社会迥异于今日的道德观。第五，神话具有"很高贵的艺术价值"。黄石的这些观点，可以使我们窥见建立中国现代神话学

---

① 参见周作人1913年《童话研究》《童话略论》，1934年《夜读抄·习俗与神话》，1944年《苦口甘口·我的杂学》。周作人译之为"安特路朗"或"安德路朗"。
② 《童话略论》，见《周作人民俗学论集》，上海文艺出版社，1999年，第41页。
③ 《童话研究》，见《周作人民俗学论集》，第29—30页。
④ 周作人认为埃及、印度神话都不出宗教范围，因此都与艺术相隔膜；只有古希腊神话虽然源于宗教，却又在诗人影响下渐渐转变，成为"美的神话"，见《我的杂学》。
⑤ 《神话的辩护》，原载《晨报》副刊，1924年1月29日。引自《周作人民俗学论集》第5—8页。

在新文化建设方面的意义。书中评述了西方神话学的五种主要理论——隐喻派的解释、神学派的解释、历史派的解释、言语学派的解释和人类学的解释。其例证和说明都非常清晰,对于各家各派的长短也有自己合理的看法,这表明中国学者已经对神话学有了充足的了解和把握。与周作人相似,黄石在评述上述五种神话解释理论时,同样肯定了英国人类学派的"遗留物说""确比其他各派圆满得多,所以在现代的神话学上最有势力,此说一出,其他各说都被推倒"。人类学派的观点在早期中国神话学界完全占据了统治地位。此外,作者对于中国神话的一些问题也有研究和解释。

当时一些西方神话学思想是通过日本辗转介绍进来的。1928年世界书局出版了谢六逸的《神话学ABC》,它主要是根据日本学者西村真次的《神话学概论》和高木敏雄的《比较神话学》编译而来。此书的特点有二:其一,介绍神话学理论时涉及古代,但是重点在现代。自泰娄(E·B·Tylor)以下简介了13位神话学家的思想,其中包括人类学派的两位大师泰娄和安特留·兰,仪式学派的祖师爷罗伯特森·斯密司,《金枝》作者弗莱柴,等等。其二,详细说明了神话学研究的全部步骤,以及各国神话的比较研究结果,其中包括中国、日本神话和欧洲神话的比较研究。在当时,这是一本非常实用的神话学入门手册。

2. 古史辨学派对于中国神话学研究的推动

以顾颉刚为代表的现代史学流派——古史辨学派是新文化思潮的重要力量。它以史料辨伪为基本手段,摧毁了传统史学领域的"尊经信古"风气。由于该流派主张原有的中国上古史实际上是由神话被"历史化"以后变来的,上古史的真相就是神话,或者包含着大量的神话内容,所以,该流派的史学研究大量涉及神话。

顾颉刚1923年发表《与钱玄同先生论古史书》,提出了一个大胆假设——"层累地造成的中国古史"①。其基本主张是：中国上古史的资料并不真实。"时代愈后，传说的古史期愈长"，"时代愈后，传说中的中心人物愈大"。例如周代人只说到大禹，可是孔子却大谈更加古老的尧舜，战国时代有了黄帝、神农，秦代有了三皇，汉代以后才有盘古。而且这些人物本身的故事越来越多。按照顾颉刚的说法，从盘古、三皇五帝，一直到大禹这些人物，都是后来人想象的，是神话。以大禹为例，顾颉刚认为他原是铸在九鼎上的一个大约是蜥蜴之类的怪物，因为有敷土的样子，可以视为开天辟地者。可是商周陆续获得九鼎以后，把大禹误解为夏代的始祖。此说一出，全国学界震动。尽管顾颉刚的论证存在漏洞，此后作者自己有更深入的探索(例如在《讨论古史答刘胡二先生》中论证大禹是南方民族的神话人物)，但其基本假设一直未变，在学术史上发挥了巨大影响。胡适后来将顾颉刚的方法概括为"研究这件史事的渐渐演进，由简单变为复杂，由陋野变为雅驯，由地方的(局部的)变为全国的，由神变为人，由神话变为史事，由寓言变为事实"。后来的古史辨大将杨宽更是坚决断言："古史传说之纷纭缴绕，据吾人之考辨，知其无不出于神话。"②

顾颉刚的假设彻底毁灭了传统史学中上古史的神圣地位，并且在客观上为神话学进入上古史研究领域提供了基本的学理根据，从而极大开拓了神话学的领域，提高了神话学在现代史学领域的价值地位。在古史辨学派中，辨析古史始终伴随着对于古代神话的研究，如杨宽的《中国上古史导论》、徐旭生《中国古史的传说时代》等。这一学派对于上古神话与历史关系的研究成果，尤其是他们对于神话历史化的看法，在中国神话学界影响至深。

古史辨学派在神话研究方面的缺陷，主要表现在片面强调上古史来源于神话，忽略了某些史实演化为神话的可能。在这方面，陈梦家1936年发表的《商代的神话与巫术》可以作为补正。陈梦家在这篇长文中认

---

① 《与钱玄同先生论古史书》，原载1923年5月6日《读书杂志》第九期。引自顾颉刚编著《古史辨》第一册，上海古籍出版社，1982年影印版。
② 杨宽《中国上古史导论·综论》，吕思勉、童书业编著《古史辨》第七册，1941年。

为:自然发生的神话有两类,其一原本是历史传说,"历史传说在传递中不自觉的神化了,于是变成又是历史又是神话;但是我们可以披剥华伪,把神话中的历史部分提炼出来,重造古史"①。后来的学者潜明兹对于古史辨派单纯强调"神话历史化"也有微词。

3. 茅盾对于中国神话学建设的贡献

引进西方神话学思想是为了研究中国自己的神话问题。随着西方神话学理论的逐步被引入,学术界对于一般神话问题,特别是中国神话资料的研究也逐渐展开,并根据这些材料提出了一系列的问题。例如中国神话是否只是零散片段?为什么?中国神话与历史的关系如何?中国神话的本来面目是什么?后来如何发展?这些问题的思考和争论,最终使中国神话学得以建立。这方面,茅盾作出了突出贡献。

茅盾从一开始,就把研究重点放在中国神话上,而不是放在介绍外国神话和外国神话学理论上。1925年,他以"玄珠"为笔名发表的第一篇神话学论文就是《中国神话研究》。他一生的主要神话学论著大都是研究中国神话的具体问题。此后,他的神话学思想逐步成熟。1928年出版的《中国神话研究 ABC》②是其代表性成果。

茅盾受到人类学派的深刻影响。他在《中国神话研究 ABC·序》中也承认:此书"处处用人类学的神话解释法以权衡中国古籍里的神话材料"。在神话的产生与演变问题上,茅盾基本采用安德鲁·朗的说法。比如,认为神话是各民族原始时代的生活与思想的产物,是原始人生活状况与心理状况的必然产物。而所谓的原始人的心理状况,主要体现在原始人相信"泛灵论",即万物有灵论;相信巫术;相信死后魂灵依然存活;好奇心强烈等六个方面。在这种原始心理的作用下产生的"……所谓'神话'者,原来是初民的知识的积累,其中有初民的宇宙观,宗教思想,道德标

---

① 陈梦家《商代的神话与巫术》,据《燕京学报》1936年第20期,第486页。
② 茅盾《中国神话研究 ABC》,世界书局,1928年。后来改名为《中国神话研究初探》。

准,民族历史最初期的传说,并对于自然界的认识等等"①。这个神话概念非常全面地概括了神话的本质,在当时无人能出其右。人类学派的另外一个观念是:神话是不断演变、进化的。当原始民族逐步进化到较高文明阶段后,他们原始、野蛮、粗陋的神话也受到冲击,被历史化、被哲学化、被文学化——原始神话随之进化为美丽、文明的神话。这个"趋美"过程,实际也是神话遭受篡改的过程。"泛灵论"的观念、进化论的文化发展观,以及运用文化人类学材料论证古代神话的方法论,是人类学派对于茅盾的主要影响。

但是,茅盾创造性地运用人类学派的观念与方法研究中国神话的具体问题。由于中国学者多是以古希腊神话为参照体系来观照中国神话材料的,所以自蒋观云以来,论者多以为中国缺乏神话。胡适倾向于认为"……古代的中国民族②是一种朴实而不富于想象力的民族。他们生在温带与寒带之间,天然的供给远没有南方民族的丰厚,他们须要时时对天然奋斗,不能像热带民族那样懒洋洋地睡在棕榈树下白日见鬼,白昼做梦。所以,《三百篇》里竟没有神话的遗迹"③。鲁迅《中国小说史略》则认为当前所见中国古代神话资料的零散,仅仅是后世出于某些文化原因未能完全保存古代神话造成的。茅盾从北欧神话的发达和某些热带民族神话的简陋,批驳了胡适的"地理决定论"。他指出:"……地形和气候只能影响到神话的色彩,却不能掩没一民族在神话时代的创造冲动。"④茅盾从历史文献推断,中国神话曾经十分丰富。但是在战国时代走向消亡,仅存片段。并具体推断其原因有二:"一为神话的历史化,二为当时社会上没有激动全民族心灵的大事件以诱引'神代诗人'的产生。"⑤

茅盾深入分析了包含神话内容的中国古籍,例如《楚辞》《庄子》《列子》《淮南子》,尤其是《山海经》。他认为《山海经》是包含神话最丰富的

---

① 茅盾《中国神话研究 ABC》,第 4 页。
② 结合下文,胡适是指中国疆域尚未扩大到南方地区的上古时代。
③ 胡适《白话文学史(上卷)》,东方出版社,1996 年,第 53 页。
④ 茅盾《中国神话研究 ABC》,第 11 页。
⑤ 同上书,第 7、12 页。

书,虽然其形式上极像地理书。所以,他十分赞赏明人胡应麟把《山海经》视为"古今语怪之祖"而不是地理书的观点。茅盾对于《山海经》的看法,直接影响了后来一系列神话学者,例如袁珂等人。对这些古籍的神话价值的发掘,其实是现代神话学参与重新认识中国传统,参与建设中国新文化的重要活动。茅盾心目中存在一个理想的"原始神话",所以他花了很大力量从古籍中"搜剔"真正的神话。原则上,他只承认周秦以前的古籍,此后的记载只作为神话的演变看待,并把神仙长生一类的故事一律视为"方士谰言",排除于神话之外①。由于现存中国神话资料缺乏系统,茅盾受古史辨学派影响,主张从古史系统中去挖掘②。从此,复原古代神话原貌、重新挖掘中国古代神话系统,就成为20世纪中国神话学界一个永远的梦。其实,茅盾并不认为中国古神话存在一个统一的系统。他主张中国神话有北、中、南三个地域系统。其中女娲补天、黄帝战蚩尤属于北方;楚辞神话基本属于中部;而盘古神话则属于南方。这种说法现在看来不尽合理,但其思路无疑是正确的。神话时代的社会条件以及现存神话资料都证明:当时没有一个统一的神话体系。顾颉刚在20世纪70年代末提出,中国神话分西方"昆仑系统"和东方"蓬莱系统"两支,到了战国中后期,两个系统才逐步融合,形成统一的神话世界。茅盾、顾颉刚结论不同,但是都遵循着同样的方法。后来某些神话学者受"大一统"观念的迷惑,极力塑造统一的中国神话体系,实在不是明智之举。进入20世纪30年代以后,茅盾放弃学术生涯,未能在神话研究领域继续发挥才能。

4. 人类学家对于神话研究的贡献

神话作为人类早期思想活动的结晶,其复杂的社会文化功能是值得大家研究的。在这方面,20世纪30、40年代登上学术舞台的一批专业人类学家、民族学家、社会学家(例如林惠祥、芮逸夫、马长寿、陈国钧、岑家

---

① 茅盾《中国神话研究》,引自《茅盾说神话》,上海古籍出版社,1999年,第118—120页。
② 同上书,第130—132页。

梧等)做出了突出贡献。他们在研究民族社会和民族文化的时候,自然也接触到神话问题。这些人熟知西方人类学、社会学、神话学,同时又强调田野作业,使得他们的神话研究从一开始就显现独特风貌。1938年,芮逸夫发表了《苗族的洪水故事与伏羲女娲的传说》。该文搜集了苗族地区的八条洪水神话异文,认真对比之后,总结其中心母题是"现代人类是由洪水遗民兄妹二人配偶遗传下来的子孙",而且这兄妹就是伏羲、女娲。以此对比汉族古代的伏羲女娲神话,则已从兄妹婚演变为治水,于是芮逸夫推测苗族是伏羲女娲神话的首创者。作者又对比东南亚各地的同类神话,从整个"东南亚洲文化区"的角度看,中国西南地区的兄妹配偶型的洪水神话处于中心地位,很可能是起源地,然后传于四方①。马长寿《苗瑶之起源神话》持相似观点,并且进一步阐说了汉族的盘古神话实际上来自瑶族②。这些假说产生了很大影响。岑家梧在图腾制度方面深有研究,1936年出版《图腾艺术史》。他的《槃瓠传说与瑶畲的图腾崇拜》一文根据人类学关于图腾制度的理论,深入考察瑶、畲二族的有关狗祖的神话传说和图腾习俗,确定无疑地指出:"……槃瓠传说为含有图腾意义的神话。"③

　　人类学家研究神话的最大特点是调查和使用当前依然存活的神话资料,包括所谓"落后民族"和"文明程度很高的民族"。芮逸夫《苗族的洪水故事与伏羲女娲的传说》就采纳了苗族神话和汉族当下的民间神话资料(而不仅仅是汉族古代典籍)。这一做法彻底改变了此前中国神话学界双眼只盯着古代典籍的缺点,真正看到了"活态的神话"。把古典神话与当前神话资料结合起来研究,使神话学面貌发生了重大变化。

---

① 芮逸夫《苗族的洪水故事与伏羲女娲的传说》,《人类学集刊》第一卷第一期,1938年,第188、191页。
② 马长寿《苗瑶之起源神话》,《民族学研究集刊》1940年第2期,第247页。
③ 岑家梧《槃瓠传说与瑶畲的图腾崇拜》,《责善》1941年第7期,第4页。

三、开创中国神话学黄金时代的闻一多

20世纪40年代以后,随着神话学观念逐步深入人心,对于神话的关注在整个学术界不断扩展、深入。研究神话,不仅仅是探讨神话故事情节,更重要的是认识神话在中国文学、乃至于整个中国文化中的深刻影响,理解和把握神话对于中华民族精神的塑造。

闻一多是著名的诗人和古代文学研究者。20世纪40年代初,他完成了《从人首蛇身像谈到龙和图腾》《战争与洪水》《汉、苗的种族关系》《伏羲和葫芦》等神话学论文,并部分发表。1948年,上述文章被其"全集"的编者合并为《伏羲考》[1]。这篇文章吸收了古史辨学派、芮逸夫、常任侠的神话研究成果,以人类学的眼光全面考察了来自古文献、地下考古、民族调查等各方面的关于伏羲、女娲的神话资料。人首蛇身的伏羲、女娲是中国古代文化中十分重要、却又无法在传统学术框架内得到合理解释的现象。闻一多接受了芮逸夫、常任侠的观点,伏羲、女娲神话的原始意义其实正是洪水之后兄妹婚繁衍人类的神话。但是闻一多进一步考证了伏羲、女娲为什么"人首蛇身",意义何在。他认为:伏羲、女娲的人首蛇身,来源于远古时代"诸夏"的蛇(龙)图腾崇拜——相信图腾动物是民族祖先、民族保护神。"……所谓龙者只是一种大蛇。这种蛇的名字便叫作'龙'。后来有一个以这种大蛇为图腾的团族(clan)兼并了,吸收了许多别的形形色色的图腾团族,大蛇这才接受了兽类的四脚,马的头、鬣和尾,鹿的角,狗的爪,鱼的鳞和须,……于是便成为我们现在所知道的龙了。"龙是"一种综合式的虚构的生物"[2]。在中国历史上,几个主要的华夏和少数民族几乎都是崇拜龙的,"龙族的诸夏文化才是我们真正的本位文化"[3],所以龙的形象贯穿了中国神话,龙成为中国文化的极端重要的内

---

① 参见马昌仪《中国神话学文论选萃》,第683页。
② 闻一多《神话与诗》,古籍出版社,1956年,第26、32页。
③ 同上书,第33页。

容。闻一多从历史演变角度指出,原始的蛇(龙)神,逐步发展为半人半兽的"人首蛇身"神,这便是作为人类祖先、民族始祖的伏羲、女娲。虽然此前关于龙有四种其他解释①,此后又有龙为鳄鱼、龙为蜥蜴、龙为马②、龙为河流等的说法,但是都不能推翻闻一多"龙由蛇而来"的假说。而且学者们基本都不否定龙为华夏图腾之说。所以,闻一多的研究不仅在抗战的特殊年代里产生极大震动,而且在很长一段时间里几乎成为定论。一直到80年代后期,才出现阎云翔的质疑③。由于伏羲、女娲和龙的重要地位,闻一多的这一研究极大推动了人们对于中国神话乃至整个中华文化的认识。潜明兹认为《伏羲考》"给后人打开神话世界的奥秘,提供了一把钥匙"④。

闻一多认识到神话与其他文化事项之间的互相依存关系,常常借神话说风俗,或者借风俗证神话。端午节是重大节日之一,端午的真正来源却一直淹没在怀念伍子胥或屈原的神话传说中。闻一多在《端午考》中仔细分析了端午节各项仪式活动,划龙舟、吃粽子、铸盘龙镜、制"守宫"等,发现它们无不与龙有关。经过考证,确定端午节最早乃是古越人崇拜龙图腾的活动。古越人断发文身表明自己是龙子,端午节用彩丝缠臂,是文身的变异。而龙舟竞渡乃是"穿着模拟文身的彩衣的水手们划着龙舟——一幅典型图腾社会的'浮世绘'"⑤。《姜嫄履大人迹考》则借助古代郊禖求子的仪典阐释《诗经·生民》中"姜嫄履大人迹"神话。《高唐神女传说之分析》认为高唐神女原来是楚人的先妣高禖神,随着男权社会来临,女性神地位下降,她才被演化为一个奔女。闻一多的这些研究成果,证明了神话学在整个传统文化研究领域的重要价值,代表着中国神话学的一个高峰。神话学不再是一个处于学界边缘的学科,而是日渐走向学

---

① 参见阎云翔《试论龙的研究》,原载《九州学刊》(香港)1988年第2卷第2期。引自马昌仪《中国神话学文论选萃》,第526—527页。
② 参见潜明兹《中国神话学》,宁夏人民出版社,1994年,第221—239页。
③ 阎云翔《试论龙的研究》,引自马昌仪《中国神话学文论选萃》,第529—531页。
④ 潜明兹《神话学的历程》,北方文艺出版社,1989年,第263页。
⑤ 闻一多《神话与诗》,第237页。

术中心。

四、新中国前三十年的神话学研究

随着新中国的建立,马克思主义成为政治指导思想,并贯彻到社会生活的各个方面,社会科学研究(包括神话研究)当然最先受到影响。虽然马克思、恩格斯并没有神话学专著,但是中国知识界仍然利用他们的哲学体系和关于神话的只言片语,以及拉法格、普列汉诺夫等人的阐述,发展出了马克思主义的神话学理论①。在50、60年代,该理论占据了主流。各种中国文学通史、各种文学概论(包括民间文学概论)著作②无不引用马克思《〈政治经济学批判〉导言》中的两段话,即"希腊艺术的前提是希腊神话,也就是已经通过人民的幻想用一种不自觉的艺术方式加工过的自然和社会形式本身"和"任何神话都是在想象里并借助想象以征服自然力,把自然力加以人格化,因此,随着这些自然力之实际上被支配,神话就消失了"。以此说明神话的本质是人脑对于现实的反映,说明神话是在生产力水平低下时代的幻想,并将随着生产力水平的提高而消失。学术思想呈现出僵化、呆板的模样。不过具体研究也有成功者。例如胡念贻《关于后羿的传说》就认为:"后羿的传说,就是反映了人类有了弓箭这进步的武器,能够射杀最凶猛的野兽,并且想象连太阳都可射下来,风神也可射死。"③其解释是比较合理的。

不过,马克思主义神话学受到政治宣传的影响太深,过分强调原始神话的积极性一面,忽略、回避,甚至否认神话的宗教性内容。1952年,周扬在第一届全国戏曲观摩演出大会上的总结报告宣称:"许多神话对于世界往往采取积极的态度,往往富于人民性;而迷信总是消极的,往往反映统治阶

---

① 参见潜明兹《神话学的历程》,第19—30页。
② 例如游国恩等《中国文学史(一)》,人民文学出版社,1963年,第19页;杨周翰等《欧洲文学史》,人民文学出版社,1979年,第18页。
③ 胡念贻《中国古典文学论丛》,古典文学出版社,1957年,第52页。

级的利益。这种区别最突出地表现在对待命运的态度上面。……神话往往是敢于反抗神的权威的，……迷信则是宣传对于神的无力，必须做神的奴隶和牺牲品。"①类似做法普遍存在于马克思主义的神话学论文中。对于某些说明阶级差异的神话（例如《风俗通》中女娲所造的"黄土人"和"絚人"的差异），更是一棒子打死，斥之为"统治阶级对神话的歪曲篡改"或"封建糟粕"。这些极端化做法，严重限制了马克思主义神话学的正常发展。

"文化大革命"十年，中国大陆的神话学研究更是一片空白。直到拨乱反正以后，神话学才得以恢复，马克思主义神话学也得到正常发展。

五、袁珂的神话学研究

袁珂是贯穿20世纪后半叶中国神话学研究的一位学者。20世纪的中国神话学研究者基本都是自有专业，兼职做神话学研究的。顾颉刚、茅盾、闻一多都另有专业。唯一的例外是袁珂。袁珂青年时代从事创作，1948年开始业余研究中国古代神话。1961年开始专职研究神话至今，是迄今唯一的一位专职神话学家。他是近五十年中国神话学的活见证。袁珂总结自己的神话研究工作有六个方面：1.中国古代神话的整理。2.关于《山海经》的研究。3.《古神话选释》及其他。4.《中国神话史》。5.神话词典及神话资料萃编。6.神话论文。②这六个方面可以合并为基本资料建设与理论研究两大类。

先说基本资料建设方面。中国上古时代没有产生一部完整的神话集，神话材料十分零散地分布在各类古籍之中。缺乏神话作品、缺乏神话叙事体系，让许多神话学家痛心疾首，所以现代神话学史上的学者们对于"神话历史化"总是耿耿于怀。袁珂精心挖掘，认真整合，积数十年之功，

---

① 《文艺报》1952年24号，第5页。
② 袁珂著，贾雯鹤整理《袁珂学述》，浙江人民出版社，1999年，第61页。

先后出版了《中国古代神话》(简写本)、《中国古代神话》(增订本)和《中国神话传说》①,最终实现了一个完整的中国神话叙事体系。《中国神话传说》每一条叙述都注明了资料来源,融合之处也都说明了理由,态度极为严肃。这个似乎是白话翻译古神话的书,实际上包含了深入的研究。尽管其中有不妥之处,但它圆了众多神话学家的一个梦。

袁珂、周明合编的《中国神话资料萃编》②收录资料详备,出处明确,排列有序,是一部很好的中国古代神话资料集。《中国神话传说词典》《中国民族神话词典》和《中国神话大词典》③是袁珂对于中国神话学基础工作的独特贡献。

袁珂对于《山海经》十分钟情。他的《山海经校注》是目前最好的《山海经》注本。《山海经校注·序》强调:"《山海经》非特史地之权舆,乃亦神话之渊府。"④"史地之权舆"是虚,"神话之渊府"是实。其重点是对其中的神话内容进行注解。他对《山海经》的研究,受到鲁迅判断(《山海经》"盖古之巫书也")的很大影响。他认为禹、益虽非《山海经》的直接作者,但《山海经》仍有可能是经过原始社会末期酋长兼巫师的禹和益口述而世代相传下来,所以禹、益才被后人附会为作者。正因为是巫书,《山海经》全书笼罩着浓厚的巫术和宗教气氛⑤。

1982 年,袁珂谨慎地提出了"广义神话论"。他罗列了广义神话所涵盖的九部分内容,包括狭义神话、仙话、佛教神话、具有神话色彩的地方传说等。后来改为八部分:狭义神话、活物论神话、历史人物神话、仙话、佛经人物神话、地方风物神话、神话小说、少数民族神话⑥。并重新定义神话:"神话是非科学但却联系着科学的幻想的虚构,它通过幻想的三棱镜

---

① 前两部分别为商务印书馆 1950、1957 年版。第三部为中国民间文艺出版社 1984 年版。
② 袁珂、周明《中国神话资料萃编》,四川省社会科学院出版社,1985 年。
③ 依次是:上海辞书出版社,1985 年;四川省社会科学出版社,1989 年;四川省辞书出版社,1998 年。
④ 袁珂《山海经校注》,上海古籍出版社,1980 年。其增补修订版于 1993 年由巴蜀书社出版。
⑤ 袁珂《〈山海经〉盖"古之巫书"试探》,《社会科学战线》1985 年第 6 期。
⑥ 袁珂著,贾雯鹤整理《袁珂学述》,第 56—60 页。

反映现实生活并对现实生活采取革命的态度。"①后来,袁珂自己总结"广义神话论"的两大特点是:"一是文学属性是神话的主旋律。""二是神话并非与原始社会同始终,而是一直进入了阶级社会尤其是长期的封建社会。"②"广义神话论"一下子突破了马克思主义神话学理论的经典观点,也突破了长期以来茅盾"狭义神话论"独领风骚的局面。袁珂的文章在当时的学术界引发了一场激烈、持久、广泛的争论,参加者众多,其中主要批评者是武世珍。争论双方都利用马克思的言论作为论据,可是,各自的理解不同。因此,这场争论的纯理论价值不高,实际上是中国神话学界解放思想的一场演练。此后,袁珂的神话研究都是在"广义神话论"前提下进行。《中国神话传说》的熔铸,三部神话学词典的写作,《中国神话史》和《中国神话通论》的基础都是"广义神话论"。

《中国神话史》是中国第一部古代神话发展史和神话研究史。从原始社会前期的神话一直写到明清时代的神话小说和民间神话。没有"广义神话论",这部《中国神话史》是无法想象的。

六、中国神话学新潮涌动

1986年,何新《诸神的起源》出版。这部书利用一批考古学资料,论证中国上古时代曾经存在过太阳崇拜。由此契机,何新考察和整理了中国远古时代到汉代的神话传说。他通过字源分析等手段揭示中国古代神话主人公(如伏羲、黄帝、颛顼等人)的太阳神性质,以及各神之间的演化关系。何新认为古代神话至少有三种社会功能:解释系统、礼仪系统和操作系统③。这种看法比较全面地揭示了神话作为一种综合文化现象的实质,彻底扭转了1949年以后单纯的文学分析倾向。他所总结的中国神话

---

① 袁珂《从狭义的神话到广义的神话——〈中国神话传说词典〉序(节选)》,《社会科学战线》1982年第4期,第259—260页。
② 袁珂著,贾雯鹤整理《袁珂学述》,第27页。
③ 何新《诸神的起源》,生活·读书·新知三联书店,1985年。引自光明日报出版社1996年修订版,313—314页。

"音义递变规则"以及对于研究方法的明确自觉意识①是富有启发意义的。这部书立论大胆新颖,考证又旁征博引,结论也十分惊人,随即在全国整个人文学界引起极大震动。令人惋惜的是,学界对于何著中错误的尖锐批评导致了何新剧烈反弹,争论变成了彼此攻讦。于是全书的创新价值就被忽略了。

民间神话研究是20世纪80年代以后中国神话研究的一大发展。所谓"民间神话",指的是现在依然流传在民间的神话。也有人称之为"活形态神话"或"活态神话"②。其实,早在1938年芮逸夫就研究现代少数民族神话和汉族民间流传的洪水神话。1964年,陈钧发表了《伏羲兄妹制人烟》等三篇在四川中江县搜集的民间神话(另有7篇未发表)。袁珂就此撰写的《漫谈民间流传的古代神话》同时发表。此文认为民间神话有朴素唯物主义思想,活泼生动且富于民间情趣,所以它可以与典籍神话相互印证,也可以补充典籍神话的不足。他强调研究民间神话是"当前重大的课题"③。钟敬文《论民族志在古典神话研究上的作用:以〈女娲娘娘补天〉新资料为例证》④直接启发了张振犁及其学生对中原地区民间神话的大规模调查与研究,先后发表了一系列考察报告、资料汇编⑤和论著。张振犁主要是利用田野资料(包括口头神话、相关民俗、相关考古资料)与古典神话记录相结合,考察中国神话的流变。其《中原古典神话流变论考》总结其研究的理论意义有四个方面:1.开辟创世神话在中原地区的被发现,证明中国洪水神话存在着南北两大体系。2.正确揭示了口头神话与文献神话的关系,从而纠正以往只重文献,结果否定殷商以前存在神话的错误认识。3.明确古典神话流变的异文与新神话的界限。反对"广义神

---

① 何新《诸神的起源》,第328—329页。
② 李子贤《论佤族神话——兼论活形态神话的特征》,《思想战线》1987年第6期。孟慧英《活态神话研究的历史基础》,《民族文学研究》1989年第1期。
③ 袁珂《漫谈民间流传的古代神话》,《民间文学》1964年第3期,第41—48页。
④ 钟敬文《论民族志在古典神话研究上的作用——以〈女娲娘娘补天〉新资料为例证》,《北京师范大学学报(社会科学版)》1981年第2期,第1—14页。
⑤ 张振犁、程健君《中原神话专题资料》(内部印行),1987年。

话论",主张中原神话乃是古典神话在民间的口头流传,而不是新产生的神话。4.纠正对于古代神话的不适当分期。过去有人把中国神话历史划分为原始神话、道教神话、佛教神话和民间神话四个时期。张振犁发现在民间,被宗教化的神话和接近原始形态的神话同时存在,而且彼此截然不同。所以,上述关于中国神话的分期是不正确的。张振犁的研究激发了若干位青年学者的热情,如陈江风、程健君、高有鹏、吴效群、杨利慧等。他们共同完成了《东方文明的曙光——中原神话论》①。杨利慧的《女娲的神话与信仰》《女娲溯源——女娲信仰起源地的再推测》②都不同程度地吸收了张振犁的研究思路与方法。

李子贤《探寻一个尚未崩溃的神话王国——中国西南少数民族神话研究》③是一部论文集。其中包括《活形态神话刍议》《论佤族神话——兼论活形态神话的特征》等文章。他特别强调那些活形态神话的价值。由于社会形态特殊,某些云南少数民族神话至今仍然以活形态存留,而且仍然与该民族的社会组织、生产与生活习俗、宗教信仰密不可分,这十分有利于从文化生态来探索神话④。

80年代的"方法论热"体现着中国学术界急于摆脱"庸俗马克思主义"束缚的心情。西方各种非马克思主义神话学纷纷引进或重新引进。精神分析、神话—原型批评、结构主义分析都有人尝试用来分析中国神话。其中"神话—原型"批评影响较大。张隆溪1983年就介绍原型批评⑤,1987年叶舒宪编选了《神话—原型批评》一书⑥。此后,原型分析在

---

① 张振犁、陈江风等《东方文明的曙光——中原神话论》,东方出版中心,1999年。
② 杨利慧《女娲的神话与信仰》,中国社会科学出版社,1997年;《女娲溯源——女娲信仰起源地的再推测》,北京师范大学出版社,1999年。
③ 李子贤《探寻一个尚未崩溃的神话王国——中国西南少数民族神话研究》,云南人民出版社,1991年。
④ 李子贤《论佤族神话——兼论活形态神话的特征》,《思想战线》1987年第6期。
⑤ 张隆溪《诸神的复活——神话与原型批评》,《读书》1983年6月。
⑥ 叶舒宪编《神话—原型批评》,陕西师范大学出版社,1987年。叶舒宪编《结构主义神话学》,陕西师范大学出版社,1988年。关于此说在中国的传播过程,请参考叶舒宪《神话—原型批评在中国的传播》,《社会科学研究》1999年第1期。

中国神话学界流行起来。叶舒宪的工作最具代表性。他的《中国神话哲学》"侧重探讨的是中国神话中的哲学蕴含以及中国哲学思维模式的神话基础问题"[①]。其基本方法是加拿大文学理论家弗赖的神话—原型批评，和法国人类学家列维-斯特劳斯的结构主义神话学[②]。他从《史记·乐书》记载的祭祀"太一"神仪式中的一套歌词(即《青阳》《朱明》《西颢》《玄冥》)出发，构拟出中国古代神话的宇宙观的基型是春夏秋冬与东西南北分别对应的"时空混同"模式，并视之为神话的元语言。"笔者确信，在时空混同的神话宇宙图式中可以找到中国哲学最高智慧的源头。作为宗教范畴的太一和作为哲学范畴的太极都是对神话思维中太阳循环运动的抽象。"[③]其后，作者又分别探讨了中国神话的时空哲学和生命哲学，以及它们对于中国古典哲学的影响。这部著作力图打破哲学与神话、语言学与思维科学、"国学"与"西学"之间的界限，令人耳目一新。叶舒宪的《高唐神女与维纳斯》[④]则在比较神话学的基础上，追寻中西神话中爱与美主题的原型发生史，从原母、地母、爱神，到美神，以及这些神话原型在后世中国文学艺术历史上的各种置换。

七、中国神话学的学术反思

一个学科的健康发展，有待于不断加深对学科对象的分析；还有待于该学科自觉的学术反思，以及其学术史的建立。相对于神话研究而言，中国神话学的学术史研究是很薄弱的。

潜明兹对于现代著名神话学家有不少专论，如顾颉刚、闻一多、袁珂

---

① 叶舒宪《中国神话哲学·导言》，中国社会科学出版社，1992年，第1页。
② 叶舒宪本人曾译编《结构主义神话学》，陕西师范大学出版社，1988年。
③ 叶舒宪《中国神话哲学》，第18页。不过叶氏把"太一神"理解为原始太阳神是不正确的，参见韩湖初《神话研究切忌轻率武断——读叶舒宪〈中国神话哲学〉随感二则》，《学术研究》1999年第1期。
④ 叶舒宪《高唐神女与维纳斯——中西文化中的爱与美主题》，中国社会科学出版社，1997年。

等。她的《神话学的历程》①是第一部中国神话学学术通史,从上古一直到当代。作者认为中国古代文化的非宗教理性精神以及儒家思想的主流地位使得神话一直不能取得应有地位,所以也无法产生科学的神话学。晚清时期受西学影响,中国神话学开始转折。鲁迅是中国神话学的承前启后者,而茅盾是"现代神话学的奠基者"。接着,作者分别探讨了闻一多、顾颉刚和袁珂等人的学术贡献。此书的缺点是学术史发展的脉络不够清晰,有点像专人研究的集合。潜明兹的另一学术史著作是《中国神话学》②。该书以神话学研究的问题为纲,综述各家的研究成果,并提出自己看法。例如"神话思维和神话哲学""神话与古代宗教""神话的起源""神话与习俗""少数民族神话",等等。

马昌仪《中国神话学文论选萃》③是一部全面反映现代中国神话学历史的论文精选。共收录从1903年至1992年各种神话学论文98篇,既展示了中国神话学的成绩,也显示了编选者的学术史观。作为"编者序言"的《中国神话学发展的一个轮廓》简略勾勒了中国神话学史。

1999年,贺学君与日本学者樱井龙彦合编的《中日学者中国神话研究论著目录总汇》是目前最为全面的现代中国神话学目录(近代至1998年)。它收录中日两国学者关于中国神话研究以及相关内容的论文、专著共11490条,其中中文资料10443条,日文资料1047条。此书为学术史研究提供了极大帮助。

临近21世纪时,出现了若干总结20世纪神话学历程的论文。其中叶舒宪在《神话与民间文学的理论建构》④中称,20世纪初神话学与民间文学(民俗学)的理论建构,是近百年中国文学研究的发端。它们为我国的文学研究带来了前所未有的开阔视野和新的探索空间,从神话学角度研究古史,从神话学、民俗学角度研究古典文学都有卓越成就。作为人类

---

① 潜明兹《神话学的历程》,北方文艺出版社,1989年。
② 潜明兹《中国神话学》,宁夏人民出版社,1994年。
③ 马昌仪《中国神话学文论选萃(上下编)》,中国广播电视出版社,1994年。
④ 叶舒宪《神话与民间文学的理论建构》,载《海南师院学报》1998年第1期。

学下属学科的神话学与民俗学(民间文学)引导20世纪中国文学研究最终走向与世界接轨的道路。陈建宪《精神还乡的引魂之幡——20世纪中国神话学回眸》[①]一文对20世纪中国神话学的价值取向的判断与叶舒宪截然相反。他认为其中体现的是现代中国人的"精神还乡"——在中国传统文化遭受巨大危机的时候,到民族精神的源头——神话寻根。

20世纪中国文化现代化的大乐章充满了"走向世界"和"精神还乡"的双主题变奏,它们在不同时刻交替出现,并最终融为一体。原因是:闭门锁国是死路一条,但抛弃文化自我也绝非生计。中国现代神话学是中国人(而不是其他人)走向世界的产物和标志,其价值取向自然同时兼有"走向世界"与"精神还乡"。

2004年7月

---

① 陈建宪《精神还乡的引魂之幡——20世纪中国神话学回眸》,载《河北师范大学学报(哲学社会科学版)》1998年第3期。

1998—1999年神话研究述评

在20世纪的最后两年,中国神话学研究呈现出欣欣向荣、蓬勃发展的局面。据本人统计,其间新出版神话学专著24部,论文集2部,学术刊物发表神话学论文145篇。另外出版各种神话作品集23部(册数不计),翻译出版外国神话学著作9部。神话学越来越成为显学,文学、哲学、历史学、人类学甚至自然科学等领域涉及神话研究的著作与论文更是数不胜数。上述成果在神话学的理论观念和具体研究方法等方面展示出研究者们的新探索。限于篇幅,本文只就那些能够体现神话研究潮流的著作和论文加以评述。遗漏之处,敬请批评。

一、神话学学科基础的建设

中外神话作品集的出版,一方面为普通文学爱好者提供了读本,另一方面也为研究者提供了关于世界神话的基本知识和研究线索。尽管这些作品集不能直接作为研究资料,它们对于神话研究仍然是有益的。其中有些神话集是经过神话学家认真编选的,其科学价值也比较高。薛克翘等人主编的八卷本《东方神话传说》[①]包括亚洲、非洲各个国家和地区的神话。编选态度严谨,忠实原作。该书的规模是空前的,在相当长的一段时间内也是绝后的。四卷本的《世界神话集》[②]是神话学家刘城淮的精心之作。全书按照刘先生独创的分类标准(自然神话、自然社会神话、社会神话和综合神话)排列,与其《中国上古神话》一书的体例保持一致。这些

---

① 薛克翘等人《东方神话传说》,北京大学出版社,1999年。
② 刘城淮《世界神话集》,湖南大学出版社,1999年。

作品集的编选,在一定程度上反映了目前我国学者对于世界神话的基本了解与把握。

袁珂在其以往编纂的《中国神话传说词典》和《中国民族神话词典》的基础上,编纂了《中国神话大词典》①。它以"广义神话"为收录原则,兼收汉族神话和各个少数民族的神话。词条内容广泛,涉及各方面神话,且释义精审②。它是目前规模最大的、专业性的中国神话词典。李剑平主编的《中国神话人物辞典》③专以神话人物为词条,专业性略有欠缺。目前的中国神话词典普遍较少,或完全没有神话学理论方面的词条;而且过分强调神话的文学性质,忽视神话的信仰本质,这是未来新词典编纂工作应予注意的问题。

神话是人类社会普遍存在的一种文化现象,神话学是一门世界性的学问。翻译和介绍外国神话学理论与研究成果是建设中国神话学的一项基础工作。1998、1999两年,最值得注意的是加拿大学者诺斯洛普·弗莱的两部著作《伟大的代码——圣经与文学》④和《批评的剖析》⑤被译成中文。弗莱所建立的神话—原型理论在80年代被零星介绍进来的时候对于中国神话学界产生了极大影响。然而其著作被完整译成汉语出版,却远没有当年那样轰动。法国比较神话学家乔治·杜梅齐尔的《从神话到小说:哈丁古斯的萨迦》⑥考证了北欧地区约德尔神的神话如何被关于哈丁古斯的传说故事所运用,即神话被转述为小说。日本哲学家梅原猛的《诸神流窜——论日本〈古事记〉》⑦则是通过对编纂《古事记》的社会历

---

① 袁珂《中国神话大词典》,四川辞书出版社,1998年。
② 参阅马昌仪《填海逐日的巨大工程——介绍袁珂〈中国神话大辞典〉》,载《民间文学论坛》1998年第3期。
③ 李剑平《中国神话人物辞典》,陕西人民出版社,1998年。
④ [加]诺斯洛普·弗莱《伟大的代码——圣经与文学》,郝振益、樊振帼、何成洲译,北京大学出版社,1998年。
⑤ [加]诺斯洛普·弗莱《批评的剖析》,陈慧、袁宪军、吴伟仁译,百花文艺出版社,1998年。
⑥ [法]乔治·杜梅齐尔《从神话到小说:哈丁古斯的萨迦》,施康强译,生活·读书·新知三联书店,1999年。
⑦ [日]梅原猛《诸神流窜——论日本〈古事记〉》,卞立强、赵琼译,经济日报出版社,1999年。

史的考察,说明此书乃是当时日本皇室与宠臣出于意识形态需要改编史料与传说而成。小岛瓔礼的论文《地震鳌鱼考》①、斧原孝守的论文《云南和日本的谷物起源神话》②、百田弥荣子的《关于"踏歌"的煅铁来源——从神话·英雄叙事诗的视角考察》③也都是微观研究论文。为什么理论著作相对而言不再被人追捧?我认为其中有两个彼此相关的因素:第一,中国神话学界的理论创新热情业已消退。第二,在经历了若干年的"新理论轰炸"之后,对于中国神话学界来说,西方再也没有什么完全陌生的新理论。

可是,我们真的掌握那些新理论了吗?陈连山《结构神话学——列维-斯特劳斯与神话学问题》④系统介绍了列维-斯特劳斯神话学思想的来龙去脉,并澄清了某些对于列氏观点的误解。按照他的理解,列维-斯特劳斯的结构主义神话学是把神话当作一种共时的符号系统来研究,所谓"二元对立"乃是该符号系统赖以存在的内部结构规律,而最终为神话赋予结构的正是人类思维本身。神话结构的规律性证明人类神话思维(或称"野性的思维")和科学思维一样遵守着逻辑规律。在列氏思想中,神话思维和科学思维并不对立,它们是人类同时并存的两种思维状态,而且两者具有同一的理性本质。当前神话学界依然流行的列维-布留尔的原始思维理论,把原始思维的表象归纳为本质,人为地割裂人类思维的统一性。事实上,列维-布留尔的理论早已遭到列维-斯特劳斯的彻底批判。

二、神话学的世界意识与比较神话学

随着国际学术交流的日见增多,中国神话学的世界意识在不断加强,

---

① [日]小岛瓔礼《地震鳌鱼考》《地震鳌鱼考(续)》,载《思想战线》1998年第10、11期。
② [日]斧原孝守《云南和日本的谷物起源神话》,郭永斌译,载《思想战线》1998年第10期。
③ [日]百田弥荣子《关于"踏歌"的煅铁来源——从神话·英雄叙事诗的视角考察》,苏依拉译,载《广西民族学院学报(哲学社会科学版)》,1999年第2期。
④ 陈连山《结构神话学——列维-斯特劳斯与神话学问题》,外文出版社,1999年。

不仅引进了不少外国神话和神话学理论,而且在研究外国神话方面也取得了不少成绩。张玉安的论文《印度神话传说在东南亚的传播》[1]分析了印度的三大神话体系(吠陀神话、印度教神话和佛教神话)如何通过政治、经济、文学等途径,尤其是通过宗教途径在东南亚国家进行传播的,并指出这和中国神话传说主要依靠移民途径在东南亚传播有所不同。王以欣一直关注古代希腊神话的研究。他的论文《迈锡尼时代——希腊英雄神话和史诗的摇篮》[2]探讨了古希腊的迈锡尼时代(约公元前1600—前1100年)英雄神话和史诗得以产生的社会历史条件及其基本传播方式——口头传播。他与王敦书合作的《希腊神话与历史——近现代各派学术观点述评》[3]则考察西方各种神话学理论就希腊神话与历史的关系所展开的研究与争论,结论是神话能够反映历史,但是也远非信史。这对研究中国神话学界的有关争议颇有启发。

而魏善浩《东方神话概观》[4]所取得的成果比较突出。作者站在世界神话的立场上分析了东方神话组成各自的特点:南亚神话具有三位一体的多神观念和结构模式,西亚、北非神话具有一神论观念和善恶二元论的结构模式,东亚神话则具有把人神化和阴阳二极结构模式。并指出,西亚神话与北非神话之间,南亚神话与东亚神话之间存在着血缘关系或影响关系;而整个东方神话与西方神话之间也存在着彼此影响的关系。另外,作者对远古神话浑融体向文学与宗教的分化过程作了理性的审视。这一过程主要有三个方面的分化:神话思维的灵性观念向人性与神性分化;神话中的感性想象向艺术幻想和宗教幻想分化;神话的认识作用向文学审美和宗教信仰分化。《东方神话概观》在一定程度上实现了对世界神话的总体把握。

---

[1] 张玉安《印度神话传说在东南亚的传播》,载《北京大学学报(哲学社会科学版)》1999年第5期。
[2] 王以欣《迈锡尼时代——希腊英雄神话和史诗的摇篮》,载《世界历史》1999年第3期。
[3] 王以欣、王敦书《希腊神话与历史——近现代各派学术观点述评》,载《史学理论研究》1998年第4期。
[4] 魏善浩《东方神话概观》,湖南文艺出版社,1998年。

随着中国神话学世界意识的建立与加强,不论在外国神话研究中,还是在中国神话研究中,学者常常将自己的研究对象与世界各地的其他神话进行比较,在比较中建立自己的观点。比较神话学已经成为一种最基本的研究方法。例如白庚胜关于纳西族东巴神话研究的两部著作《东巴神话象征论》和《东巴神话研究》中对东巴神话与世界各地神话之间所做的种种比较[1],通过比较确定东巴神话的特点,以及东巴神话与印藏系神话之间的影响关系。而俄国汉学家李福清的《从神话到鬼话——台湾原住民神话故事比较研究》[2]更是比较神话学的专著,资料宏富,视野广泛,涉及了人类起源神话、射太阳神话、失去文字的故事、女人部落神话等,并对神话起源地、产生背景,特别是台湾原住民神话的特点做出了尽量客观的判断。萧兵的论文《"独目巨人"神话在东西方文化交流史上的意义》认为古希腊人记载的"独目人"就是《山海经》中"一目"的鬼国人。在比较了古今中外一系列的"刺瞎独目巨人逃生型"的神话故事之后,推测其发源地在中亚,然后向四面传播扩散[3]。其他论文还有张沛的《嫦娥与提托诺斯:两个变形神话故事的比较》[4]、王毅的《神话蕴涵与文化源流——朴父、坦塔罗斯神话的文化基因探解暨比较》[5]和黄任远的《通古斯—满语族起源神话比较》[6]等。叶舒宪的《高唐神女与维纳斯——中西文化中的爱与美主题》广泛采用世界各民族神话加以对比,特别是对比中西文化中爱与美主题的原型及其在后世文学中的体现,从而把握母神、爱神在华夏民族的特殊命运。这也是比较神话学的重要成果。

---

[1] 白庚胜《东巴神话象征论》,云南人民出版社,1998年;《东巴神话研究》,社会科学文献出版社,1999年。

[2] [俄]李福清《从神话到鬼话——台湾原住民神话故事比较研究》,(台湾)晨星出版社,1998年。

[3] 萧兵《"独目巨人"神话在东西方文化交流史上的意义》,载《淮阴师范学院学报》1999年第1期。

[4] 张沛《嫦娥与提托诺斯:两个变形神话故事的比较》,载《复旦学报(社会科学版)》1998年第1期。

[5] 王毅《神话蕴涵与文化源流——朴父、坦塔罗斯神话的文化基因探解暨比较》,载《四川外语学院学报》1999年第1期。

[6] 黄任远《通古斯—满语族起源神话比较》,载《满语研究》1998年第2期。

三、神话原型的探讨及其得失

　　容格和弗莱创立的神话—原型理论是近年来在中国神话学界广泛流行的一种理论,影响深远。国内该理论较早的系统译介者和代表人物叶舒宪又有多项成果问世。他利用国际苏美尔学研究成果,将世界父母类型的创世母题、乐园母题、神用泥土造人母题等的神话原型追溯到距今五千年以前的苏美尔泥版文字所记录的神话①,他的《亥日人君》的一部分探讨了与猪相关的神话内容②,其中把《庄子》中的豨韦氏复原为开辟天地的猪神比较突出。叶舒宪的《高唐神女与维纳斯——中西文化中的爱与美主题》在神话原型研究领域取得了较大进展。该书上篇探讨爱与美主题的原型发生史,并揭示了女神原型的社会现实基础。例如最为古老的原母神(The Great Mother)是母系社会③的产物,而农耕经济的发展导致原母神宗教发展为地母崇拜,随着当时的农业社会向城市文明的进化,地母神又发展为性爱女神④。从纯粹观念上说,这是原型研究的一个进步。但是,这些论述主要建立在众多的外国理论家的学说基础上,而缺乏相应的历史材料证明,因此目前还难以判断其科学价值。该书下篇主要借助爱神、美神原型对中西方文学进行神话解读,并为中国文学中的"美人幻梦原型""狐鬼美女原型"等的发展线索、社会机制和心理机制作了概括与说明。叶舒宪的《神话—原型批评在中国的传播》⑤简要回顾了原型理论在国外的发展过程,并全面评述了该理论分别在中国大陆和台湾地区的传播和发生影响的整个过程。作为重要当事人之一,叶舒宪对原型理论在大陆得以传播的契机,以及该理论在新时期中国文学理论发展史

---

① 叶舒宪《苏美尔神话的原型意义》,载《民间文学论坛》1998 年第 3 期。
② 叶舒宪《亥日人君》,社会科学文献出版社,1998 年,第 86—153 页。
③ 作者援引当代西方人类学的成果区分了母系制和母权制,并否定了后者。见《高唐神女与维纳斯——中西文化中的爱与美主题》,第 28—32 页。
④ 叶舒宪《高唐神女与维纳斯——中西文化中的爱与美主题》,第 125—128 页。
⑤ 叶舒宪《神话—原型批评在中国的传播》,载《社会科学研究》1999 年第 1 期。

上的意义有着独到而真切的认识。此外,沈怀灵《从上古文化看"夸父追日"神话的原始内涵》①认为"夸父追日"神话的原型是神巫夸父春社求雨失败,口渴而死。

朱任飞《〈庄子〉神话的破译与解析》②是神话理论在哲学领域的运用。他通过解析神话原型,揭示《庄子》如何运用原型来创造诸多次生性的神话意象,把握《庄子》神话的深层意义结构,以期更好理解其内涵。如混沌的原型不是太阳,也非黄云,而是《山海经》中的"浑敦无面目",指的是一种理想的初始状态。作者将理论分析、跨文化比较与传统训诂学结合,立论平实。

学术界对原型理论的评价并不一致。王钟陵《神话—原型批评之我见》③一文对弗莱理论的内在逻辑和得失有清醒分析。弗莱的神话—原型理论继承了剑桥仪式学派的人类学思想和容格重视象征与原型的心理学思想(包括弗洛伊德)。他所主张的"神话即原型"蕴涵着一种新的文学史叙述模式,有利于把握神话在人类文化艺术史上的地位。但弗莱的理论抹杀作家个人创造,将作家的头脑说成不过是原型藉以再现的凭据,同时也未能科学地说明原型的来源。周延良《鲧禹治水与息壤的原始文化基型》④主张文学的原始意象是动态的传递嬗变,不是静态的回忆与复述。只有在原始意象的文化暗示与新文本创作者引用该原始意象时的文化内涵恰合,它才能成为创作者的情感理想。这是对原型理论的某种修正。他批评叶舒宪把鲧、禹治水神话视为"潜水型创世神话的置换变形"混淆了治水神话的文化内涵,并认为其原型应该是"活土"观念及其巫术仪式。

随着原型理论的流行,"原型"概念处于不断的通货膨胀状态,仿佛一切文化现象都来源于神话原型,凡是历史上同类故事的早期文本都是原

---

① 沈怀灵《从上古文化看"夸父追日"神话的原始内涵》,载《云南师范大学学报(哲学社会科学版)》1998年第3期。
② 朱任飞《〈庄子〉神话的破译与解析》,东北师范大学出版社,1999年。
③ 王钟陵《神话—原型批评之我见》,载《文学评论》1998年第3期。
④ 周延良《鲧禹治水与息壤的原始文化基型》,载《文艺研究》1998年第6期。

型。这不符合实际,也造成了理论体系内部的矛盾,应该引起研究者注意。

四、民间神话的探索及其反思

一批从事民俗学和民间文学研究的学者推动了神话研究的另一大趋势——通过田野作业发现今天依然存活在民间的神话(或称"活态神话"、"口传神话"),并以此补充古代典籍记载神话的不足。现代民间神话的可靠程度与学术价值遭到"文献派"的质疑,这种质疑曾经限制了该研究方法的影响。从事中原地区汉族民间神话调查与研究17年的张振犁先生及其弟子吴效群在《东方文明的曙光——中原神话论》中分别阐述了该地区民间神话的远古渊源和流传至今的原因。他们指出:中原是华夏族核心地区,神话自古丰富;而农业自然经济的延续,宗法制千年一贯的祖先崇拜观念,最终导致远古神话在民间得到保存,尽管其上附着了一些后世的思想观念[①]。陈江风又为民间神话提供了一些考古资料上的实证[②]。这些努力可以部分地消除人们的疑虑。在我看来,最根本的问题在于如何认识中西文化的差异。西方文明的替代性发展模式(基督教完全排斥异教)和社会大、小传统一体化程度较高,阻断了以古希腊神话为代表的西方古典神话信仰基础的延续,因而西方古典神话除了在文学中有所影响之外,完全消失于信仰领域。真正的神话在现代西方业已消失。于是,西方神话学完全无法想象古典神话一直以实际信仰的方式延续到文明高度发达的社会。而中华文化的高度连续性(神话人物转换为理想的远古帝王受到全社会的崇拜),以及官方文化对于非儒教神话的容忍态度,使中国古典神话及其信仰得以在民间不绝如缕地延续下来。审慎而正确地运用汉族民间神话的资料,不仅可以弥补古代典籍记录神话的不足,而且

---

① 张振犁、陈江风等人《东方文明的曙光——中原神话论》,东方出版中心,1999年,第12—14、172—174页。

② 张振犁、陈江风等人《东方文明的曙光》,第247—256页,第263—276页。

可以据以矫正西方神话学的某些结论,例如神话必须是在仪典上讲述的观点①,和只有远古社会才有神话的观点。

《东方文明的曙光》这部多人合作完成的著作还体现了中原神话研究的不同发展方向。张振犁先生的研究重点依然在古代,探讨的是中原神话所蕴含的古代哲学观念、科学思维和文化模式。他在另外一篇文章中主张中岳嵩山一带是中国古代神话产生的圣地,是东方奥林匹斯圣山②。吴效群、杨利慧、高有鹏、程健君都着重探讨民间神话在百姓现实生活中的功能。在我看来,研究口传神话在现代民间生活中的实际功能也许比探讨其与古代神话的关系更加切实可靠。

中原神话和汉族其他地区民间神话的调查与研究为解决古代神话研究中的某些疑难问题提供了新的机会,比如女娲神话的起源地问题。杨利慧的新作《女娲溯源——女娲信仰起源地的再推测》利用全国各地民间神话的新资料与文献、考古资料相结合,批驳了芮逸夫、闻一多主张的"女娲起源南方说"的四条依据,认为这些依据已经偏颇陈旧,不足以解释新材料③;并重新论证了茅盾等人主张的"女娲起源北方说"。她的结论是女娲神话与信仰起源于北方,最可能起源于西北的渭水流域④。尽管这个问题还没有最后定论,但是杨利慧把该项研究向纵深推动了一步。范三畏《旷古逸史——陇右神话与古史传说》也广泛利用了民间神话资料研究古代神话,结论是伏羲、女娲、炎帝、黄帝的发祥地都在甘肃天水一带⑤。关于古代神话发源地的争论,还有待于对古代华夏民族迁徙史的进一步研究来解决。

范三畏《旷古逸史——陇右神话与古史传说》的最大成绩是运用"四

---

① 张振犁、陈江风等人《东方文明的曙光》,第184页。
② 张振犁《东方奥林匹斯圣山——嵩山神话探秘》,载《民间文化》1999年第4期,第65页。
③ 杨利慧《女娲溯源——女娲信仰起源地的再推测》,北京师范大学出版社,1999年,第12—71页。
④ 杨利慧《女娲溯源——女娲信仰起源地的再推测》,第126页。
⑤ 范三畏《旷古逸史——陇右神话与古史传说》,甘肃教育出版社,1999年,第6页,第76—77、111—117、136—146页。

级二别"①的氏族婚姻级别制度解释神话与图腾问题。神话学界常常只注意图腾制度的族徽方面,忽视其婚姻制度内涵,于是"一族只有一个图腾,多个图腾共存则是民族融合的标志"几乎成为共识,因而出现了伏羲是龙图腾还是虎图腾的争议等一系列问题。范氏突破常说,认为伏羲、女娲的出生与相互关系体现了"四级二别"婚姻级别制度:伏羲之父雷公属龙氏族,其母华胥属凤氏族,所以伏羲自己属于虎氏族。而女娲则是凤族之父与龙族之母所生,属于黾(即龟或蛙)氏族。伏羲与女娲结合,故下一代当属龙氏族或凤氏族,而辈分不明的太昊属于龙氏族、少昊属于凤氏族正说明了这一点②。

我国少数民族神话研究始终贯穿着对于口传资料的使用。只是学术界觉得少数民族文化相对落后,对于这些口传神话的真实性并没有多少怀疑。段宝林先生《蚩尤考》③结合古文献资料、汉族民俗资料和苗族口传资料全面考察了蚩尤神话,揭示了该神话背后隐含的古代民族关系及其影响。白庚胜对于纳西族神话的研究成果《东巴神话象征论》和《东巴神话研究》具有代表性。对于母语和本族文化的熟悉,使作者可以直接深入到传承东巴神话与信仰的东巴们中间采录到第一手的神话资料④,把口传资料与文献资料相互印证,更加深入地认识神话及其信仰。俄国汉学家李福清深入到台湾地区的邹族、布农族、泰雅族、赛德克族中进行田野作业,并参照其他材料完成了《从神话到鬼话——台湾原住民神话故事比较研究》一书。史军超《哈尼族文化英雄论》⑤、曾祥委《粤北民间宗教文献〈盘古经忏〉初步研究》⑥均程度不一地运用了作者本人的田野作业资料。

---

① 范三畏《旷古逸史——陇右神话与古史传说》,第 30—31 页。
② 同上书,第 41—42、82 页。
③ 段宝林《蚩尤考》,载《民族文学研究》1998 年第 4 期。
④ 例如书中大量引用他所整理的《三个东巴的口述自传》(未出版)。
⑤ 史军超《哈尼族文化英雄论》,载《民族文学研究》1998 年第 3 期。
⑥ 曾祥委《粤北民间宗教文献〈盘古经忏〉初步研究》,载《韶关大学学报(社会科学版)》1998 年第 1 期。

刘晓春《一个地域神的传说和民众生活世界》①对江西省宁都县东山坝乡富东村境内的白石仙信仰传说这一个案的调查,发现该地域神及其传说的发展史贯穿着柞树坊罗氏家族为争夺政治地位、文化地位和经济利益而进行的斗争,体现了家族与神之间、上层文化与民间文化之间、传统与现代之间的互动关系。这篇文章基本实现了对该地域神及其传说在民众生活中的真实意义的认识,是利用田野作业研究神话传说的一个成功例证。

五、神话与政治

由于远古社会通常是政教合一的,巫师就是部落首领,最大祭司就是国王,所以神话天然地和当时的政治密不可分。神话的演变,很大程度上是现实政治斗争的结果。台湾神话学家王孝廉在《王权交替与神话转换》一文中说,随着田齐取代姜齐,田齐崇拜的黄帝、帝舜在稷下学士们的笔下,就对姜齐政权崇拜的炎帝神农、蚩尤、伯夷、共工取得了决定性胜利。这些神话是"……为现实王权服务的新的王权政治神话"②。不过,此文忽略了其他诸侯国的态度和作用,论证不够充分。金荣权在其专著《中国神话的流变与文化精神》③和论文《帝俊及其神系考略》④中也从远古社会部族关系方面考察了帝俊、炎帝、黄帝诸神系的演变过程,失败者的神系被胜利者抹杀、歪曲,或收编进自己的神系,最终衰微;而胜利者的神系则地位日隆。这种神话演变的目的是维护胜利者的大一统地位。

金伟、吴彦的《日本神话中的太阳神——天照大神在"记纪"神话体系中的形态与机能》⑤根据日本天照大神的形态与机能,揭示了这个太阳神

---

① 刘晓春《一个地域神的传说和民众生活世界》,载《民间文学论坛》1998年第3期。
② 王孝廉《王权交替与神话转换》,载《民间文学论坛》1998年第3期,第12页。
③ 金荣权《中国神话的流变与文化精神》,天津人民出版社,1998年。
④ 金荣权《帝俊及其神系考略》,载《中州学刊》1998年第1期。
⑤ 金伟、吴彦《日本神话中的太阳神——天照大神在"记纪"神话体系中的形态与机能》,载《辽宁师范大学学报(社会科学版)》1998年第5期。

的有关故事其实是一个时代很晚的政治神话,与原始的太阳神崇拜并无关系。这与梅原猛《诸神流窜》的结论大体一致。

张岩《〈山海经〉与古代社会》①推测《山经》中的鸟兽鱼虫是原始部落的图腾,其中那些组合形态怪异的动物则体现了部落斗争与联合的痕迹。作者首次对《山经》进行了十分详尽的分类统计,发现其所有内容都具有高度的逻辑规整性。而各山系、水系的祭祀地所呈现出来的结构既是宗教性的体系,又是政治性的体系。所以,"《山经》的记录对象,是创立于尧舜时代的五岳政权结构"②。而《海经》也同样展示出一个远古时代的政权布局。结论是《山海经》反映了我国的小型部落社会、中型部落社会向大型原始文明转变的历史过程,其成书年代不应晚于夏代初期,即不晚于夏后启③。按照这种观点,《山海经》实际上是一部被众人误读了的远古历史。作者在论证此说的过程中参阅了不少上古文献,并结合人类学研究的成果,的确有不少奇见。但是其立论基础存在较多推测因素,只能聊备一说。

张步天的《〈山海经〉研究史初论》④一文认为《山海经》是一部综合志书,并论断《五藏山经》的底本是西周初年的王官调查记录,《海经》则可能为私人撰述。作者将《山海经》研究史区分为五个时期(刘歆之前的萌芽期、汉晋奠基期、以征辑为主流的南北朝至宋元期、以考据校注为主流的明清期,以及20世纪的全方位研究的现代期),并分别作了简要叙述。张文是一部微型的《山海经》学术史。

六、神话的考古研究及其争论

利用考古资料研究神话有先天的优势,因为这些资料可以为传世文

---

① 张岩《〈山海经〉与古代社会》,文化艺术出版社,1999年。
② 张岩《〈山海经〉与古代社会》,第412页。
③ 张岩所推定的成书时间几乎与汉代刘歆所称的"夏禹、伯益所作"相同。
④ 张步天《〈山海经〉研究史初论》,载《益阳师专学报》1998年第2期。

献补缺正误;但是,考古资料也有欠缺,因为它们主要是一些器物和器物上的图形,难以确定其真实意义。所以,神话的考古学研究是中国神话学面临的一大机遇和挑战。

陆思贤1995年出版的《神话考古》具有一定影响,但也引发了争议。刘德增、邹健《〈神话考古〉中的"新神话"》[1]尖锐批评了《神话考古》。其批评中贯彻着两个原则:考古资料与待证明的神话之间应该是大致同时、同地的;证明同一神话的各个考古资料之间必须有必然联系,不能拼凑。他们认为陆著违背了上述原则,推测过多。陆思贤《关于〈《神话考古》中的'新神话'〉——答刘德增、邹健二先生》[2]反驳了刘、邹的批评。他认为先秦典籍中的神话文本是史前时代神话的影子,因此可以用史前考古资料证明之。至于是否需要同一地区材料来论证"华胥履迹生伏羲",陆认为该神话是一个关于农业生产现象的象征表达,所以凡中华古国有农业生产的地方,都可以产生此神话。其中后一个反驳理由不充分。

现有考古资料是有限的,可以用来彻底解决具体神话问题的资料更少。目前,我们不能对它期望过高。在探讨过程中应该允许推测,可也不必急于求成,推测过多。应当"有几分材料,说几分话"。

七、从自然科学看神话

王红旗《追寻远古的信息——神话传说与现代科学》用现代信息传输理论破译神话传说中包含的远古信息。他按照信息传递方式把人类社会的发展归结为准人类阶段、语言和传话阶段、图案与神话传说阶段、文字阶段、纸和印刷术复制信息阶段等。在图案与神话传说阶段,远古人类关于社会与自然的重要信息由部落首领或巫师用传说的方式传输给后代,

---

[1] 刘德增、邹健《〈神话考古〉中的"新神话"》,载《民俗研究》1998年第1期。
[2] 陆思贤《关于〈《神话考古》中的'新神话'〉——答刘德增、邹健二先生》,载《民俗研究》1998年第3期。

而对于被传说信息进行的种种解释即是神话①。女娲时代的自然变动基本是传说信息,而女娲补天的行为则是神话。在神话传说信息的传输过程中,发生多次的浓缩、歧义、丢失。但是,那些包含真实信息并且内容丰富的神话传说依然可以复原。关键在于正确把握其信息代码,这就需要研究者具有远古时代的自然与社会的各种知识。可能是出身自然科学的缘故,王红旗主要探讨了神话中包含的有关大自然的信息,也探讨了其中某些社会信息。例如,夸父所逐之日是发光宇宙体进入大气层造成灾难;女娲补天传达的是巨大的天外物体进入地球大气层(有如天裂),击中陆地起火,击中海洋造成海啸;精卫填海是女娃族遭受海侵;刑天则是猎头族的牺牲品②等。王红旗提供的是一种"神话是被扭曲的客观知识"的理论,有不少新义值得参考。但是,他的具体论证往往建立在自然现象与神话情节之间存在类似这样的单一基础上,尚嫌不足。刘毓庆《"女娲补天"与生殖崇拜》认为女娲神话各方面均与生殖崇拜有关,并认为神话中"天裂"的天文学依据是极光现象③。

八、神话史的写作

追随神话的历史脚步,一直是神话学研究的一个梦想。1988年,袁珂先生《中国神话史》在这方面有过开创性的探索。而1999年吕微为《中华民间文学史》④所做的《神话编》(以下简称吕文)实际上是一部截止在东汉的中国神话史。吕文的神话历史观有三点值得注意。

第一,作者强调神话的特定社会功能,力图解决神话作品的年代问题,使神话史成为可能。神话是通过其本质功能(即信仰。神话通过讲述

---

① 王红旗《追寻远古的信息——神话传说与现代科学》,中国国际广播出版社,1998年,第5—6页。
② 王红旗《追寻远古的信息——神话传说与现代科学》,第73、76、129、165页。
③ 刘毓庆《"女娲补天"与生殖崇拜》,载《文艺研究》1998年第6期,第100页。
④ 祈连休、程蔷主编的《中华民间文学史》是分体的民间文学史。

"神圣历史",阐发文化与自然关系的本质,规定人与人关系的准则①)而与社会历史背景结合起来的,所以由神话的本质功能出发,就能发现它的服务对象与时代。鲧、禹神话大致是最早建立中央王朝的夏人用来证明自己统治的合法性的。其后,取代夏人的殷人和取代殷人的周人以及最终将要取代周人的秦人,都承认夏王朝的正统地位,所以都接受鲧和大禹的神话传说,把自己说成大禹事业的继承人。这就是鲧、禹神话传说的产生年代及其演变史。

第二,强调神话信仰中理性成分的增长是神话发展的实质性内容。吕文云:"理性,是理解和构造神话发展历史与逻辑的关键概念,系统(体系)化、伦理(道德)化、历史(传说)化都不过是理性进入神话领域的不同角度和阶段成果,而神话的古典化则是上述成果的集中体现。"②汉语神话从零散到系统,从非道德、非理性的原始神话到道德的、理性的古典神话,都体现出理性因素的不断增长。当然,这种增长是限制在神话信仰允许的范围之内的。但是,作者的这种观点有单线发展的嫌疑。它只揭示了神话发展过程的一个方面,而实际上,神话的发展是非理性的神话信仰与理性观念不断斗争、协调的过程。正是由于这种相互斗争,中国古代汉语神话在经历了从先秦到西汉的长期理性发展之后,却在西汉末年发起非理性的复兴运动——谶纬神话。

第三,民间神话与官方宗教的关系是理解中国神话发展的一个关键。秦汉时代官方宗教与神话系统过分理性化,从而与民间信仰、民间神话之间产生巨大张力,最终导致主流意识形态的调整,出现追求人格化、有主名神灵的神话的谶纬运动。

九、20世纪神话学史的回顾

学术转型的进展和新世纪的即将来临,使得整个中国人文社科界都

---

① 祈连休、程蔷《中华民间文学史》,河北教育出版社,1999年,第1页。
② 祈连休、程蔷《中华民间文学史》,第5页。

自觉不自觉地开始了学术史回顾,期望借"辨章学术,考镜源流"来获得对未来发展的方向感。不过,各家眼中的神话学史却存在分歧与矛盾。

叶舒宪在《神话与民间文学的理论建构》①中称,20世纪初神话学与民间文学(民俗学)的理论建构,是近百年中国文学研究的发端。它们为我国的文学研究带来前所未有的开阔视野和新的探索空间,从神话学角度研究古史,从神话学、民俗学角度研究古典文学都有卓越成就。作为人类学下属学科的神话学与民俗学(民间文学)引导了20世纪中国文学研究最终走向与世界接轨的道路。陈建宪《精神还乡的引魂之幡——20世纪中国神话学回眸》②一文对20世纪中国神话学价值取向的判断与叶舒宪截然相反。他认为其中体现的是现代中国人的"精神还乡"——在中国传统文化遭受巨大危机的时候,到民族精神的源头——神话寻根。典籍神话的钩沉整理、各民族口传神话的搜集、地下神话资料的考古发现等,都是为了保存民族精神财富。神话研究也一样:"古史辨"等历史学神话学派清理了上古神话资料的混乱局面,人类学的神话学派揭示了神话的意义,民族学的神话学使得神话学从古籍走入现代生活,文艺学的神话学则为文学创作与批评提供了武器。高有鹏《面向21世纪的中国神话研究》③从四个方面总结了中国现代神话学:第一,"启迪民智"以求民族解放与发展的使命感和科学精神;第二,西方神话理论的译介和研究最终使神话学成为独立学科;第三,以古史辨派为代表的历史学神话研究为整个神话学奠定了坚实基础;第四,以田野作业为特点的民俗学和民族学的神话学研究标志着中国神话学的成熟。

捷克作曲家德沃夏克的交响曲《自新大陆》有两个极其著名的主题——"新世界"和"回家乡",表达他初到美国的情感。20世纪中国文化现代化的大乐章同样充满了"走向世界"和"精神还乡"的双主题变奏,它

---

① 叶舒宪《神话与民间文学的理论建构》,载《海南师院学报》1998年第1期。
② 陈建宪《精神还乡的引魂之幡——20世纪中国神话学回眸》,载《河北师范大学学报(哲学社会科学版)》1998年第3期。
③ 高有鹏《面向21世纪的中国神话研究》,载《社会科学辑刊》1999年第3期。

们在不同时期交替出现,并最终融为一体。原因是:闭门锁国是死路一条,但抛弃文化自我也绝非生计。中国现代神话学是中国人(而不是其他人)走向世界的产物和标志,其价值取向自然同时兼有"走向世界"与"精神还乡"。

当今中国神话学界的泰斗袁珂和中国神话学共同走过了半个多世纪,人们喜欢用"填海追日"来形容他的神话研究工作①。分析袁珂无疑是研究现代神话学史的一条捷径。其学术自传《袁珂学述》回顾了自己的学术道路,并对其主要神话学思想和五十多年的研究成果作了总结:钩沉、整理中国古典神话资料,校注译《山海经》,编纂神话词典,研究神话历史问题,编写神话读本等。袁珂总结自己在20世纪80年代初率先摆脱教条主义束缚而提出的"广义神话论"有两个特点:一、文学属性是神话的主旋律。二、神话一直延续到阶级社会,特别是长期的封建社会②。"广义神话论",上承鲁迅、茅盾对神话定义的广狭之分,下启新一代神话学家如萧兵、陈钧、刘城淮等人的思路,实是现代神话学史的一大关键。不过,袁珂对神话文学属性的过分强调,表明他和神话学的最新发展保持了距离。

总的说来,1998—1999年的中国神话学继承百年传统,守正创新,在学科基本建设和学术创新两方面进行了全方位的探索,保持了神话学研究的强劲发展势头,并在人文科学和社会科学诸领域发挥了影响。

2002年12月

---

① 见前引马昌仪论文。张家钊等编《填海追日——袁珂神话研究纪念文集》,四川大学出版社,1998年。钟伟今《填海追日,究心神话——袁珂先生和他的中国神话研究》,载《中华文化论坛》1999年第1期。

② 袁珂《袁珂学述》,浙江人民出版社,1999年,第27页。

走出西方神话的阴影
——论中国神话学界使用西方现代神话概念的成就与局限

中国古代历史上曾经出现很多神话作品,却一直未出现神话的概念。这是一个值得思考的问题。自从1902年梁启超第一次使用日本学者发明的用于翻译英语中myth的"神话"一词,1903年蒋观云在《新民丛报·谈丛》发表第一篇神话学论文《神话历史养成之人物》以来,中国现代神话学已经走过了一百多年的历史进程。而学者们始终没有正面思考上述问题。中国古代为什么没有"神话"概念?现代神话学者为什么接受了西方的神话概念却不考虑中国古代是否存在相应的概念?由此产生的后果是什么?这是本论文关注的核心。为了弄清原委,本文将考察中国现代神话学发展过程中发生的相关问题。

一、中国现代学者用西方现代神话概念看待中国神话资料

中国现代神话学是顺应所谓"新文化运动"而出现的一门学术。晚清时代中国遭受了西方军事入侵和文化挑战。为了救亡图强、更新文化,激进的中国知识分子开始兴起西化潮流,大量引入西方文化,以期建立中国新文化,其中就包括了神话学。梁启超和蒋观云都是当时在日本的中国学者。主张新文化的知识分子大多对神话怀有浓厚兴趣。新诗人郭沫若欣赏神话,反传统的鲁迅为了利用神话,茅盾为了彻底了解欧洲文学而钻研西方古典神话,以顾颉刚为代表的古史辨派和郑振铎为了给中国史学另辟门户而研究神话。这些学者都是为了建设中国新文化、反对传统文化而开始研究神话的。所以,中国现代神话学是西方文化与中国文化互相碰撞的产物,而且这种碰撞是在西强中弱的条件下进行的。这对中国

神话学有着很深的影响。

首先,大略回顾一下西方神话概念的发展过程。

目前,中国神话学界一般都把神话理解为"神的故事"。但是,这个来自西方的神话概念实际上只是现代神话学的一个"分析的范畴",而非"原生的范畴"[①]。在西方,它也并非自古皆然,一成不变的。在古代希腊语中"神话"的意思是关于神祇和英雄的故事和传说[②]。其实,古代希腊人并不严格区分神话和历史,他们把英雄神话当作"古史",并且为神话编定系统,为神话人物编定年谱[③]。另外,希腊神话主要依靠《荷马史诗》保存下来。在《荷马史诗》中,神灵的故事和英雄的传说也是交织在一起的。在荷马心目中,神话和历史是交织在一起的。当然,在希腊神话故事中,神和人在身份上彼此不能转换,存在着一定的区别[④]。

公元前3世纪,欧赫麦尔认为宙斯是从现实的人被神化为主神的。看来他也没有严格区分神和人的关系。后来的基督教只承认上帝耶和华是神。为了维持这种一神教信仰,打击异教,基督徒引用欧赫麦尔理论贬斥异教神灵都是虚构的,这显示出基督教把神与人的关系做了彻底区分。

18世纪,西方理性主义觉醒,历史学家开始严格区分神话与历史[⑤]。所以,在西方现代神话学中,myth的意思一般只包括神祇的故事,而删除了古希腊"神话"一词中原有的英雄传说部分。这种做法固然有一定的根据,超自然的神和现实的人之间的确存在差异,但是过分夸大了古希腊神话中神和人之间的差异,同时忽略了古代希腊人把神话看作上古历史的思想。西方现代神话学的神话概念并不能真正反映古希腊神话的实际。

现代神话概念与古代希腊社会的神话概念之间的差距,是个十分棘

[①] 关于分析的范畴和原生的范畴之间的差异见阿兰·邓迪斯编《西方神话学读本》,朝戈金等译,广西师范大学出版社,2006年,第5页。
[②] [苏联]鲍特文尼克等编《神话词典》,黄鸿森、温乃铮译,商务印书馆,1985年,第268页。
[③] 王以欣、王敦书《希腊神话与历史——近现代各派学术观点述评》,载《史学理论研究》1998年第4期。
[④] 这和中国神话人物有时候是超自然的神,有时候是古代帝王的情况存在着一定的差异。
[⑤] 王以欣、王敦书《希腊神话与历史——近现代各派学术观点述评》有详细举证,同上。

手的问题。德国的希腊神话专家奥托·泽曼在其《希腊罗马神话》中一边承认古希腊神话概念——"神话是讲述古老的、非宗教性质的神和英雄或者半人半神的诞生及其生平事迹的";一边却又企图使用现代神话概念,他说:"人们默契地达成共识,把叙述神的生平、事迹的称为神话,而把讲述英雄事迹的称为传说。"①他遵循古代希腊的传统,在其著作中同时叙述了神的故事和英雄的故事,但是这些英雄故事时而被他称作"神话",时而被他称作"传说"。因此,他的著作中,神话和传说这两个概念是一笔糊涂账。其他西方神话学家(例如佛罗依德、列维-斯特劳斯)偶尔也把希腊英雄传说(例如俄底浦斯王的传说)当作神话看待,结构主义神话学大师列维-斯特劳斯就认为:神话与历史之间的鸿沟并不是固有的和不可逾越的②。

中国学者引入的神话概念通常都只包括"神的故事",不包括英雄的传说,因此,中国神话学界通用的神话概念只是西方神话学界主流的一个分析的范畴。只有吕微曾经注意到西方神话学中神话概念的不统一,可惜对此没有深究③。严格地说,中国现代神话学引入的神话概念只是西方启蒙主义运动以后的神话概念,是西方现代神话学根据自己的需要总结古希腊神话作品的结果。

下面讨论引入西方现代神话概念之后研究中国古代文献引发的问题。

当中国学者学习西方现代神话概念以后,回头面对中国古代叙事著作的时候,发现中国上古时代的叙事著作主要是历史文献,当时没有《荷马史诗》那样的叙事文学体裁,自然也没有《荷马史诗》中那样系统完整的

---

① [德]奥托·泽曼《希腊罗马神话》,周惠译,上海人民出版社,2005年,第1页。
② 列维-斯特劳斯在晚期著作《神话与意义》中既承认神话与历史之间的区别,同时也指出二者还存在着联系与相同。他说:"……我们发现神话与历史之间的对立,并不是我们所认为的那样界限分明,在它们中间还有一个中间层次。""……存在于我们头脑之中的神话与历史之间的裂沟应当是可以被克服的,如果我们在研究历史时,不把它从神话中分割开,而是把它看作是神话的接续。"见叶舒宪编选《结构主义神话学》,陕西师范大学出版社,1988年,第98、100页。
③ 吕微《现代神话学与经今、古文说——〈尚书·吕刑〉阐释的案例研究(摘录)》,载《中国民间文化的学术史关照》,黑龙江人民出版社,2004年。

神话叙事。胡适在《白话文学史》中说,中国古代没有《荷马史诗》那样的叙事诗,这是中国古代缺乏神话的一个重要原因。因此,学者们只能从一些杂史著作和类书(如《山海经》、《风俗通义》、《艺文类聚》等)中发现所谓的盘古开天辟地、女娲造人补天等超自然故事,并视之为神话,且给予高度评价,置于文学史源头的地位。现代学者们的无数本《中国文学史》无不从远古神话开始讲起,就是模仿西方文学史模式以建立新的中国文学史模式的努力结果。引入西方现代神话概念,在中国古代文献中发现神话,使中国人找到了与西方文化的共同点。这对致力于师法西方文化以建设中国新文化的激进知识分子来说是一个巨大鼓励,极大刺激了新文化运动的发展。

以顾颉刚为代表的古史辨学派的历史学家们也特别关注中国上古历史,他们甚至在正式的历史叙述中发现了神话。他们发现,正式的上古史中越是远古时代的人物(例如盘古、三皇、尧、舜等)在历史记录中出现得越晚,由此推定他们是后人编造的[①]。而通过与其他文献对比,发现这些人物身上往往神性十足,于是推定他们原来都是神话人物。中国古人十分崇拜的上古史实际上含有大量神话,是所谓"伪造的古史"。古史辨学派借助于西方现代神话概念,打破了中国传统文化十分神圣的历史观。神话观念的引入,对于中国反传统文化,建设接近于西方现代文化的中国新文化的影响是非常重大的。

上述两种研究都是以西方文化作为标准进行的,其中都隐含着对中国传统文化的批判和以西方文化为榜样建立新文化的努力。在这种情况下,人们无暇反思这个借来的神话概念是否符合希腊神话的事实,在中国使用是否符合中国古代文献的实际,是否需要对概念做什么修正等问题。自然也想不到要在中国古代文化中寻找与神话相应的概念。这是和中国神话学建立的时代背景密切相关的,是西强中弱的现实的反映,也是激进的中国现代知识分子一种自觉不自觉的文化策略选择。

[①] 顾颉刚《古史辨》第1册,1926年。

由于神话概念来自西方,对于中国神话的研究从一开始就是在比较研究的基础上展开的。蒋观云《神话历史养成之人物》非常重视神话比较,他认为:印度神话"深玄",希腊神话"优美",而中国神话(如盘古化身宇宙万物)则"最简枯而乏崇大高秀、庄严灵异之致"①。后来中国神话学也一直非常注重神话比较。据不完全统计:到1999年为止,中国有8部著作、341篇论文专门探讨中外神话的比较问题②。其中核心是中国神话与西方神话(古希腊、古罗马神话和北欧神话)的比较。可是,中国的神话比较研究是直接用希腊神话作标准来展开的,而且,很多学者都是为了反对中国传统文化、建立新文化而研究神话的,所以根本不会顾及尊重中国古代文化的特点。中国神话学者最为关注的是如何让中国古代神话具有和希腊神话同样的形态。既消除西强中弱而引起的民族自卑感,满足民族虚荣心,又能建立所谓"新文化",满足现代生活的需要。从茅盾到袁珂、张振犁、谢选骏都致力于研究中国神话的体系,其中袁珂积数十年努力最终编成了一部自己理解的中国神话的系统故事汇编——《中国神话传说》③,成为常年畅销的著作。对神话体系的追求就现代生活而言具有正面意义,但是它忽略了中国传统文化的独立性。

可以想象,用古代希腊记录在叙事文学体裁(史诗)中的神话直接和中国记录在历史著作中的神话进行比较,其结果的客观性是无法得到保障的。其中最常见的结论有两个:中国神话零散不系统,中国神话经过了历史化改造。由这两个结论生发出来的问题更加严重。胡适从中国神话零散推论出华夏民族生活艰辛,不善于幻想,无法创作出神话,于是引起鲁迅、茅盾的坚决反对。现在,很多学者大体认为中国古代应该存在很多神话,只是古代知识分子没有尽到认真保存神话的义务,才导致中国古代神话零散的状态。"古史辨"这个历史学派对于中国神话学直接的影响就

---

① 见马昌仪《中国神话学文论选萃》,中国广播电视出版社,1994年,第18—19页。
② 见贺学君、蔡大成、[日]樱井龙彦《中日学者中国神话研究论著目录总汇》,中国社会科学出版社,2002年。
③ 袁珂《中国神话传说》,中国民间文艺出版社,1984年。

是关于中国古代神话被"历史化"的结论。现在,中国神话历史化似乎已经成为神话研究的一个确定不移的结论,连法国的马伯乐和美国的杰克·波德都用这个观点解释问题①。而以孔子为代表的儒家对于神话的"忽视"和"歪曲解释"就成为破坏神话的罪人。直到近年才有神话学者怀疑这个结论。

中国现代神话学是引进西方现代文化的结果,对中国神话的研究必然是在"中西比较"的眼光下进行的;而西强中弱的现实则使人们自觉不自觉地以西方文化为学习的榜样,于是把西方神话概念作为标准来看待中国神话材料,不能以平等的眼光对待西方神话和中国神话。在超过一个世纪的漫长历史中,西方神话及其概念似乎完全笼罩了中国神话学研究。

二、走出西方神话的阴影

西方神话学界的神话概念主要是依据古代希腊神话建立的,而且夸大了希腊神话中人与神的区别。准确地说,希腊神话即使严格区分人、神关系,也只是人类各类型神话之中的一种特殊情况。所以,神话就是"神的故事"这个概念远不能概括人类所有的神话作品。

当20世纪人类学相对主义理论兴起以后,西方中心主义开始受到怀疑和批判。西方学术界开始从其他文化的立场来重新观察非西方神话材料。以结构主义理论家列维-斯特劳斯《神话学》中研究的美洲博罗罗印第安人的神话《水、装饰和葬礼的起源》(代号M2)为例。村长贝托戈戈杀死妻子,结果小儿子变成一只鸟到处寻找母亲,并在贝托戈戈的肩膀上排泄粪便。粪便发芽,长成大树,压得贝托戈戈难以行动,大受羞辱。于是,贝托戈戈离村流浪,每当他停下休息的时候,就会产生江河与湖泊。

---

① 马伯乐《书经中的神话》,冯沅君译,商务印书馆,1937年。杰克·波德《中国的古代神话》,程蔷译,见《民间文艺集刊》第2集,上海文艺出版社,1982年。

因为此前大地之上没有水,所以每产生一次水,肩上的树就小一点,直至完全消失。但是,此时贝托戈戈却不愿回到村子去,他把村长职位交给父亲。后来,副村长追随贝托戈戈。他们在流亡中发明了许多服饰、装饰品和工具。二人最后成为文化英雄巴科罗罗和伊图博雷。这个故事解释了水、装饰和葬礼的起源,显然属于世界起源和文化起源的神话。其主人公也具有很大的超自然力量,但他的身份却是一个十分普通的人。黑瓦洛印第安人关于日、月和夜鹰的神话更是把日、月都当作远古时代的普通男性[①]。其他土著神话中人、神混合的情况还很多,此处不赘。由此可见,神话主人公可以兼具神和人的身份,神性和人性并不是绝对互不相容的。这是区别于西方神话"人、神对立"模式的另外一种神话模式——"人、神混合"的模式。既然存在两种神话模式,那么根据文化相对主义的立场,就不能援用一种神话模式去要求另外一种神话模式。我们不能假设博罗罗印第安人和黑瓦洛印第安人的神话原来都是完全超自然的神,后来经过了"历史化"。

同样,从中国文化的立场出发,中国古代神话实际上属于非西方神话类型之一,其中神和人的关系呈现出和西方神话神人对立关系不同的面貌。春秋战国时代文献中出现的黄帝,在《山海经》和《尸子》中呈现出最高神的模样,有四张脸,住在与人世完全隔离的昆仑山。可是,他在蚩尤作乱的时候竟然无法对付风伯、雨师的大风雨,只好请女魃下凡。这分明又像个人间帝王。在《尸子》的记录中,孔子就认为黄帝四面实际上是指黄帝派了四个替身去治理四方。因此,春秋战国时代黄帝是同时兼有神、人两种身份的。后来,在《史记》等其他古籍中,黄帝成为远古帝王,人类属性就更加突出了。至今,陕西桥山还有他所谓的陵墓。盘古的神话最早记录在三国时代吴整的《三五历纪》,他起源于混沌,开天辟地。《五运历年记》说他死后变化为宇宙万物。看来,盘古似乎是宇宙大神。但是,

---

① Levi-Strauss, *The Jealous Potter*, Tr. by Benedicte Chorier, The University of Chicago Press, 1988, p. 14.

在梁代任昉的《述异记》中，盘古死后受到人们纪念，坟墓极大。这也说明，盘古在人们心目中是同时兼有神灵和人类两种属性的。作为反面人物的蚩尤也是这样。他有时候是苗民首领，山东、山西、河北等地至今还有所谓"蚩尤坟"；有时候他却是发明兵器的战神，铜头铁额，吃沙石。相对而言，在时间较晚的记录中，这些神话人物的人类属性似乎增加了，似乎更加"历史化"了。但是，这种所谓"历史化"其实远在商代就开始了，并非以孔子为代表的儒家所开创。吕微曾经比较了《吕刑》与《汤诰》、《非攻》、《楚语》和《山海经》中记录的蚩尤作乱神话，结果显示："成书于商朝初年、早于《吕刑》近千年的、同样讲述'蚩尤——三后'神话的《汤诰》就已经充分'历史化'了，这提示我们，中国神话的'历史化'性质可能原本就是汉语神话的'本来面目'之一。"[①]的确如此。历史学家钱穆1939年写成的《中国古史大纲》第一章《近代对上古史之探索》对于顾颉刚的方法与结论进行了五个方面的批判。其第一方面是："(某些)古史实经后人层累地遗失而淘汰。"就是说许多上古史已经丢失，时代越早丢失越多。这是对顾颉刚作为主要证据的"越是远古的人物记录越晚"的质疑。因为文献遗失，今天见到的上古史记录不全，所以才被误以为是后人伪造。其第三方面是："……神话有起于传说之后者，不能因神话而抹杀传说。"钱穆所谓的"传说"就是历史传说。在中国历史上，有些历史人物的确逐步被人们崇拜为神灵。关羽成为伏魔大帝就是最明显的例证。这些实际都是中国古代文化特点的表现——不严格区分神和人类，神和人相互转化的情况非常普遍。因此，从中国文化的立场出发，从中国文献的实际出发，而不是从西方现代神话概念出发，就不需要假设所有中国上古史是由神话经过历史化转化而来，也不需要假设中国神话经历了普遍的历史化。因为，中国神话本来就和历史交融在一起。只是历史家强调其人类身份，宗教家和巫师强调其神灵身份，并且各自做了记录而已。

---

① 吕微《现代神话学与经今、古文说——〈尚书·吕刑〉阐释的案例研究(摘录)》，载《中国民间文化的学术史关照》。

从文化相对主义的立场,倡导尊重中国古代文化的独立性,其实可以更好地全面认识人类神话的普遍性,纠正西方现代神话观的片面性。而过去的中国神话学实践却深陷西方现代神话概念之中,以之为唯一标准,就丧失了利用本国资料修正有关人类神话的普遍理论的机会①。

三、中国古代为什么没有神话概念

按照常理,当人类创造了某种现实,就会塑造相应的概念来指代这种现实。既然中国古代有神话,应该也有相应的神话概念。可是,为什么没有呢?

中国古代文化一直非常注重历史叙事。与其他国家相比,中国的历史叙述即使不是最丰富的,至少也是其中之一。官修的二十四史自不必说,民间各种野史更是汗牛充栋。不少学者因此把中国文化归结为"史官文化"。这是中国文化的一个特征。孔子阐述自己主张,不用抽象概念,而是使用历史事实加以论证。一部《春秋》的写作,褒贬寓于文字叙述之中,其中包含了孔子很多的道德评价。于是,《春秋》不仅仅是客观的历史记录,更是儒家神圣的经典,传达着孔子的价值观。由于中国的古代历史著作普遍使用"春秋笔法",其中包含着大量的价值观念,因此历史著作在中国古代文化中就不单单是一个客观事实的叙述,而是蕴涵价值观念的"神圣叙事"。历代朝廷都把持着修史的权力,实际就是把持这种神圣的叙事权力,为自己政权的合法性进行证明。这和马林诺夫斯基所主张的"神话是社会生活的宪章"的神话功能非常一致。中国古代社会中历史叙事的社会功能正和其他社会中神话的社会功能近似。中国古代的历史著作具有替代神话著作的作用。

但是,古人并非不重视神话。他们重视的是和历史交融在一起的那

---

① 吕微《现代神话学与经今、古文说——〈尚书·吕刑〉阐释的案例研究(摘录)》,载《中国民间文化的学术史关照》。

种神话。让我们回到文献现场去了解一下那些记录神话的作者的看法，看看他们如何看待我们今天所说的神话。《尸子》记录孔子歪曲解释黄帝四面，实际上表明孔子是把神话当作被歪曲的历史看待的，他把神话看作历史。孔子的"歪曲"解释不能证明孔子之前没有兼具神性和人性的黄帝神话——离开了人性的黄帝神话传统，孔子的"历史化"解释如何能够说服其他人？他是一直强调"述而不作"的，不太可能完全独出心裁地做出上述解释。《淮南子》是公认记录神话比较多的著作。其《览冥训》记录女娲补天神话的时候，把这个神话的发生时代称为"往古之时"，就是遥远的古代。其《修务训》记录神农教民播种五谷、品尝百草的时代也是称"古者"。前者是典型的超自然内容，后者是一般的农业起源神话，近似于传说，但是作者对其时代都是泛泛地称为"古代"。这说明《淮南子》作者并没有严格区分神话和历史。许慎《说文解字》云："娲，古之神圣女，化万物者也。"也是把这个女神看作古代的真实存在。既然古人把神话当作历史的一部分，那么就没有必要单独创造一个"神话"概念来指代这种叙事内容。

在如此重视历史叙事的环境下，完全超自然的和历史无关的神话很难在中国古代社会获得希腊神话在希腊社会中享有的那种地位。司马迁作为历史学家是反对把超自然内容写进历史的。他认为那些内容"不雅驯"，所以《史记》作为通史，却只从《五帝本纪》开始；而且，《五帝本纪》对于当时社会上流传的有关黄帝的超自然性质的传说（例如《史记·封禅书》中记录的公孙卿所说黄帝在鼎湖乘龙登天的故事）一概不予采信，直言"黄帝崩，葬桥山"。司马迁对于更早的所谓"三皇时代"则完全付之阙如。这种做法当然是为了符合一般的历史写实要求。但是，在上古史中完全回避神话事实上是做不到的，司马迁还是记录了他人关于黄帝的神奇故事。后人也为《史记》补作了《三皇本纪》。司马迁既然把神话视为不雅驯之言，是不好的"历史"，当然也没有必要为神话单独创造一个词语。

看来，中国古人是把神话当作远古历史看待的。只是有人认为它是好的历史，另外的人则认为它是不好的历史而已。

结论：中国现代神话学曾经不加反思地全盘接受了一个"分析的"、相当狭隘的西方现代神话概念，并根据这种概念研究中国神话材料，结果得出了一些似是而非的结论。走出狭隘的现代西方神话概念，站在中国古代文化的立场，则发现中国古代并非只有神话而没有神话概念。只不过中国古代人把"神话"称为远古历史而已。他们直接把神话当作历史，用"历史"的概念包括了"神话"的概念。

2006 年 4 月初稿，8 月定稿

论神圣叙事的概念

本文将用"神圣叙事"来统称神话和上古史传说这两个概念。

人类社会都用某种神圣性的叙事来论证秩序与价值的合理性,神圣叙事是社会赖以存在的基础之一。西方社会选择了神的故事作为其主要神圣叙事形式,而中国古代选择了古史作为主要神圣叙事形式。神话与古史尽管在叙事内容上存在差异,但其社会功能是一致的,而且都被信为"远古时代的事实"。因此,超越神话叙事和历史叙事之间在内容方面的差异,由它们共同的社会功能立论,那么用"神圣叙事"来囊括神话与古史是符合历史实际的,而且有助于正确理解不同社会文化体系的叙事基础。

神圣叙事,本来是现代神话学界常见的神话定义。美国学者阿兰·邓迪斯编纂的西方神话学论文选集的英文原名即 *Sacred Narrative: Readings in the Theory of Myth*。他在该书《导言》开宗明义地说:"神话是关于世界和人怎样产生并成为今天这个样子的神圣的叙事性解释。"[①] 他把"神圣性"看作神话定义中最重要的形容词,借此,他把缺乏信仰背景的其他叙事形式都排除在外。这个定义非常重视神话的信仰背景及其社会功能。

我们可以说"神话是神圣叙事"。那么,是否也可以说"神圣叙事就是神话"呢?在西方文化语境下,这似乎不是问题,因为在那里,神话的确是最主要的神圣叙事形式,甚至是唯一的神圣叙事形式。但是,在中国,是否也可以呢?本文将依据中国神圣叙事的事实来回答这个问题。

[①] [美]阿兰·邓迪斯编《西方神话学读本》,朝戈金等译,广西师范大学出版社,2006年,第1页。

一、目前的神话概念无法反映中国文化中神圣叙事的实际

人类的社会与文化生活是外在于其生物本能的。为了使社会与文化生活的秩序与价值内化为社会成员的个人心理需要,必须采用神圣叙事来证明社会与文化生活是古已有之的合理的事实。在这个意义上,神圣叙事乃是人类社会赖以存在的基础之一。

神话是目前我们最熟悉的一种神圣叙事形式。中国学术界使用的神话概念并非中国固有名词,而是晚清以来引入的西方现代神话学概念。对这个概念,学术界有两种定义方法。其一,主要依据神话的叙事内容来定义。例如,获得杨利慧支持的美国民俗学家汤普森1955年所下的"最低限度的"神话定义:"神话所涉及的是神及其活动,是创世以及宇宙和世界的普遍属性。"[①]其二,是基于神话的社会功能的定义,其代表人物是马林诺夫斯基。马林诺夫斯基说:"神话在原始文化中具有不可或缺的功能:它表达、增强并理顺了信仰;它捍卫并加强了道德观念;它保证了仪式的效用并且提供引导人的实践准则。因此,神话是人类文明很重要的组成部分,它不是聊以消遣的故事,而是积极努力的力量;它不是理性解释或艺术幻想,而是原始信仰与道德智慧的实用宪章。"[②]吕微深受马林诺夫斯基影响,其论著中一直坚持这种观点[③]。

尽管以上两种定义方法之间有冲突,但是它们也有一个共同点——神灵是神话的主角。而这正是目前学术界对神话认识的最普遍一致的看法。神话学界普遍认为神话是中国上古社会主要的神圣叙事形式。

问题在于这种看法跟中国神圣叙事的历史实践之间不相符合。

中国古代没有神话概念,但是,存在神话创作的实践。因此,学者们

[①] 杨利慧《神话一定是"神圣的叙事"吗?——对神话界定的反思》,《民族文学研究》2006年第3期,第85页。

[②] [英]马林诺夫斯基《神话在生活中的作用》,阿兰·邓迪斯编《西方神话学读本》,第244页。

[③] 吕微《神话编》,祁连休、程蔷主编《中华民间文学史》,河北教育出版社,1999年,第3—4页。

以古代希腊神话为样板,以西方现代神话学的概念为指引,利用中国古籍中一些超自然性质的叙事情节(即神话)建构了作为本民族文化源头的中国神话。一百多年来,这种建构取得了很大影响。可是,这种建构给中国神话学界带来两个无法克服的困难。

第一,符合神话概念的中国古代神话记录大多是不完整的片段,神话的分布非常零散,而且各个神话作品之间不成体系。中国早期叙事形式主要是历史,而历史是记录人类活动的叙事形式,其中涉及神灵的内容十分稀少。在中国,能够表现神话叙事内容的史诗和戏剧的产生时代比较晚,无从记录古典神话。因此,研究中国古代神话的学者们不得不从古代的非叙事性著作中寻找所谓的"神的故事"。人们发现,记录神话最多的是地理志《山海经》、哲学著作《庄子》、《淮南子》和抒情诗《天问》等。它们后来都被各种文学史著作冠以记录神话最多古籍的美名。其实,上述古籍限于自身的性质,根本不可能系统地记录完整的神话。因此,神话学者搜寻到的,或者说他们建构起来的中国神话只能是零散无体系的。鲁迅《中国小说史略》云:"神话大抵以一'神格'为中枢,又推演为叙说……然自古以来,终不闻有荟萃融铸为巨制,如希腊史诗者……"[1]针对这种状况,胡适、鲁迅、茅盾等学者纷纷探讨其原因,并提出各种解说。他们或者归咎于中国特定的地理环境,或者将矛头指向"子不语怪力乱神"[2]的儒家。当时,没有人认为这个困境实际是现代神话学家贸然借用西方神话概念带来的。

第二个问题则更加致命。随着神话学家不断努力发掘中国神话的价值与影响,人们最终发现:除了无从考证的远古时代,中国文明史以来的神话在历史发展过程中发挥的影响力是有限的,始终没有获得崇高的文化地位。中国神话在历史上长期沦为"小说家言"[3],甚至被冠以"怪力乱神"的恶谥。而古希腊神话在西方文化历史上发挥了极大影响,具有崇高

---

[1] 鲁迅《中国小说史略》,《鲁迅全集》第八卷,人民文学出版社,1957年,第16页。
[2] 《论语》,《十三经注疏》本,中华书局,1980年,第2483页。
[3] 《汉书·艺文志》。指记录街谈巷议一类的书籍。

的地位。对比之下,中国神话处于十分尴尬的境地。由此连带中国神话学研究本身的存在价值也大打折扣。

上述两个困境的存在,还会引发更深层次的问题。根据人类社会本身需要神圣叙事加以肯定的原理,如此薄弱、地位低下的中国神话根本无法为中国传统社会提供足够的自身合理性证明。一个缺少自身合理性证明的社会与文化是难以为继的,而这又跟大家公认的中国传统社会具有"超稳定结构"①或超强延续性的看法不符合。由此可以推定,中国现代神话学的上述两个结论一定存在着某种偏差或错位。

我以为,问题就出在我们受西方神话学的影响,把神话当作了唯一的神圣叙事形式,进而忽视了中国神圣叙事的真实历史实践。其实,周代以来的所谓古史才是承担中国传统社会"原始信仰与道德智慧的实用宪章"②功能的主要神圣叙事形式。中国神话学将全部力量都用在挖掘"神的故事"上,忽略了作为中国古代主要神圣叙事形式的关于远古帝王的历史叙事,这是一个失误。

回顾中国神话学的开山之作,我发现蒋观云1903年发表的《神话历史养成之人物》就包含了一个很有启发性的猜想,那就是历史同样可以成为神圣叙事:

> 一国之神话与一国之历史,皆于人心上有莫大之影响。……神话、历史者,能造成一国之人才。然神话、历史之所由成,即其一国人天才所发显之处。其神话、历史不足以增长人之兴味,鼓动人之志气,则其国人天才之短可知也。③

这里所谓的神话和历史(文中专指历史叙事文本)能造成一国之人

---

① 金观涛、刘青峰《兴盛与危机——论中国封建社会的超稳定结构》,湖南人民出版社,1984年。金观涛、刘青峰《兴盛与危机——论中国社会超稳定结构》,法律出版社,2011年。
② [英]马林诺夫斯基《神话在生活中的作用》,阿兰·邓迪斯编《西方神话学读本》,第244页。
③ 蒋观云《神话历史养成之人物》,马昌仪编《中国神话学文论选萃》,中国广播电视出版社,1994年,第18页。

才,显然是说它们都是神圣叙事。不过,蒋观云在其《神话历史养成之人物》中认为中国古代神话缺乏"崇大高秀、庄严灵异之致",而古代历史又是"呆举事实",所以都需要重新改进。这说明蒋氏并未真正理解中国传统社会的上古历史写作,他的历史作为神圣叙事的说法还停留在猜想的层面。

而顾颉刚分析古代历史文献,发现了中国古史是"层累"地形成的,由此确认古史传说是当时的"真神话",并揭示了这些古史跟当时国家政治的密切关系①。由此可知,中国古代社会即便缺乏西方神话学意义上的神话,但是却并不缺乏社会文化自我证明的神圣叙事,只是我们的神圣叙事采用了上古历史叙事的形式而已。

因此,我们需要走出神话学把神话视为人类唯一神圣叙事的误区,重新考察中国历史的叙事实践,才能正确理解中国文化及其叙事基础——作为神圣叙事的以三皇五帝为代表的古史传说。

二、神圣叙事作为概念的优越性

前文已经说明:中国古人心目中的上古史在功能上实际等同于神话。如果止步于此,仍然存在一个问题——古史与神话之间的界限似乎消失了。而这种把古史等同于神话的表达有悖于学术概念彼此不能混淆的基本要求。

事实上,古史与神话的叙事内容存在很大差距。古史作为历史叙述,其主人公都是人类;而神话的主角则是神灵。尽管古史传说有时候也包含一定的超自然性,但是,毕竟跟神话的超自然性在规模和深度上都存在天壤之别。所以,孔子在回答黄帝是否真是"四面"(即长着四张脸)的问题时,就不得不消除黄帝的超自然性,把"四面"解释为黄帝派了四个"合

---

① 顾颉刚《与钱玄同先生论古史书》,《古史辨自序》,河北教育出版社,2003年,第4页。《三皇考》,《古史辨自序》,第169页。

己者"(即长相跟自己一样的人)代表自己去治理四方①。司马迁《史记》是中国通史,但他开篇却不写神话色彩过于浓厚的三皇,而直接以比较接近历史的《五帝本纪》开始。

　　既然如此,那么只有在抛弃了神话和古史叙事的内容标准的前提下,专以这两种叙事形式的社会功能为根据,分别加以定义,然后我们才能说古史和神话都是神圣叙事。或者说在社会功能上,中国古史与神话相同。吕微就是这样做的。他认为神话的本质在于其社会功能形式,不在于其叙事内容。在抛开了叙事内容差异的情况下,吕微认为,中国古史传说是原始神话被历史化的结果,"……但古史传说依然保留了神话的信仰性质,并继续发挥着神话作为权力话语、价值依据等多重功能。在此意义上,我们说,古史传说是中国汉语古典神话的特定言说方式"②。在《中华民间文学史·神话编》的第三章,吕微令人信服地论证了东周时代古史传说的帝系如何发挥其神圣叙事功能。由于增加了限定条件,所以吕微说"……古史传说是中国汉语古典神话的特定言说方式"是完全合理的。不过,这句话中的"中国汉语古典神话"实质已经蜕变为中国神圣叙事的同义语。在学界依然普遍坚持神话与古史之间界限的语境下,吕微的上述表达仍然不能令人满意。

　　我们需要一个概念能够囊括神话和古史这两种叙事形式。"神圣叙事"一词可以担当这个责任。

　　"神圣叙事"一词,原本就是基于神话的社会功能所下的定义。那么,我们将这个词组改造成一个新的概念——所谓神圣叙事,是指一种社会文化赖以存在的基本叙事形式。它通过叙述远古时代的先例,论证社会秩序与价值的合理性,是该社会文化的"原始信仰与道德智慧的实用宪章"③。由于社会文化的差异,神圣叙事可以采取不同的叙事形态。它可

---

① 《尸子》,(宋)李昉《太平御览》卷七九,中华书局,1960年,第369页。
② 吕微《神话编》,祁连休、程蔷主编《中华民间文学史》,第4页。
③ [英]马林诺夫斯基《神话在生活中的作用》,阿兰·邓迪斯编《西方神话学读本》,第244页。

以是神话,可以是史诗,也可以是所谓的古史。

在这个基于叙事形式的社会功能的概念之下,神话和古史传说分别作为神圣叙事的两种基本形式,依然保持着各自叙事内容方面的差异性,从而保留了一般学术界在古史与神话之间划定的界限。根据这个定义,我们可以说中国古代存在两种神圣叙事,一种是比较零散无体系的神的故事(即神话),另一种是具有完整体系的古史传说,而后者占据更加主流的地位。

当我们把古史传说视为中国传统社会的神圣叙事的时候,可以更加清晰地认识中国古代社会的叙事基础,以及该基础强大的社会影响力。古史传说中的三皇五帝所代表的国家、民族与文化价值观实际是中国传统社会的文化基础。作为远古时代的圣贤,他们的故事奠定了中国古代的人格模式、社会结构和国家体制。因此,三皇五帝在中国历史(包括文学)上的作用远远超过神话的作用,完全可以和古代希腊神话在西方历史上的作用相媲美。使用神圣叙事概念研究中国古代社会的叙事基础——古史传说,将彻底解决本文第一部分所指出的使用神话概念研究古代社会关于"神的故事"带来的两大困境——与零散无体系,而且文化地位低下的神话相比,古史传说体系完整,功能强大,为中国古代社会提供了充分的合理化论证,强化了中国古代社会的结构。

另外,把古史视为神圣叙事,也可以解决历史研究中存在的问题。古史辨派在辨析了古史传说的虚构性质之后,大多数学者都基于历史学的科学原则将之视为统治者伪造的历史而弃置不论。这种做法当然是科学的,因为古史作为人为创作的叙事的确不是真实发生的历史事件的忠实记录;但是这种科学做法却是不完善的,因为它忽略了古史作为神圣叙事所包含的社会功能和价值观。古史虽然是人为创作的,但是为什么这种伪造的东西竟能得到当时社会的肯定和支持,并长期流传?显然,它符合了当时的社会需求,得到了大众认同,因此其中必然包含当时社会结构和人类精神生活的某种特殊机制。假如将这些材料弃置不用,历史学家很难深入理解古代社会。而当我们以神圣叙事概念来看待古史,不仅研究其叙事内容本身的真假,而且研究其神圣性的社会功能,必能挽救这些曾经被学界弃置不用的宝贵史料,进一步推动史学研究。

三、神圣叙事概念辨疑

神话学界对于把神话定义为神圣叙事是存在疑问的,这种疑问当然会影响到我所主张的囊括了神话和古史的神圣叙事概念。所以,有必要在此对相关诘难进行辨析。

首先讨论在神话领域使用神圣叙事概念的问题。

杨利慧认为神话的神圣性质并非普遍存在,神圣性并非神话本质之所在。因此,她判断:把神话定义为神圣叙事无助于中国古典神话的研究,因为这些神话片段零散且往往缺乏上下文语境,无法确定其神圣性。如果坚持神圣叙事的定义,会引起命名和材料事实不符的"名实"矛盾;另外也将排斥许多流传在现代民众之中的缺乏神圣性的口头神话。所以,她主张使用汤普森提出的"最低限度"的神话概念[①]。的确,如果把神话的神圣性扩大到必须由巫师讲述,必须在仪式上演述,那当然是不当的。在这个层面,我赞同她的意见。但是,杨利慧对神圣叙事的批评不止于此。上述针对古典神话和民间神话研究的批评的依据就不够充分,不尽合理。中国古典神话不容乐观的保存状态,的确使得探索其神圣性十分困难。但是,这不是神圣叙事定义造成的,而是历史造成的典籍材料缺陷(这种材料在马林诺夫斯基看来是被后人改造过的神话的"木乃伊"[②])。因此,把"名实不符"归罪于神圣叙事定义是不合理的。另外,在古籍材料缺乏的条件下,更应坚持神圣叙事定义才能提醒研究者注意材料自身的不完整、不充分,在得到充分资料之前,尽力避免过深的解释。如果为了顾及材料的缺乏而采用"最低限度"的神话定义,反而更容易开启随意解

---

① 杨利慧《神话一定是神圣的叙事吗?》,《民族文学研究》2006年第3期,第85—86页。
② [英]马林诺夫斯基《神话在生活中的作用》,阿兰·邓迪斯编《西方神话学读本》,第244页。

读的方便之门。目前中国古典神话早已成为各家的自由跑马场,任意解读成风。在我看来,这正是忽视神话的神圣性造成的。现代民众对于神话的信仰程度不一,导致口头神话在不同讲述人那里神圣程度不一,甚至还会出现具有戏谑调侃叙事风格的情况。这是事实。但这个事实同样不足以否认神话的神圣性。我们把那些非神圣性质的口头材料看作对神话的借用就足以应付这个问题。

为了实现一个既不过严、也不过宽的具有实用性的神话定义,杨利慧后来把汤普森的"最低限度"的神话概念略有扩大:"神话是有关神祇、始祖、文化英雄或神圣动物及其活动的叙事(narrative),它解释宇宙、人类(包括神祇与特定族群)和文化的最初起源,以及现时世间秩序的最初奠定。"[①]这个定义事实上是暗含着神话的神圣性质的。神祇、始祖、文化英雄或神圣动物,哪一种不是具有神圣性的?万物起源和现时世间秩序的最初奠定如果脱离了神圣性,它们跟童话故事中神奇故事的界限如何确定?刻意回避神圣性,可能使自己处在很困难的理论境地。

神话面向全体民众,呈现多重的面相,发挥多方面的社会功能。神话研究涉及多个学科,各学科出于自身的需要探讨神话的不同面相,并对神话有不同定义,是正常、合理的。比如,古典文学研究强调文本分析,象征分析,所以,古典文学界的神话定义较少考虑神圣性是可以理解的。不过,人类学、民俗学需要面对人类文化与生活的总体。如果我们在定义中抛开了基于神话社会功能的神圣性,那么我们就会丧失分析神话与社会生活关系的理论依据。最少也会丧失我们学科在神话研究中的很多特长和优势。

其次,讨论在古史研究中运用神圣叙事概念的问题。

当我们把中国古史看作神圣叙事的时候,一定会遭遇一个诘问:古史是神圣叙事,那么后来的历史是不是神圣叙事呢?从后来历史叙事的写作目的和社会功能看,它们当然也是神圣叙事。

---

① 杨利慧《神话与神话学》,北京师范大学出版社,2009年,第5页。

历史写作,从来都不仅仅是单纯地记录客观发生的事件。孔子作《春秋》,有所谓"春秋笔法",就是在叙述事实过程中通过选择褒义词或贬义词加入自己的道德评价。所以,《孟子·滕文公下》说:"孔子成《春秋》而乱臣贼子惧。"[1]《春秋》不仅是客观的历史记录,更是体现了孔子价值观的神圣叙事!《春秋》成为儒家经典之一,充分验证了这部史书的神圣叙事性质。其实,不仅古史,即便是后来的中国历代国史也都是神圣叙事。这也是历代朝廷一定要垄断国史写作的原因[2]。

2014 年 2 月

---

[1] 《孟子·滕文公下》,《十三经注疏》下册,北京:中华书局,1980 年,第 2715 页。
[2] 参见陈连山《走出西方神话的阴影——论中国神话学界使用西方现代神话概念的成就与局限》,《长江大学学报(社会科学版)》2006 年第 6 期。

从神话学立场论夏朝的存在

由于文字在人类文明的发展过程中出现时间较晚,文献记录的历史更晚,所以,研究人类文明起源和早期历史事实存在很大困难。这一困难在华夏文明起源和上古史研究中表现得更加突出。历史学界和考古学界对于夏朝是否存在争论了多年,迄今尚未得出最后的结论。神话是远古文明的重要组成部分,我们可以通过研究神话来探索远古文明起源和人类早期历史。但因为神话中存在大量超自然内容,而且与实际历史事件缺乏直接关系,所以中国神话学基本没有参与夏朝是否存在的讨论。神话学家叶舒宪先生通过研究玉石崇拜而参与中华文明起源研究,也受到一些质疑。那么,神话学能不能研究夏朝是否存在,以何种方式参与该问题的研究,就成为一个有待解决的问题。

本文首先讨论神话学参与历史研究的合理性,以求在合理基础上从神话学的角度来研究夏朝是否存在的问题。其次,讨论相关的方法论和证据学原则。

一、神话学参与历史研究的合理性

现代人在神话和历史(历史叙事)[①]这两个概念之间建立了对立关系。神话被视为古人想象虚构的故事,而历史则被视为对过去事实的记录。虽然我们很难证明历史叙事就是过去发生的事实,至少在理论上历史"应该"如此。按照这种观念,神话和历史一假一真,彼此对立。中国现

[①] 我们通常使用的"历史"概念包含两个意思:第一是指过去真实发生的一系列事件。第二是关于过去事件的叙述,或叫历史记录、历史叙事。本文把前者表述为"历史事实",而把"历史"概念限定为历史记录、或历史叙事。

代历史学中的疑古学派所做的工作就是把古史中的神话全部剔除出去。因此,神话学家参与古史研究、参与中华文明历史起源研究是一个看似有点荒唐的事情。

但是,神话和历史这两个概念之间的关系并非一直如此对立。十八世纪的意大利学者维柯在《新科学》中考察西方文学史上诗人们笔下的神话故事其实是作为历史加以叙述的:"从这里可以看出最初的神话故事都是历史这一事实的最鲜明的证据。"①"一切古代世俗历史都起源于神话故事。"②这就是说,在远古时代,神话与历史是交织在一起的。而揆诸中国历史,我们古代根本没有神话的概念。今天被我们称之为神话的那些叙事都被包含在古人的历史叙述之中③。在古人那里,神话是真实发生在远古时代的事情,或者说神话就是他们对于历史的叙述。因为他们对待这些叙事很严肃,很虔诚,所以,神话学界称之为神圣叙事。鉴于古人心目中的神话与历史是一体的,为了便于理解古人的神话历史观念,我暂时悬置今日学术界所使用的神话概念与历史概念之间的区分,扩大"神圣叙事"概念,让"神圣叙事"概念同时囊括神话和历史。在本文中,神圣叙事既可以是神话叙事,也可以是具有神圣性质的历史叙事。有了神圣叙事这个概念,我们就不会割裂原本是神话与历史混合体的古典文献了。

古人心目中的这些神圣叙事,在情节上当然不会符合我们今天的历史概念,在现代人眼中算不上信史。但是,古人对于神圣叙事的态度和这些神圣叙事实际发挥的社会功能——证明现实社会生活与制度的合理性,使这些神圣叙事具备了某种真实性质。正如英国人类学家马林诺夫斯基所说:

> 神话在原始文化中具有不可或缺的功能:它表达、增强并理顺了信仰;它捍卫并加强了道德观念;它保证了仪式的效用并且提供引导

---

① [意]维柯《新科学》,朱光潜译,人民文学出版社,1986年,第817条,第427页。
② [意]维柯《新科学》,朱光潜译,第840条,第433页。
③ 陈连山《走出西方神话的阴影——论中国神话学界使用西方现代神话概念的成就与局限》,《长江大学学报(社会科学版)》2006年第6期,第17—21页。

人的实践准则。因此,神话是人类文明很重要的组成部分,它不是聊以消遣的故事,而是积极努力的力量;它不是理性解释或艺术幻想,而是原始信仰与道德的实用宪章。①

现代法国人类学家、神话学家列维-斯特劳斯在《神话与意义》中也说:

> 我绝非不相信:在我们自己的社会中,历史已经取代了神话,并发挥着同样的功能。对于没有文字、没有史料的社会而言,神话的目的在于使未来尽可能地保持与过去和现在相同的样态(当然,百分之百的相同是不可能的)……②

列维-斯特劳斯这段话的意思是:无文字社会中的神话叙事和现代社会的历史叙事发挥着同样的功能,就是让过去、现在和未来之间尽可能地保持一致。换言之,神话叙事和历史叙事都是为当时的现实进行合法性证明的,以保证该现实一直存续下去。

我认为:神话表面情节可能是虚构的,但是它的社会功能不可能是虚构的,否则神话就丧失了得以产生的可能性和继续存在的必要性。神话是为了给社会生活和社会制度提供合法性、神圣性证明而产生,如果那种社会生活和社会制度不存在,就不可能出现为之进行"证明"的神话。例如,《史记·高祖本纪》记载:汉高祖刘邦是蛟龙附在刘媪身上使之怀孕而生。这个神话的情节当然是虚构的,是为了证明刘邦是真龙天子而"创造"的。但这个神话背后的事实是刘邦称帝,这个神话就是为了证明刘邦称帝的合理性。假如不存在刘邦称帝的事实,怎么可能出现这个神话呢?没有刘邦称帝的事实,当时人以及后来人怎么可能继续传播这个神话呢?蛟龙附体的神话情节是虚构的,但这个神话所要"证明"其合理性的刘邦

---

① [英]马林诺夫斯基《神话在生活中的作用》,见阿兰·邓迪斯编《西方神话学读本》,朝戈金等译,广西师范大学出版社,2006年,第244页。
② [法]克洛德·列维-斯特劳斯《神话与意义》,杨德睿译,河南大学出版社,2016年,第65页。

称帝则是事实——该神话的社会政治功能直接服务着客观事实。由此推论,我们不能用神话情节的虚构性来否定神话所要证明的社会现实的真实性。

在此基础上,我认为:如果我们通过神话情节的分析得到了它所要证明的对象,那么就可以发现神话叙述背后的真实社会历史。因此,神话学研究历史问题就具有了合理性。本文将基于这一立场,分析关于夏朝的神圣叙事,以回答夏朝是否存在的问题。

二、夏朝作为中国第一个王朝的神话学证据

1. 鲧和大禹神话的民族归属问题

每一个民族为了建立本族群的民族认同,通常都会把本民族的祖先神化。殷商民族祖先契和周民族祖先弃都有充满超自然内容的神话。被视为夏民族祖先的鲧和禹身上的神性也很强。契和弃的神话都有直接的文献证据证明分别属于殷商民族和周民族的创造,那么,鲧和禹的神话是不是夏民族的创造呢?

有一种观点认为:鲧和大禹的神话故事是周代人为了强调夏商周三代一贯而伪造的。我认为这种观点不可信,理由如下:

先秦时代流传的殷商民族祖先契的神话和周民族祖先弃的神话都是各自创造的。为了方便,先讨论周民族始祖弃的神话。弃的神话见于《诗经·大雅·生民》,无疑是周民族自己的神话,无需赘言。而殷商民族祖先契的神话见于《诗经·商颂》。按照古注,《商颂》各篇都是商朝后裔祭祀或赞美祖先的歌曲,所以《商颂》虽然作于周代,但其中神话却不是周代才出现。其中《玄鸟》云:"天命玄鸟,降而生商。"讲的是简狄吞燕卵而生契的神话。而《长发》云:"有娀方将,帝立子生商。"也是讲天帝使有娀氏之女简狄生了儿子契而成为商民族祖先。这两条材料可以互证。既然《玄鸟》和《长发》都是商朝后裔的祭祖歌曲,那么,其中关于契的神话一定

是这些后裔沿袭商朝一直流传的本民族祖先神话。他们不可能按照"周人的需要"而伪造自己民族的始祖神话。其实，周人也没有改造殷商民族祖先神话的需要。因为周人在灭商之后允许商朝后裔建立宋国以奉祀其祖先①，所以，周人也不可能强迫商朝后裔改变原有的祖先神话，否则周人就自相矛盾了。《礼记·乐记》记载：周人在分封殷商后裔于宋国的同时，也分封了夏朝后裔："武王克殷……下车而封夏后氏之后于杞，投殷之后于宋……"②根据同样的道理，周人也不可能改造夏人的祖先神话。那么，被视为夏民族祖先的鲧和大禹的神话应该也是夏民族自己的创造，而不是所谓"周人的臆造"。

有一条材料可以说明商朝人是知道商朝之前的夏王朝的大禹的，仍然是《商颂》中的《长发》："濬哲维商，长发其祥。洪水茫茫，禹敷下土方。外大国是疆，幅陨既长。有娀方将，帝立子生商。"这里的"洪水茫茫，禹敷下土方"的治水神话是被放在商朝祖先神话之前的。显然，商朝后裔承认大禹神话。"外大国"就是夏朝，说明商民族承认商王朝之前是夏王朝，而大禹与夏王朝相关。所以，大禹神话和夏朝的神圣叙事不可能是周人"发明"的。他们可能有所修改，但不可能完全"臆造"。周人讲述的大禹和夏代的故事是从商朝人那里继承的。由此可知，所谓周人为了强调夏商周三代一贯而伪造夏朝和夏朝起源的说法是不成立的。

美国学者艾兰(Sarah Allan)教授提出了另外一种看法，她推测夏王朝是商代人想象出来的自身的对立面③。这是用结构主义方法推论出来的假说。那么，《长发》中的大禹和夏朝起源神话是不是商民族创造的？弃的神话是周民族神化自己民族祖先而创造，契的神话是殷商民族神化

---

① 许维遹《吕氏春秋集释·慎大览》云：(周武王)"立成汤之后于宋，以奉桑林。"中华书局，2009年，第357页。《礼记·乐记》云：周武王克殷之后"投殷之后于宋"。引自陈成国《礼记校注》，岳麓书社，2004年，第288页。《史记·殷本纪》则说武王先封武庚"以续殷祀"。武王死后，武庚作乱被灭，成王"立微子于宋，以续殷后焉"。见《史记》，中华书局，1982年，第108—109页。
② 陈成国《礼记校注》，第288页。
③ 参见艾兰《早期中国历史、思想与文化(增订版)》，杨民等译，商务印书馆，2011年，第76页，第90—91页。

自己民族祖先而创造,合乎逻辑的结论应该是夏民族自己创造了大禹神话。殷商民族有什么需要替夏民族去神化他们的祖先大禹?这个假说违背民族起源神话的创作主体是本民族的普遍认识。

在廓清了上述假说之后,我们再来考察古代文献记录中有关鲧和禹的神圣叙事本身。

2. 鲧和大禹神话与夏政权的神圣性和合法性

鲧和大禹治水不是孤立的抵抗洪水的神话,而是夏朝起源神话的一个组成部分。《山海经·海内经》曰:"禹、鲧是始布土,均定九州。"①又曰:"洪水滔天。鲧窃帝之息壤以堙洪水,不待帝命。帝令祝融杀鲧于羽郊。鲧复生禹。帝乃命禹卒布土以定九州。"②这里的"布土"都是用息壤填洪水。后来的历史化解释,才把"布土"理解为划分国土政区。过去,神话学界多把治水神话孤立起来,把它看作远古时代人类跟自然灾难斗争的反映。但是,这种解释存在两个缺陷:其一,大禹治水的范围遍及全国,这不符合当时的历史条件;其二,孤立解释大禹治水神话,没有看到治水神话与夏朝起源故事的连贯性和统一性。

大禹治水并不是孤立的神话,治水之后大禹还有一系列的政治建设的神圣叙事(其中既有超自然的神话叙事又有写实性的历史叙事)。包括会稽大会,诛杀防风氏,任土作贡,接受禅让,建立夏后国等。由此可知,大禹治水只是大禹成为天子这个神圣叙事的一个组成部分。所以,从相关神圣叙事的总体看,鲧、禹神话与夏王朝建立有关,这是中国古人关于王朝制度起源的神圣叙事。

在神话中,鲧和禹是一组对立的形象,鲧是失败者,禹是成功者;鲧基本上是负面形象,似乎跟民族祖先身份不符。父子俩都是用息壤治水,为什么一个失败,另一个成功?关键在于是否服从天帝的意志。从神话的

---

① 袁珂《山海经校注》,北京联合出版公司,2014年,第393页。
② 袁珂:《山海经校注》,第395页。

宗教教义功能看,鲧"窃帝之息壤以堙洪水,不待帝命",因而失败;禹奉命用息壤(《淮南子·地形训》"禹乃以息土填洪水以为名山"),治水终获成功。因此,鲧和禹治水的不同命运分别从正反两面"证明"了必须服从天帝意志才能成功。由此可知,鲧和禹父子两代的治水神话从正反两个方面说明了当时人的宗教信仰。

大禹服从天帝意志的美好品德和巨大的治水功勋,使之成为夏民族神圣的祖先,也为夏王朝的建立奠定了合法性基础。所以,《史记·夏本纪》说:治水之后经过一系列考察,"帝舜荐禹于天,为嗣。十七年而帝舜崩。三年丧毕,禹辞辟舜之子商均于阳城。天下诸侯皆去商均而朝禹。禹于是遂即天子位,南面朝天下,国号曰夏后,姓姒氏"①。大禹得到了舜帝的禅让,成为天子,并建国号夏后。

按照上述神圣叙事,夏后国的建立就具有了族源的神圣性、君主的德性与赫赫功勋,夏政权获得了合法性证明。

仅仅成为天子、有夏后国,还不足以使夏成为最早的王朝。因为之前的五帝都曾为天子,各有国号。《史记·五帝本纪》说:"自黄帝至舜、禹,皆同姓而异其国号,以章明德。故黄帝为有熊,帝颛顼为高阳,帝喾为高辛,帝尧为陶唐,帝舜为有虞,帝禹为夏后而别氏,姓姒氏。"②因此,有关夏朝的神圣叙事还需要继续证明夏是最早的王朝。

3. 大禹协助舜帝建立国家政治制度的神圣叙事

根据相关神圣叙事的说法,五帝时代的国家政治制度是不完善的,有待于大禹的进一步创造。

首先,大禹派人全面丈量了大地。《山海经·海外东经》云:"帝命竖亥步,自东极至于西极,五亿十选九千八百步。竖亥右手把算,左手指青丘北。一曰禹令竖亥。一曰五亿十万九千八百步。"③大禹命令部下竖亥

---

① 《史记》,中华书局,1982年,第82页。
② 《史记》,第45页。
③ 袁珂《山海经校注》,第229页。

丈量了天下疆域。不仅如此,大禹在治水过程中还了解了山川、交通、矿藏和物产,《山海经·中山经》云:"禹曰:天下名山,经五千三百七十山,六万四千五十六里,居地也。言其五臧,盖其余小山甚众,不足记云。天地之东西二万八千里,南北二万六千里,……得失之数,皆在此内,是谓国用。"①这里的"五臧",即五方的宝藏。这些就是所谓的"国用",是国家的财用,是建国的物质基础。

其次,传世文献和出土文献还叙述了大禹第一次为舜帝建立了统一的政治区划和赋税制度。西周时代的遂公盨铭文云:"天命禹敷土,随山浚川,乃差地设征,降民监德,迺自作配乡(享)民,成父母。"《禹贡》说:"禹别九州,随山浚川,任土作贡。"②"禹敷土,随山刊木,奠高山大川。"③所谓九州,就是冀州、兖州、青州、徐州、扬州、荆州、豫州、梁州和雍州。九州的区划,不是按照后代的诸侯国来区分,而是依据国家自然地理进行的统一区划。除了划分九州,大禹还"差地设征"、"任土作贡",即根据各地物产和土地肥瘠确定了贡赋制度。与此相关的还有"甸、侯、绥、要、荒"五服制度。正是因为有了这些制度,所以,《禹贡》说:"九州攸同,四隩既宅,九山刊旅,九川涤源,九泽既陂,四海会同。六府孔修,庶土交正,厎慎财赋,咸则三壤,成赋中邦。锡土姓,祗台德先,不距朕行。"④不光国内繁荣稳定,连异邦也蒙受声教:"东渐于海,西被于流沙,朔南暨声教,讫于四海。禹锡玄圭,告厥成功。"⑤按照《史记·夏本纪》的说法:"于是帝锡禹玄圭,以告成功于天下。天下于是太平治。"⑥

我们目前无法证实大禹在舜帝时代就完成了普天之下地理调查与上述政治制度建设,因此,我们暂且悬置其真假问题,而把这些内容看作神圣叙事。不过,遂公盨和《山海经》、《禹贡》的这些神圣叙事至少可以说明

---

① 袁珂《山海经校注》,第169页。
② 《十三经注疏》本,中华书局,1980年,第146页。
③ 《十三经注疏》本,146页。
④ 《十三经注疏》本,第152页。
⑤ 《十三经注疏》本,第153页。
⑥ 《史记》,第77页。

周代人相信：大禹奠定了统一国家的基本制度。它有统一的地理区划，天子与地方诸侯之间有合理的贡赋关系——既保证了天子掌握天下各项物产资源，也尊重了地方诸侯的利益。大禹的治国方法在文化上的优越也得到了肯定。这比起传说中的更早的五帝时代的国家制度要完整得多，高级得多。大禹接受禅让之后的"夏后国"自然也是延续这种制度。

既然《山海经》有前文所引的"禹曰"云云，刘歆《上〈山海经〉表》说《山海经》是大禹治水的助手益所作，《禹贡》则直述上述内容都是大禹的功绩。可见周人普遍相信上述内容是真实的。那么，周人记载下来并信以为真的关于夏朝制度的这些神圣叙事是周人自己创造的吗？

我们当然不能说《山海经》和《禹贡》二书作于夏代，但是也不能根据默证原则就推测周代以前人不知道大禹（前文已经证明商代后裔在《长发》中已经承认大禹和夏王朝的存在了）。其中有关大禹和夏朝的神圣叙事，应该来自商朝或更加远古时代的记忆和传说。否则一个周人新造的神话传说如何让同时代人广泛采信？因为当时文化传播比现代要慢得多。《山海经》和《禹贡》的最后成书年代也许可以推迟到战国时代，但是其中鲧、禹治水和夏代神圣叙事的来源应该更早。周人根据夏商以来的原有叙述有所夸张是可能的。

4. 夏王朝的世袭制度

夏王朝作为周人心目中的第一个王朝的重要标志之一是天子地位的世袭制度。天子地位的世袭制度是中国历代王朝最核心的政治制度。世袭制在古代社会条件下是最稳定的，也是最合理的制度。

按照《史记·五帝本纪》的叙述，黄帝死后传位给孙子颛顼（黄帝—昌意—颛顼），颛顼传位给"族子"，即远房侄子帝喾（黄帝—玄嚣—蟜极—帝喾），帝喾崩，儿子挚代立，不善，弟弟放勋立，即尧帝。尧帝禅让给舜帝（颛顼—穷蝉—敬康—句望—桥牛—瞽叟—重华）。舜帝禅让给大禹。虽然号称都是黄帝的后裔，但是其中只有帝喾是传给儿子。在帝位继承方面，古人甚至忽略了五帝都是黄帝家族内部亲属的说法，反而强调尧、舜、禹三代之间的禅让制。所以,我认为,按照神圣叙事,五帝时代没有确定父死子继的帝位世袭制。帝位世袭制是大禹死后才逐步确定的。起初,大禹延续传统,禅让给助手益。但是诸侯不接受,最终大禹的儿子启继位,从而确定了所谓"家天下"的王位世袭制度。按照《史记·夏本纪》记录的夏代天子继位情况,从启开始,基本都是父死子继,个别兄终弟及。

我当然不是说上述关于夏朝帝位的世袭制都是真实历史事件。我是用上述材料来说明:夏朝作为第一个王朝的神圣叙事是有目的的,其目的就是要"证明"夏王朝最早确定了帝位的世袭制度。

从今天的神话学立场看这个神圣叙事,它完成了从理想的、应该也是纯粹想象的禅让制到现实的、应该也是真实的世袭制的历史转换。用神圣叙事最终"证明"了世袭制王朝的历史起源点发生在大禹和启的时代。

尧、舜、禹的禅让制,应该是想象的。我借用列维-斯特劳斯结构主义神话学的概念,把禅让制视为古人想象的与现实相反的存在,即"否定的事实"[①]。神圣叙事通过大禹和启的故事把这个"否定的事实"否定掉,就实现了对现实政权的王位世袭制度合法性的"证明"。虚构的神话从此进入了真实存在的古代现实。

所以,我从神话学的立场看,启以后的夏代政治制度与历史总体上应该是对应于真实的,因为它是夏王朝神圣叙事所要证明的真实存在。夏王朝的现实存在需要神圣叙事的"加持",这就是古人创造具有超自然性质的鲧、禹、启相关神圣叙事的根本原因。

5. 鲧和大禹上溯到黄帝的世系可能是周人所为

《山海经·海内经》说:"黄帝生骆明,骆明生白马,白马是为鲧。"[②]依此世系,鲧是黄帝的孙子。但《海内经》又云:"黄帝妻雷祖,生昌意,昌意

[①] 克洛德·莱维-斯特劳斯《结构人类学(第二卷)·阿斯迪瓦尔的故事》,俞宣孟、谢维扬、白信U译,上海译文出版社,1999年,第195—196页。

[②] 袁珂《山海经校注》,第390页。

降处若水,生韩流……(韩流)生帝颛顼。"①这个颛顼在《史记·夏本纪》里是鲧的父亲,所以,这里的鲧似乎又是黄帝的玄孙。不过,《山海经》中关于鲧和大禹的世系存在矛盾也正常,因为神话流传中会出现异文。

《史记·夏本纪》记载的鲧和大禹的世系与《山海经》有差异:"禹之父曰鲧,鲧之父曰帝颛顼,颛顼之父曰昌意,昌意之父曰黄帝。禹者,黄帝之玄孙而帝颛顼之孙也。"《史记·五帝本纪》里是黄帝生昌意、昌意生高阳(颛顼),都没有《山海经》中的韩流。司马迁的记载跟《大戴礼记·五帝德》一致:"颛顼,黄帝之孙,昌意之子也,曰高阳。"②按照司马迁《五帝本纪》所说,"孔子所传《宰予问五帝德》及《帝系姓》,儒者或不传"。这说明,司马迁对于黄帝世系的说法的确来自孔子所传《宰予问五帝德》,不是汉朝人伪造的,而是其来有自。《山海经》和《史记》记载的关于鲧和黄帝的世系虽然细节不同,但都把夏民族的始祖向上进一步追溯到黄帝。把鲧和禹跟黄帝相联系,就把夏人的祖先进一步神圣化了。

问题在于:黄帝这个人物大约在战国时代方才见于古籍,例如《国语·鲁语上》展禽所云:"故有虞氏禘黄帝而祖颛顼,郊尧而宗舜。夏后氏禘黄帝而祖颛顼,郊鲧而宗禹。商人禘喾而祖契,郊冥而宗汤。周人禘喾而郊稷,祖文王而宗武王。"③黄帝一出现就同时跟夏商周三代之祖联系在一起。这说明:黄帝可能是周人为了强调夏商周三代一贯而重新创造的"共同祖先"。

6. 对本文结论的反思

神圣叙事不是直接的客观事实叙述,其中的神话具有超自然性,当然不是事实;其中的历史性叙事也未必就是真实的记录。所以,相关神圣叙事是不能被我们直接作为史料使用的。我的上述论证是通过分析夏朝神圣叙事背后的社会功能,从反面证明夏朝的存在,这只是一个定性的

---

① 袁珂《山海经校注》,第372页。
② 方向东《大戴礼记汇校集解》,中华书局,2008年,第703页。
③ 徐元诰《国语集解》,中华书局,2019年,第168—169页。

分析。

神话学的立场在理解古人"神话历史"观方面有长处,它可以帮助我们更好地理解古人心目中的"历史",理解这种"历史"叙事背后的真实内核,甚至可以帮助我们确定某些重大历史事实。但是,神话学毕竟不是历史学,神话学者们也不擅长讨论历史问题。神话学不能越俎代庖,不能僭越史学。我的推理是否符合历史事实,还有待于历史学和考古学的进一步验证。

三、判定夏朝是否是信史的方法论和证据学原则

夏朝是否存在是一个史学问题,归根结底应由史学和考古学予以回答。但是,鉴于目前没有商代以前的文献或有文字的器物的出土(现存文献只有商代甲骨文和周代文献),史学界和考古学界对于夏代是否属于信史无法取得一致意见。在这种情况下,是否坚持"用同时代文字材料自证"作为夏代信史的判定标准,成为产生争论的焦点之一。这个争议的核心在于双方使用的方法论和证据学原则的不同。

许宏先生《方法论视角下的夏商分界研究》采用以文字材料划分历史阶段为史前时代、原史时代和历史时代。他说:"从宏观的角度看,'历史时代'可定义为有直接的文字材料可'自证'考古学文化所属社会集团的历史身份的时代。而'原史时代'虽已发现了零星的直接文字材料,但其时序无法精确到日历年代,不足以确认人们共同体的遗存的'历史身份';后世追述性文献所载'史实'不能直接引为历史真实。"①因此,他虽然论证了洛阳二里头遗址是最早的"超大型的都邑",表明当时的社会已经由若干相互竞争的政治实体并存的局面,进入到广域王权国家阶段。"要之,我们倾向于以公元前一七〇〇年前后东亚地区最早的核心文化——二里头文化,最早的广域王权国家——二里头国家的出现为界,把东亚大

---

① 许宏《方法论视角下的夏商分界研究》,《三代考古》2009年8月。

陆的早期文明史划分为两个大的阶段,即以中原为中心的'中原(中国)王朝时代',和此前政治实体林立的'前中国时代'和'前王朝时代'。"①但他并不认为这就一定是夏王朝都城,而排除属于商王朝都城的可能性,尽管可能性很低。"可以认为,考古学仅可提供某一人类共同体的社会发达程度是否接近或达到国家王朝水平的证据,却无法在没有直接文字材料的情况下证明狭义史学范畴的具体社会实体如夏、商王朝的存在。到目前为止,我们还没有确切的证据来排除或否定任何一种假说所提示的可能性;出土文字材料的匮乏、传世文献的不确定性,导致我们对早期王朝的纪年等问题只能做粗略的把握。"许宏先生在《考古学参与传说时代古史探索的论理》依然坚持这一观点②。他把古史辨派的疑古精神奉为现代学术的圭臬,对于古文献中"既不能证实又不能证伪者,肯定不在少数,权且存疑,也不失为科学的态度"。

我尊重许先生严守考古学学科本分的立场。但考虑到考古学先天的局限,考古学并非历史学的最终裁判者,我认为:在缺乏直接材料的夏朝历史研究领域,不能过于刻板,把史学自我设限为考古学的奴隶。因为只依赖具有先天局限的考古学自己的发现,把存在疑点的关于夏朝历史的先秦文献全都忽略不计了。这就牵涉到疑古派断定很多先秦文献的年代为战国时代,甚至更晚时代的问题。但此问题复杂,这里就不展开讨论了。

孙庆伟主张夏朝信史论引起很大争议。他援引"无罪推定、疑罪从无"的法律证据学原则,认为如果古籍中的记载无法证明其伪,就应该视其为真③。陈淳在《科学探寻夏朝与最早中国》反对孙庆伟的主张:"实际上,《史记》中无法证伪的传说很多,难道都应该信以为真?而'疑罪从无'的判断,应该从夏朝记载因有疑而从无来对待更合乎逻辑。科学中的

---

① 许宏《前中国时代与"中国"的初兴》,《读书》2016年第4期,第3—11页。
② 许宏《考古学参与传说时代古史探索的论理》,《遗产》第一辑,2019年6月。
③ 《如何通过考古学重建上古史?——上海书评专访》,收入孙庆伟《鼏宅禹迹——夏代信史的考古学重建》,生活·读书·新知三联书店,2018年,第589页。

'疑'和'信',应该是对推论置信度和或然性的相对性考量,而非做出肯定和否定的绝对两分。"①陈淳主张的证据学原则是"有疑而从无",那么古籍叙述的夏朝史有可疑之处,就应该把夏朝按照不存在对待。孙庆伟主张"疑罪从无",与陈淳的主张完全相反——夏朝没有直接的考古出土文字自我证明而存在疑点,但是考古学目前也无法证明夏代不存在,那就应该承认夏代存在。

坚持存疑即不可信,还是坚持无罪推定、疑罪从无?这就牵涉到了现代学术研究中的证据学原则问题。前者在古史辨派出现之后成为主流意见。对于无罪推定、疑罪从无的证据学原则,张岩《审核古文〈尚书〉案》有深入讨论。他认为无罪推定,并非不能怀疑,而是以无罪为前提寻找是否犯罪的证据,并采用疑罪从无的原则——当我们不能确实证明某书是伪书的情况下,应该算"无罪",承认其书为真书。他批评胡适、顾颉刚的疑古方法:"……'大胆假设'的'有罪推定'以及'宁可疑而错,不可信而错'的深文巧劾实为伪科学的方法。"②

许宏说证据不足不能信;张岩说有罪证据不足就"疑罪从无",就是视为可信。双方观点似乎都在批评对方不科学,但我以为他们都是基于科学立场——一方强调实证才是科学,另一方强调科学举证程序上也要合法。所以,我认为争论双方是可以进一步讨论的。

这里的一个核心性的问题在于如何看待举证责任。上古史自身史料丢失严重,难以自证。夏代考古尚未发现系统的文字,的确难以直接自证二里头就是夏朝遗址。不过,鉴于已经存在晚出的先秦文献关于夏朝的比较详细的记载,虽然不能把这些史料直接视为夏朝存在的事实,但是,应该允许利用后世文献推定夏朝的存在。另外,根据特定情况下举证责任倒置的原则,这里应该由否定夏代存在的学者去证明文献记载的夏代不存在。具体地说,就是去证明后世文献《禹贡》和《史记·夏本纪》叙述

---

① 陈淳《科学探寻夏朝与最早中国》,《中国社会科学报》2019年6月10日。
② 张岩《审核古文〈尚书〉案》,中华书局,2006年,第9页。

的夏朝是造伪的结果。如果学者提供的证据不足以证明这些文献是伪造的,那么就应该"疑罪从无",承认夏代存在。

承认夏朝存在,不是不允许怀疑夏朝的存在,而是主张怀疑可以,但怀疑不是否定,等到有了足够否定的材料之后再否定。

论《艺文志》中"形法家"的涵义
——从汉代知识形态的特点把握《山海经》的性质

由于《山海经》产生时代的知识形态与后代大不相同,书中内容又异常复杂,所以,古代学术史上关于《山海经》性质的争论很多。归纳起来,大体分两派。一派主张归入地理类,如《隋书·经籍志》。另一派主张归入小说类,如《四库全书总目提要》。进入20世纪,我们的知识体系再次发生重大变化,有关《山海经》性质的争论更多,有地理志说、神话说、巫书说、综合志书说等。这些说法各有自己的理据,虽然不大容易评论,但是理解起来并不困难。最难说明的恐怕还是班固《汉书·艺文志》把《山海经》归入了所谓的"形法家"。作为图书分类概念的形法家是什么涵义?它究竟是客观知识,还是纯粹想象?学者们对此有不同看法。茅盾认为《汉书》中"大举九州之势以立城郭室舍形"的形法家与《隋书》史部地理类之意相同,故有"自《汉志》以至《隋志》,中间五百多年,对于《山海经》的观念没有变更"[1]的判断。但是,袁行霈先生认为形法家与地理类含义不同,所以刘歆不同意其父亲刘向和校书人尹咸将《山海经》定性为"形法家",而重新整理《山海经》,并在《上〈山海经〉表》中阐述其性质为地理博物书[2]。袁先生认为刘歆的说法不对。

那么,《汉书》的形法家和后世的地理类究竟是什么关系?本文拟从《汉书·艺文志》所代表的汉代知识形态出发,去厘清这个图书分类概念的含义,并以此为据讨论学术史上对于《山海经》性质的争论。

---

[1] 茅盾《中国神话研究ABC》,见马昌仪编《茅盾说神话》,上海古籍出版社,1999年,第4页。

[2] 袁行霈《〈山海经〉初探》,原载《中华文史论丛》1979年第3辑。引自《当代学者自选文库·袁行霈卷》,安徽教育出版社,1999年,第9—10页。

一、从《汉书·艺文志》图书分类体系看汉代知识形态

《汉书·艺文志》的图书分类体系是沿袭刘歆《七略》而来的。《七略》是我国第一部全国综合性图书分类目录，它是作者对先秦至西汉学术文化的总结，全面展示了汉代人所掌握的知识体系。

《七略》失传，根据班固《汉书·艺文志》记载，它包括《辑略》、《六艺略》、《诸子略》、《诗赋略》、《兵书略》、《数术略》和《方技略》七部分。其中《辑略》是总论，实际的图书分类只有后面六类。处于首位的是《六艺略》，包括九类：《易》、《书》、《诗》、《礼》、《乐》、《春秋》、《论语》、《孝经》和小学。《诸子略》包括十家：儒家、道家、阴阳家、法家、名家、墨家、纵横家、杂家、农家、小说家，也是以儒家为首。《诗赋略》包括五类：屈原赋之属、陆贾赋之属、荀卿赋之属、杂赋、歌诗。《兵书略》包括四类：兵权谋、兵形势、兵阴阳、兵技巧。《数术略》包括六类：天文、历谱、五行、蓍龟、杂占、形法。《方技略》包括四类：医经、经方、房中、神仙。

《六艺略》收儒家经典，属于经学范畴，统治着当时社会的主流思想。《诸子略》兼收各家思想，而以儒家为首，也客观反映了自先秦至西汉诸子百家从相互辩难走向互相吸收的历史进程。歌诗与赋因为具有"观盛衰"、"知厚薄"等社会功能而占据《诗赋略》一类。以上三大类大致相当于现代所谓经学、哲学和文学，属于当时社会的人文学范畴。

《兵书略》属于军事学。兵权谋讲战略，兵形势讲战术，兵技巧讲军事技术与技能的应用，基本都是客观性知识。但是，兵阴阳讲天候、医药、地理、卜筮，就掺杂了不少迷信观念。

《数术略》的天文类包括天文学知识和占星术。其小序云："天文者，序二十八宿，步五星日月，以纪吉凶之象，圣王所以参政也。"对天文的研究是为了观吉凶，其中渗透了巫术内容。历谱类著录的是历法和天算方面的著作。五行类收录讲阴阳五行相生相克之类的著作，也颇有迷信内容。蓍龟类收录占卜书，当然都是巫术。杂占类收录日常生活各种具体

的占卜书,如占梦、求雨、止雨等,也属于巫术范畴。形法家包括六部书,即《山海经》、《国朝》、《宫宅地形》、《相人》、《相六畜》、《相宝剑刀》,大体是相地(但不是堪舆,《堪舆金匮》在五行家)、相人、相物的学问。以上六类都属于研究自然,即所谓"天道"或"天地之道"的学问①,是当时的自然科学。不过,当时的自然科学知识形态和现代不同。其中既有对于大自然的客观观察,也有占卜、望气、堪舆、择日的巫术迷信。天文学与占星术紧密相连,地理学与相地术、堪舆术相互依存。

《方技略》把医学、养生和成仙术统合在一起,表明时人是把这些内容都当作客观知识看待的,虽然我们现代人无法认同这一点。

从《兵书略》、《数术略》和《方技略》这三大类的情况看,它们都是处理客观事物的,大致相当于当时的自然科学和应用科学。可是,这种"科学"是与宗教迷信混合在一起的——这是一种特殊的科学知识形态。当我们使用现代学术概念来解释这些知识的时候,总是想区分其中的客观知识和主观想象。其实,当我们把当时的客观知识从迷信内容的缠绕中完全剥离出来的时刻,那已经不再是古人的知识,而是今人的知识了,因此,我们也就失去了对于古人的真正理解。为了能够深入理解当时人的学术思想,我们应该放弃现代知识的唯我独尊,尊重古人特殊的知识形态,以平等的态度去对待它。

二、对形法家和《山海经》性质的再辨析

形法家六本书《山海经》、《国朝》、《宫宅地形》、《相人》、《相六畜》、《相宝剑刀》中,只有《山海经》流传下来。从书名看,它们内容各异。不过,既然刘歆、班固把它们归为同类,那么它们之间应该存在内在的统一性。

现代学者多把这六本书分为两小类。例如,李零《中国方术考》认为

---

① 李零《中国方术考》,人民中国出版社,1993年,第18—21页。

它们都是相术,可以分成:一、相地形、相宅墓(类似于后世的看风水①)。相当于形法小序中所谓的"大举九州之势以立城郭室舍形"。二、相人、相六畜、相刀剑。相当于形法小序中所谓的"人及六畜骨法之度数,器物之形容"。笔者以为这种做法割裂了形法家的内在统一性。虽然各书所写内容不同,但是《艺文志》把它们统一在"形法"一家之内,是有根据的。根据就是各家都是从外形和内在气质本性之间的关系来探讨自然万物。小序结尾说:"犹律有长短而各征其声,非有鬼神,数自然也。然形与气相首尾,亦有有其形而无其气,有其气而无其形。此精微之独异也。"元代吴澄《吴文正集》卷三〇《赠郭荣寿序》云:"或问:'相人、相地一术乎?'曰:'一术。'吾何以知之?从《艺文志》有《宫宅地形》书二十卷、《相人》书二十四卷,并属形法家……则二术同出一原也。……二术俱谓之形法,何哉?盖地有形,人亦有形。是欲各于其形而观其法焉。"看来,吴澄是认识到形法家各书的内在统一性的。

如果我们硬把形法家再细分为两类,那么《山海经》就会难以归类。因为,《山海经》的《山经》部分,既叙述山势水形,也叙述了许多禽兽、物产。其中《海经》部分更多的是远方异族。所以说,一部《山海经》既包含相地形的成分,也包括了相人、相畜、相物的因素。正如《海外南经》开头所说:"地之所载,六合之间,四海之内,照之以日月,经之以星辰,纪之以四时,要之以太岁。神灵所生,其物异形,或夭或寿,唯圣人能通其道。"这里囊括了天地万物,把握这一切,就是要"能通其道",也就是了解人和万物的气质本性。《艺文志》形法家小序结尾的话可以与此相互发明,《山海经》作者的确通晓了形法家著作中的"道"——"非有鬼神,数自然也"。《山海经》就是一部"相"山海万物(包括人类)的著作,目的是通万物之道。那么,《山海经》究竟是应该放在第一类的相地形、相宅墓,还是第二类的相人、相六畜、相刀剑?恐怕都不合适。

---

① 此说不确。《艺文志》把《堪舆金匮》十四卷归入《数术略》五行家。显然,归入形法家的《宫宅地形》和堪舆之术不同。因为相关书籍已经失传,只能从书名推测其内容,我无法准确解释《宫宅地形》与《堪舆金匮》的区别。

形法家的"相"万物,并非后代相面的"相",而是对于事物的观察,通过观察了解事物。尽管由于当时社会总体气氛中巫术思想浓厚、科学水平低下而导致这种观察结论存在迷信成分,但是总体上来说,形法家的知识是属于客观知识范畴的[①]。"非有鬼神,数自然也"就揭示了形法家知识的客观属性。《山海经》是相地、相人、相物的,把地理记录和"相"联系在一起,暗示了一种地理决定论的雏形。那么,《山海经》实际上就是当时人们心目中的自然地理学和人文地理学。只是由于当时知识形态的特殊性,以及地理学水平不高[②](没有独立,著作不多)这两个原因,而采用了"形法家"的称呼。刘歆、班固距离上古未远,尚能较好把握上古知识形态,因此把《山海经》归入形法家是有道理的。

根据以上所论,《艺文志》对于《山海经》性质是形法家的看法,和刘歆《上〈山海经〉表》认为它是大禹君臣见闻记录——即自然与人文地理志的意见是一致的。这也和王景用《山海经》治理黄河的实践活动相互呼应。《山海经》列入《数术略》形法家,表明它在汉代被视为一种关于大自然的实用知识。不仅刘歆、班固肯定《山海经》的写实属性,其前的刘安,其后的王充、赵晔,也都基本肯定这一点。汉代多数学者把《山海经》视为地理志性质的著作,虽然对其真实程度评价不一。

《山海经》这种早期地理科学限于当时人类的认识水平,记录并不准确,甚至还带有比较浓厚的巫术色彩。但是,这并不影响它作为地理志的基本属性。因此,假如我们只考虑《山海经》的想象性内容而把它定义为巫书、神话书,那是不符合事实的。

三、对各种误解形法家的说法的批判

随着知识形态和学术的演变,原本一体的知识开始分化。完全客观

---

① 参看李零《中国方术考》中有关马王堆帛书《相马经》、银雀山《相狗方》、新出居延汉简《相宝剑刀》的解读。第78—80页。

② 直到《史记》才有《河渠书》,《汉书》才创立《地理志》。

的地理学在魏晋以后逐步独立,出现了挚虞《畿服》、郦道元《水经注》等一大批地理学著作。齐代陆澄合 160 家地理著作为"地理书",从此地理学著作成为整个知识系统中独立的一类。所以,到了《隋书·经籍志》编纂时代,人们就顺理成章地把《山海经》纳入了"史部地理类"。而原来那些相书则被分别归入"五行""堪舆"等巫术性知识类别。这是中国古代知识形态的一次巨大变化和进步。

在新的知识背景下,后代学者往往不了解上古知识形态和形法家的含义,以为《艺文志》把《山海经》归入形法家是失误。明代焦竑说:"《山海经》十三篇。入形法家非,改地理。"①这是用后代出现的地理学概念强求刘歆、班固。

其实,即使放在地理类,也有争议。一些学者不了解上古时代知识形态的特殊性,惑于《山海经》中的超自然内容,怀疑其地理志属性。宋代陈振孙《直斋书录解题》卷八地理类著录《山海经》十八卷。但是,他转引司马迁评语认为《山海经》不真实,又引朱熹之语,认为是"缘解《天问》而作",暗示此书非地理志,并云:"古今相传既久,姑以冠地理书之首。"马端临《文献通考》赞同其说。郑樵《通志》卷六六将《山海经》列入"方物类",与《神异经》、《异物志》并列,显然也在怀疑其地理记述的真实性,而且暗示它是志怪之作。明代胡应麟虽然也承认《山海经》是"都邑簿",即地理志之一种。但是,他更加强调《山海经》的主要内容是语怪:"《山海经》,古今语怪之祖。刘歆谓夏后伯翳撰,无论其事,即其文与《禹谟》、《禹贡》迥不类也。"②清代《四库全书总目提要》评《山海经》云:"书中序述山水,多参以神怪。……案以耳目所及,百不一真。"于是,将《山海经》定性为"小说之最古者",并将它从"史部地理类"转到"子部小说类"。这些说法之所以失误,主要原因在于当时历史地理学尚不发达,无法确定《山海经》地理内容的真实性。四库馆臣的做法毕竟太鲁莽,余嘉锡就认为随着历史地

---

① 见《钦定续通志》卷一六四。
② 〔明〕胡应麟《少室山房笔丛正集》卷一六。

理学的发展，毕沅等人的著作就证明了《山海经》决非虚构。因此，余嘉锡批评四库馆臣的做法是"自我作古，率尔操觚者矣"①。

毕沅在揭示《山海经》的地理真实性方面有开创性功劳。但是，其《〈山海经〉古今篇目考》所谓《山海经》"以有图，故在形法家"的说法，实为臆测②。

章学诚《文史通义》认为"后世地理专门书"与形法家具有一致性。"地理则形家之言，专门立说，所谓道也。《汉志》所录《山海经》之属，附条别次，所谓器也"，"……地理与形法家言，相为经纬"③。但是，由于没有考虑上古知识的特殊形态，所以，他对刘歆、班固的做法有批评："形法之家，不出五行、杂占二条，惟《山海经》宜出地理书专门，而无其部次，故强著之形法也。"④这种说法只考虑到当时地理学尚未独立，但是没有意识到刘歆、班固对上古知识形态的把握。因此，也是不公允的。

现代学者批评《艺文志》把《山海经》归入形法家"不恰当"⑤，或直接把形法家（包括《山海经》）视为巫书⑥，也都源于误解了"形法家"的真实含义，不了解当时的知识形态下科学与巫术是非常接近的，错误地以为"形法家"只是巫术迷信。

---

① 余嘉锡《四库提要辨证》，中华书局，1980年，第1121—1122页。
② 汪俊《〈山海经〉无"古图"说》驳之甚详，《徐州师范大学学报》2002年第3期，第84页。
③ 见〔清〕章学诚著，叶瑛校《文史通义校注》，中华书局，1985年，第995、996、1014页。
④ 同上书，第1080页。
⑤ 张步天《〈山海经〉研究史初论》，《益阳师专学报》1998年第2期。
⑥ 汪俊《〈山海经〉无"古图"说》，《徐州师范大学学报》2002年第3期，第84页。

《山海经》西王母的正神属性考

西王母故事的演变历程比较复杂,学界的认识不尽相同。但是,有一点比较一致,那就是认为最早的西王母材料——《山海经》中的西王母是一个可怕的凶神。这方面只有刘宗迪认为她不是凶神①。我在研读《山海经》的时候,对这种"原始西王母凶神说"产生了一些疑问,同时对刘宗迪的部分论证也存疑。本文将细读经文,对西王母的原始性质进行一番新的考证和辨析。

一、有关西王母原始性质的旧说的缺陷

现代学术界较早讨论西王母属性演化的是茅盾。他在20世纪20年代受到进化论和古史辨学派的影响,认为原始的西王母形象经历过三个大的演变时期。他认为《山海经》作于东周到战国,其中的西王母"豹尾虎齿,蓬发戴胜",是半人半兽。她"司天之厉及五残",是一位凶神。第一个演变时期是战国时代的《穆天子传》和汉代初年的《淮南子》。在《穆天子传》中,西王母很像人间帝王,能与穆王歌谣和答。在《淮南子》中,她又变为拥有不死药的吉神和仙人。第二个演变时期是《汉武故事》,其中,西王母拒绝给汉武帝不死药,而给了一个"三千年一著子"的桃子——这相当于次等的不死药。第三个演变时期是魏晋时代。在《汉武内传》中,西王母成为"年可三十许"的丽人,是群仙的领袖。至此,西王母的原始神话彻底转化为道教传说②。

---

① 刘宗迪《失落的天书:〈山海经〉与古代华夏世界观》,商务印书馆,2006年,第535页。
② 茅盾《中国神话研究ABC》,ABC丛书社,1929年,第65—66页。

茅盾的说法影响很大，《山海经》中的西王母作为凶神似乎成为一个普遍的结论。但是，我对此有两个疑问。

第一，《山海经》原文只描述了她的外形是"豹尾虎齿"，没有明言西王母的吉凶性质，也没有她赐福或降灾的故事情节供我们推测她的神格。茅盾对经文中西王母性质的解说来自郭璞，因为郭璞把"司天之厉及五残"解释为"主知灾厉、五刑残杀之气也"。但是郭璞的说法正确吗？茅盾对郭注的理解正确吗？

第二，从凶神到吉神的转换，存在巨大差距。茅盾对它们之间演化的原因所做的解释没有任何直接材料，只是根据文化进化论的一般原则做了一个说明：

> 因为"文雅"的后代人不能满意于祖先的原始思想而又热爱此等流传于民间的故事，因而依着他们当时的流行信仰，剥落了原始的犷野的面目，给披上了绮丽的衣裳。这是"好奇"的古人干的玩意儿，目的在为那大部分的流传于民众口头的太古传说找一条他们好奇者所视为合理的出路。①

这段话也许可以解释为什么西王母不再是"豹尾虎齿"，但是没有说明为什么战国人会把一个令人恐怖的"凶神"转化为一个美丽动人的"人王"和掌管不死药的"吉神"。这前后之间的差距实在太大了，完全是对立的关系！那个最早的改造者依据什么把一个凶神改造成吉神？如果当时他的根据不足，他怎么可能说服其他人接受他的这个篡改呢？这是一个问题，需要做出合理的解释；否则这个演化理论就不能成立。

为了澄清认识，我们还是回到《山海经》原文中去。

二、《山海经》中的西王母的形象

《山海经》中涉及西王母的材料主要有三条。分别见于《西山经》、《大

---

① 《中国神话研究 ABC》，第 68—69 页。

荒西经》和《海内北经》。上述各篇的成书时间先后,学界认识不一。一说认为《山经》(包括《西山经》)较为可靠,成书年代最早,大致在东周或战国初期,《荒经》(包括《大荒西经》)最晚,或许在汉代完成。例如茅盾和日本学者小南一郎就持这种看法[①]。另一说则相反。例如,袁珂认为《荒经》(包括《大荒西经》)最早,《山经》(包括《西山经》)次之,《海内经》(包括《海内北经》)最晚[②]。由于《山海经》各篇成书年代问题过于复杂,资料也不够,双方的说法也只是一个说法而已。另外,他们各自对于上述材料里面西王母性质的细微变化的解读并未超出原始凶神的范围,所以,本文不讨论各篇目的先后问题,而把它们视为一个整体来加以解读。

为了准确理解经文,我根据袁珂《山海经校注》把西王母材料的上下文全部引出,并给各段编码(M1、M2、M3)如下:

  M1:《大荒西经》:西海之南,流沙之滨,赤水之后,黑水之前,有大山,名曰昆仑之丘。有神,人面虎身,有文有尾,皆白,处之。其下有弱水之渊环之,其外有炎火之山,投物辄然。有人戴胜,虎齿,有豹尾,穴处,名曰西王母。此山万物尽有。

  M2:《西山经》:又西三百五十里,曰玉山,是西王母所居也。西王母其状如人,豹尾虎齿而善啸,蓬发戴胜,是司天之厉及五残。有兽焉,其状如犬而豹文,其角如牛,其名曰狡,其音如吠犬。见则其国大穰。有鸟焉,其状如翟而赤,名曰胜遇,是食鱼,其音如录,见则其国大水。

  M3:《海内北经》:西王母梯几而戴胜(杖)[③]。其南有三青鸟,为西王母取食。在昆仑虚北。

上述三条材料中的西王母形象基本是一致的:M1 说她是"人",M2 中说她"其状如人",这些都表明西王母基本是人的形状。

---

① [日]小南一郎《中国的神话传说与古小说》,孙昌武译,中华书局,1993 年,第 24—26 页。
② 袁珂《山海经校注》,巴蜀书社,1996 年,第 358 页。
③ 袁珂《山海经校注》认为"杖"为衍文。

这里的"蓬发戴胜",郭璞注云:"蓬头乱发。胜,玉胜也。"在一般情况下,把"蓬发"二字解释为"蓬头乱发",是可以的。按照这种解释,西王母颇有些原始野蛮的色彩。不过,我怀疑这种解释在《山海经》中可能不很确当,因为这个西王母同时还戴着玉胜——胜原本是古代织布机上缠经线的横杆滕①,两头有滕花。以滕为原形发展来的发饰玉胜,则可以卷头发——既然戴玉胜,似乎不应该再是蓬头乱发了。郭璞的上述解释存在自我矛盾。所以,这里的"蓬发"不能解释为蓬头乱发。蓬,可以是蓬大的意思。查《山海经》中《海内经》有云:"北海之内,有山,名曰幽都之山,黑水出焉。其上有玄鸟、玄蛇、玄豹、玄虎、玄狐蓬尾。"玄狐作为动物,其尾巴不存在乱不乱的问题,所以它的"蓬尾",郭璞注为:"蓬,丛也……。《说苑》曰:'蓬狐文豹之皮。'"这里的"丛"是众多的意思。郝懿行云:"《小雅·何草不黄篇》云:'有芃者狐。'言狐尾蓬蓬然大,依字当为蓬,《诗》假借作芃耳。"蓬尾,就是尾巴蓬大。既然蓬是蓬大,那么,西王母的"蓬发"似乎应该是头发很多的意思,所以她戴了玉胜。这样解释,"蓬发"与"戴胜"之间就不存在内部矛盾了。而西王母戴了"胜"的"蓬发"也就自然呈现出向上膨起的样子,正如浙江绍兴出土的东汉时代的画像铜镜所画的西王母样子。所以,"蓬发戴胜"的意思是西王母头发浓密,戴着玉胜。这表明西王母气度庄严,跟野蛮原始之气毫无关系。

当然,西王母也有一点动物特征——豹尾、虎齿。这是旧说判断西王母为半人半兽神的依据。我觉得这个判断有些过头了。M1中"人面虎身"、"有文有尾"的"神"才是真正的半人半兽的神。西王母基本是人的形状,只是有一点动物特征而已。毕沅《山海经新校正》认为西王母是国名,"豹尾、虎齿、蓬发"只是"见其民俗如文身、雕题之属耳","戴胜言其民俗尚此饰也"。毕沅的解释完全违背《山海经》经文,不可取。

我也不同意那种把"豹尾、虎齿"解释为装饰物的说法。刘宗迪说《大荒西经》是根据古代历法月令图而来的述图文字,其中西王母的形象乃是

---

① 滕,一名摘。

古月令图上所画的秋冬之交的蒸尝仪式上的祖妣之尸①,《海内北经》和《西山经》后来沿袭了《大荒西经》的说法。"豹尾、虎齿、蓬发,或为祖妣之尸的扮相,豹尾、虎齿盖表明神尸身穿兽皮,以象征人类未有衣裳之时衣裘寝皮之义。"②这种说法事实上取消了《山海经》中西王母崇拜的真实性。这里不讨论《大荒西经》是不是述图文字的问题。我退一步说,即使那幅所谓的古月令图里有这样一个装饰的人物,但《大荒西经》作者之所以误解性地把这个图画人物解释为"西王母",应该是这个图画人物正好可以印证原有的神话传说。"豹尾、虎齿"依然还是动物性的特征。至于这里的"豹尾、虎齿"是不是吃人的标志,需要综合考虑西王母的神性职能,留待本文第四小节讨论。

M2 多了一条"善啸",小南一郎认为这是"像野兽吼叫那样的'啸'"③。这是不对的。《山海经》中有叫声的动物很多,没有一种动物的叫声被称为"啸"④。《说文》云:"啸,吹声也。"⑤《诗经·召南·江有汜》云:"不我过,其啸也歌。"郑笺云:"啸者,蹙口而出声。"可见,啸就是用嘴吹口哨,并非某些人理解的歌吟。魏晋时代颇有一些求仙人物都学习"啸"。因此,"善啸"只能表明西王母是神仙。

M3 中的西王母少了"豹尾、虎齿",动物特征略少;而多了"梯几",郭璞注云:"梯,谓凭也。"梯几,就是手放在几案上。几案是古时候德高望重

---

① 刘宗迪《失落的天书》说:"'西王母之山——沃之野'处于《大荒西经》北段,'西王母梯几而戴胜'处《海内西(当为北)经》西端。可见西王母场景在古月令图中处于秋冬之交的位置,在画面西北隅,表明这一画面反映的实为季秋之月的岁时行事。"第553—554页。核查《山海经》,以上两段文字分别在《大荒西经》正西和《海内北经》第二条。并非所谓古月令图的秋的位置,而是中秋与初冬。

② 刘宗迪《失落的天书》,第560页。

③ [日]小南一郎《中国的神话传说与古小说》,第24—25页。

④ 刘宗迪说动物叫声是自然本能,不存在"善啸"与否的问题。这个判断与《山海经》不符。经文中动物"善伏"、"善吒"、"善还"、"善登木"、"善呼"的动物很多。这些行为都是动物本能,经文还是用了"善"字来形容。

⑤ 毕沅云:"啸,《说文》云'吟也'。"不知是何种版本,我在《说文》中没有查到这句话。估计是误引。

者所用的器具。所以,这里西王母的人性特征更加明显①。

这三条材料虽然略有差别,但是其西王母都主要是以人的形象出现的天神②。所以,这三条西王母材料之间应该是互相补充的关系,而不一定是先后演化的关系。《山海经》中主要以人形出现的天神西王母,动物特征很少,至于所谓原始野蛮特征的"蓬头乱发"则是后人解说失误。这些就是西王母后来能够演化为美貌人王或女神的形象基础。

三、《山海经》中的西王母的居处

西王母的形象基本是人形,可是直觉上"豹尾、虎齿"毕竟很可怕。我觉得这需要参考她在神国的地位来理解。其实"豹尾、虎齿"代表的是一种威严,是其地位神圣的标志,并非吃人的标志。

首先分析西王母的住处。在《山海经》中,西王母的明确住处有二,昆仑山和玉山。另有一个是不太明确的"西王母之山",我们只能从山名推测它是西王母的居所。

M1和M3都说她住在昆仑山。在M1前面,《西山经》解说昆仑是"帝之下都",是天神在人间的都城。其中有可以战胜水的沙棠,可以解除忧愁的薲草。M1承上省略,说昆仑山"万物皆有"。另外,《海内西经》云:"海内昆仑之虚,在西北,帝之下都。昆仑之虚,方八百里,高万仞。上有木禾,长五寻,大五围。面有九井,以玉为槛。面有九门,门有开明兽守之,百神之所在。在八隅之岩,赤水之际,非仁羿莫能上冈之岩。"这样一个天堂般的神圣之地,当然不容人类轻易涉足。所以,M1中此山守卫极其严密。山下有炎火之山环绕,又有弱水之渊环绕,山上还有人面虎身的

---

① 汉代画像石中很多西王母像都是凭几而端坐地的。
② 把西王母说成山神,是根据她在人间的居处,这是错误的。判断神的性质,应该根据神的职司,而不能根据其居处。西王母的职司是"司天之厉及五残",所以是天神。山神不可能"司天之厉及五残"。

神守卫①。那么,住在这里的西王母当然是一个神圣的、不许凡人接近的天神。不过,这位女天神在昆仑山上的地位似乎不高,因为 M1 说她只是"穴处",似乎没有住在巍峨的宫殿里。

在 M2 中,西王母住的是玉山。郭璞注:"此山多玉石,因以名云。《穆天子传》谓之群玉之山。"由于古人相信玉能通天,多玉之山当然也是天神居住的。这也是一个令人向往的地方。玉山只有西王母一个神,可能是她的大本营。经文说"是西王母所居也",没有说她"穴居"。

在《大荒西经》里,西王母还有一个不太明确的住地,在大荒之中的灵山以西:

M4:西有王母之山,壑山、海山。有沃之国,沃民是处。沃之野,凤鸟之卵是食,甘露是饮。凡其所欲,其味尽存。爰有甘华、甘柤、白柳、视肉、三骓、璇瑰、瑶碧、白木、琅玕、白丹、青丹,多银、铁。鸾凤自歌,凤鸟自舞,爰有百兽,相群是处,是谓沃之野。

有三青鸟,赤首黑目,一名曰大鵹,一曰少鵹,一名曰青鸟。②

这段文字存在讹误。"西有王母之山",郝懿行、王念孙、孙星衍、袁珂都举证认为当为"有西王母之山"。那么,这里应该是西王母的第三个住地。另外,还有一个讹误。"有三青鸟"以下文字不该另起一行,应该接着上文。在郝懿行《山海经笺疏》中正是如此。这里的三青鸟是为西王母取食物的鸟,那么,从壑山以下包括沃之野,都是它们取食的范围。这个"沃之国"是人间天堂,人类幻想的一切美好事物几乎应有尽有。

上述三处神圣之地,昆仑、玉山和西王母之山,无论如何不像是一个凶神居住的地方。居住在这些地方的西王母也不像是一个凶神。

---

① 《山海经》中的"神"多是真正的半人半兽,在神国的地位一般不高。跟神话学所说的"神"不尽相同。

② 〔清〕郝懿行《山海经笺疏》中"三青鸟"一段不另起行。见嘉庆十四年刻本。

四、西王母在神国的具体职掌

关于西王母在神国的具体职掌，M2说她"司天之厉及五残"。厉和五残是什么？郭璞注云："主知灾厉、五刑残杀之气也。"这个解释是现代所有主张西王母是凶神的重要依据。但是，郭注存在不妥之处。厉为灾厉，可通。但是，把五残解释为"五刑残杀"的缩略语，是不对的。他大概是用后来的"五行观念"把西方看作"刑杀之气"的代表而得出的结论。事实上，《山海经》中并没有完整的五行观念。

郝懿行对郭璞有纠正。其《山海经笺疏》云："厉及五残，皆星名也。"先说五残星。《史记·天官书》云："五残星，出正东东方之野。"《正义》云："五残，一名五锋，出正东东方之分野。状类辰星，去地可六七丈。见则五分①毁败之征，大臣诛亡之象。"②原来，这颗星一旦出现，就预示人间有灾难。它是灾难的预兆。郭璞释为"五刑残杀之气"是不对的。

郝懿行所说的"厉"比较复杂。古籍中未见以"厉"为名的星。郝懿行推论："《月令》云：'季春之月……命国傩。'郑注云：'此月之中，日行历昴。昴有大陵，积尸之气。气佚，则厉鬼随而出行。'是大陵主厉鬼。昴为西方宿，故西王母司之也。"③意思是西方的昴星宿包括了一组星辰，就是大陵。大陵之中又有积尸星。那么，这里就是厉鬼之气聚集的地方。这些气一旦逸散，厉鬼就会出现。所以，大陵星决定着厉鬼的活动——"主厉气"。而西王母在西方，因此，应该主管西方的某些星宿。她是通过掌握西方昴宿中大陵星中的厉鬼之气而掌管厉鬼的。郝懿行实际上是把"厉"解释为聚集"厉鬼之气"的大陵星。这个解说似乎过于曲折了。其合理之处在于说明了大陵星主厉气，但由此推论"厉及五残，皆星名也"，把"厉"说成大陵星的别名，稍显过分。毕竟古籍中未见所谓"厉星"。刘宗迪则

---

① 〔清〕郝懿行《山海经笺疏》（嘉庆十四年刻本）引用此文"五分"为"五方"。
② 《史记》，中华书局，1982年第2版，第1333—1334页。
③ 〔清〕郝懿行《山海经笺疏》，嘉庆十四年刻本。

简单地推论:既然"五残"是星名,而 M2 中五残与厉并举,那么"厉亦必为星名"①。我觉得其说过于武断,上古时代的语法未必如此严整。所以,这个"厉"还是直接解释为厉鬼较好,厉鬼,即恶鬼。这方面,《左传·成公十年》有例子:"晋侯梦大厉,被发及地,搏膺而踊。"那么,《山海经》中的"天之厉",就是天上的厉鬼,天上的恶鬼。当然它们也是危害人间的,所以,郭璞说"厉"是灾厉也是可以的。我们不必勉强解释为从来不见经传的"厉星"。

"司天之厉及五残"的意思是:西王母掌管天上的厉鬼,和一颗预示人间灾难的星辰。就是说,西王母能够预知灾害和死亡。灾害和死亡,当然很可怕。若是直接给人间降下灾祸和死亡,则更可怕,假如西王母是这样的,那当然是一个凶神。可是,天上的厉鬼是待在大陵星里面的,平时并不随意逸出。而五残是预示灾难和死亡的星辰,并非灾难本身。我们再看郭璞的注。郭璞尽管对"五残"的解释不准确,但是对于西王母的职掌说得很清楚:"主知灾厉、五刑残杀之气也。"西王母是预知灾害和死亡,而不是直接降灾或杀人。茅盾等人对郭璞注的理解遗漏了"知"这个动词。这种预知灾害和死亡的能力实际是人类最大的希望。因此,西王母实际上掌握的是死亡的秘密,是人类最希望接近的天神。刘宗迪说:"……西王母'司天之厉及五残',谓西王母有伺察和控制灾害之气的神力,非谓其为降灾兴祸之恶魔也,恰恰相反,其'司天之厉及五残',正是为了消灾祛祸,赐福人间。"②这正是后代资料里西王母成为掌握不死药的神仙的基本前提。

另外,根据 M2,玉山上有一种怪兽狡,能够预示大丰收。还有一种怪鸟胜(据郭璞注,音 xìng)遇,能够预示水灾。它们似乎都归属于西王母。这表明西王母还具有预知丰收和水灾的神通。这当然也是人类迫切希望得到的秘密。

---

① 刘宗迪《失落的天书》,第 534 页。
② 同上书,第 535 页。

综上所述，西王母的神职就是预知各种灾害、死亡和丰收。因此，西王母本质上是一个具有正面性质的神，甚至是一个具有潜在吉利性质的神（她可能掌握着自己居住的昆仑山上的不死药，经文没有直接说。详见下文），绝非凶神。在《山海经》中，也没有任何有关西王母降灾、危害人类的事情。正是基于她的正面性质，人们才会想象她居住在前边那些美丽、神圣的地方。这样，她后来才能顺利演化为明确的人人向往的吉祥女神。

那么，为什么西王母又是"豹尾、虎齿"，显得十分可怕呢？豹子、老虎都是吃人的野兽，"豹尾、虎齿"是不是西王母凶神本质的外在标志呢？

我认为西王母的"豹尾、虎齿"是其神圣地位的标志，体现的是西王母的威严。或者说这是一种防卫措施，目的是防止人类随意接近。昆仑山是"帝之下都"，"万物皆有"，但是昆仑山下有炎火之山，有弱水，山上还有各种令人生畏吃人的神兽……只看这些，似乎昆仑山是一个恐怖之地。其实那里是人间最美的天堂。这些恐怖之物的存在，只是为防止人类接近。——任何一个能够避免信徒证伪的宗教都是这样处理自己的圣山和天堂的。同样的道理，拥有灾害和死亡机密的西王母也必须具有令人生畏的特征，不许人类随意接近。否则，灾害和死亡岂不变成人人可以战胜的儿戏了吗？神话作为一种本质属于虚构的信仰解说岂不太容易被证伪了吗？西王母的"豹尾、虎齿"不是吃人的工具，而是一种预防措施。因此，"豹尾、虎齿"不能作为西王母是凶神的证据。我想，这显示出《山海经》的作者们对于死亡的态度是非常严肃的。他们既希望获得西王母的帮助战胜死亡，又深知战胜死亡之不易。所以，才给这位神灵想象出"豹尾、虎齿"的模样，防止人类追求不死的欲望过分膨胀。这在事实上也保证了西王母的信仰不会轻易被证伪，从而得以长期延续。

五、《山海经》西王母与后代西王母职能的一致性

根据前文所考，《山海经》中的西王母是一个预知灾害、丰收和死亡的女神，其基本属性是正面的，甚至是吉利的，是人们从内心深处渴望接近的。

不止是个人需要,国家也需要。灾害是每一个君主都要避免的,而丰收又是他们都需要的。刑罚(五方毁败、诛杀大臣)是国家政权的重要职能,如何使用刑罚,关乎国家命运。岂可不慎?因此,君主当然是关注西王母的。

在这方面,周穆王西行与西王母交往的故事出现年代最早。《竹书纪年》云:"十七年,西征昆仑丘,见西王母。西王母止之,曰'有鸟谷人。'[其年],西王母来见,宾于昭宫。"《穆天子传》说,穆王到达西王母之邦,与西王母在瑶池饮酒唱和。不过,这两条材料没有说明穆王是抱着什么目的见西王母的。

其实,中国从战国到汉代有一些传说,分别叙述尧和大禹求教、求福于西王母。贾谊《新书·修政语》上篇云:"尧曰:'……身涉流沙,地封独山,西见王母。"《荀子·大略》云:"尧学于君畴,舜学于务成昭,禹学于西王母。"《易林》卷一"坤之噬嗑"卦比较特别:"稷为尧使,西见王母,拜请百福,赐我善子。"这是说得最清楚的,是去求福,求贤才了。小南一郎认为:"这些中国的圣王就学于西王母的,不仅仅是知识,还有给中国带来平安的方法。"①

我认为这些圣王见西王母的后代传说,都是基于《山海经》中西王母能够预知灾害、丰收和死亡的神力。

在后代传说中,西王母的最大职能是掌握不死药。目前,我们见到的汉代画像石、画像砖上,西王母是常见人物。通常,她身边都有一个捣不死药的兔子。《汉武故事》和《汉武内传》所讲述的汉武帝见西王母的最大目的就是寻求不死药。在这方面,《山海经》的西王母跟不死药有关系吗?

袁珂认为:西王母所掌管的灾疫和刑罚,都是有关人类生命的。西王母既可以夺取人的生命,当然也可以赐予人的生命②。虽然,袁先生说西王母掌管灾疫和刑罚,不是很精确。但是,他的推论还是有一定道理的,他指出有这种可能。当然这只是一种可能,并非确然。否则,任何宗教里

---

① [日]小南一郎《中国的神话传说与古小说》,第29页。
② 袁珂《中国神话传说》,中国民间文艺出版社,1984年,第309页。

的死神都是可以赐予生命的了——而这不合常识。

《山海经》中西王母的确有可能掌握不死药。经文多次谈到不死药。其中昆仑山有不死树、不死药,只是经文没有明言西王母掌握不死药。但是,有一些细节暗示她具有这种职能。昆仑山是人类不能上去的,因为那里是神的居所,有不死药等神圣宝物。但是,西王母住在那里,应该能够得到不死药。另外,前文所引《海内西经》叙述昆仑山的时候说:"非仁羿莫能上冈之岩。"羿上昆仑干什么?应该是找不死药。找谁呢?经文没有说,似乎记录不完整,或流传中造成了经文的缺失。郭璞注云:"言非仁人及有才艺如羿者,不能得登此山之冈岭巇岩也。羿尝请药西王母,亦言其得道也。"这就是说,羿是从昆仑山西王母那里得到的不死药。郭璞的根据也许是汉代以后的传说,例如《淮南子·览冥训》中所说"羿请不死之药于西王母"之类的材料。这里有两种可能:第一,这些后代材料是从完整的《山海经》来的,弥补了今本《山海经》的缺失。第二,《海内西经》中羿不是到西王母那里,而是到别的什么神那里取不死药,那么郭注和《淮南子》中的相关内容就是后人根据《山海经》自然引发的。无论如何,汉代以后的西王母传说都和《山海经》具有某种一致关系。

《山海经》西王母与后代西王母职能的一致性保证了神话的自然演化过程。

六、结论

《山海经》中的西王母并非凶神,而是一个能够预知灾难和死亡的正面性质的神。她天堂般的居处,表明了人类对她的尊敬和向往。而她的"豹尾、虎齿"异象传达的是一种威严和难以接近,并非表示她具有危害人的性质。这些就是西王母在战国以后发展为性质明确的吉神的基础。

茅盾对《山海经》西王母性质的"凶神"解读不符合经文,对郭璞注的理解也存在欠缺。他根据一般进化原则推理西王母从凶神转化为吉神的说法既没有材料依据,也不符合常理。

《山海经》对异族的想象与自我认知

《山海经》的《海经》①和《大荒经》系统全面地描述了古代中国人(即华夏人)对于异族、异国的想象。传统的《山海经》研究关注这些想象与现实的矛盾,而把它们归结为古人对于异族、异国的误解,甚至于歪曲。近年来,学界利用形象学方法对这些关于异族、异国的想象进行了新探索,总结出这种想象的"怪异化"和"乌托邦化"的规律,推进了我们对这种想象的认识,是《山海经》研究的新进展。本文基于法国文学形象学理论家达尼埃尔-亨利·巴柔关于文化他者的想象本质都是注视者自我意识体现的观点,探索《山海经》对于异族、异国的想象中所体现出来的华夏文化的自我意识,并对其价值进行论证。

由于本文的分析对象是华夏人对异族、异国的想象,所以,我的研究对象严格限制在《山海经》作者所承认的异族、异国。而把《山海经》中其他非人类的怪物、神灵,以及怪异的个人都排除在外,因为它们不是真正的国族,跟本文无关。

一、关于本文研究目的与方法的说明

《山海经》对异族、异国的描写虚实混杂,常常难以分辨。所以,一些学者竭力从《山海经》中异族、异国的描写里挖掘历史的影子。例如《海外东经》和《大荒东经》所描写的君子国,其国民"衣冠带剑",而且"好让不争",具有高度发达的文明程度;他们"使两文虎",可能跟古代韩国崇拜的山神有两只老虎有关;那里多薰华草,即无穷花,也跟韩国相似,至今韩国

---

① 本文所说《海经》,包括《海外四经》、《海内四经》和《海内经》。以下同此,不再出注。

依然把无穷花视为国花。君子国民"食兽",大约跟古代韩国人主要从事畜牧有关。所以,一些学者认为君子国就是古代韩国。但是,这个推论是建立在剥离了《山海经》君子国描写的虚构成分的基础之上的。从经文本身看,这些描写的想象性、虚构性是非常明显的,跟古代韩国的实际差距很大。外表上最接近华夏文化的君子国尚且如此,《山海经》对其他国族的描写,想象成分更大,更难判断虚实。因此,传统研究重点放在《山海经》异族、异国形象与事实之间的关系上,很难得出可靠结论。

另外,传统研究停留于判断《山海经》异族、异国描写的真实与虚构层面,未能揭示虚构的原因,以及虚构本身的意义。这也需要我们更新研究方式。形象学以探索异族、异国形象见长,而且深入探索这些虚构形象的成因与功能,可以为我们提供一种分析《山海经》异族、异国描写的新方法。

法国学者让-马克·莫哈在《试论文学形象学的研究史及方法论》中说:"事实上,研究一个形象时,真正的关键在于揭示其内在的'逻辑'、'真实情况',而非核实它是否与现实相符。"[①]学者巴柔的观点更加尖锐。他在《从文化形象到集体想象物》中认为形象是否与异国实际相符是一个"伪问题"[②]。他说:"我们以何客观条件为准来判断形象是否忠实于人们称之为现实的东西呢?事实上,对形象的研究应该较为注重探讨形象在多大程度上符合在注视者文化,而非被注视者文化中先存的模式,文化图解,而非一味探究形象的'真实'程度及其与现实的关系。因此,我们必须了解注视者文化的基础、组成成分、运作机制和社会功能。"[③]这两位形象学大师把研究重心从探索被注视者转到了探索注视者。这是形象学研究跟传统研究的最大区别。

叶舒宪和韩国梨花女子大学教授郑在书两位先生借用了法国形象学的分析方法,把分析重点放在《山海经》这些异族、异国想象的主体——中

---

① 见孟华主编《比较文学形象学》,北京大学出版社,2001年,第23页。
② 见孟华主编《比较文学形象学》,第122页。
③ 见孟华主编《比较文学形象学》,第122—123页。

国人自己的思想上,从中发现了古代中国人的文化自我中心主义。叶舒宪先生认为《山海经》对异族、异国的想象分为两类,即"怪异化"和"乌托邦化"。前者是为了强化文化自我的正统,后者是为了批判现实和文化自我的局限性①。郑在书先生认为中国的文化中心主义通过两个阶段完成了对文化他者的支配:"首先,当对他者的掌握尚未完全成熟时,便以神秘之情境来加以描写,幻象式的异国情调就是这一阶段的产物。然后,过一段时间,当对他者比较熟悉之时,便以自我中心的观点来说明他者,并试图将之归纳于自己的体系之中。"②叶舒宪、郑在书两位先生对古代中国人的自我中心主义进行了彻底批判,发人深省。

我关注的是古代华夏人这种"自我中心主义"的核心——何为华夏人。我认为,这种自我意识是决定《山海经》如何想象异族、异国的现实基础和理论出发点。

巴柔认为人们对于异国的想象源自自我认识。他说:"……所有的形象都源自一种自我意识(不管这种意识是多么微不足道),它是对一个与他者相比的我,一个与彼处相比的此在的意识。"③这种自我意识的存在,决定了文化他者形象与自我的对比关系。这说明人们是通过与自己对立的异国形象来确认自我。所以,巴柔又说:"我们要研究的想象物是一个剧场、一个场所,在那里,一个社会用形象化的方式(让我们接受这个双关语),即借用形象、描述等方式,表述了他们用以自我反视、定义和想象的方法(文学是其中之一)。"

我将借鉴巴柔的观点,去分析《山海经》的异族、异国想象中所隐含的古代华夏人的自我认识。通过研究这些异族、异国形象的内部逻辑,以及他们与华夏人的对比关系,希望从中认识华夏人的自我意识、自我形象。

---

① 叶舒宪、萧兵、郑在书《山海经的文化寻踪——"想象地理学"与东西文化碰触》,湖北人民出版社,2004年,第147—167页。
② 叶舒宪、萧兵、郑在书《山海经的文化寻踪》,第194页。
③ 见孟华主编《比较文学形象学》,第121页。

二、文学形象学在《山海经》研究中的适应性的说明

《山海经》一般被认为是中国战国时代的一部地理学著作①。其中《山经》主要是自然地理,记录五方的山川物产以及神灵;而《海经》、《大荒经》主要是人文地理,记录生活在远离中心的海荒之地的异族、异国。因此,《海经》、《大荒经》的内容尽管在今天看来往往荒诞不经,但在当时人心目中却是作为"客观事实"来书写的。而达尼埃尔—亨利·巴柔是比较文学专家,他的形象学理论主要针对文学作品。那么,他的形象学理论是否适合用来分析《山海经》呢?

首先,《山海经》作为远古时代的地理学著作,它的真实程度是有限的,而其想象色彩非常浓厚。其地理叙述往往存在很大误差,各山之间的方向多数都稍有偏离,各山之间的距离一般都不准确,误差甚至大到十几倍。同时,《山海经》中又掺杂了大量的神怪内容。例如,其中有鸡头龟身蛇尾的旋龟,九尾狐狸,三头一身的人,三身一首的人,等等。还有各种超自然的神灵,像鸟身龙首的山神,状如黄囊的帝江,等等。而《海经》、《大荒经》部分的神怪内容最多。可以说,《山海经》这部远古地理学著作充满了各种想象。历史学家顾颉刚认为《山海经》开创了中国地理学的"幻想的一派",而《禹贡》开创了"征实的一派"②。历史地理学界基本认同这种观点。

其次,《山海经》在历史上主要被当作志怪之作发挥社会功能。尽管刘歆、郭璞力图证明《山海经》真实可靠,但是,未能改变社会对待《山海经》的基本态度。直到目前为止,中国文学界仍然普遍把《山海经》看作中国古代神话作品集。叶舒宪把它定性为"神话政治地理书"③。基于以上

---

① 我个人认为《山海经》的著作年代可以上推到春秋以前,详见我的博士论文《〈山海经〉学术史考论》,北京大学 2005 年。
② 顾颉刚《〈山海经〉说明》和《〈禹贡〉的说明》,1959 年。
③ 叶舒宪、萧兵、郑在书《山海经的文化寻踪》,第 52 页。

两个理由,用文学形象学来分析《山海经》中《海经》、《大荒经》关于异族、异国的形象是完全合理的。

三、《山海经》异族、异国形象的变形逻辑

《山海经》中的异族、异国形象非常丰富,特点也非常突出。简而言之,异族、异国人民在体形特征上往往与我们心目中的正常人不同。对此,学界多有讨论。我则特别研究了这些异族、异国形象之间的关系,发现这些异族、异国人民的形象之间并非毫无关系,彼此独立,互不关联;他们的形象之间常常构成对立。而且,如果把每组对立形象联系起来,就进一步发现:每组对立形象之间的中心点正是正常人的形象。换言之,这些彼此对立的异族、异国形象实际都是以正常人形象为中心,按照某种变形逻辑向两个彼此相反的方向分别加以发展而来。

例如,小人国见《海外南经》:"周饶国在其东,其为人短小,冠带。一曰:焦侥国在三首东。"[①]《大荒南经》云:"有小人,名曰焦侥之国,几姓,嘉谷是食。"《大荒东经》云:"有小人国,名靖人。"与上述小人国相反的是大人国。《海外东经》云:"大人国在其北,为人大,坐而削船。"《大荒北经》云:"有大人之国,釐姓,黍食。"这些小人国与大人国正好构成了一组对立的形象。而且,这组对立是以正常人为中心并分别向大小两个极端进行延伸的结果。

长臂国,见《海外南经》:"长臂国在其东,捕鱼水中,两手各操一鱼。"与之相反的有长股国,或长脚国。《海外西经》云:"长股之国在雄常北,披发。一曰长脚。"这两个奇国实际是正常人分别在手臂和大腿这两个对立方向的变形。

女子国,见《海外西经》:"女子国在巫咸北,两女子居,水周之。"这是

---

① 本文引用《山海经》经文皆出自袁珂《山海经校注》,巴蜀书社,1993年。原书有索引,以下不再出注。

一个只有女人的国家。郭璞注云:"有黄池,妇人入浴,出即怀妊矣。"与之相反的是丈夫国,见《海外西经》:"丈夫国在维鸟北,其为人衣冠带剑。"这两种单性别国族实际乃是《山海经》的作者们把现实的男女两性社会在理念上加以分割,分别向单男或单女社会方向进行的夸张想象。

有三首一身的三首国,见《海外南经》:"三首国在其东,其为人一身三首。"相反的是三身一首的三身国,见《海外西经》:"三身国在夏后启北,一首而三身。"这是从正常人分别向身、首两个方向进行的变形。

上述形象,当然都是华夏人通过想象虚构的。但是,这种想象不是任意的,而是遵守着某种"逻辑"。小人国与大人国对立,长臂国与长股国对立,女子国与丈夫国对立,三首国与三身国对立。这些对立形象的背后存在着一个决定上述人体变形的逻辑出发点——正常人。正常人不大不小,处在对立的小人国与大人国中间;正常人胳膊不长不短,处在长臂国与长股国中间;正常人的国家同时有男性、女性,处在女子国与丈夫国中间;正常人一首一身,处在三首国与三身国中间。在这里,作为异族、异国国民形象变形的逻辑出发点的所谓"正常人",其实就是华夏人的自我认识。

那么,《山海经》中的华夏人是什么样子?限于自身体例[①],《山海经》是不写生活在中原地区的华夏人自己的。幸运的是,在《大荒西经》中记录了一个西周之国,这是周民族的祖居之地。经云:"有西周之国,姬姓,食谷。有人方耕,名曰叔均。帝俊生后稷,稷降以谷。稷之弟曰台玺,生叔均。叔均是代其父及稷播百谷,始作耕。有赤国妻氏。有双山。""有赤国妻氏"一句话,旧注未明其详。袁珂认为是人名,就是《海内经》中的"大比赤阴",怀疑是后稷之母姜嫄[②]。虽然不能确认是姜嫄,但这是一个女性大概不会有错。那么,这个西周之国就是男女都有的国家。它跟单一性别的女人国、丈夫国完全不同。其中讲述了周民族的起源神话,以及

[①] 《山海经》的《山经》部分基本是地理志,写山水,写物产,不写任何人类族群;而《海经》《荒经》则写四海民族,按照体例是不写华夏人自己的。

[②] 袁珂《山海经校注》,第451页。

后稷及其侄子叔均发明农业生产的文化起源神话。《山海经》的作者是周天子臣民,所以,这个西周之国可以看作华夏人自我认识的一个标本。按照这个标本,华夏人是帝俊(天帝之一)的后代,是体形正常的人类族群。本文前边所论述的居于一对对异族、异国形象之间的所谓"正常人"其实就是华夏人的自我认识、自画像。

对异族、异国国民形象的怪异化想象,事实上构成了对华夏人自身正常的证明。所以,华夏人的这种自我认识当然包含了一定的自我中心主义的偏见。

但是,我认为《山海经》中的种族歧视不甚明显。例如,小人国除了体形小之外,文化似乎还是比较高的。经文说他们"冠带",有帽子和腰带——这是服装文化的标志,而且跟华夏文化接近。焦侥国有姓氏——几,食物是嘉谷。丈夫国"衣冠带剑",和华夏人道德理想中的君子形象接近。另外,遭到"怪异化"的国族甚至包括了《海外西经》的轩辕之国:"轩辕之国在此穷山之际,其不寿者八百岁。在女子国北。人面蛇身,尾交首上。"轩辕是黄帝,是天帝之一,又是华夏始祖之一。该国民"人面蛇身",虽然怪异,但应该也不是歧视,甚至于可以看作是神圣化,因为人首蛇身在中国古代神话中常常是神灵的形状,神话中的女娲、伏羲都是人首蛇身。所以,我认为这些对异族怪异化想象的种族歧视色彩并不浓厚。

叶舒宪先生用来证明《山海经》丑化异族的证据——吃人的"窫窳"(见《北次二经》、《海内南经》)和"马腹"(见《中次二经》)[①]都是兽类,跟异族无关——所谓异族虽然与本族不同,毕竟还是古人心目中的人类。因此,他使用这些证据论证《山海经》把异族"怪异化"是强化中国人的文化正统,证据似乎不太合适。

四、《山海经》异族、异国文化与华夏文化的对比

《山海经》的异族、异国人不但外形与华夏人不同,其文化也与华夏人

---

① 叶舒宪、萧兵、郑在书《山海经的文化寻踪》,第156—157页。

不同。

首先介绍《山海经》对华夏文化的自我认识。前文所提到的西周之国,是典型的华夏文化。有姓氏——姬,吃五谷——食谷。按照中国神话,五谷起源于后稷开始播种的各种作物。同时,西周之国还是一个讲究孝道的国家——"叔均是代其父及稷播百谷,始作耕。"这些内容虽然简单,但是概括了华夏古文明的三大特征:农业文明、家族制度、以孝为德。

用西周之国的文化自我认识去对比,那么异族、异国文化是什么状态呢?

以饮食文化为例。《山海经》中有一些其他国族吃五谷。除了前文已经叙述的焦侥之国吃嘉谷之外,《海外东经》的黑齿国"食稻、啖蛇"。《大荒东经》云:"有黑齿之国。帝俊生黑齿,黍食,使四鸟。"又云:"有国曰玄股,黍食,使四鸟。有困民国,勾姓,黍食。"他们跟华夏人的饮食文化既有相似,又有区别。

但是,比较典型的"文化他者",或者能够直接引起华夏人注意的是那些与我们不同的异族、异国饮食文化。长臂国以海鱼为主食,玄股国(《海外东经》)以鱼皮做衣服,主食为鸥鸟。《海外东经》的劳民国"食果,草实"。《大荒东经》的中容国"食兽,木食"。君子国"衣冠带剑",且"好让不争",直接体现了华夏文化难以实现的理想境界。所以,郭璞《君子国图赞》云:"东方气仁,国有君子。薰华是食,雕虎是使。雅好礼让,端(一作'礼')委论理。"①郭璞盛赞君子国民高尚的道德风尚。但是,君子国"食兽",以动物为主食,这和华夏人"食谷"不一致。该国似乎是狩猎和采集经济。这些典型的异族、异国饮食文化从反面印证了华夏人以五谷为主食的农业文化。

对于这些异族、异国的文化,《山海经》没有一味地肯定或否定。甚至对于长期的敌国,也没有完全否定他们的文化。《大荒北经》有犬戎。这是一个自商周以来长期与华夏人争斗的游牧民族。经云:"大荒之中有

---

① 〔晋〕郭璞著,张宗祥校录《足本山海经图赞》,古典文学出版社,1958年,第37—38页。

山,名曰融父山,顺水入焉。有人名曰犬戎。黄帝生苗龙,苗龙生融吾,融吾生弄明,弄明生白犬,白犬有牝牡,是为犬戎,肉食。"但是,这个民族在男女关系上与华夏同样存在男尊女卑。《海内北经》云:"犬封国曰犬戎国,状如犬。有一女子方跪进杯食。"郭璞注:"与酒食也。"意思是女子正跪着给人进献酒食。杨慎认为是给丈夫进酒食:

> 今云南百夷之地,女多美。其俗不论贵贱,人有数妻。妻妾事夫如事君,不相妒忌。夫就妾宿,虽妻亦反服役之,云重夫主也。进食、更衣,必跪,不敢仰视。近日,姜梦宾为兵备,亲至其地。归,戏谓人曰:"中国称文王妃后不妒。百夷之妇,家家文王妃后也。"跪进杯食,盖纪其俗。①

假如杨慎的理解正确,那么《山海经》对于敌对的犬戎国的文化是有所肯定的,并没有故意丑化。

五、《山海经》对异族、异国及其文化的兼容态度

《山海经》所描述的大地是方形的。大致以《中山经》各山为核心,其外则是南、西、北、东四方山脉。华夏人虽然没有直接出场,但是由于他们所居住的地区在《中山经》,所以,可以推定他们是生活在中心地区的;而异族分布在远方的海荒之地,大致在四方山脉所在地区。华夏人与异族的这种分布状态,的确体现了华夏人的自我中心主义。但是,把自己居住之地看作世界中心,是一个古人无法避免的认识角度。至于其中是否含有,或者含有多少歧视或控制异族、异国的思想,则需要进一步论证。

《山海经》有一个现象非常值得关注。那就是常常把异族、异国解释为华夏民族的神灵或祖先的后裔。

前文所说的三身国,在《大荒南经》中有云:"大荒之中,有不庭之山,荣水穷焉。有人三身;帝俊妻娥皇,生此三身之国,姚姓,黍食,使四鸟。

---

① 〔明〕杨慎《山海经补注》,中华书局,1991年,第13页。

有渊四方,四隅皆达,北属黑水,南属大荒。北旁名曰少和之渊,南旁名曰从渊,舜之所浴也。"《大荒东经》:"有白民之国。帝俊生帝鸿,帝鸿生白民,白民销姓,黍食,使四鸟:虎、豹、熊、罴。"又云:"有黑齿之国。帝俊生黑齿,黍食,使四鸟。"又云:"有困民国,勾姓而食。有人曰王亥,两手操鸟,方食其头。王亥托于有易、河伯、仆牛……有易潜出,为国于兽,方食之,名曰摇民。帝舜生戏,戏生摇民。"《海外南经》中的讙头国是尧帝大臣的后裔,载国是舜帝后裔。类似现象还有北狄之国、氐人之国、叔歜之国等,此处不赘。

前文已经介绍,《山海经》对于文化他者的歧视并不明显,更多的是一种冷静"客观"的叙述。当我们看到《山海经》把文化他者看作跟华夏人同源的上述说法之后,就大致可以确定:华夏人在观念上对文化他者具有一种兼容的态度。

这种对待异族和异族文化的观念,与形象学家巴柔总结的人类对于异族及异文化的强烈"憎恶"或"狂热"态度不同。它既不完全排斥,也不完全崇拜异族文化,而是更加接近一种"友善"的态度。这是一种中国式的"文化兼容",是以自我为中心、同时承认异族文化具有相对独立性。

华夏人一直自居天下之中,周代人还要在"天心地中"建立国都。这当然跟自我中心主义有关,跟虚幻的自我优越感有关。但是,我认为这里的关键是华夏人为什么没有直接通过否定异族文化来肯定自我中心,而是非要把异族拉入自己的体系呢?

我认为,这跟华夏人的政治最高理想有关。《尚书·大禹谟》云:"无怠无荒,四夷来王。"王权的合法性不仅要得到本土的证实,还要有万国来朝,才能得到最后确证。《尚书·禹贡》有五服之说。从王都起,五百里之内为"甸服",再向外五百里为"侯服"。再向外是"绥服"、"要服"和"荒服"。这当然是以自我为中心的。就是《诗经》所云:"普天之下,莫非王土,率土之滨,莫非王臣。"但是,五服之说对各服的政治与文化要求是不同的。在推行华夏价值的同时,承认远方地区文化的差异性是一种合理存在。

《海外南经》开篇云：

> 地之所载，六合之间，四海之内，照之以日月，经之以星辰，纪之以四时，要之以太岁，神灵所生，其物异形，或夭或寿，唯圣人能通其道。

这是《山海经》描述异族、异国形象的目的，让圣人（贤明君主）掌握所有民族及其文化的道理，以便建立一个能更好地处理异族、异国问题的理想国度。显然，这是从根本上承认异族文化有其存在合理性，同时也是华夏人对于文化他者采取"兼容"态度的理论依据。这种兼容异族与异族文化的思想与实践，使得《山海经》对待异族的态度超出了巴柔总结的人类对于异族及异文化只有两种态度（"憎恶"或"狂热"）的范围。我们可以据此对巴柔的形象学理论进行一定的修正。

"文化自我中心主义"当然是不正确的。不过，在当时条件下，这种能够兼容异族文化的"自我中心主义"相对而言危害较小。《山海经》这种对待异文化的态度在中国文化发展历史上是长期一贯的，是中国国内多民族文化长期共存的原因之一，是形成现代中国多民族统一国家的原因之一。同时，它也保证了历史上曾经强大的中国与其他国家相处时对该国、该族文化保有一定程度的尊重。

从"小说家言"到"神话之渊府"
——关于中国现代神话学对《山海经》经典地位的塑造

20世纪以来,伴随着中国人生活模式和思维模式的巨大变迁,人们对于古代典籍的认识和评价也发生了巨大变化。一些典籍的社会地位稳步上升,例如四大小说和戏曲之类;另一些典籍的社会地位则逐步下降,或者上下起伏,变化不定,例如四书五经之类。其中《山海经》是一个文化价值迅速攀升、社会地位一步登天的例证。现代历史地理学的发展使得人们能够更精确地把握《山海经》(特别是《五藏山经》)所记录的古代地理情况;考古学的发展又确定了《山海经》中某些曾被长期淹没的历史真相。这些都为重新认识《山海经》的价值提供了客观依据。不过,造成《山海经》文化价值最大改变的学科却不是现代历史学和现代地理学。因为《山海经》的地理学价值自《隋书·经籍志》以后基本得到肯定,现代历史地理学对此只是顺理成章地加以继承而已。考古学由于材料本身的局限性,对于《山海经》研究的影响是局部的。历史上决定《山海经》命运的核心问题是如何评价其中包含的大量神怪内容。否定神怪者自然无法赞赏《山海经》,只有肯定神怪内容者才可能给予《山海经》较高的评价。所以,真正彻底改变《山海经》命运的学科是源自西方的现代神话学。本文以《山海经》学术史上对于书中神怪内容的争议为考察对象,将之置于历史和现实的双重背景下加以考察。目的是:揭示社会文化转型对于经典阐释的决定性影响,以及现代神话学对于《山海经》的重新阐释与古代《山海经》学在内在理路上的联系;并立足上述事实,探讨"经典阐释"的学术合法性问题。

一、儒学时代的《山海经》学

现代《山海经》研究是在古老的中国社会文化传统遭遇西方现代文化思潮撞击后发生巨大裂变的历史条件下开始的,也是在和传统的《山海经》学既联系、又对立的状态下展开的。所以,我首先从古代《山海经》研究的主流倾向入手。

《山海经》是中国最早的地理书,《汉书·艺文志》列入形法家之首,《隋书·经籍志》以下诸志都名列地理书之冠。但是,《山海经》在中国古代文化史上的地位并不高,其主要原因在于其中包含的大量神怪内容遭到居于文化权力中心的经学家和史学家的诟病。

中国传统文化,尤其是居于统治地位的儒学一直以往古圣贤为人格榜样,其文化经典以叙述和赞扬先王德政、斥责小人恶行的历史著作为代表。儒学是一种具有强烈史学特征的学说。所以,章学诚《文史通义》总结儒学的史学特征为"六经皆史"。在中国传统学术体系中,史学也占据着极端重要的地位。钱穆《中国历史研究法》云:"我们甚至可说,中国学术主要均不出史学范围。"[①]在史学色彩如此强烈的文化语境中,包含大量神怪内容的《山海经》所能实现的文化功能是受到制约的。传统史学对于《山海经》的评价也不可能很高,并且这种评价还因为史学的权威地位而广泛发生影响。司马迁《史记·大宛传》云:"今自张骞使大夏之后也,穷河源,恶睹本纪所谓昆仑者乎?故言九州山川,《尚书》近之矣;至《禹本纪》、《山海经》所有怪物,余不敢言之也。"这是已知最早的《山海经》评论。司马迁身为史官,在发现《山海经》与所知史实之间存在出入的时候,拒绝将之引入史书,是符合史学规范的。可是,因为史学的垄断地位,人们通常不仅在史学领域,而且全方位地接受了司马迁的结论,对《山海经》侈言神怪不以为然。以至于郭璞慨叹:"世之览《山海经》者,皆以其闳诞迂夸,

---

① 钱穆《中国历史研究法》,生活·读书·新知三联书店,2001年,第89页。

多奇怪俶傥之言,莫不疑焉。"①人们大都是以世俗理性的眼光看待《山海经》,无法接受其中的神怪内容,进而影响了对全书的信任。尽管历史上不少学者一直把《山海经》视为最早的地理书,但是他们的做法实际都回避了《山海经》地理描述之中夹杂的大量神怪内容。结果,到了清代,《四库全书总目提要》彻底否定了《山海经》的地理学价值,云:"书中序述山水,多参以神怪。……案以耳目所及,百不一真。"据此将《山海经》定为"小说之最古者耳"。并将《山海经》从"史部地理类"移到"子部小说"类,大大降低了《山海经》在知识体系中的地位。

居于社会思想统治地位的儒家经学对于《山海经》的神怪内容也颇有微词。司马迁评论《山海经》时已是汉武帝"罢黜百家、独尊儒术"的时代。至于刘秀(即刘歆)校上《山海经》定本,更是迟至西汉末年了。因此,传统《山海经》学是在儒学独尊的条件下展开的,其命运受到经学很大的影响。孔子"不语怪力乱神"是儒学一个重要传统,而《山海经》中存在的大量神怪内容无疑违背了这一传统。于是,时代在后、且极端简略但内容雅正的《禹贡》进了《书经》,并逐渐成为古代地理学第一经典。相反,时代在前②且地理学内容极其丰富的《山海经》却因"不雅驯"而遭排斥。甚至于在严谨的学术著作中都不能加以引述③。因此,历史上从事《山海经》研究的学者并不很多。

来自史学与经学的压力如此之大,传统《山海经》学中任何肯定《山海经》的学者,或者企图使《山海经》经典化的学者都必须首先设法消解《山海经》的神怪内容,以回避这种压力。从刘歆、郭璞到毕沅,无不如此。刘歆《上〈山海经〉表》声称此书"出于唐虞之际",是益和伯翳等人追随大禹治理天下洪水时所作。他之所以将《山海经》的产生时代推到如此古远,把作品内容涉及的范围划得如此之大,与其说是故弄玄虚,神化这部作

---

① 郭璞《注山海经叙》。
② 顾颉刚认为《禹贡》是在《山海经》广泛流行的气氛下写作的。
③ 《四库全书总目提要》关于阎若璩《孟子生卒年月考》云:"盖先儒诂经多不取杂书……郭璞注《尔雅》西王母,不引《穆天子传》、《山海经》。皆义取谨严,非其疏漏也。"

品,不如说是为了消解《山海经》中出现的怪物①——所谓益和伯翳"逮人迹之所希至,及舟舆之所罕到。内别五方之山,外分八方之海,纪其珍宝奇物,异方之所生水土、草木、禽兽、昆虫,麟凤之所止,祯祥之所隐,及四海之外,绝域之国,殊类之人"。由于个人知识的相对特性,人们对于远古或远方的事物很容易采取"宁可信其有,不可信其无"的态度。刘歆把《山海经》所写神怪归结为远古、远方之物,实际上是利用"天下之大,无奇不有"的观念,来消除人们对于《山海经》怪物的怀疑,回避史学、经学对于《山海经》的责难。另外,刘歆还用东方朔识毕方鸟、刘向辨盗械之尸来肯定《山海经》所写皆为事实。经过这一番辩解,刘歆得出结论:《山海经》"皆圣贤之遗事,古文之著名者也。其事质明有信"。可见刘歆努力消解《山海经》神怪内容的目的是十分清楚的,那就是重新肯定其历史真实性。郭璞《注〈山海经〉叙》发挥庄子"人之所知,莫若其所不知"的认识论命题,批评常人以《山海经》为怪的做法"是不怪所可怪而怪所不可怪也"。他还引用当时出土不久的《竹书纪年》和《穆天子传》证明《山海经》中有关西王母和昆仑山叙述的真实性,反驳《史记·大宛传》对《山海经》的批评。郭璞的目的当然也是要消解《山海经》的神怪色彩,坐实其内容,借以提高其文化地位。但是,刘歆、郭璞上述辩解的核心是把《山海经》中一切神怪内容都归因于远古或远方的未知领域,其中包含着某种程度的知识悖论——既然这些神怪内容都是未知之物,何以刘歆、郭璞二位就知道了呢?因此,其说服力十分有限。肯定《山海经》价值的另一位重要学者是清人毕沅。毕沅《〈山海经〉新校正》继承郦道元《水经注》的做法,重点从地理学方面论证《山海经》的价值,多有创见。他也没有忽略《山海经》中的神怪内容,只是认为这些神怪内容全是读者误解!其《〈山海经〉新校正序》云:"《山海经》未尝言怪,而释者怪焉。"他认为,经文中所谓"鸱鸟人面""人鱼人面",都只是"略似人形"而已,并非怪物。毕沅的这种说法颇

---

① 现代学者一般认为刘歆的说法是为了抬高《山海经》的地位。见袁行霈《〈山海经〉初探》,《当代学者自选文库·袁行霈卷》,安徽教育出版社,1999年,第10页。

类似于神话学史上马克斯·缪勒的"语言疾病说"。但是,其有说服力的例证太少,尚不足以全面消解《山海经》的神怪内容。

综观以上论述,在传统学术体系中,《山海经》的文化史地位主要决定于如何评价其神怪内容。在传统史学世俗理性眼光的审视下,《山海经》中包含的神怪因素成为致命缺陷。尽管有刘歆、郭璞、毕沅等学者极力辩解,终究不能改变《山海经》在神圣的文化殿堂中的边缘地位。

与上述致力于《山海经》经典化的各种努力同时存在的,是正视《山海经》神怪因素的存在,并以此为出发点来认识和评价《山海经》。唐人杜佑著《通典》,云:"《禹本纪》、《山海经》,不知何代之书,详其恢怪不经。宜夫子删诗书后,尚奇者所作。或先有其书,如诡诞之言,必后人所加也。"明人胡应麟认为:"《山海经》专以前人陈迹附会怪神,而读者往往不能察。"①并否定了刘歆、郭璞等人企图把《山海经》神怪内容坐实的做法。他第一次着重从神怪内容来为《山海经》定性:"《山海经》,小说之祖也。"②《四库全书总目提要》把《山海经》退置于"小说"类中三大属之一的"异闻之属",基本是继承胡应麟的思路。胡应麟和四库馆臣的做法忽视了《山海经》的地理学本质,因此遭到后来学者的严厉批评③。但是若单单从《山海经》中的神怪内容着眼,这个"小说之最古者"的说法是符合事实的,这造就了《山海经》在文化史上的既得地位。"小说家"之言,按照《汉书·艺文志》的说法,是"街谈巷语之说也"。胡应麟和四库馆臣用来评价《山海经》的神怪内容,大体恰当,只是忽略了其中的真实性因素。因此,他们对此书的评价和《汉书·艺文志》当年把《山海经》列入"《数术略》形法家之首"相比,和《隋书·经籍志》把《山海经》列为地理志之首相比,见出《山海经》的文化地位进一步下降了。

---

① 〔明〕胡应麟《少室山房笔丛正集》卷一九,影印文渊阁《四库全书》本。
② 同上书,卷一六。
③ 余嘉锡《四库提要辨证》云:"是书(即《山海经》),《汉志》在形法家,隋、唐以下诸志皆为地理书之冠。《四库》始改入小说家,此岂街谈巷议之出于稗官者乎?自我作古,变异刘、班以来之旧例,可谓率尔操觚者矣。"

二、西方文化观念的引进和现代《山海经》学的突破

晚清时代随着中、西方激烈碰撞带来的中国惨败的结局,中国学者面前第一次出现了一个既令人羡慕,又令人嫉恨的文化参照体系。随着"西学东渐"的盛行于世,数千年一统的文化价值观念丧失了独尊地位。传统的学术观念、价值观念发生剧烈变化,中国进入了新的文化创造时代。《山海经》在传统文化语境中一直遭人诟病的神怪内容在新的文化语境中获得了崇高的价值,彻底扫除了进入文化圣殿的一切障碍。

1. 价值观的改变与《山海经》地位的上升

在西方文化的两大传统(古希腊文明和基督教文明)中,神话一直占有崇高的文化地位,是西方文化的重要经典[①]。究其原因,主要在于西方文化把超自然的神灵视为价值本源,与中国崇拜人间圣贤的传统大异其趣。即便是西方现代文化体系中,宗教信仰仍然占有重要地位。

晚清学者在接触西方文化时,很容易把中西双方的文化经典加以比较,引以为同类,并引用西方价值观重新看待中国文化。蒋观云那篇奠定了中国现代神话学的短文《神话历史养成之人物》[②]云:"一国之神话与一国之历史,皆于人心上有莫大之影响","神话、历史者,能造成一国之人才"[③]。而且认为神话是比历史更早的产物,暗示神话具有更高的文化价值。这显然是参照西方文化观念得出的结论。而随着疑古思潮的兴起,中国传统价值观所赖以存在的古史系统被摧毁,而且被解释为"历史化的神话",所以,中国神话就填补了古史系统崩溃以后留下的文化空缺。因此,在中国传统语境中不登大雅之堂的神怪之谈不仅走上了与古史同样

---

① 尽管基督教反对异教神灵,反对古希腊神话,但是基督教的上帝故事其实也都是神话。
② 刘锡诚《梁启超是第一个使用"神话"一词的人》考证梁启超1902年2月8日以后陆续发表的《新史学》第一次使用了"神话"一词,见《今晚报·副刊》2002年7月9日。但梁氏似乎没有展开说明。
③ 转引自马昌仪《中国神话学文论选萃》,中国广播电视出版社,1994年,第18页。

神圣的地位,甚至逐渐超过了古史——按照古史辨学派的理论,神话比古史系统的时代更早,中国的古史系统是远古神话被历史化的产物。观察此时代各种谈论"神话"的言论,词义之中无不包含着强烈的肯定意义;并且与传统时代的"神怪"一词所暗含的贬义截然相反。到了20世纪20年代,鲁迅《中国小说史略》云:"故神话不特为宗教之萌芽,美术所由起,且实为文章之渊源。"①神话获得如此崇高的地位,这当然是中国文化转型的显著标志之一。随着神话地位的肯定,传统学术加在《山海经》头上的"语怪"恶谥已经涣然冰释。在新的文化语境中,作为包含神话最多的中国古代典籍《山海经》越来越得到人们的普遍关注。

2. 进化论观念与《山海经》历史真实性的确立

对于在中国有着深厚历史积累的《山海经》学来说,要彻底改变其文化地位,仅仅是价值观改变而没有更深一步的学理探讨和证据搜集,那是不可能的。蒋观云虽然赞扬神话,却并未深入研究中国神话,也没有把《山海经》视为重要的神话材料。他的《中国人种考》只是用简单的动物进化知识把《山海经》中的怪异解释为被读者误解的史实:"《山海经》者,中国所传之古书。真赝糅杂,未可据为典要。顾其言,有可释以今义者。如云长股之民、长臂之民,殆指一种类人之猿。"②刘师培也一样,其《〈山海经〉不可疑》云:"《山海经》所言皆有确据,即西人动物演为人类之说也。""《山海经》成书之时,人类及动物之争仍未尽泯。此书中所由多记奇禽怪兽也。"③只是简单的西学知识,并没有直接推动现代《山海经》学的产生。

现代《山海经》学是在进化论的历史演进理论以及由此奠基的文学史发展模式的支持下,确定了本身的历史真实性质,并最终登上了高居文化史、文学史之首的"神话之渊府"宝座的。鲁迅、茅盾等人把进化的历史观

---

① 鲁迅《中国小说史略》,人民文学出版社,1958年,第7页。
② 转引于钟敬文《晚清改良派学者的民间文学见解》,见《钟敬文民间文学论集》,上海文艺出版社,1982年,第854页。
③ 刘师培《刘申叔遗书》,江苏古籍出版社1997年影印本,第1950页。

念和文学史发展模式引入《山海经》研究领域,从而彻底改变了传统《山海经》学的研究模式,奠定了现代《山海经》神话研究的基本格局。

以进化论为特征的西方现代历史观念对于《山海经》学的影响是十分重大的。

评价古籍,历史观念非常重要。中国传统的历史观总是着重于评价不同时代的道德水平,而且美化不可知的古代,贬斥历历在目的现实,于是其总的历史观主要是退化的。儒家总是"法先王",道家总是向往远古时代的自然淳朴。传统《山海经》学秉持这种历史观念,总是以为最古的经典应该是平实雅驯的,各种包含超自然因素的著作都被视为是语怪者就故实而夸饰、铺张以成怪①。这样,自然难以理解《山海经》语怪的历史真实性质。《山海经》中的神怪实际上被看成了后人对于历史事实的故意歪曲,其历史真实性质自然大打折扣。

而来自西方的进化论历史观念认为,人类社会与文化是不断演化的,并且在演化过程中得到不断提高。其一般发展模式是从野蛮、迷信,到文明、科学。按照这种模式,超自然的神话被视为远古时代精神的真实反映。周作人深受英国人类学家安德路郎的进化论人类学派思想的影响,早在1913年的《童话研究》一文中就说:"……神话真诠,原本风习,今所谓无稽之言,其在当时,乃实文明之信史也。"②其《神话的趣味》说:"野蛮人认为神话是包含哲学、历史、宗教等等,而在我们则只认为是神话。我们不拿进化学说来解说,则研究荒诞的神话亦属无用。我们所以要研究神话,就是要懂得我们的祖先的思想和故事。"③显然,周作人按照进化论的观念把神话视为原始人思想的真实反映,而不是后来人的故意虚构。鲁迅也是参照这种进化的历史观念,根据《山海经》"所载祠神之物多用糈(精米),与巫术合",判定此书"盖古之巫书",比较合理地解释了《山海经》

---

① 胡应麟《少室山房笔丛正集》卷一六认为《山海经》是"战国好奇之士取《穆王传》,杂录《庄》、《列》、《离骚》、《周书》、《晋乘》以成者"。
② 吴平、邱明一编《周作人民俗学论集》,上海文艺出版社,1999年,第29—30页。
③ 吴平、邱明一编《周作人民俗学论集》,第15页。

的原始性质,确定了此书年代的古老,肯定了此书的历史真实性,其影响十分深远①。正是根据这种从神性到人性、从野蛮到文明的文化发展模式,鲁迅《中国小说史略》在讨论神话和传说时得出结论:"迨神话演进,则为中枢者渐近于人性,凡所叙述,今谓之传说。"超自然的神话是最古老的,而合理化的历史叙述反而比较晚出。这种神话演进的模式后来被总结为规律,在中国神话学界达成一致意见②。所以,《山海经》中多神怪正说明《山海经》内容原始,绝非后世好事者伪造。吕子方《读〈山海经〉杂记》的看法颇有代表性:"……书(指《山海经》)中那些比较粗陋艰懂和闳诞奇怪的东西,正是保留下来的原始社会的记录,正是精华所在,并非后人窜入。"③按照这种进化的历史观点,传统学术中多所肯定的所谓"雅驯"之词反而是产生时代较晚的。

  茅盾的进化历史观也很明显。他根据西方人类学知识把神话的"不合理质素"(即所谓野蛮、迷信、怪异的因素)解释为原始思维、原始文化的反映,并且指出这些"不合理质素"随着文明进化而逐步被改造,"于是本来朴野的简短的故事,变成美丽曲折了;道德的教训,肤浅的哲理,也加进去了"④。根据这种历史发展模式,茅盾就认为《山海经》中"豹尾虎齿""蓬发戴胜"的西王母比《穆天子传》中的西王母更原始,而后者又比《汉武内传》中的西王母古老。有了鲁迅、茅盾等人的证明,《山海经》作为文化元典的性质遂得以确立。故袁珂说:"《山海经》是保存中国神话材料最多的一部古书,虽然也很零碎,却比较集中,并不十分散乱,是它的优点之一;所有神话材料,都接近神话的本来面貌,篡改的地方绝少,是它的优点

---

  ① 袁行霈《山海经初探》、袁珂《〈山海经〉盖"古之巫书"试探》都沿袭这一判断。
  ② 潜明兹《中国神话学》云:"这后三种神话(指神性神话、人性神话、英雄神话)发生的顺序,在研究者中似乎未见分歧,因为这一模式早在本世纪四十年代闻一多的名篇《伏羲考》问世时,已成为众所公认的神话发展、演变规律。"宁夏人民出版社,1994年,第19页。
  ③ 吕子方《中国科学技术史论文集·读〈山海经〉杂记》,四川人民出版社,1983年,第3—4页。
  ④ 茅盾《中国神话研究 ABC》,见《茅盾说神话》,上海古籍出版社,1999年,第30页。

之二。有此两个优点,所以我们研究中国神话,必须先从此书着手……"①进化论的历史观念解决了传统《山海经》学中关于雅驯与怪异之间、人事与神迹之间孰先孰后的难题,从而肯定了《山海经》所述神话内容的历史真实性。

需要补充说明的是,现代《山海经》学的历史观念也逐渐变得宽泛。传统《山海经》学所讲的历史真实都是指狭义的事实描述。贬斥者指责《山海经》"语怪"、"百不一真"的根据是:书中神怪内容不是对事实的客观叙述;辩解者则力图从不同角度说明书中所写均为客观事实。但是,现代学术所探讨的《山海经》的历史价值则不仅仅在于书中所写是否是对于历史事实的叙述;更在于此书对于叙述者本身真实的反映。《山海经》所含的神怪因素或出于信仰者的无意识虚构,或出于文学家的有意创作,当然都不是狭义的事实描述。但是,从《山海经》真实传达了作者思想的角度看,这些虚构内容又都是当时精神的如实反映,同样具有重要历史价值。茅盾批评某些古代学者把《山海经》当作实用的地理书,也反对另一些古代学者把《山海经》看作"小说":"他们不知道这特种的东西所谓'神话'者,原来是初民的知识的积累,其中有初民的宇宙观,宗教思想,道德标准,民族历史最初期的传说,并对于自然界的认识。"②这种具有远为宽泛的史实概念的史学研究,打破了传统《山海经》研究的狭隘史学话语霸权,更进一步深化了《山海经》的历史意义,为此后对于《山海经》的全面文化研究开辟了广阔的道路。

3.《山海经》的现代神话学解读

由于胡应麟和四库馆臣早已把《山海经》确定为"小说之祖",而其神话内容与以虚构为特征的现代小说概念之间的转换是顺理成章的。这样,《山海经》的神话内容进入文学史的条件就成熟了。鲁迅《中国小说史

---

① 袁珂《中国神话通论》,巴蜀书社,1991年,第1页。
② 茅盾《中国神话研究 ABC》,《茅盾说神话》,第4页。

略》不仅把《山海经》列入小说史的开篇,而且探讨了《山海经》的文学史影响,指出署名东方朔的《神异经》、《十洲记》都是模仿《山海经》之作。后来的文学史基本都把《山海经》作为最重要的神话记录和志怪小说鼻祖加以叙述。由于这已经是常识,此处不赘。

袁珂将现代神话学对于《山海经》的解说全面贯彻、落实在经文的解读之中。由于《山海经》原本是一部远古时代的地理学著作。出于某种目前尚无法完全确定的因素而包含了大量的神怪内容,并以此闻名于世。不过,其中完整的神话叙事只有夸父逐日、刑天舞干戚、精卫填海、黄帝蚩尤之战、后羿射日、鲧治水、大禹治水等。其他都只是片段。而古代旧注受传统史学影响,务实者多,务虚者少。虽然郭璞、杨慎曾经从神怪方面有所解说,但是颇受正统学者非议。现代神话学欲全面论证《山海经》的神话价值,必须从神话角度重新阐释它。中国20世纪最著名的神话学家和《山海经》专家袁珂的《山海经校注》是现代第一部《山海经》注本。其《序》云:"《山海经》非特史地之权舆,乃亦神话之渊府。"正面表明了作者专以神话观点解释经文。如《海内经》云:建木"其实如麻,其叶如芒,大皞爰过,黄帝所为",其中"大皞爰过"一句,郭璞、郝懿行都解释为庖羲经过树下。袁珂参考《淮南子·地形训》"建木在都广,众帝所自上下",并取《山海经》其他神巫上下于天的内证,说明实际应是庖羲上下于天的意思①。《大荒西经》中"帝令重献上天,令黎邛下地"一句,古注也不详。袁珂参考《国语》释为绝地天通,也是很好的例证②。经过袁珂的努力,《山海经》中绝大部分的神话片段都可以得到解说。

《山海经》作为文学经典的神圣地位在现代学术史上最终得以确定。

三、关于把西方文化参照系引入《山海经》学的合法性问题

《山海经》在现代文化体系中的经典地位主要是由神话学引入西方文

---

① 袁珂《山海经校注》,第509—512页。
② 袁珂《山海经校注》,第460—462页。

化参照系而确定的。这种重新阐释经典的学术活动充满了意识形态的热情。梁启超、蒋观云、鲁迅、茅盾、袁珂,几乎都是怀着重建中国文化的雄心从事于神话和《山海经》研究的。所以,当他们发现现有的西方学术术语、价值观和研究模式可以直接用来"发现"《山海经》新价值的时候,马上全面接受,并据以塑造了《山海经》的经典地位。从新文化运动的立场来看,从学术的"经世致用"目的看,现代《山海经》的神话学研究无疑是成功的。它确立的学术研究范式至今依然部分地发挥作用。在新文化的话语体系中,由于内在价值观的直接支持,这种研究范式简单易行,所以很快风靡学界。《山海经》作为神话经典的地位的确立,当然是合法的,因为以西方文化作为参照系的中国现代文化体系中的确是需要一部集中进行超自然叙事的经典。否则,中国现代文化体系就将陷入先天不足的局面,缺乏对于超自然现象的关注;而且也无法与西方文化体系平等对话。这样看来,《山海经》的神话学研究的确完成了自己的文化使命。

但是,从纯学术的"实事求是"目的来看,《山海经》的神话学研究存在着一些弱点,其学术合法性存在一些疑问。

首先,直接引入西方文化的价值观和研究模式来评价中国传统文化典籍是一种跨文化的比较研究。这种研究应该对其比较基础加以深刻清理才能付诸实践,否则容易导致误解。西方文化的价值观和研究模式是以该文化的历史实践为基础的,希腊神话、基督教神话的地位是以其在历史上真实发生的影响为依据的。古代希腊人的确对于奥林匹斯诸神崇拜有加,中世纪欧洲人对于上帝也忠诚不贰。而中国传统文化的历史实践与之存在很大差别。《山海经》的神话内容被贬斥为"语怪",也和它实际的社会功能相一致。《山海经》的最初意义,现在已经不能考知。而在今天可以确知的历史时期,它一般都是被人们当作谈资存在的。《山海经》神话的文学史影响的最重要例证之一是陶渊明的《读〈山海经〉十三首》,以及后代文人的一系列唱和之作。可是陶渊明实际上是把《山海经》当作隐居生活中的一个消遣而已。所以,《其一》云:"泛览周王传,流观山海图。俯仰终宇宙,不乐复何如?"《其十》在引述了精卫、刑天"猛志固常在"

以后,感慨的却是"徒设在昔心,良晨讵可待?"意思是徒然设下死后的想法,复活哪能盼到? 对于神话完全是怀疑的态度! 不过语怪而已。研究者通常只引用前四句来证明神话影响,但都放弃后四句。这表面上只是忽略了作者谈论神话的语境,实际上是故意忽略了神话在中国古代文化体系中的实际作用。直接引入西方观念而不顾双方历史实践之间的差异,结果当然无法确保其研究成果的科学价值。例如,现代学者抛弃旧价值观,以西方观念评价《山海经》神话的崇高价值,是一种全新的研究策略。但是,如果无人注意所谓"神话"在中国古代文化体系之中的确没有起到希腊神话、基督教神话在西方文化史上所起到的作用,无人注意"神话"在中国古代文化实际语境中的涵义,那就无从正确理解古代《山海经》学的许多问题。简单地说,直接引入西方神话学价值观来评价中国神话必然遇到研究对象的价值错位现象——中国古代对神话评价太低。仿佛大多数古代学者都是不懂神话的,误解神话的。在今天看来,他们似乎都是传统文化的罪人——这种结论当然是错误的。今天的学者如果对这种由于跨文化研究而带来的价值错位现象缺乏自觉,就容易厚诬古人。引入异文化模式需要首先思考双方的可比性基础,否则其合法性就值得怀疑。20世纪的学者几乎都无暇顾及对这一套来自西方人类学的新学术模式的反思,只是一味地套用。当然,这并不意味着其研究成果的完全无效,只是其研究结论的科学性受到质疑,并相对化了。

又例如,现代学者抛弃了中国传统历史观,直接套用进化论的历史发展模式,否定胡应麟关于"《山海经》专以前人陈迹附会怪神"的论断,认定《山海经》的语怪是一种原始性的表现。这当然是一种发展,有一定成功。但是,普遍模式不能代替具体研究。在没有足够的具体实证说明《山海经》的语怪的确早于古史系统之前,这种研究只是以一种模式代替另一种模式而已,尽管其中一种模式看起来也许比另一种模式更好一些。因为:从理论上来说,古史有可能从神话演变而来,正如古史辨学派所云;神话也有可能从历史生发而来,正如潜明兹先生所云①。学术界过于迷信古史辨学派的理论,对于潜明兹的研究相当轻视,这是不恰当的。在针对具体问题进行研究时,不能只有一般逻辑推理,还必须有具体证据。这是学术研究应该坚持的原则。

总的看来,对于《山海经》所展开的神话学研究在很大程度上是一种文化思潮。《山海经》作为"神话之渊府"经典地位的确定是在文化现代化潮流之下进行的一种文化重建。所以,其学术活动的意识形态色彩相对较浓,其客观性的学术反思色彩较淡。

没有足够的学术自觉,就无法深入理解一种学术模式的内在依据,无法确立该学术模式的合理边界。其研究深度和成就必然受到限制,并容易陷入学术危机。要摆脱危机,必须保持高度的学术自觉。

---

① 参见潜明兹《神话学的历程》,北方文艺出版社,1989年,第325—330页。

论古代昆仑神话的真实性
——古人为什么要探索昆仑的地理位置

在中国上古神话中,昆仑山是一座神圣的山。在古代地理学中,昆仑也是现实世界一座非常著名的大山。关于这座山的真实性和具体位置,古代学术界争论了两千多年。按照清代万斯年的研究,当时已经有十几种关于昆仑地理位置的说法了。这种争论一直延续到现代。顾颉刚《昆仑传说和羌戎文化》一文说,昆仑在西北,青海、甘肃、新疆都很像;但是又都不能完全像[1]。他的学生谭其骧说,昆仑就是祁连山主峰。其他学者还有说昆仑山原本可能是山东泰山的[2]。莫衷一是。因此,吕微认为从地理学来研究昆仑的位置,陷入了难以摆脱的"困境"[3]。的确,以现代科学的眼光看,想象的神话与真实的地理是风马牛不相及的。神话描述的昆仑完全是一座想象的神山,充满了超自然事物,与地理学的真实昆仑之间存在严重矛盾。

按照严格的自然科学的真实观念,神话中的昆仑山就是彻头彻尾的虚构。因此,汉武帝指定昆仑为新疆于阗(即现在的和田)的南山就成了千古笑柄。我当然承认这种观点在科学上有道理。但是,我想强调的是:这种观点在文化史上是错误的——它歪曲了古人探索昆仑山位置的意义,因而也破坏了我们理解古人追寻神话圣山昆仑山位置的途径。我打算从"神话对于古代信仰者是事实"这个神话学的基本观点出发,来观察古代昆仑神话和昆仑地理位置的相关问题,以求站在同情的立场去理解

---

[1] 顾颉刚《古史辨自序·昆仑传说和羌戎文化》,河北教育出版社,2003年,第623页。
[2] 见刘宗迪《失落的天书——〈山海经〉与古代华夏世界观》,商务印书馆,2006年,第514页。
[3] 吕微《神话何为——神圣叙事的传承与阐释》,社会科学文献出版社,2001年,第143页。

古人不断追寻昆仑踪迹的文化情怀。

一、昆仑神话的超自然性和信仰真实性是一致的

关于这座神山的最早、最系统的记录出现在《山海经》中。按照《西山经》、《海内西经》和《大荒西经》的说法(其他篇目中的昆仑空有其名,但无其实①),昆仑山位于遥远的西方,它是天帝在人间的都城。方圆八百里,高万仞。山上有各种奇珍异宝——木禾、沙棠、视肉、文玉树、不死树、凤凰、鸾鸟等。山上还有吃人的四角怪羊土蝼,剧毒的怪鸟钦原。四面各有九座大门,各有九口井,井口用的都是玉石栏杆。各座大门都由开明兽把守,而总体负责看守的则是人面虎身的陆吾神。这里是"百神之所在",就是众神居住的宫殿。还有鹑鸟专门为天帝掌管各种衣服。山下还有任何事物都无法漂过的弱水河环绕,弱水河之外还有能够烧掉一切的炎火之山。真是壁垒森严!如果从昆仑北面的槐江之山向南眺望,整座昆仑山"其光熊熊,其气魂魂",笼罩在一种浓重的神秘气氛中。

从上述描写的内容和叙述语气,这座昆仑山当然是上古时代人们崇拜的圣山。那时的人们,相信天帝和众神,期待神灵保佑自己。为此,他们必然把神灵居住的地方赋予超自然性质。那里的庄稼是木本的"木禾",肉是所谓随吃随长、永远吃不完的"视肉",还有吃了以后可以长生不死的不死树,等等。其他宝贝也都是人间可望不可即的东西。只有拥有这样的环境,才能证明神灵的力量,这些神灵才有能力来满足人们期待,才能赐福于人类。从信仰角度,这种超自然性完全符合人类在神灵和人类自身之间所作出的区隔,它正是昆仑神话真实性的一部分。假如神话昆仑的内容是完全写实的,那么这个环境将丧失信仰真实性,并丧失自己的信众。

---

① 《山海经》中名为"昆仑"的山丘很多。但除了《西山经》、《海内西经》和《大荒西经》之外的其他所谓"昆仑"都不是神话中那座真正的圣山昆仑。

站在确保信仰的角度看，只把昆仑塑造成超自然性质还不够，还要保证这种超自然性牢不可破。在世界其他宗教体系中，伊甸园一般都安排在天上，即所谓的天堂。凡人当然无法接近，只有死后才可能进入。因此，现实的人是无法对其真实性进行验证的。但是，中国古人大概是为了使天神更加亲近而设想了昆仑山这样的"帝之下都"——天帝在人间的都城。神话的昆仑被设想在上古中国人难以到达的遥远的西方，可能就是防止信徒接近它，并进而接近住在这里的天帝和百神。正如《圣经》所说伊甸园位于天上一样。但是，这种做法仍然无法完全阻止人类妄想接近它。这种宗教狂热对于宗教信仰本身构成一种危险，那就是可能导致宗教信仰被证伪，从而丧失真实性。

我特别注意到《山海经》的昆仑神话中，这座"万物皆有"的圣山只属于神灵——《海内西经》说："……非仁羿莫能上冈之岩。"它是人类除了"仁羿"（即射日英雄羿）之外，绝对无法接近的禁地。"仁羿"虽然登上此山，可他是射杀了九个太阳才获得登山权利的，他原本就是一个具有神力的英雄。而按照《天问》的说法："帝降夷羿，革孽夏民。"说明羿原来就是天上的神灵，奉了天帝的命令而下凡拯救百姓。这样看来，虽然羿登上了昆仑山，而普通人却仍然无法完成这样的伟大业绩。所以，在讲述神话的古人心目中普通人类还是无法登上昆仑山的。昆仑山上的开明兽、陆吾神、弱水、炎火山所起的作用都是阻拦人类接近这座圣山。这些令人恐怖的事物都是昆仑神话的创造者们为了保证信仰的牢固而设想的。因为按照神话的描述，昆仑山这样的人间天堂，当然是人人向往。这就难免有信徒会前往圣山去验证，或者去祈求神灵赐福。而这种行动的直接结果恐怕只能是一场空。于是，昆仑崇拜连同天神崇拜都将面临幻灭的危险。为了防止出现这种信仰被"证伪"的巨大风险，昆仑神话的创造者必须在描述昆仑山天堂般的美妙景象同时，为它设立种种障碍，以阻止人类接近圣山的妄想。此前，我一直不大理解为什么如此美丽的昆仑山上却存在危害人类的四角怪羊土蝼和剧毒的怪鸟钦原。《山海经·西山经》云，在陆吾掌管的天帝的园囿里，"有兽焉，其状如羊而四角，名曰土蝼，是食人。

有鸟焉,其状如蜂,大如鸳鸯,名曰钦原,蠚鸟兽则死,蠚木则枯。"它们其实也是为了防止人类上山的具有恫吓作用的工具。通过这些拒绝人类接近的防护措施,昆仑山在信仰上可以保证绝对无法被证伪。

对于那些崇拜昆仑山、不断讲述相关神话的信徒们来说,昆仑山的神圣性和不可接近是相辅相成的,不可接近丝毫不影响其真实性,它的存在至少也和现实一样真实。昆仑神话的超自然性和信仰真实性是一致的。

在今天的无神论者看来,这些内容当然都是超自然性质的,现实中的确不可能存在,因而属于虚构。但是,昆仑山是一座宗教神话的圣山,跟科学没有关系,因而也不能用科学对之加以评判。用无神论的科学眼光来判断宗教信仰的真假是科学的僭越——它超出了自然科学的合理的研究领域。我们不能用科学事实来否定这座山在上古时代人类心目中的真实性。

尽管昆仑信仰的创造者设计了种种阻碍,防止信徒接近昆仑;但是,对于一般信仰者来说,昆仑既然是真实的,那么在条件许可的时候去确定圣山的地理位置,就是完全合情合理的。历史上不断有人追寻神话昆仑的地理位置,希望确定这座圣山。当然,这种寻找注定是要失败的,以至于在古代学术界出现了十几种说法,不仅使古人,也使现代人莫衷一是。

但是,对于古人的这种失败,我们应该尊重。古人在当时十分有限的科学条件下,为了寻找这座圣山花费了大量心血。我们可以从现代地理学立场批评古人确定的昆仑山的具体地理位置有错误;但是,仅仅从科学立场去下判断,无法理解古人追寻昆仑山位置的精神意义——古人不仅是为了求得关于昆仑山的地理知识,更是为了追求昆仑山的真实信仰。

二、汉武帝命名于阗南山为昆仑是基于信仰和当时的考察事实

昆仑山所在的中国西北地区,并不是我们中华民族祖先们的主要活动区域,那里也不大适合发展我们祖先擅长的农业生产。上古时代那里

是一个神秘的区域,一般人根本到不了。但是,在国力鼎盛时期,对昆仑的信仰总是引发人们不顾艰难险阻地追寻这座圣山地理位置的热情。周穆王、汉武帝寻找昆仑都是在这样的背景下展开的。

人们追寻昆仑,跟黄河有着密切的关系,因为古人认为黄河发源于昆仑山。《山海经·西次三经》云:"西南四百里,曰昆仑之丘,是实惟帝之下都,神陆吾司之……河水(即黄河)出焉,而南流东注于无达。"黄河是中国北方第一大河,上古时代,华夏民族主要生活在黄河两岸。所以,黄河本身具有十分神圣的地位,是人们崇拜的对象。其神灵河伯也成为中国所有河流之神中最著名的一个。从商朝开始一直有祭祀黄河的国家礼仪。既然黄河如此神圣,那么,对于当时的人们来说,弄清楚黄河的源头,就是一件值得努力的事。但是,上古时代的人们很难确定黄河的真正源头。谭其骧《论五藏山经的地域范围》说:"古人不知河水真源,推想河为中原第一大水,则其发源处必为西方最高大的山岳,河出昆仑之说殆由此而起。"[①]假如此说可通,那么古人创造的位于大西北的神话昆仑就和推断黄河源头有着密切的关系。昆仑是古人从黄河为第一大河推想出来的位于西部的第一高山。因此,当古人设想"帝之下都"的时候,自然也就归于这座推理出来的第一高山了。有了这层关系,古人追寻昆仑的道路,常常是沿着身边的黄河向上游追溯。周穆王、汉武帝都是这么做的。

这里顺便说一句,我不同意那种"昆仑山原来是东方的泰山"的说法。这种观点认为,随着华夏势力强大,疆域不断扩大,于是人们就把昆仑从泰山西移到现在的大西北地区。这种说法存在一个严重缺陷。因为,假如原来的人们喜欢在家乡附近制造神话圣山,那么为什么后来一变而改去遥远的西方寻找圣山了呢?退一步说,即使泰山曾经被称为"昆仑",它也跟后世人们所设想的"天神在人间的都城"的昆仑不同,因为泰山距离我们太近,很容易被证明没有超自然属性。

---

① 见李国豪、张孟闻、曹天钦主编《中国科技史探索》,上海古籍出版社,1982年,第284页。

作为黄河源头的昆仑山虽然是神话,但在古人眼里,它是具有地理学上的真实意义的。对于那时候的人类而言,地理性真实和信仰性真实是一致的。所以,人们在昆仑神话不断发展的过程中,一直寻找机会,接近这座圣山。

战国时代成书的《穆天子传》说,周穆王西征途中,"天子授河宗璧,河宗伯夭受璧,西向沉璧于河,再拜稽首。祝沉牛马豕羊……河宗又号之:'帝曰:"穆满,示女春山之瑶(宝),……乃至于昆仑之丘,以观春山之瑶(宝)!赐语晦。"'"①后来,穆王按照河宗传达的天帝旨意,"遂宿于昆仑之阿,赤水之阳……吉日辛酉,天子升于昆仑之丘以观黄帝之宫,而封丰隆之葬以诏后世。癸亥,天子具蠲齐牲全以禋于昆仑之丘。"②根据这段材料,穆王寻访昆仑山,是受到河宗的委托。因此,我认为,他寻访昆仑山在很大程度上是为了追寻黄河源头。这象征性地揭示了中国古人追寻昆仑是和祭祀黄河有着密切的关系。

按照《穆天子传》的说法,周穆王登上了昆仑,拜谒了山上的黄帝之宫,为丰隆(雷神)的坟墓封了土,并举行了祭祀昆仑山的仪式。这是历史事实,还是神话?史学界一般把《穆天子传》看作真假参半的古史传说。这种认识不能帮助我们解决上述内容究竟是事实还是神话的问题。在这里,我提出一种假设推理以解决这个问题:假如这段描述是史实,那么,穆王所登的这座昆仑绝对不是《山海经》所描述的作为"帝之下都"的神秘昆仑。可是,细读文本,作者显然还是把它当作了神秘圣山——昆仑,即"帝之下都"的一个神话异文。所以,我们只能假设《穆天子传》这段描述是一个变异了的昆仑神话。至于这个昆仑何以变得跟《山海经》的昆仑差异较大,神秘性质大大淡化,则是因为战国时代的社会文化的宗教色彩已经大大降低。

那么,《穆天子传》这段神话为什么要假借周穆王这个历史人物,并采

---

① 张耘校注《山海经·穆天子传》,岳麓书社,2006年,第203—204页。
② 张耘校注《山海经·穆天子传》,第211页。

取历史事实的形态来描述呢?那是因为战国时代的昆仑山信仰者企图用周穆王这个历史人物再次证明此山的真实性。

如果说穆王登昆仑还是古史传说,那么汉武帝则正式把神圣的昆仑落实为真实的地理学意义的实际山峰了。

汉武帝在张骞打通西域之后,就派了后续的使者,前去探寻黄河源头。但是,这些使者找错了,回来报告汉武帝:黄河源头在新疆于阗一座不大的南山;而且十分巧合,此山出产玉石,与《山海经》所言的神话昆仑多玉相一致。《史记·大宛列传》云:"汉使穷河源,河源出于阗,其山多玉石,采来,天子案古图书,名河所出山曰昆仑云。"汉武帝命名昆仑这件事情,遭到司马迁嘲笑。司马迁说:"今自张骞使大夏之后也,穷河源,恶睹《本纪》所谓昆仑者乎?故言九州山川,《尚书》近之矣。至《禹本纪》、《山海经》所有怪物,余不敢言之也。"①后来的学者往往根据司马迁的话,嘲笑汉武帝好大喜功。

我认为这个评价是很不妥当的。根据神话在古人心目中是事实的神话学基本理论,从古人信仰的真实性出发,我觉得汉武帝的做法是正确的。他是根据当时"最可靠"的实地考察报告而确定的昆仑山。尽管南山不大,而且并不存在神话昆仑所有的各种神奇事物(即司马迁根据《禹本纪》所叙述的那座超自然的神话昆仑),但是按照使者们的实地考察报告,它的确是黄河源头。于是,汉武帝尊重这个基本"事实",命名了于阗南山为昆仑。这表现了汉武帝对昆仑信仰的真诚。汉武帝的做法,在方法论上,比后来学者只根据书本记载来推断昆仑山的位置要好得多。

昆仑山的第二次实定,是前凉王张骏。崔鸿《十六国春秋》云:"(魏昭成帝建国十年,凉张骏)酒泉太守马岌上言:'酒泉南山即昆仑之体也。周穆王见西王母,乐而忘归,即在此山。此山有石室王母堂,珠玑镂饰,焕若神宫。'"又云:"删丹西河名曰弱水,《禹贡》昆仑在临羌之西,即此命矣。"马岌认为:"宜立西王母祠,以禅国家无尽之福。"骏从之。但是,马岌判断

---

① 《史记·大宛列传》,中华书局,1982年,第3179页。

酒泉南山为昆仑山的根据只有两个,即西王母堂与弱水。这些分别和《山海经》昆仑、《穆天子传》昆仑有所一致。但是,西王母在《山海经》中的三个住处分别是昆仑山、玉山和西王母山。所以,有西王母堂的山,不一定就是《山海经》和《穆天子传》中的昆仑山。《山海经》的弱水完全是想象的河流,删丹西河虽有"弱水"之名,但恐怕不足以判断就是《山海经》的弱水,更不足以用来推论并判断昆仑。张骏定的这个昆仑影响了后来唐朝李泰作的《括地志》。但是,这个昆仑存在的最大问题是:它并非黄河源头(相比之下,汉武帝时候汉使毕竟还是依据黄河源头来判断于阗南山为昆仑的,尽管他们弄错了)。所以,张守节作《史记正义》就只承认酒泉南山是"小昆仑",不认为它就是真正的昆仑。可见,昆仑必须跟黄河源头有关,否则就和古代神话中的昆仑不是一回事。

按照昆仑是黄河源头这个特征,它应该在中国西北部。现代地理学已经清楚指出黄河的真正源头在青海巴颜喀拉山,1948年,顾颉刚也曾经非正式地说过:"真正的昆仑当定为青海的巴颜喀喇山主峰噶达素齐老。"①这才是古人心目中那座作为黄河源头的神圣昆仑山的正确位置。但是,很遗憾,现代已经不是神话时代了,我们的神话学也不是神学,不可能替古人完成这个确定圣山的工作。

三、如何看待《山海经》中出现多个昆仑的问题

神话学界对于昆仑山神话的研究,存在很多争论。其中最重要的争论在于这座神话圣山究竟在什么地方。汉武帝定在新疆于阗的南山,张骏定在酒泉的南山。现代有几位学者认定在泰山。这些都跟最早记录昆仑的《山海经》关于昆仑有很多彼此矛盾的说法有关。清朝毕沅在其《山海经新校正》中说:"昆仑者,高山皆得名之。"现代学者有不少人支持这种观点。有的学者还把这看作神话昆仑山不断移动的证据。

---

① 顾颉刚《古史辨自序·昆仑传说和羌戎文化》,河北教育出版社,2003年,第521页。

我相信古人对于神圣事物的态度一定是非常严肃的。由于地理学水平不够出现判断失误是一回事，而故意造假，则是另一回事。崇拜昆仑的古人恐怕不至于这样做。

那么，《山海经》为什么出现位于不同地区的多个昆仑？真的如毕氏所说"高山皆得名之"吗？我觉得，《山海经》各篇作者不一，他们判断黄河源头或昆仑山的方法可能不尽一致。因此，多数作者认为应该在西方，所以《西山经》、《海内西经》和《大荒经》都判断昆仑在西部。但是，也有个别作者认为当在南方或者北方。《山海经》作者们对于神话昆仑的具体地理位置有不同认识，是正常的。

上古时代黄河和昆仑山的崇拜者们没有找到自己心目中的神圣昆仑山，我很遗憾。但是，从另一方面看，这又是一件好事。信徒没有找到黄河源头的昆仑，以及出现各种不同的昆仑，正好防止了人们随意接近这座圣山，从而保护了神话昆仑的神秘性和信仰真实性。

2010 年 10 月定稿

启母石神话的结构分析
——兼论神话分析的方法论问题

一、分析方法与分析对象的选择

一般说来,作为人类最早意识形态形式的神话在社会生活中所具有的意义是极其丰富的。神话既有能被人们的显意识所感觉的意义,比如被马林诺夫斯基称为"原始信仰与道德智慧上实用的特许证"[①]的那种社会功能意义;也有隐藏在人们潜意识之中的内在意义,比如被弗洛伊德称为"恋母情结"的那种心理意义。至于神话在文学艺术方面的意义更是人人尽知。分析神话的方法很多,也各有千秋。本文选择有关中岳嵩山最可靠的古迹——启母石的神话作为分析对象,进行结构主义分析,并借此探讨一下分析方法的适应性问题。

启母石神话的特殊性使得社会功能分析的方法与精神分析学的方法都不能有效地进行解释。首先,因为年代久远,资料缺乏,要想弄清启母石神话在当时社会中的功能意义是十分困难的。其次,该神话所特有的中国文化内涵又是精神分析学所无法应对的。众所周知,西方文化环境所孕育出来的精神分析学在很大程度上仅仅分析了西方文化材料。弗洛伊德所提出的最基本心理力量是"恋母情结",其代表性依据是古代希腊神话中俄狄浦斯杀父娶母的故事。选择某一个神话情节当然存在一定的偶然性,但是弗洛伊德是以大量的西方精神病例为依据的,也就是说俄狄

---

① [英]马林诺夫斯基《巫术科学宗教与神话》,李安宅译,中国民间文艺出版社,1986年,第86页。

浦斯是西方社会的精神代表。仔细分析会发现，恋母情结是和西方家庭关系模式相互一致的。一般说来在典型的西方家庭中，横向的夫妻关系是重于纵向的父子关系的。所以，假如以上两种社会关系之间出现矛盾，假如必须在以上两种关系中作出非此即彼的选择，就可能会出现抛弃父子关系(杀父)和追求夫妻关系(娶母)这样的情况。俄狄浦斯正是如此。希腊神话中另外一个女豪杰美狄亚则是背叛父亲，追随丈夫。她与俄狄浦斯一样，都是选择了夫妻关系，抛弃了父子关系，两人殊途而同归。弗洛伊德的理论在分析希腊神话方面所取得的成就是有目共睹的。但是，它是否适合非西方社会的情况呢？中国传统社会的基本形态是不同于西方社会的。相比较而言，中国传统社会的家庭模式正好与西方相反：纵向的父子关系大大重于横向的夫妻关系。这一点也反映在启母石神话中。当涂山氏化石，大禹就要失去爱妻的时候，他表现得十分漠然，反而一心想着得到儿子。在他的要求下，"石破北方而启生"。这当然是十分残酷的，涂山氏化为石也不得安宁。石破北方象征着涂山氏被杀害。这充分表明：大禹抛弃了夫妻关系而选择了父子关系。大禹与启这对父子之间不是希腊神话中父子之间那种杀与被杀的关系，而是相互依赖而共存的关系。大禹选择了父子关系，抛弃了夫妻关系。由此可见，启母石神话是具有深厚的中国社会文化内涵的，是与中国传统家庭模式相一致的。显而易见，直接套用精神分析学的"恋母情结"是绝对无法分析启母石神话的，只会陷入自我矛盾的境地。

而列维-斯特劳斯建立结构主义神话学，曾经分析了一两千个神话文本。其中既有西方神话，又有东方神话，绝大多数文本则来自美洲土著居民。因此，其理论的普适性显然应该强于精神分析学。从另一个方面来说，中国现代神话学曾经借鉴过多种神话分析方法来探索神话的不同意义。但是我们对于结构主义神话学了解不多，对于神话的深层结构以及基于这种深层结构的意义知之甚少。目前，只有台湾人类学家李亦园先生曾经系统分析过寒食节神话和端午节神话的深层结构。鉴于以上理由，我打算借助结构主义神话学的分析方法展开探索，以期说明启母石神话所具有的内在结构与意义。

二、启母石的地位

我国许多地方的名胜古迹往往名存实亡,先秦时代遗留下来的古迹更是稀如星凤。但是中岳嵩山的启母石由于在文化史上的特殊地位和它自身的质地,从而得以完整保存,至今仍能受人瞻仰。这实在是一个例外。

启母石本来是一块天然石头。但是,创造文化的人类将这块自然之物塑造成了一件极具价值的文化财宝。启母石在夏代就已经成为当时神话与宗教的崇拜对象。大禹娶涂山氏之女,或者直称为涂山氏,生启。由于启是夏代第一位国君,所以涂山氏就成为夏民族的先妣。据闻一多考证,夏商周三代都以民族先妣作为高禖神加以崇拜,涂山氏正是夏代的高禖神[1]。孙作云曾经全面考察了我国古代皇宫祭祀高禖神的具体情况。他发现:历代祭祀高禖神都是对着高禖石进行祭祀[2]。这种祭祀方式毫无疑问是夏代人祭祀高禖神仪式的自然延续。由于启母石就是夏代的高禖神神主,所以经过合理推论,我认为,夏代人祭祀高禖神的方式正是对着启母石进行祭祀。

这种仪式随着夏代灭亡、商周迭兴,因而衰亡。但是,汉武帝重新建立启母祠,其神职人员达到七十多位,规模相当大。又将"夏后启母石"重新确定为祭祀对象,有关启母石的祭祀活动再一次列入国家祭典,该仪式活动前后延续多年,至汉元帝方才取消。我们今天仍能看到的启母阙正是当年启母祠的遗迹。

启母石为我们研究古代宗教信仰提供了最原始、最可靠的资料。因此,这块启母石乃是极其珍贵的古代宗教与神话的文物。

---

[1] 闻一多《神话与诗·高唐神女传说之分析》,古籍出版社,1956年,第98页。
[2] 孙作云《中国古代的灵石崇拜》,转引自马昌仪编《中国神话学文论选萃》,中国广播电视出版社,1994年,第347—370页。

三、启母石神话的文本

启母石神话的具体产生时代不可考。对此,我们只能依据间接证据进行合理推理。启母石既然是夏代开国之君——启的母亲所化,其神话自然应该在夏代就已经出现。只是限于条件,该神话的早期形态未能有文字记录保存下来。

已知的启母石神话的最早记录见于先秦时代的《随巢子》。原书已佚,《绎史》卷十二引《随巢子》佚文云:"禹娶涂山,治鸿水,通轘辕山,化为熊。涂山氏见之,惭而去,至嵩高山下化为石。禹曰:'归我子!'石破北方而生启。"这条佚文是可靠的,因为宋代《太平御览》卷五十一简略地引述《随巢子》云:"禹产于碾石,启产于石。"两条佚文内容一致。

另一条记录见于汉代《淮南子》。唐代颜师古《汉书·武帝纪注》引云:"启,夏禹子也,其母涂山氏女也。禹治洪水,通轘辕山,化为熊。谓涂山氏曰:'欲饷,闻鼓声乃来。'禹跳石,误中鼓。涂山氏往,见禹方作熊,惭而去,至嵩高山下,化为石。方生启,禹曰:'归我子!'石破北方而启生。事见《淮南子》。"宋代洪兴祖《楚辞补注》所引完全相同。晋代郭璞注《山海经·中山经》也简要引用了这条材料。可惜今本《淮南子》中此文已经佚失。

自古至今,启母石神话的基本内容始终保持不变,体现出强大的生命力。张振犁、程健君编辑的《中原神话专题资料》收录了现代流传在河南民间的《启母石》传说。其内容与以上两条古代材料基本一致:涂山氏住在嵩山。嵩山南面的颍河发洪水,大禹化为黑熊开挖萼岭口(即轘辕山),希望将颍河引入洛河、黄河。大禹与妻子涂山氏约定以鼓声为号,前来送饭。落下的石头击中大鼓,涂山氏乘船送饭,发现大禹变成黑熊正在那里为自己的工作高兴。她又羞又急,逃回家,就地化为石头。大禹知道妻子已经有孕,要求得到孩子。石头开裂,生下儿子,命名为启。

四、启母石神话的结构

从结构主义的观点来看,神话和语言一样,也是某种传达意义的符号系统。假如说基本情节单位(即神话素)是神话的能指的话,那么该神话素所传达的意义就是神话的所指。神话的系统,或者说神话的结构就是全部的神话能指之间与全部的神话所指之间所存在的那种相互区别、相互对立的关系。具体说来,神话的任何一个神话素都不是孤立存在的,所有的神话素之间存在着严格的结构关系。它们彼此区别,互相对立。比如古希腊俄狄浦斯神话中杀父情节与娶母情节之间的关系。同样,神话所要传达的意义也是互不相同,彼此对立的。比如过分贬低血缘关系的态度和过分看重血缘关系的态度之间的对立。正是基于神话素系列与意义系列各自区别的前提,每一个神话素才能够分别承担不同的意义,并向外传达。隐藏在神话表面情节背后的这样一种内在关系,就是神话的结构。假如没有这种深层结构,各个神话素互不区别,含混一团,那么它们就不可能传达任何意义。所以,离开神话的深层结构,神话就无法传达任何意义,那么神话也就根本无法存在。深层结构是神话的本质所在。因此,探讨神话的普遍性质就必须以研究其深层结构作为目标。否则,研究结果的普遍性就不能得到可靠保障。

那么,启母石神话的深层结构是怎样的呢?

我首先将该神话情节进行切分,从中找出其基本情节单位——神话素,并确定各个神话素之间的关系。

这个神话中第一组相互对立的神话素是洪水和高山。启母石神话中洪水与高山的矛盾不太明显,但是"治鸿水,通轘辕山"说明是轘辕山阻挡了洪水去路,因而表现出洪水与高山之间的矛盾。洪水作为神话素出现在我国许多上古神话中,女娲、鲧、大禹都曾经面对洪水威胁。启母石神话是大禹治水神话的一个组成部分,由于启母石神话的古代记录过于简略,我们必须从同一个神话组——大禹治水的其他神话才能更加清楚地认识它。《尸子》(孙星衍辑本)云:"古者龙门未阙,吕梁未凿,河出于孟门之上,大溢逆流,无有丘岭、高阜,尽皆灭之,名曰鸿水。禹于是疏河决江……"洪水就是能够吞没高山丘陵的大水。而高山,例如未阙的龙门,未凿的吕梁,和启母石神话中尚未打通的辕辕山,却是阻挡河水通过的巨大障碍。洪水与高山的矛盾是非常尖锐的。洪水与高山这两个神话素传达出原始人心目中水和土之间的对立关系。用结构主义神话学创始人列维-斯特劳斯的经典表示方法,洪水与高山的对立就是:

洪水:高山

在这组二元对立关系中,大禹所处的地位是至关重要的。他既不属于洪水,也不属于高山,而是处于二者之间,他是对立二元的中介项。从大禹诞生的神迹就能看出他的中介项属性。前文所引《随巢子》佚文说"禹产于砚石",即一种石头。在其他异文中,这个情节被转换成大禹诞生在以石为名的地方。《吴越春秋·越王无余外传》和《水经注》都说大禹生于一个名叫石纽的地方①。这显示出大禹与高山的关系。大禹能够化为熊——陆地动物之一,也说明他与土、与高山的关系。可是《太平御览》卷四引《遁甲开山图荣氏解》云:"女狄暮汲石纽山下泉,水中得月精如鸡子,爱而含之,不觉而吞,遂有娠。十四月,生夏禹。"在这里,大禹既有水性又有石性。由于具有土和水的双重属性,大禹才得以居中调和洪水与高山之间的矛盾——所谓调和,在结构主义思想中就是解决矛盾的意思。关于中介项的意义,列维-斯特劳斯认为是人类为了克服智力所意识到的矛盾才设想的。洪水与高山之间的对立必须得到解决,否则神话就无法解答思维所面对的人类现实状况,神话思维就会失败。怎样解决?那就是找到一个足以解决矛盾的中介。

第二组相互对立的神话素是涂山氏的人身和大禹的熊身,即人形的妻子和熊形的丈夫。大禹并不认为人熊互变有什么了不得,只不过需要蒙骗一下妻子,在该神话的现代异文中他甚至于为自己的行为洋洋自得;

---

① 袁珂、周明《中国神话资料萃编》,四川省社会科学院出版社,1985年,第244页。

但是涂山氏看到真相以后却"惭而去","又羞又急",并化为石头,显然她完全不能接受熊形的丈夫。这两个互相对立的神话素传达出人类对于人兽婚姻的两种对立态度——大禹所代表的态度是人兽婚可行,涂山氏代表的态度是人兽婚不可行。这一对神话素之间的对立关系可以表示为:

人妻 : 熊夫

在这一组二元对立关系中,中介项是谁呢?大禹在这里是对立双方之一,根本无法充当中介。在我看来,启是这组二元对立的中介项!启是涂山氏与大禹共同的孩子,他既属于涂山氏,又同时属于大禹,理所当然是这对夫妇之间的中介。在中国古代华夏族的神话中,没有人、熊结婚繁育人类的故事,这就意味着人妻与熊夫之间的二元对立是尖锐的。尽管涂山氏拒绝人兽婚,以至于最后化为石头,但是终究生下了她与大禹的儿子。启终究是人妻与熊夫结合的产物,是神话思维企图解决人兽婚之间的矛盾而创造的中介项。而且,我们全面考察启的性质,就会发现,他的中介性质远远不止于此,他还是天地之间的中介。《楚辞·天问》云:"启棘宾商[①],《九辩》、《九歌》……"《山海经·大荒西经》云:"西南海之外,赤水之南,流沙之西,有人珥两青蛇,乘两龙,名曰夏后开[②]。开上三嫔于天,得《九辩》与《九歌》以下。"可见,启是可以往来于天地之间的,是沟通天神与人间关系的大巫师。因此,启是本组两个神话素之间的中介项。

第三对神话素是大禹所挖的石头与启母石。普通石头不能生人,而启母所化之石却能够生人。神话文本中反复强调大禹开山挖石,以泄洪水,那些石头甚至意外地砸到鼓上,但是它们毫无生命力,更不会生育。但是神圣的启母石却能够生育,而且生育了一位英雄。因此,这对神话素传达了世俗与神圣对立的观念。即:

---

① 清代学者朱骏声《说文通训定声》考定"商"字乃是"帝"字之误。
② 夏后开,即夏启。

世俗：神圣

启母石神话所包含的以上三组二元对立关系也不是相互孤立的。这三组二元对立关系各自包含两个对立项，它们在价值上是彼此相当的，因此这三组二元对立关系可以互相转换：

洪水：高山∷人妻：熊夫∷世俗：神圣

这就构成了启母石神话最基本的深层结构。其中任何一个因素变换了，与之相应的另外一个因素必然发生变化，从而保持整个结构关系的稳定。

五、大禹神话与鲧神话之间的结构转换关系

作为符号系统的神话是一个总体性的结构。而具体的启母石神话文本的结构其实只是神话大结构之中的一个小结构，它和大禹治水、鲧治水，以及后羿射日等神话的小结构互相转换，从而构成中国古代神话的大结构。

鲧的神话是以治水为核心内容的。以《山海经·海内经》记载的神话为例："鲧窃帝之息壤以湮洪水，不待帝命，帝令祝融杀鲧于羽郊。鲧复生禹，帝乃命禹卒布土，以定九州。"在这个神话中，洪水与息壤——能够生长的土壤对立。这相当于启母石神话中洪水与高山之间的二元对立。所以，这两个神话在结构上是相互联系着的，是可以互相转换的。

鲧，一名白马，为陆地动物，与土有密切关系。但是，他被杀以后化为黄龙，或者化为黄能（或写作"熊"，音 nài）——黄色的三足鳖，"入于羽渊"。至于所谓化为黄熊的异文，实际乃是化为黄能的讹传[①]。这说明鲧的本质与水有关。因此，鲧同样充当土、水之间的中介物，调和洪水与高山的矛盾。但是，鲧又是一个反转的大禹——即大禹的对立面。在有关鲧和大禹的诸多神话故事中，鲧无道，大禹有道；鲧修筑城郭，大禹坏城平

---

① 袁珂《中国神话通论》，巴蜀书社，1993年，第255—256页。

池;鲧堵水,大禹导水……二人的品行、行事都全然颠倒,互相之间就构成了反转关系。因此,鲧的治水活动注定要失败。否则鲧神话的结构与大禹神话的结构在价值上就不能相当,不能转换——也就是说不能构成一个神话大结构。只有在鲧得到失败结局的前提下,神话大结构才能存在。因为在这个时候,我们发现鲧的神话实际上是大禹神话的反向转换——鲧是大禹的反面,鲧的结局也是大禹结局的反面。假设 X 是神话素,而 Y 则是其承担的正面意义;1/X 是 X 的反面,而 1/Y 则是 X 意义的反面。那么,上文所讨论的这些内容就可以表示为 X:Y=1/X:1/Y。

如果鲧的结局与大禹相同,那就意味着 X:Y=1/X:Y,这显然是错误的。换句话说,如果鲧治水也获得成功,那就意味着两个相反的神话却企图传达同样的意义,这当然是同一个神话系统(神话结构)所无法容许的。

六、神话结构所揭示的意义

神话结构是原始人神话思维的客观存在。尽管讲述神话的人们可能并没有意识到神话结构的存在,但是它依然悄悄地在神话背后决定着人们的思维活动。正如普通人说话的时候谁也不会意识到语言系统的存在,但是语言系统却决定着任何言语的可理解性。启母石神话的结构可能没有被哪位讲述人所直接意识到,但是它的确存在于人脑的思维活动之中,并最终被后来的思想家们所继承,并且在其思想中表现出来。启母石神话的深层结构与中国古代哲学思想中最为基本的阴阳观念之间存在着惊人的一致。水,在中国古代哲学思想中历来被视为阴性,洪水更是阴性的极致。高山的阳性也是不言自明的。所以,洪水与高山的对立实际上也是阴阳之间的对立。夫妇关系的涂山氏与大禹之间的对立更是一阴一阳。而处于两个彼此对立的神话素之间的中介项,调和或者说解决了矛盾对立,这正是后来哲学观念中阴阳调和的来源。由此可见,神话深层结构与神话思维的基本概念是客观存在的。

神话结构,实际上又表现出人类神话思维的逻辑性。过去,人们一直认为神话思维是非理性的,是不遵循理性逻辑的(或者是遵循某种"原逻辑"的)。这种看法完全是从神话思维的表面现象得来的,根本没有深入到神话思维的深层。从神话情节的表面来看,一切都是可能的:时间、空间的限制消失了,人类社会的禁忌破坏了,生与死的界限不见了,人与兽的差别泯灭了……神话思维似乎自由到了极点,毫无规则可言。但是来自世界各地的神话是那样惊人地一致,这使得列维-斯特劳斯认定:神话思维必然具有某种内在的普遍性质。而在我看来,神话思维遵守理性逻辑的更加重要的证据是:没有规则的东西是无法传达任何意义的。神话素必须按照一定的逻辑规则组成结构,组成符号系统,才有可能承担传达思想概念的任务。在启母石神话中,表面看来情节是自由无比的。但是,各个神话素之间却不是任意组合的,而是依照二元对立原则彼此联系起来的。当我们较为全面地考察了鲧治水神话和大禹治水神话之间的结构转换关系以后,就会发现:鲧的失败和大禹的成功绝不是任意想象的,而是神话思维经过认真的、合乎理性的推理、思考得到的。既然如此,我们怎么能够说神话思维是非理性的呢?

七、结论

结构主义神话学的方法不仅揭示了启母石神话的基本结构,而且其分析结论也符合中国文化的实际。显然,这种分析方法绝不仅仅只适应于西方神话的学说,而是一种具有较高普遍性的学说。认真、审慎地借鉴这种分析方法将对我们的神话学研究产生积极的影响。

2001年10月定稿

射日神话的分析与理论验证
——以台湾布农族射日神话为例

射日神话在世界各地的异文差异很大,射日的原因、方法、被射落太阳的数量以及神话的主题都有所不同。即使在中国境内,不同民族的射日神话也彼此不同。陈建宪统计,我国有射日神话的民族共 27 个[①],分别是汉族、水族、瑶族、布朗族、阿昌族、赫哲族、珞巴族、哈尼族、布依族、傈僳族、怒族、侗族、黎族、蒙古族、羌族、独龙族、壮族、彝族、苗族、仡佬族、纳西族、拉祜族、土家族、土族、毛南族、满族和高山族。事实上,我们大陆统称的高山族目前已经被细分为十个民族。我查阅了收录台湾土著民族神话最多的《台湾山胞各族传统神话故事与传说文献编纂研究》,拥有射日神话的民族包括泰雅族、布农族、排湾族、卑南族、鲁凯族、赛夏族、邹族、雅美族与平埔族等九个民族[②],共计 30 篇,其中布农族最多,有 10 篇。这些台湾土著民族的射日神话各有特点,甚至在同一个民族内部的射日神话也存在差异。现在,我掌握的布农族射日神话共 16 个,相关资料也相对丰富,所以,本文选择布农族射日神话进行研究。

学术界对于射日神话的分析方法有很多种,各有千秋。社会历史分析认为射日神话反映的是原始时代的旱灾,所以射日是表达原始人类战胜旱灾的愿望。天文学分析则认为在特定气象条件下,天空会同时折射出几个太阳,于是想象旱灾是多日并出的结果。仪式学分析认为射日神话跟古代的日食、救日和祭日的仪式有关。但是,上述分析方法可能过分

---

① 陈建宪《神祇与英雄:中国古代神话的母题》,生活·读书·新知三联书店,1994 年,第 155—156 页。
② 尹建中编《台湾山胞各族传统神话故事与传说文献编纂研究》(以下简称《尹氏编纂》),台湾大学人类学系印行,1994 年。

集中于射日这个中心情节了,这就很容易把射日神话完全跟自然现象划等号,并导致部分地忽略了对于其他叙事元素的关注。我将全面分析布农人射日神话的各个叙事元素,力图均衡地掌握这些叙事元素以及它们之间的相互关系。分析神话叙事元素跟布农族生活与文化的关系,以便更准确地理解射日神话的涵义。最后,检验传统射日神话理论的方法和结论。

一、布农族的生活与文化简介

布农族人口三万多,分布于台湾中央山脉,一般处于海拔 1000—2200 米的山区。根据 1935 年台北帝国大学土学人类学研究室出版的《台湾高砂族系统所属之研究》,布农族分为六个社群:

  1. 郡社群:分布于南投县仁义乡、台东县海端乡、高雄县三民乡和桃源乡。

  2. 峦社群:分布于南投县信义乡和花莲县卓溪乡。

  3. 丹社群:分布于花莲县万荣乡、南投县信义乡和台东县长滨乡。

  4. 卡社群:分布于南投县信义乡。

  5. 卓社群:分布于南投县信义乡与仁爱乡。

  6. 兰社群:分布于南投县与嘉义县交界山区,已经几近消失。①

余锦虎、欧阳玉的《神话·祭仪·布农人:从神话看布农族的祭仪》对布农族的生活、祭祀仪式和神话有比较全面的叙述。这里摘选与射日神话有关的内容,简述如下:

布农族的社会组织是父系氏族。以姓氏为主的氏族聚居一处,从十几人到九十多人不等。一个氏族拥有自己的耕地与猎场,族中老祖父就

---

① 转引自余锦虎、欧阳玉《神话·祭仪·布农人:从神话看布农族的祭仪》,晨星出版有限公司,2002 年,第 14—15 页。

是领袖。没有个人耕地,一切粮食与猎物归全氏族共享。除了打耳祭之外,各氏族不参与其他氏族的祭祀与禁忌活动。但是日据时代,强制各个氏族迁徙集中,形成部落,导致布农氏族组织逐渐瓦解。而抗战胜利之后改从汉族姓名,使氏族组织进一步衰落,小家庭逐步取代了大家族。

布农族的传统生产方式主要是农业种植,作物包括小米、红豆、地瓜和玉米等,其中小米是最重要的食物。其肉食主要来自狩猎活动。

布农族主要的宗教信仰活动大多与农业生产和狩猎相关。布农族信仰的唯一天神是 dihanin,没有形体和塑像,却被看作决定一切的神圣力量。布农族敬奉天神的传统仪式繁多,主要有七种(统称为"小米的祭祀"),分别在小米生产的不同阶段举行(布农族没有历法):

1. 开垦祭:在去年年终祭时插放了月亮牌(masi-duhlas)①的各个地方,为来年整理出适合小米生长的田地,祈求来年丰收。

2. 播种祭:祷告神灵,为谷种祈福,向农具致敬,唱《祈祷小米丰收歌》。

3. 除梳祭:在谷子长出第三片叶子时进行祭祀。主要为了保证以后为谷子锄草和间苗工作的顺利。

4. 打耳祭:当谷子结穗,谷梗已经弯曲时进行。是专门为男人狩猎而进行的祭祀,也是布农族最大的祭祀典礼,唯一一个各氏族共同参与的祭典。

5. 丰收祭:当小米成熟时进行。如果有当年出生的婴儿,会选择月圆时举行,并合并举行婴儿祭。

6. 储仓祭:为小米即将入仓而进行。如果有在丰收祭之后出生的婴儿,就在储仓祭中加入一个婴儿祭仪式,不过选在月圆时进行。

7. 年终祭:在即将入冬的农闲时进行。庆祝一年结束,迎接来年。其中一个仪式是按照当天月相来制作月亮牌(masi-duhlas),分别插在自己选定来年要耕种的土地上和自家屋顶。以此禀告天神,

---

① 月亮牌是一种白色木牌,其形状是按照年终祭当天的月亮形状制成的。

祈求天神的首肯和保佑。

不过,随着社会变迁,目前布农族依然保存的仪式只有打耳祭和丰收祭了①。

这七种主要仪式都是针对布农族的生产活动(小米种植和狩猎)进行的,其中包括了婴儿祭(或译"小孩祭")这一针对人类自身生产的祭祀。布农族从事祭祀和农耕时,有一句话,"liska—buan",意思是"依照月亮的指示"②。为什么这么说呢?因为这些祭典以及各种禁忌的起源都是射日神话中月亮教给人类的。

二、布农族的射日神话文本

布农族没有文字,所有神话都是通过口头传播的。而口头文学往往是不完整的,会影响我们对神话真实意义的理解和分析。因此,分析之前,必须尽可能地搜寻同一神话的各种异文,以保证全面完整地理解神话的内容。

目前,已经记录出版的布农族16个射日神话中最完整的一个是余锦虎、欧阳玉在余氏故乡雾录村采录的《太阳与布农族》。

Z1③.《太阳与布农族》(陈连山补充:布农人考虑二日并出以及射日,可能主要不是思考旱灾,而是思考日夜的起源,以及祭祀制度的起源。)

  古时候,天上有两个太阳轮流照大地,有昼无夜,把布农族祖先的作物常常晒死。一对夫妇背着孩子为谷子锄草、间苗。中午太晒了,母亲把孩子放在阴凉的木柴下,并用兽皮衣覆盖,自己继续干活。但是,等她再去看孩子时,他已经变成了一只蜥蜴跑了。父亲发誓射太阳复仇。

---

① 余锦虎、欧阳玉《神话·祭仪·布农人:从神话看布农族的祭仪》,第10页。
② 田哲益、全妙云《布农族口传神话传说》,台原出版社,1998年,第42页。
③ 由于作品较多,而且多数作品没有名字,为了简明,我为它们依次编码,Z1、Z2……以下分析时只标号码。

父亲带着长子一起出发去射日。因为路途遥远,他们在手脚指(趾)甲里都塞满小米,那时候一点米屑就能煮一大锅饭。出发前,在院子前种下一棵橘子树。最终,他们来到太阳升起的山峰。他们尝试用各种植物做隐蔽物,都被太阳烤干。最后用山棕做成了隐蔽物,可是第一个太阳光太强,错过了机会。他们射中了第二个太阳。天地陷入一片黑暗。回程中,他们只好用投石问路的方法辨别路径。结果石头打中一头正在掘地造塘的山羌①。山羌大叫,叫声唤醒了宇宙,世界恢复光明。父子回到家,那棵橘子树已经长大。

被射中的太阳落到高山,变成巨人。很多人去看巨人,巨人伸手捉人,但他的指缝太大,人们从他指缝溜掉了。巨人对布农人要布擦拭流血的眼睛,布农人给他一个被子。事后,巨人召集布农人训话:"因为你们不敬神,所以才过得艰辛。我要教导你们祭祀天神和四方神灵。我将变成月亮,从月圆到下一个月圆是一个月,每月的祭祀都不同。遵守禁忌,诚心祭祀,你们的生活会变好。"

讲完祭祀方法和禁忌之后,巨人开始坐在桶上大便。他抓起大便,给大家看,却是琉璃珠。巨人说:"月圆的时候举行婴儿祭,孩子才会健康成长。把这些琉璃珠串成项链,挂在孩子胸前,会保佑孩子。"从此,布农族开始根据月亮盈亏做历算,并祭天、祭神、祭小米,并遵守禁忌。巨人变成的月亮月色朦胧,那是巨人当初用布农祖先所给的被子擦拭眼睛留下的痕迹。②

这个文本中包含了很多叙事元素,其中有一些叙事元素跟其他异文不同。例如,孩子是死了,还是变成蜥蜴跑了;是孩子的父亲去征日,还是其他长老们去征日,在别的异文中有不同的说法。尽管本异文相对完整,但是仍然不能包括其他异文的全部内容。为了全面把握布农族的射日神话,我依次将该组神话全部异文的大意罗列于下:

---

① 山羌:从照片看,是一种鹿科动物。布农族认为有些天然池塘是它制造的。
② 余锦虎、欧阳玉《神话·祭仪·布农人:从神话看布农族的祭仪》,第61—81页。

Z2. 田哲益、全妙云采录的《郡社群征伐太阳的神话》包含两个异文。其认为最流行的一个大意如下:

> 古时候两个太阳轮流照耀大地,把草木都晒干了。一对夫妇干农活时,把婴儿用山羊皮盖好,自己去干活。等他们再看孩子时,他已经变成一群蜥蜴。父亲决定射落一个太阳报仇。他种了一棵橘子树(一说为柚子树)后,带着一个儿子出发。几十年后,他们到达太阳出没的地方。太热了,他们折来树枝遮挡,都不行。最后用 asik(即山棕)才成功。他们射瞎了一个太阳的眼睛(一说左眼,一说右眼),变成了月亮。于是,人间有了昼夜之分。
>
> 父子启程返乡。但受伤的太阳伸大手抓他们。他们总是从太阳的指缝溜走。太阳吐口水在指头上,粘住父子二人。并说:"我不想害你们,但是你们回去后要依据月亮的不同形状举行祭典。"新月要祭祀,满月时候要举行小孩祭。祭祀时不能吃甜食,否则会发生饥馑。父子回到家,橘子树已经长大结果。
>
> 月亮排粪,要人用手接。人们不肯,派了个傻子去接。结果粪便是首饰(根据下文是项链)。其他人很羡慕,再去接,都是些坏首饰。①

Z3.《郡社群征伐太阳的神话》的第二个异文不完整,只有一个情节片段:

> 一个太阳被射中后,天地昏暗。一个在山上打水的人摸黑回家,投石问路,砸到一个山羌。山羌大叫,天空复明,受伤的太阳变成月亮。从此,山羌的头部留下一个三角形疤痕。②

Z3a. 日本人佐山融吉、大西吉寿《生蕃传说集》(1923)收录的神话与 Z3 类似:

---

① 田哲益、全妙云《布农族口传神话传说》,第 40—41 页。
② 田哲益、全妙云《布农族口传神话传说》,第 42—43 页。

古时候日月都没有。人们摸黑上山,跟一头小鹿相撞,鹿大叫,结果出现了太阳。而小鹿额毛的旋涡,就是当年与人相撞的结果。①

Z4. 佐山融吉《蕃族调查报告集》武仑族前篇(1915)收录的神话说射日者是 kalitan 社的 Boan：

太古时候,天空二日,无昼夜之分。人们推举 Boan 去杀太阳。Boan 走了几十年,射中太阳的眼睛,使之坠地。Boan 要抓太阳,被太阳从指间溜走。Boan 用唾液濡湿手指,压住太阳。太阳说因为人类不知道感激太阳的恩德,不祭祀太阳,所以才用两个太阳照耀大地。Boan 用身上的麻布擦拭太阳的血,并答应每月祭拜太阳。于是受伤的太阳变成月亮。现在月亮的黑影就是当时的麻布。②

Z5. 佐山融吉《蕃族调查报告集》武仑族前篇收录的另一个神话说：

古代两个太阳,没有昼夜。一个男人带婴儿下田,用各种叶子都无法替孩子遮住强烈的阳光,结果孩子被晒死。因此有一对父子决定讨伐太阳。他们种了橘子树,带着粟出发了。数十年之后,他们完成射日愿望。而橘子树已经长大结果。③

Z6. 佐山融吉《蕃族调查报告集》武仑族前篇还有一个异文云：

太古时代两个太阳,无昼夜之分。母亲带孩子下地,用扫把和雨衣盖住孩子,自己干活。回来时,孩子失踪。父亲认为是太阳所为,决定杀太阳。

父亲在孩子失踪处种橘子树。数十年后,他接近太阳,一枪命中。太阳疼得流泪,向这个父亲借护胸擦眼。父亲拒绝,斥责太阳是仇人。太阳说:"孩子之死是你们自己的疏忽。想想你们每天能过活,都是我的恩惠,你们却从未有过酬谢的祭典,也难怪你们人会变

---

① 见《尹氏编纂》,第 129 页。
② 同上书,第 122 页。
③ 同上书,第 119 页。

成猴子、猪、草木。如果你们举行祭典,子孙也能繁衍。"父亲大悔,谢罪。太阳送他木珠和琉璃珠做食物。父亲也把护胸回赠。月亮的阴影就是他的护胸。

父亲回家,橘子树已经长大。他把太阳的话转告社众,此后每月的望月都祭祀太阳。祭典之后,他让儿子伸手到他臀下接东西,掉下无数木珠和琉璃珠。父亲把它们分给社众,大家都穿上线,挂在脖子上。①

Z7. 佐山融吉《蕃族调查报告集》武仑族前篇记录的一个神话不完整,而且故事年代混乱:

从前有一对兄弟,叫 Minoonne 和 Minoonnepo。弟弟在清国人那里学会文字和农耕,还得到一头牛,成为台湾人。兄弟再次会面之后,哥哥在社仔社结婚,繁衍成卡社蕃、峦蕃和花莲的阿美蕃。

哥哥下地干活时,把幼儿留在家,结果被太阳杀死②,变成很多蜥蜴。他决定找太阳算账。他在屋前种了一棵橘子树,在两耳各插五根谷穗,出发了。他射中了太阳的眼睛。太阳捉住他。他求饶说:"你烤死我儿子,我们谁也不欠谁。"太阳说:"你儿子死,是自己照顾不周。你们能够舒服地生活,靠的是我的庇护。可你们从不举行感恩的祭典。你们应该常常祭拜我,就不会枉死了。"

哥哥很后悔。回家后,告知社人,盛办祭祀,从此婴儿很少死亡,五谷丰收。

这个异文把射日和祭祀起源的时代说成是清朝,存在明显错误。故事中被射的太阳也跟月亮无关,显然不符合一般的布农族射日神话惯例。但其核心情节跟 Z6 近似,可以看作 Z6 的一个变异。

Z8. 佐山融吉《蕃族调查报告集》武仑族前篇还记录了一个比较独特的神话梗概:

---

① 见《尹氏编纂》,第 119—120 页。
② 根据下文父亲的叙述,所谓"杀死"其实就是晒死。

太古时代,两个太阳,无昼夜之分,使草木枯萎、河水干涸,一个十岁的孩子被晒死。一个名叫 Nao 的人带着枪,走了几十年,射杀了太阳。当时血块横飞,阳光渐弱,次日,天上有了月亮和星星。①

Z9. 佐山融吉《蕃族调查报告集》武仑族前篇记录的又一个神话云:

太古时代,两个太阳,无昼夜之分,酷热难耐。母亲把孩子放在草堆工作时,孩子被晒死。丈夫派大儿子去射太阳。他带了小米出发。到达海边,用箭射中太阳眼睛。这个太阳就是今天的月亮。现在我们每月祭祀月亮,就是安慰它,以免它再度发出光热。射日英雄回到家已经成为老翁。②

Z10. 佐山融吉《蕃族调查报告集》武仑族前篇又云:

古代两个太阳,轮流照耀,没有黑夜。一家人下田,婴儿在家,被晒成焦炭。父亲决定报仇。

他在院子里种下橘子树,耳朵里插了两株谷子,带了弓箭和一个儿子出发。当时一粒小米够父子吃一天有余。几十年后,他们接近太阳,射中太阳的眼睛。太阳光芒渐失。他抓住父子:"你们为什么欺负我?"父子回答:"我们送你一床棉被,是否可以放过我们?"太阳答应了。所以,现在月亮上的阴影就是父子送的棉被。父子回到家,橘子树已长大,带的谷子也快吃完了。

从前,人们总是把谷子种在 kalumotaba 树下,一旦遭遇旱灾,只要砍断树根,水就不断流出,不必担心谷子会枯死。又传说,当时人随身带谷子,要防止被老鼠吃光。③

Z11. 日本人小川尚义、浅井惠伦《原语にょる台湾高砂族传说集》(1935)采录的神话云:

---

① 见《尹氏编纂》,第 120 页。
② 同上书,第 120—121 页。
③ 同上书,第 121 页。

古时两个太阳。父母干活,放在地上的孩子被晒死,变成蜥蜴。父母悲伤,踏上征伐太阳之路①。行前,父亲种橘子树。在太阳上升处射中一个太阳的眼睛,变成月亮。月亮抓人,抓不到。当时黑暗一片。人们走路要投石问路。不料石头打中"植水"的羌,羌怒吼,太阳复现。月亮则教导射日者祭祀和禁忌。新月时祭祀,满月时做孩童祭,否则孩子会死。不能吃甜食,否则有荒年。此时,射日者只剩二兄弟,一智一愚。月亮拉屎,愚者接住是项链,智者仿效,却拉出劣质项链。从此,布农族在项链祭时办理祭祀事宜。②

Z12. 小川尚义、浅井惠伦《原语にょる台湾高砂族传说集》采录的另一个神话云:

洪水之后,天上有两个太阳,轮流出现,很热。一个孩子因阳光太热而死,父亲决心报仇。

他种下橘子树,带着孩子、(谷)穗和弓出发。埋伏在太阳升起的地方,射中太阳眼睛。那个太阳变成不热的月亮。月亮去抓人,人总是从它指间溜走,月亮沾了口水去抓。后来,月亮和人谈判,要求人们每次月出祭祀它。后来,人们把布料、鸡、猪、山羊和狗奉献给月亮。月亮用布擦眼,于是人们都看到布(遮住月亮的阴影)。

在太古时候,一粒米可供许多人吃,也常有人变猴子的奇迹。自从开始在新月和盈月祭拜,这些情况就少多了,一切都稳定了。③

Z13. 小川尚义、浅井惠伦《原语にょる台湾高砂族传说集》采录的又一个神话云:

(太古时代)峦大社开垦,可是天上有两个太阳,小孩被晒干了。于是愤怒的父亲,带着儿子,在左右耳塞了五粒小米,指缝也塞满了小米,在(栽)种了橘子树便出征射日。只有用扫帚草盖的藏身小屋

---

① 母亲是否直接参加,不详。
② 见《尹氏编纂》,第119页。
③ 同上书,第121—122页。

不会被太阳晒枯,等杀人的太阳出现,父亲便举弓射日,射中了眼睛,那太阳光热减(弱)变成了月亮。月亮抓人,但人小,指大抓不住,便粘口水。人向月求饶,月要求人一年祭七次。月请人吃蚯蚓,人吃了,它会变成一串珠子,不过珠子得用于祭日。父亲回到社向聪明人要求他碰珠子,但聪明人嫌是粪土不愿意,父亲又向白痴如是说,白痴照做,结果变成了漂亮的珠子。而聪明人又愿意,不过只有劣质的珠链。

人们开始祭祀,卡社便分出了。……①

Z14. 田哲益、全妙云采录的《卡社群"马拉斯拉珊"氏族征伐太阳的神话》云:

古代有两个太阳,只有白昼。卡社群的马拉斯拉珊氏族在山田耕作,父亲把孩子放在羊皮毯席上。父亲也睡了,睡醒之后,发现孩子被晒干,并沾在毯席上。

父亲带了另一个孩子去征伐太阳。他们先在屋前种了一棵橘子树,各带一束小米穗,挂在耳后。走到靠近太阳的山上,采一般树枝遮阳不行,最后选用了 asik 树叶。趁第二个太阳刚升起,射中他的眼睛。这个太阳掉在一个叫做 haul-buan 的地方。他粘口水抓住了父子俩。并说:"你们伤害了我,所以以后必须每月举行祭祀。"父子俩答应了,所以马拉斯拉珊氏族每月祭祀。太阳返回天空,变成月亮。父子还乡,橘子树已经长大结果。②

Z15. 田哲益、全妙云采录的《卓社群"达给布弯"氏族与征伐太阳》说"达给布弯"氏族是太阳的征伐者:

古代两个太阳使世界没有昼夜之分,人类十分痛苦。有小孩被晒死,长老们决定征伐,射瞎了太阳的眼睛,使之变成月亮。月亮告

---

① 本文前半部分讲述文字发明、大洪水和取火神话等,与射日无关,此处省略。见《尹氏编纂》,第 111—112 页。

② 田哲益、全妙云《布农族口传神话传说》,第 46—47 页。

诉人们要举行各种祭祀礼仪。①

Z16. 丘其谦、卫惠林收录了南投县的布农族神话云：

> 天有二日，轮流照大地，有昼无夜，酷热异常。少年骨路谱(Kulup)跟父亲到太阳休息处射中太阳右眼。太阳黑了。父子俩只好停在原处。这时野猪跑来，被少年射中头部。野猪大叫，惊醒太阳，天空复明。父子还乡，但是他们出发时种下的橘子树已经数次结果。家里人说，受伤的太阳日前经过这里，用沾了口水的手指粘住大家，要求大家借棉被给他遮盖伤眼。这样就可以不杀大家。太阳说："以后我用好眼在白天照耀，用伤眼夜晚照耀。而月圆之时，你们必须祭祀我。"月亮中的黑影就是骨路谱家的被子。②

三、射日神话母题的分析与现有射日神话理论的验证

布农族的射日神话包含很多叙事元素，我这里挑选其中主要母题进行分析。

1. 时间母题——远古时代的宇宙

除了不完整的 Z7 之外，其他 15 个异文都说是远古时代。当时天空只有两个太阳，没有月亮。两个太阳轮流照耀，大地只有白昼，没有黑夜。其中 Z3a 说当时日月都没有。这些神话所叙述的显然是跟今日宇宙完全不同的另外一个世界③。按照这种叙述，两个太阳的出现，是早期宇宙的自然状态，是现代宇宙秩序出现之前的一种前秩序。而汉族羿射十日神话则说十日并出是原始的十日代出宇宙秩序被破坏而出现的。对比之

---

① 田哲益、全妙云《布农族口传神话传说》，第 44—45 页。
② 原载丘其谦、卫惠林《南投县土著族》，转引自田哲益、全妙云《布农族口传神话传说》，第 47 页。
③ 参见美国学者威廉·巴斯科姆《口头传承的形式：散体叙事》对神话叙事特征的总结。见阿兰·邓迪斯编《西方神话学读本》，朝戈金等译，广西师范大学出版社，2006 年，第 11 页。

下,布农族射日神话跟汉族羿射十日神话存在明显差异。

按照传统的社会历史分析,十日神话跟中国古代的"十天干"有关。对照之下,布农族没有干支观念。因此,这个差异似乎应该用双方社会文化的差异来加以解释。但是我认为,这个差异跟双方的社会文化无关。因为,假如羿射十日真的跟"十天干"有关,为什么在射落了九日之后,十天干仍然是十个,而没有变成一个?尽管汉族与布农族的社会文化存在差异,但是双方面对的客观宇宙是共同的,都是一个太阳一个月亮,所以,两个民族的神话中出现上述差异不是现实造成的,而是同一个现实宇宙秩序的"逻辑上的反面"本身存在多种可能性造成的。跟现实的一个太阳相反的可以是两个太阳,也可以是十个太阳。从神话思维本身来看,想象中的二日和十日都可以构成现实的一日的反面。当神话结束的时候,想象中的二日、十日都变成现实的一日。实际上,二日、十日的被毁灭,都是人们用来论证它们的非现实性而假设的。

2. 二日并出的灾难与征讨太阳

布农族射日神话对于二日并出造成灾难的叙述比较复杂。各个异文都强调说酷热难耐。这是否意味着危害农业的旱灾呢?其中 Z1 和 Z2 中明确说晒死了庄稼。Z8 说草木枯萎,河水干涸。这和羿射十日所说的"焦禾稼"——严重旱灾类似。但是,其他异文没有直接叙述旱灾。而且,神话中屡次出现人类在二日并出情况下仍然在锄草、间苗,或者继续干农活的情节,即使 Z1、Z2 也是如此叙述。似乎二日并出造成旱灾的情节在布农族神话中不具有代表性。可是深入分析,我们会发现在其他的异文中也隐含着引发旱灾的内容。在那些强调二日并出会引发酷热,甚至晒死孩子的异文中都暗含着旱灾的内容。Z10 的结尾有一个跟前边射日情节似乎无关的情节:古代,谷子种在 kalumotaba 树下就不担心旱灾了。所谓"酷热"、所谓"晒死孩子"、所谓"谷子种在树下可以防止旱灾"都是变换了外形的旱灾。这些神话的最终目的是解释月亮的来历和全部祭祀礼仪的起源。而前文已经说明,布农族主要的七大祭祀有六个都是为了保证农业生产,为了丰收。Z7 的结尾说:自从人们按照受伤太阳的要求开始祭祀之后,就丰收了。Z11 说:如果不祭祀,就会有荒年。可见,二日并出引发旱灾,在布农族射日神话中是普遍存在的,只是有的异文明说,有的异文隐含而已。

从现实看,布农族居住在高山地区(东南亚海拔最高的族群①),是比较容易发生旱灾的。因此,对于布农族射日神话来说,他们的主要作物是耐旱的谷子。这大概是布农族射日神话多于台湾地区其他民族的原因之一吧。因此,对于布农族射日神话而言,社会历史分析认为射日神话是对旱灾的解释是具有一定说服力的。

当然,布农族对于二日并出造成灾难的叙述主要是晒死了孩子。除了 Z4、Z16 以外的其他异文都如此叙述,其中 Z1 详细叙述了孩子尽管有木柴和兽皮衣两层保护,仍然被晒死,变成了蜥蜴。这些神话情节发展下去,英雄射日的直接目的是为死去的孩子复仇。而从这些神话的最终目的看,它们是被用来解释月亮的来历和祭祀礼仪起源的。而这些祭祀仪式跟祈求丰收和保护婴儿直接相关。前文已经叙述,布农族的七种主要祭祀活动中包括了两种婴儿祭(分别加在丰收祭和储仓祭中进行),而异文 Z6 中太阳直接说祭祀之后,可以保证人类子孙繁衍。Z7 的结尾说:自从人们按照受伤太阳的要求开始祭祀之后,婴儿很少死亡了。Z11 说如果满月时不祭祀,婴儿会死亡。Z1 更是详细叙述了婴儿祭的方法。由此可见,布农族射日神话中二日并出的主要灾难是晒死了孩子,射日并得到了祭祀仪式的直接结果之一就是能够保证儿童的成长。表面上看,这些内容似乎跟旱灾无关。但是,从深层看,孩子被晒死其实是旱灾扩大化的表现。月亮是第二个太阳被射伤后变成的,月亮的出现是二日并出被战胜的表现,其实也意味着旱灾的危险被解除。因此,布农族射日神话中二日并出造成的儿童死亡,实际是旱灾的一种变形。

孩子被晒死之后,神话异文一般都说是父亲决定复仇。父亲亲自带

---

① 余锦虎、欧阳玉《神话·祭仪·布农人:从神话看布农族的祭仪》,第 14 页。

着另外的儿子前去征讨太阳,或者像 Z9 的说法,父亲委派大儿子去。这都是家族复仇。但是也有例外。Z15 说一个孩子被晒死,长老们决定讨伐太阳。这是布农人氏族制度的反映。与其他民族的射日英雄往往直接针对多日并出引发旱灾而进行射日相比,布农族射日英雄的直接目的更加强调为孩子复仇。这可能跟布农族历史上有出草猎头习俗有关。布农族不仅与其他民族互相猎头,在本族内部也跟其他社群经常为争夺猎场而发生战争。因此,复仇对于布农人而言是一个非常重要的行动动力。孩子被晒死,就意味着被太阳杀死,因此复仇是必然的。对于布农人而言,为孩子复仇去远征太阳比为旱灾去远征太阳要更有说服力。

3. 射日的准备(种橘子树、带小米)

神话中射日的准备工作有两个。一个是种橘子树。Z1 说得很具体,在院子前,比较典型。例外是 Z6,父亲在孩子失踪处种下橘子树。在情节的表面发展看,这棵树是一个时间标志。当父子数十年之后射日归来,橘子树已经长大结果。再从深层分析,橘子树结果象征着射日成功之后未来作物的丰收。

另一个准备是带上食物——小米。Z1 说出征的父子在"手脚指甲里都塞满小米,那时候一点米屑就能煮一大锅饭"。其他异文说带的是若干谷穗,同时也强调当时小米的超自然性。如 Z10 说一粒米够父子吃一天有余。但是,小米的神奇性在结尾的时候消失了。例如,Z12 说:"在太古时候,一粒米可供许多人吃,也常有人变猴子的奇迹。自从开始在新月和盈月祭拜,这些情况就少多了,一切都稳定了。"也就是说,当人们拥有祭祀仪式之后,超自然的神话时代就结束了,小米也丧失了超自然性。布农族的神话《偷懒》说,小米的神奇性质的丧失是老鼠造成的。据说原来小米很神奇,种一棵就够吃几年。可是妇女在看护谷子时偷懒睡觉,唯一的谷子被老鼠偷走。以后的谷子就丧失了神奇性[①]。

---

① 余锦虎、欧阳玉《神话・祭仪・布农人:从神话看布农族的祭仪》,第 165 页。

谷子(小米)在神话中拥有重要地位,是跟布农族的现实生活有关的。在布农族的现实生活中,小米是最重要的食物,人们非常敬重小米。这一点在祭祀仪式和平常针对小米的各种禁忌中就可以看出。所以,神话说古时候小米具有神奇性是合乎信仰的逻辑的。当神话情节进展到结尾处(即现实时代)的时候,小米无一例外都会丧失神奇性。这是为什么？我认为,把远古时代与现代对立起来,把神圣与世俗对立起来,可以避免人们对超自然的怀疑。超自然的古代小米和平常的现实小米可以同时并存。如果说现实的小米仍然具有神奇性,那是很容易被证伪的。

4. 射日的结果

绝大多数异文都说是用弓箭①射伤了太阳的眼睛,导致其光芒暗淡,变成月亮。现在月亮的阴影就是人类给月亮用来擦眼的布(Z4、Z12)、被子(Z1、Z16)或护胸(Z6)造成的。这个母题是神话对现实的一个太阳一个月亮(包括月亮阴影)的解释。回顾神话开头所想象的二日并出,我们可以看出神话思维当初对于二日的想象是作为现实的一日一月的对立物出现的,当初的二日为最后的一日一月预留了逻辑空间。这里不存在任何现实的太阳幻影的痕迹。所以,传统射日神话理论中天文学解释无法得到证实。

另外,在这个神话母题中包含了次级的母题——动物受伤的惊叫使太阳重现,恢复光明。Z1说射中太阳造成了暂时的宇宙黑暗。父子两个摸黑回家,只好投掷石头探路,结果砸到山羌,山羌的叫声使宇宙恢复光明。Z3与Z1相同。Z3a说古时候,天上没有日月。人们摸黑上山,迎头撞上小鹿。小鹿的叫声引出太阳。现在小鹿额毛上的旋涡就是当年与人相撞的结果(这意味着当年小鹿头部被撞伤)。Z16说黑暗之中来了野猪,被少年射中头部。野猪的叫声唤醒太阳,宇宙复明。在上述四个神话异文中,山羌、小鹿和野猪受伤后的惊叫最终引出太阳,恢复光明,是一个

---

① Z6、Z8说是用枪击中太阳。这两个异文反映了枪支已经取代了传统狩猎工具弓箭。

很美好的想象。可是,我更加关心的是:为什么会发生这样的想象?我在布农族的丰收祭和打耳祭仪式上找到了答案。

布农族的丰收祭是为即将收获的谷子献祭品的仪式,祭品是猪。第一个程序是迎接小米。主祭等人带着法器 lah—lah①到谷子地,拔出两棵谷子放在地上,在其上方摇动 lah—lah,并念祭词:"小米呀,请你们不断地增多吧!……"然后把那两棵谷子带回家,插在谷仓屋顶。第二个程序是正式的丰收祭。主祭等人再到谷子地拔两把谷子,绑好。摇动 lah—lah,并祷告:"集合吧,小米们!……都聚集过来吧!"然后带着这些谷子回家,放在米仓前。人们把猪抓来和谷子放在一起,用一种竹刀刺伤猪,让猪尽量大声哀鸣,以便所有的小米都听到。主祭摇晃 lah—lah,并念祭文:"小米们增多吧!……我已经杀了肥大的猪,迎接着你们!小米呀,小米,快快回到我家来!"猪的叫声越大,主祭的声音也越大。一直念到猪停止哀号、断气为止。布农人相信:小米听到猪叫声,就会排队走进米仓。杀猪就是为了迎接小米回家。猪叫声越大,表示主人的诚意越够。猪肉对于布农族是十分珍贵的肉食,一年只在丰收祭(或储仓祭)上宰杀一头②。所以,丰收祭杀猪实际是用最好的肉食吸引小米进入布农人家。人们故意增大猪受伤后的嚎叫声,正是为了加大对于小米的诱惑。

同样的道理,射日神话中山羌、小鹿和野猪受伤后的惊叫之所以能够使太阳重现,就是因为这些野兽乃是打耳祭中献给神灵的祭品(山鹿的耳朵,或者山羌的耳朵、山肉③,等等)。人们在特定的祭祀场所,点燃火堆。把山鹿或者山羌的耳朵插在四周地上,做靶子,射烂为止。然后,开始烤猎获的山肉,并祷告神灵让山上的动物被猎获。吃完祭品之后,人们来到挂满了历年猎获的野兽上下腭的绳子前,再次祷告。这条绳子跟丰收祭上的 lah—lah 的功能很相似。由于山羌、小鹿和野猪都是献给神灵的祭品,所以,射日神话中山羌、小鹿和野猪(都是祭品)受伤后的叫声对于日

---

① lah—lah 是用在历年丰收祭上宰杀的猪肩胛骨串成的法器。
② 余锦虎、欧阳玉《神话・祭仪・布农人:从神话看布农族的祭仪》,第 223—233 页。
③ 山肉:可能是各种野味的统称。

月的吸引力是巨大的。这就是神话中野兽叫声能够使宇宙恢复光明的原因。

5. 受伤太阳捉人

按照常理,被射伤的太阳要抓射日者,准备报复。Z1 说太阳受伤后落地,先变成巨人,开始捉射日者。由于人小,总是从他手指缝逃掉。但是,参考其他异文,射日者应该是被抓到了。在 Z2 中被射伤的太阳捉射日的父子,父子俩总逃掉。最后,太阳把手指沾了唾沫,才抓住人。Z16 说抓的是其他人。那么,我推理原始而完整的 Z1 应该是人类最终被抓到了。这样,才能顺理成章地讲述巨人向人类要布擦眼,并得到射日者给的被子。

6. 太阳与人类的谈判与交换——祭祀仪式的起源

在 Z1 中,太阳变成的巨人捉人,得到了射日者送的被子之后,就传授给人类各种祭祀仪式。我把这个母题看作人类和太阳之间的一场谈判和交易。Z12、Z13 和 Z14 都说太阳(或太阳变成的月亮)抓住父子二人,以人类伤害他为由,要求人类以后必须祭祀他。由此看来,祭祀仪式的建立乃是布农人与神之间的契约。参考前文关于布农族七大祭祀仪式(统称"小米的祭祀")的介绍,很容易得出一个结论:布农族射日神话与七大祭祀仪式密切相关。这将使得仪式学派的射日神话分析大有用武之地。

一方面,布农族的仪式似乎是按照神话情节进行的。他们从事祭祀和农耕时,有一句话,"liska—buan",意思是"依照月亮的指示"。在年终祭上插的月亮牌必须是仪式当天月亮的形状,明显是表示自己是遵照神话中月亮的要求来进行祭祀的,以此祈求神灵允许自己在此地开垦、收获。来年的开垦祭上,人们又凭着这块月亮牌正式开始耕作。由此而言,射日神话似乎是布农人祭祀仪式的源头。

神话中粪便变成项链的母题也被当作婴儿祭的起源。Z2 结尾说,月亮告诉人们各种祭祀方法之后,要求人去接他的屎。傻瓜接了,是首饰

（项链）；而聪明人接了是坏首饰。田哲益、全妙云认为只有郡社群的 Z2 中才有这个细节。这是不对的。同类作品很多。例如，Z6 说父亲吃了太阳送的木珠和琉璃珠以后，再从肚子里拉出这些，成为众人的项链。Z13 说月亮请射日的父亲吃蚯蚓，人吃了以后拉屎变成一串珠子，不过珠子得用于祭日。父亲回家后让聪明人碰珠子，但聪明人嫌是粪土不愿意。父亲又向白痴如是说，白痴照做，结果变成了漂亮的珠子。而聪明人又愿意，不过只有劣质的珠链。但是，田哲益、全妙云参考布农族的岁时祭祀仪式中有佩挂项链的婴儿祭仪，因此推测："这或许也与征伐太阳的故事有关。"[①]他们的推测很有启发性。神话中所说的粪便变项链的确与婴儿祭有关。Z1 说得最明确，巨人拉的屎变成琉璃珠。巨人说："月圆的时候举行婴儿祭，孩子才会健康成长。把这些琉璃珠串成项链，挂在孩子胸前，会保佑孩子。"这就是婴儿祭的用品——挂在孩子脖子上的项链的起源。Z11 说布农族在项链祭[②]时使用的项链是射日兄弟（一智一愚）接住的月亮的屎，愚者接住就是项链，智者接住却是劣质项链。

按照神话的叙述，似乎神话是所有仪式的源头，仪式起源于神话。

但是，深入分析粪便变成项链的情节，我却发现：它可能是从婴儿祭仪式派生出来的想象。粪便变项链，实在匪夷所思。布农人何以有此等幻想？我仔细分析布农人婴儿祭中使用的项链，终于有所觉悟。布农族孩子出生后，父母把孩子脱落的脐带装在盒子里。同时把祖传的琉璃珠串成项链，和脐带放在一处。下一个孩子出生后，也把脐带放在这个盒子里。这条项链是"公用项链"。在婴儿祭上，男孩子要先由父亲给他佩带父亲项链，然后由母亲给佩带母亲项链，最后佩带公共项链。女孩子则先由母亲给佩带母亲项链，然后佩带父亲项链和公共项链[③]。我认为，孩子脱落的脐带类似于肠道，而琉璃珠项链的形状则类似于粪便：断断续续的

[①] 田哲益、全妙云《布农族口传神话传说》，第 42 页。
[②] 项链祭，即婴儿祭。参见田哲益、全妙云《布农族口传神话传说》，第 42 页。
[③] 参见余锦虎、欧阳玉《神话·祭仪·布农人：从神话看布农族的祭仪》，第 243、245、251 页。

条状物。这两种东西放在同一个盒子里,很容易发生联想——项链是从肠道里拉出来的。正是这一点,才促使人们想象琉璃珠项链是月亮的粪便变化来的。这样说来,婴儿祭的仪式倒可能是神话中粪便变项链情节的源头。仪式在前,神话在后。

事实上,布农族射日神话和祭祀仪式之间的时间先后关系是难以确定的,因为他们没有文字,我们根本无法获得赖以确定神话与仪式先后关系的历史文献。因此,我们也只能说布农族射日神话和祭祀仪式之间存在密切关系。任何进一步地纠缠何者为先都是不明智的。

四、总结

布农族射日神话得到了比较完好的保存,内容非常丰富。它既是对宇宙现象的解释,同时也是对民族文化制度的解释。这些神话跟布农族日常生活密切相关,神话与生活能够互相印证。因此,这些神话作品具有比较高的活态价值。

现有的射日神话理论在布农族射日神话的分析中得到了不同的检验结果。

通过对布农族射日神话第二个母题"二日并出的灾难与征讨太阳"的分析,可以判定旱灾仍然是布农族射日神话的主要内涵。另外,为死去的孩子复仇作为英雄射日的直接目的反映了布农族的独特历史。因此,社会历史分析在此得到了进一步的证明。但是,二日并出无法依靠社会历史分析来解答,而只能从神话思维的需要出发加以分析——它是现实的一个太阳和一个月亮的逻辑对立物。这个想象跟布农族的历史文化没有直接关系。

由于布农族射日神话普遍用来解释七大祭祀的起源,这些祭祀仪式跟射日神话的具体情节之间存在很多相互对应之处,例如"动物受伤的惊叫使太阳重现"的母题和"粪便变成的项链"母题跟打耳祭和婴儿祭之间的对应关系。因此仪式学分析帮助我们更加清晰地认识了布农族射日神话与祭祀仪式的直接关联。但是,我们基本上不可能得到神话与仪式何者在先的证据。

现有布农族射日神话没有提供任何可以证明天文学分析的证据。对射日神话进行天文学分析需要更加充分的材料,否则只能停留在一种似是而非的理论假设状态。

月亮的圆缺变化与不死观念
——论中国古代神话中月亮的能指与所指

月亮作为两个最为显著的天体之一,深受古人重视,并成为所有神话体系都要加以描述的重要角色。作为客观天体,人类看到的月亮都是同一个,但是,不同民族对于月亮的认识与描述却千变万化。或者说,月亮在不同民族人们脑海中的形象是大相径庭的。仅以月亮的属性为例,各族之间就存在截然相反的认识;甚至同一个民族内部在不同时期对于月亮的属性也有不同看法。古代希腊神话中的月亮神阿尔忒弥斯是处女,而太阳神阿波罗为青年男子。但是,生活在南美洲厄瓜多尔和秘鲁交界地区的希瓦罗印第安人及其相邻的卡讷洛印第安人的多个神话中,月亮都是男性,并拥有一个妻子,或两个妻子[①]。我国台湾的布农族神话《太阳与布农族》也认为太阳和月亮都是男性。该神话说,月亮原本是两个太阳之一,后来被人射落在地,重新回到天空之后,变成了现在的月亮[②]。台湾泰雅族的射日神话大体类似,也是把太阳受伤之后面色苍白,作为变成月亮的依据[③]。而在中国古代神话中月亮神的属性前后不一。《山海经》说帝俊的妻子羲和生十日,常羲生十二月,并每天为他们沐浴。神话中,十日和十二月的性别都未明言。学者一般认为这里的十日和十二月都是儿子,也就是说,日月都是男性。但是,后来古人开始认为月亮属于阴。例如,《说文》云:"月,阙也。太阴之精。"另外,月亮的别名之一即太

---

① [法]列维-斯特劳斯《嫉妒的制陶女》,刘汉全译,中国人民大学出版社,2006年,第1—4页。

② 余锦虎、欧阳玉《神话·祭仪·布农人:从神话看布农族的祭仪》,晨星出版有限公司,2002年,第61—81页。

③ 尹建中《台湾山胞各族传统神话故事与传说文献编纂研究》,台湾大学文学院人类学系,1994年,第74页。

阴——这和"日为太阳"正好相反。所以,后来的中国神话中月亮神都是由女性担任,如西王母、嫦娥等。

由此可知,客观的天体月亮在神话中实际上已经被人们改造成一个主观性的、关于月亮的文化符号。本文重点考察月亮作为一个文化符号在中国古代神话中的能指特征及其所指意义——长生不死,兼及月亮对立面太阳的能指特征和所指意义——短命夭亡。

一、作为文化符号的月亮的能指特征与所指意义

月亮作为一个天体,它对于人类是共同的客观存在。但是,为什么人们对它的认识与描述之间却存在着千差万别呢?原因在于这个客观天体所具有的特征是极其丰富的,每个民族所关注的只是其中某一部分,然后根据这一部分特征来判断它的属性,并赋予它一个与此相关的意义。例如,台湾地区布农族神话《太阳与布农族》关注的是现实月亮的亮度比太阳低,于是设想它是一个被人射伤的太阳变成巨人,这个巨人用人类给他的被子擦拭流血的眼睛,所以,当他最终变成月亮之后月色朦胧。在这个神话中,人类对于月亮怀着很深的愧疚——月亮没有报复人类,反而教导人类如何祭祀,如何生活。在布农族心目中,月亮是最重要的神灵,受到虔诚崇拜。

而中国古代神话中,月亮的若干客观属性都被提及。例如《山海经》提到14座日月出入之山,就是用来观测日月全年运行的参照系[①]。而每年十二个月份的古代历法也在《大荒西经》提到的常羲生育十二个月亮的神话中得到表现。其中记录的常羲浴月神话则是对月亮保持光亮的解释。而月中阴影在《太平御览》卷九五七转引的《淮南子》佚文中被解释为"月中有桂树",月亮的圆缺变化在《史记·龟策列传》中被解释为蟾蜍吞食的结果——"日为德而君于天下,辱于三足之乌;月为刑而相佐,见食于

---

① 刘宗迪《失落的天书》,商务印书馆,2006年,第3—11页。

蛤蟆"。这里的"见食",不是指月食现象,而是指每月望日满月之后,月亮每天不断缺损,直至晦日暂时消失。

问题的关键在于:在古代华夏人已经关注到的以上诸多方面中,月亮的运行轨迹和亮度问题并没有成为中国月亮神话的焦点,相关神话情节(如《山海经》中十二个月亮的神话)也没有得到充分发展。古代华夏人最关注的是月亮在每月的周期变化。屈原《天问》说:"夜光何德,死则有育?"这里的"夜光"是月亮。诗句的意思是:月亮有什么德行,死后又能复生?这里所谓的死和复活,实际就是指月亮由圆而缺而消失,并在下月朔日再次出现。当月亮的这个能指特征被酷爱长生不死的中国古人关注到之后,就被赋予了长生不死的所指意义。中国古代神话中,有关月亮的神话意象和情节多数跟长生不死主题密切相关,可以说,中国月亮神话的意象和故事情节基本都是围绕着不死而展开。

二、月亮神话中有关不死的符号:月中兔、蟾蜍、嫦娥与桂树

月中兔的神话在屈原《天问》中已有:"夜光何德,死则有育?厥利维何,而顾菟在腹?"菟,就是兔子。第二句的意思是:月亮贪图什么好处,而把兔子养在腹中①?那么月亮中的这只兔子是做什么的?屈原没有说明。但是,我们把上述四句诗联系起来,就可以知道诗中的月亮是神话中能够复活的天体,那么月亮中的兔子很可能跟长生不老有关。这一点,我们可以在后来的神话资料中得到印证。在长沙马王堆1号西汉古墓出土的T型非衣的左上方画有一个弯月,上面站着一只蟾蜍,蟾蜍上方是一只白色的兔子。这只月中兔的颜色值得注意。因为中国明代以前没有家兔,只有野兔,而正常的野兔是没有白色的(白色野兔可能是罹患白化病的);古代人一直认为白兔是祥瑞,所以马王堆这只月中兔的颜色显示:它

---

① 闻一多认为"顾菟"是蟾蜍,证据不足。参见金开诚、董洪利、高路明《屈原集校注》,中华书局,1996年,第303—304页。

是一只神圣的兔子,具有超自然能力①。虽然这条材料没有说月中兔具体在做什么,但是既然是超自然的神圣兔子,它应该和不死有关。值得关注的是,在汉代西王母画像中有大量的兔子捣不死药的内容。例如山东省嘉祥市洪山汉墓出土的西王母像就有三只兔子在捣制不死药,见图1。

图1　山东省嘉祥市洪山汉墓出土画像

尽管学术界对西王母是否住在月亮中有不同看法,但是,大家对于该神话中兔子的角色有着共同的认识——它是一个捣制不死药的神圣动物。我们由此可以推论,月中兔应该也是捣制不死药的。后来的神话发展,也证明了这一点:《太平御览》卷四引傅玄《拟天问》云:"月中何有?白兔捣药。"《太平御览》卷九〇七引《乐府歌诗》云:"采取神药山之端,白兔捣成蛤蟆丸,奉上陛下一玉柈。"在嫦娥逐步成为新的月亮女神之后,月中兔就专门为嫦娥捣制不死药了。

其实,从现实兔子的能指而言,它的寿命并不长,更说不上具有什么不死特征。现代学者分析兔子何以进入月亮成为神圣之物,一般的结论都是兔子生育力强,几乎每月都可以繁殖后代,因此重视生殖力的古人就把兔子列为神圣动物。但是,兔子的这个能指其实并没有得到汉代人的重视,人们也没有赋予它以什么生殖崇拜的文化意义。当时画像中的兔子都是忙于捣制不死药。兔子的造型也都很瘦,完全没有大腹肥臀那种具有生殖力象征的特点。例如,图2所显示的捣药兔子就非常瘦。尤其和那只同时捣药的大肚子蛤蟆相比,就更显其瘦。而蛤蟆的繁殖力倒是在神话中得到表现,详见下文。由此可见,关于兔子是因为繁殖力强而成

---

① 陈连山《世俗的兔子与神圣的兔子——对中国传统文化中兔子形象的考察》,《民俗研究》2011年第3期,又见本书第168—178页。

为神圣动物的说法缺乏证据。月中兔的存在从反面显示：古人赋予月兔的不死涵义是相当主观的。

月中的蟾蜍也和不死药有关。图 2 显示：为西王母捣制不死药的是兔子和蟾蜍。另外，一个羽人正把一串药丸献给西王母。这就是所谓的不死药——又名"蛤蟆丸"。有些汉画则只有蟾蜍捣药。从蟾蜍外在的客观属性看，其最大的特征应该是繁殖力强大。母蟾蜍每次产子量非常大。下文即将分析的嫦娥奔月神话就涉及蟾蜍的这个能指特征——嫦娥奔月之前占卜的结果是"后且大昌"，意思是后代将非常繁盛。嫦娥到了月亮，变成蟾蜍——多子，应验了当初的预言。

图 2　山东省嘉祥市宋山小祠堂汉墓出土画像

嫦娥更是一个具有不死能力的形象。嫦娥奔月神话最早见于战国初年的《归藏》。此书虽已亡佚，但后世文献多有引用，可见绝不是疑古主义者认定的伪书。江陵王家台出土秦简《归藏》，最终证明《归藏》确为先秦古籍。秦简《归藏》云："昔者，恒我窃毋死之□□奔月，而枚占□□□。"①这个"恒我"，即"姮娥"。这段文字虽然不全，但是基本保全了嫦娥奔月的情节。《文心雕龙·诸子》云："《归藏》之经，大明迂怪，乃称羿毙十日，姮娥奔月。"刘勰对《归藏》还是肯定的，可惜所引奔月神话不够详尽。《淮南子·览冥训》云："羿请不死之药于西王母，姮娥窃以奔月，怅然有丧，无以续之。"这里谈到嫦娥奔月与偷吃不死药有关。《后汉书·天文志上》刘昭注转引的东汉张衡《灵宪》最早完整叙述了这一神话："羿请无死之药于西王母，姮娥窃之以奔月。将往，枚筮之于有黄。有黄占之曰：'吉。翩翩归

---

① 刘德银《江陵王家台 15 号秦墓》，见《文物》1995 年第 1 期。

妹,独将西行。逢天晦芒,毋恐毋惊。后且大昌。'姮娥遂托身于月,是为蟾蜍。"嫦娥奔月之后变蟾蜍,是有充分的神话资料依据的,并非后代文人诽谤。这个神话可以充分解释下边一个疑问:汉代画像中西王母身边的蟾蜍何以常常是舞蹈家的形象?(见图1、图3)

图3 四川省彭山县出土石棺

众所周知,现实中的蟾蜍是非常笨拙的,那么画像石为何显示它竟然是一个舞者?根据上述神话,这只蟾蜍是美女嫦娥变的,那就顺理成章了。嫦娥偷吃不死药之后,就获得了永生。这样她必须离开人间。她选择月亮作为自己的目的地,显然跟中国古代神话赋予月亮的阴性和不死特征相互一致——嫦娥是女性,属阴。她吃了不死药,所以不死。这再次印证了人们赋予月亮的不死意义。

最后再看那棵月中桂。前文提到,《淮南子》佚文记录有"月中有桂树"的神话。不过,该佚文没有涉及月中桂是否具有不死特征。《太平御览》卷四引虞喜《安天论》云:"俗传月中仙人、桂树。今视其初生,见仙人之足渐已成形,桂树后生焉。"唐代段成式《酉阳杂俎·天咫》则详细叙述了月中仙人和桂树的情况:"旧言月中有桂,有蟾蜍,故异书言:月桂高五百丈,下有一人常斫之,树创随合。人姓吴名刚,西河人,学仙有过,谪令伐树。"现实的桂树属于小乔木。《山海经》中多有记录,并无奇异之处。但是,月中桂不但高达五百丈,而且具有被砍伤后伤口自动愈合的超自然能力。这说明它也具有不死特征。

综上所述,月亮中的兔子、蟾蜍、嫦娥与桂树都具有不死特征。这些不死的意象作为月亮的组成部分，共同构成了月亮总体上是一个长生不死的形象。所以，月亮在中国神话中获得的所指意义就是长生不死。

三、为什么中国神话中月亮成为不死的符号？

月亮的圆缺变化是人类普遍都关注到的自然现象。但是，利用这一自然现象作为一种文化符号能指来传达哪种主观概念，那就跟该人类集团的思想倾向有关。中国古人对于长生不老具有一种近乎偏执的狂热。所以，当他们发现月亮的周期性圆缺变化特征之后，就用它来表达自己的长生不死观念。

通过《山海经》，我们可以清楚地看到：古代中国人对于长生不死具有多么强烈的欲望。《山海经》中除了神灵可以不死之外，人类巫师通过服药可以不死，甚至于百姓也可以不死。《山海经·大荒西经》云："……有轩辕之国，……不寿者乃八百岁。"又云："有人焉，三面，是颛顼之子，三面一臂。三面之人不死。"《山海经·大荒南经》云："有不死之国，阿姓，甘木是食。"郭璞注："甘木，即不死树，食之不老。"《山海经·海外南经》有："不死民在其东。其为人黑色，寿，不死。"郭璞注："有员丘山，上有不死树，食之乃寿。亦有赤泉，饮之不老。"正是这种强烈的长生欲望，导致古人把月亮的圆缺变化这一自然现象当作传达不死概念的文化符号。这个符号如此强大，以至于具有不死所指的玉兔、嫦娥和桂树都集中于月亮。最终，月亮在中国古代神话中就成为最强大的不死象征符号。

四、月亮的对立面太阳的所指是短命

一个文化象征符号体系中，每个符号都不是孤立存在的。在中国古代神话系统中，阴阳对立，日月对立。当月亮被视为长生不死的象征符号的同时，其对立面太阳自然也会成为一个具有相反意义的符号——古代华夏神话赋予太阳的所指正是短命。

《楚辞·天问》:"羿焉彃日?乌焉解羽?"王逸注:"《淮南》言:尧时十日并出,草木焦枯,尧命羿仰射十日,中其九日,日中九乌皆死,堕其羽翼。故留其一日也。彃,一作弹,一作毙。"十个太阳,九个被羿射杀。可见其短命。

这个神话后来出现变异,说十日不是真的十个太阳,而是扶桑国君的十个以日为名的儿子。清代吴任臣《山海经广注》引《冠编》云:"羲和为黄帝日官,锡土扶桑。扶桑后君生十子,皆以日名,号十日;而九日为凶,号九婴。分扶桑之国为十,用兵不止,求实无已,炙杀女丑,同恶相济,故曰丛枝胥敖。"这个九婴,就是《淮南子·本经训》中所说的羿在凶水之上杀死的怪物。所以,这九个以日为名的国君之子的命运仍然是被杀。

九个太阳,或者以日为名的九个国君之子都死了,而完成了射日除妖伟业的羿最后也死于非命。尽管按照神话的说法,他登上了昆仑山,获得了不死药。可是,不死药被嫦娥窃走,羿只能死去。

不仅如此,在其他神话中,进入太阳的英雄也短命。前文已经论证了进入月亮的嫦娥永生不死,即便是"学仙有过"被贬到月亮的吴刚也长生不死。但是,与日竞走并最终进了太阳的夸父则无可逃避地死去。《山海经·大荒北经》云:"大荒之中有山,名曰成都载天。有人珥两黄蛇,把两黄蛇,名曰夸父。后土生信,信生夸父。夸父不量力,欲追日景,逮之于禺谷。将饮河而不足也,将走大泽,未至,死于此。"《山海经·海外北经》云:"夸父与日逐走,入日。渴欲得饮,饮于河、渭。河、渭不足,北饮大泽。未至,道渴而死。弃其杖,化为邓林。"从神话叙事的表层看,夸父的死去是因为他进入太阳,太阳太热了,夸父无法克服焦渴,喝干了黄河和渭河的水都不能解渴,实际是因为在中国古代神话中,太阳是短命死亡的象征。

因此,在古代神话观念中,月亮和太阳,一个属阴,一个属阳;一个代表长生不死,一个代表短命夭亡。月亮和太阳构成了中国古代神话系统中的一个二元对立。

(本文的扫描图像由张从军教授提供,特此鸣谢)

2014年1月定稿

世俗的兔子与神圣的兔子
——对中国传统文化中兔子形象的考察

中国传统文化观念中,兔子所扮演的角色可以分为世俗的和神圣的两大类,人们对这两种兔子是区别对待的。1978年山东嘉祥满硐乡宋山出土的东汉画像石上,有两件都同时含有庖厨图和西王母图(参图1),其中都有兔子形象,正好可资比较,互相印证。

图1 其一的局部[①]

上部为西王母图。西王母居中接受膜拜,而左面有两只站立的兔子正在捣不死药。这两只兔子是西王母信仰的组成部分,是具有神圣性的兔子。下部为庖厨图。画面中,墙壁上悬挂的是作为人类食物的世俗的兔子。

本文拟对中国历史上兔子所扮演的形象及其相关问题做一个初步的探索,澄清古人对于兔子的各种观念。

---

① 陆志红编《西王母文化研究集成·图像资料卷》第一册,广西师范大学出版社,2009年,第220—221页。

一、世俗的兔子

兔子是一种常见的性情温顺的小型野生动物,所谓家兔是明代从欧洲传入中国的。因此,在明以前,一般文献所云之兔子,都是野兔。

在中国传统社会生活中,兔子一直被当作一种肉食。《诗经·周南·兔罝》云:"肃肃兔罝,椓之丁丁。"说的是设置大网,捕捉野兔。《孟子·梁惠王下》:"文王之囿方七十里,刍荛者往焉,雉兔者往焉,与民同之。"赵岐注:"雉兔,猎人取雉兔者。"意思是周文王的园囿方圆七十里。但是,周文王不私,允许百姓进入其中砍柴和猎杀野鸡、野兔。

捉来了兔子,人们把兔肉做成烤肉、兔羹、兔醢等。《诗经·小雅·瓠叶》则具体描写了炮制兔肉的方法:"有兔斯首,炮之燔之……有兔斯首,燔之炙之……"其中提到烤制兔肉的各种方法。所谓炮,意思是炮制。具体方法是用泥包了兔子煨烤。所谓燔,是直接在火上烤。而所谓炙,是把肉挂起来熏烤。《礼记·内则》云:"……犬羹、兔羹"、"脯羹、兔醢"。这里的"兔羹"、"兔醢"都是用兔子肉制作的日常食物。

兔子肉也可以作为祭品。在祭祀宗庙的专门仪式上,还要特意选用肥美的兔子作祭品,事见《礼记·曲礼》:"凡祭宗庙之礼,牛曰'一元大武',……兔曰'明视'。"孔疏云:"兔曰明视者,兔肥则目开而视明也。"

以上所谈到的这些兔子当然不具备任何神圣性质。即使是作为高级祭品的肥兔子,也只是一种好牺牲而已,仍然是食物。因此,我认为:中国古代主流社会对于现实生活中的普通兔子没有崇拜。

不过,《渊鉴类函》卷四三一中出现了一条材料,似乎有点例外。此书引《芸窗私志》关于巴人崇拜的一个兔形神灵的故事:

> 后羿猎于巴山,获一兔大如驴,异之,置柙中。中途失去,柙掩如故。羿夜梦一人,冠服如王者,谓羿曰:"我鹓扶君,为此土地神,而何辱我?我将假手于逢蒙。"是日,逢蒙弑羿而夺之位。兔曰"鹓扶",自此始也,至今土人不敢猎取。

这个故事的主人公后羿是中国古代神话传说人物，故事的目的是解释后羿为何被逢蒙所杀。日本学者南方熊楠认为这个鹅扶君就是中国的兔子神①。但是，他的说法并不准确。首先，这个故事未见于记载后羿传说的其他古籍，是一个来源有点奇怪的异文。仔细分析文本，这个像驴一样巨大的兔子是后羿在巴山猎获的，那里应该是古代巴人居住的地方。另外，这个神话明确表示：当地及后来的人们把兔子称为"鹅扶"由此开始，"至今土人不敢猎取"。可见，这种禁止猎杀兔子的习俗是"土人"的，不是汉族主流文化的。所以，这个神话应该是巴人创造的，而非汉族。第二，即便在巴人那里，这个兔子形状的怪神也不是专门的兔子神。按照这位神灵在后羿的梦里所说的话，他"为此土地神"——是本地的土地神。巨兔形象只是他的一个临时化身而已。土人崇拜这位土地神，连带也不敢猎杀兔子，担心兔子是土地神的化身。这和崇拜兔子是存在不小差距的。因此，这条材料不能证明中国古代主流文化崇拜一般的兔子。

二、作为祥瑞的白兔和赤兔

一般的兔子只是人们的食物而已，但是，在古代中国难得一见的白兔和赤兔则受到人们的重视，乃至崇拜。

现在，白色家兔很常见。但是，家兔是明代崇祯年间才从海外引进中国的。此前，中国只有野兔，主要是土黄色的草兔。白兔和赤兔对于古代中国人来说是很罕见的，于是产生了一些关于它们的超自然性质的说法。

首先看古人如何解释白兔的来源。葛洪《抱朴子·内篇》卷一云："虎及鹿、兔皆寿千岁。满五百岁者，其毛色白。能寿五百岁者，则能变化。"老虎、鹿和野兔的毛色在自然状态下可能因为白化病而呈现白色。但是，作为神仙家的葛洪并不具有现代动物学知识。他的上述说法大概是根据人类年老头发变白这一自然现象推论出白兔是野兔长寿五百岁的结果。

---

① ［日］南方熊楠《纵谈十二生肖》，栾殿武译，中华书局，2006年，第82页。

无独有偶,梁简文帝《上白兔表》则说兔子"千岁变采"——兔子活到一千岁,体毛的颜色会变化。从标题可知,这是一只白兔,那么,这里所谓"变采",实际就是变白。按照葛洪和梁简文帝的说法,白兔显然具有了神仙的性质。所以,白兔是古代中国人心目中的神圣动物。

中国史书还有很多关于白兔代表祥瑞的记载。《后汉书·光武帝纪第一下》记载:建武十三年(37),"九月,日南徼外蛮夷献白雉、白兔"。《宋书·符瑞志》记载:晋孝武帝太元十五年(390)三月,"白兔见淮南寿阳"。其后不久,晋安帝义熙二年(406)四月,"无锡献白兔,寿阳献白兔"。既然是献给皇帝的,可见白兔在人们心目中的祥瑞性质是很突出的。因此,梁简文帝《上白兔表》盛赞白兔:"瑞表丹陵,祥因旧沛。四灵可迈,既验玉衡之精;千岁变采,有符明月之状。岂殊丹岫之羽来止帝梧,庶比素质之禽得游君囿。"此文把白兔的祥瑞性质与四灵①、仙鹤相提并论,极尽夸张之能事。

到了唐代,白兔的祥瑞级别下降了。在《唐六典》中,白兔仅仅位列中瑞。详见下文。

到了北宋,白兔的祥瑞性质又进一步下降,以至于一般大臣也可以拥有白兔作为珍玩。欧阳修离开滁州以后,有滁州百姓捉到一只白兔,千里迢迢送给欧阳修(如果在唐以前,他大概会献给皇帝)。为此,欧阳修赋《白兔》诗一首。诗云:

> 天冥冥,云蒙蒙,白兔捣药姮娥宫。玉关金锁夜不闭,窜入滁山千万重。滁泉清甘泻大壑,滁草软翠摇轻风。渴饮泉,困栖草,滁人遇之丰山道。网罗百计偶得之,千里持为翰林宝。翰林酬酢委金璧,珠箔花笼玉为食。朝随孔翠伴,暮缀鸾皇翼。主人邀客醉笼下,京洛风埃不沾席。群诗名貌极豪纵,尔兔有意果谁识?天资洁白已为累,物性拘囚尽无益。上林荣落几时休,回首峰峦断消息。

全诗绝口不提其祥瑞性质,反而感叹它"天资洁白已为累"。东汉以来白

---

① 四灵:麒麟、凤凰、神龟、龙。

兔身上充满神秘的白毛,在欧阳修笔下却成了兔子的累赘,连累它丧失自由,陷入牢笼。

其实,历史上偶尔出现的这些白色兔子,在今天看来,可能是得了白化病的一般草兔,就像现在所谓的白色老虎、白色狮子一样。由于古人不了解兔子有白化病,所以误以为白色兔子是特殊物种,因而赋予它们以神圣性。但是,随着有关白兔的历史记载越来越多,其所谓祥瑞性质又得不到现实的验证,到了北宋时代,白兔的神圣性质明显下降了。所以,连欧阳修这样的文人也能得到一只白兔。

相比之下,赤兔更加稀有,它在古人眼中的祥瑞性质自然也更加强烈。根据《唐六典》卷四的说法,祥瑞分为大瑞、上瑞、中瑞和下瑞。白兔属于中瑞,而赤兔名列上瑞。关于赤兔传达的涵义,《宋书·符瑞志》云:"赤兔,王者德盛则至。"《唐开元占经》卷一一六云:"《瑞应图》曰:'王者德茂则赤兔见。'"

真正出现于史书的赤兔记录,检索《文渊阁四库全书》电子资源库,只有三次。

第一次,见《北齐书》卷一。神武帝高欢未贵时,曾与司马子如、刘贵、贾智为奔走之友。"刘贵尝得一白鹰,与神武及尉景、蔡俊、子如、贾显智等猎于沃野。见一赤兔,每搏辄逸,遂至回泽。泽中有茅屋,将奔入。有狗自屋中出,噬之,鹰兔俱死。神武怒,以鸣镝射之。狗毙。屋中有二人出,持神武襟甚急。其母两目盲,曳杖呵其二子曰:'何故触大家?'出瓮中酒,烹羊以饭客。因自言善暗相(相面),遍扪诸人,皆贵。而指麾俱由神武。……饭竟,出行数里。还更访之,则本无人居。乃向非人也。由是诸人益加敬异。"这条材料中的赤兔虽然多次逃脱捕捉,但最终被普通的看家狗咬死了。它的神异性质似乎不太明显。真正揭示高欢将要成为皇帝的是那个神奇的盲人老太太,而她是个神仙——"非人也"。但是,整个事件中,赤兔是一个引见者。它的出现本身就预示着高欢将要成就大业。所以,赤兔只是一个祥瑞,而不是神灵。

第二次,出现在唐代。清代雍正年间的《山西通志》卷一六二引述旧志云:唐玄宗开元八年(720),"十一月,荣光出于河,赤兔现于坛"。

第三次,见《旧唐书》卷一一载:唐代宗永泰二年(766)"十一月甲寅,乾陵令于陵署得赤兔以献"。该书卷三七又载:"永泰二年十一月乾陵赤兔见。"这实际是卷一一记录的重复。

由于赤兔过于稀少,又是作为帝王的祥瑞出现,所以赤兔跟普通百姓的生活没有什么关系,也没有出现与之相关的特殊民俗与民间传说。

综上所述,白兔、赤兔都因为稀少而成为古代中国人眼中具有祥瑞意义的神圣动物。但是,它们只是祥瑞,不是神灵。

三、月亮中的兔子和为西王母捣药的兔子

中国原始宗教和道教都追求长生不死。而月亮,通常被看作具有长生不老的能力,其中还有一只兔子(有时是一只蟾蜍,有时是一只兔子和一只蟾蜍)。通常,月亮里的兔子和蟾蜍都跟长生有关,所以,月中兔当然也是一只具有神圣性质的兔子。

战国时代,屈原《天问》云:"夜光何德,死则又育?厥利维何,而顾菟在腹?"夜光是月亮。菟,就是兔子。诗句的意思是:月亮有什么德行,死后又能复生?月亮贪图什么好处,而把兔子养在腹中?① 那么月亮中的这只兔子是做什么的?屈原没有直接说明。如果我们把上述四句诗联系起来,就可以知道诗中的月亮是能够复活的天体。由此推论,月亮中的兔子很可能跟长生不老有关。后来出现的大量关于兔子捣不死药的说法,可以佐证。

季羡林认为中国人的月中有兔的思想来自印度,其根据是公元前1000多年的《梨俱吠陀》时代印度人就相信月中有兔。月亮的梵文名字

---

① 闻一多认为"顾菟"是蟾蜍,证据不足。参见金开诚、董洪利、高路明《屈原集校注》,中华书局,1996年,第303—304页。

都含有 sásá(兔子)的成分①。我认为季先生提供的证据不足。的确,印度的月中兔时代很早。但是,人类文化并非都是一元发生的,也可能是多元发生的。中印两国的月中兔是否存在源流关系,不能仅仅依据中、印双方相关文献的时代先后,还需要比较双方月中兔的性质是否存在差异,并论证印度的月中兔何时、如何进入中国的。但是,这些方面均未得到说明。因此,季先生的说法目前还只是一种有待进一步论证的假说。

尽管先秦时代的《山海经》提到了"天毒"(即印度),而印度史诗也提到"支那"(即中国),公元前4世纪的印度古书《治国安邦术》提到"支那产的丝",但是,这些只能说明当时中印双方略有所闻,远远没有达到互相影响的地步。众所周知,印度文化是东汉以后随着佛教的传入而大规模进入中国的。印度的月中兔应该是东汉以后才传入中国。可是,早在佛教东来之前西汉时期的马王堆帛画中,弯月之中就有蟾蜍和奔跑的白兔。河南郑州出土的西汉晚期画像砖"东王公乘龙"也有月中兔子捣药的画面。以上两条材料证明,中国月亮中的白兔在印度佛教传入之前已经存在。假如不能证明印度的月中兔在西汉以前就进入中国,那么,中国的月中兔就是中国文化固有的。

非常值得关注的是,马王堆帛画中月亮上面的兔子的颜色是白的。这说明,它是一只神圣性质的兔子②。这和上节所讨论的白兔具有祥瑞意义是一致的。所以,本节讨论的中国传统神圣性质的兔子一般都应该理解为白色的,尽管画像石无法显示其中神圣兔子的颜色。

古代诗文中提到月中兔,名称各有不同。包括白兔、玉兔、玄兔等。但是,直接提到其颜色,一般都说是白色的。晋人傅玄《拟天问》说月兔是白色的:"月为阴水,白兔之形。"又说:"月中何有?玉兔捣药。"可见,这个玉兔就是前文所说的白兔。李白《把酒问月》云:"白兔捣药秋复春,嫦娥

---

① 季羡林著,王树英选编《季羡林论中印文化交流·印度文学在中国》,新世界出版社,2006年,第278—279页。

② 赵一平《汉画像中的月亮和兔子》认为:既然马王堆帛画中兔子色白,那么它必是家兔,不是野兔。见《文教资料》2009年第34期。赵的说法是错误的。他忽略了当时中国根本没有家兔的事实。同时,也混淆了世俗的兔子和神圣的月中兔的差异。

孤栖与谁邻?"杜甫《八月十五夜月》云:"此时瞻白兔,直欲数秋毫。"陆龟蒙《上云乐》云:"青丝作柞桂为船,白兔捣药蛤蟆丸。"玄兔的说法见于南朝人谢庄《月赋》:"日以阳德,月以阴灵。檀浮光与东沼,嗣若英与西冥。引玄兔于帝台,集素娥于后庭。"这里的玄兔,并非黑兔,而是"神兔"的意思。

  白兔如何与不死药发生联系的呢?现代学者赵一平说,早期中药以草木为主,而兔子是食草动物,具有辨认有毒、无毒植物的能力。人们据此推论兔子知道植物的药性。"由此兔子与不死之药就有了这种天然的联系。"① 这个论点有明显漏洞。食草动物非常多,为什么偏偏选中兔子?我们还是回头看看古人的看法。按照葛洪的说法,兔子长寿 500 年以上才变成白色,那么白兔就是兔中神仙了。由长寿的神圣白兔来掌握不死药,是合情合理的。

  我们在汉代画像石、画像砖中,最常看到的神圣兔子是在西王母身边负责捣制不死药的兔子。根据《山海经》的记载,西王母是一个预知人类命运的女神,她的住所附近到处是不死药②。因此,她是一个能够使人长生不死的女神。在汉代的墓葬中,经常出现西王母形象,目的当然是请西王母保佑死者复活。而西王母的身边通常跟着一只或两只正在捣制不死药的兔子。它们或跪,或站,一手扶药臼,一手握药杵,忙着捣药。可见,兔子是由于跟从西王母而获得制造不死药能力的。被定为西汉时代的乐府诗《董逃行》③讲述某人登上神圣的五岳(指渤海之东的五仙山,岱舆、员峤、方壶、瀛洲、蓬莱),向神灵请求延续生命的方法。神灵回答云:"教敕凡吏受言,采取神药若木端,玉兔长跪捣药蛤蟆丸。奉上陛下一玉柈,服此药可得神仙。"这里玉兔所捣制的"蛤蟆丸"正是不死药。

  西王母身边通常还有一只蟾蜍,它的形象一般是在西王母身边跳舞。

---

 ① 赵一平《汉画像中的月亮和兔子》,《文教资料》2009 年第 34 期,第 77 页。
 ② 我认为《山海经》中的西王母并非刑罚之神。参见拙文《〈山海经〉西王母的正神属性考》(台湾辅仁大学《先秦两汉学术》第十三期,2010 年)。又见本书第 79—90 页。
 ③ 萧涤非《汉魏六朝乐府文学史》,人民文学出版社,1984 年,第 68 页。

现实的蟾蜍是非常笨拙的,蟾蜍跳舞就显得非常奇怪。但是,神话可以为我们解说其中的原因。从《归藏》开始,到《淮南子》和张衡《灵宪》,都说嫦娥盗吃了西王母给羿的不死药,奔月而为"月精",即蟾蜍。这只蟾蜍既然是美女变的,那么它会跳舞就非常自然了。但是,有时候蟾蜍也参加捣制不死药的活动。1978年山东省嘉祥县满硐乡宋山村出土的两块东汉桓帝、灵帝时期的画像石是蟾蜍和兔子一起捣制不死药①。另一图是蟾蜍手托药臼,协助两只兔子捣药②。

宗教信仰的变异是常常发生的。唐代以后,嫦娥逐步成为月宫的主神。她在月亮中的宫殿被称为"广寒宫"。捣药的兔子成为嫦娥的下属,通常叫作"玉兔",表明它是一只白色的兔子,具有吉祥的意义。而蟾蜍则逐步淡出月亮。

对于月亮和月亮中的玉兔,民间有专门的祭祀活动。明清时代,全国很多地方流行中秋节之夜由妇女在自家庭院祭祀月亮。尤其以北京、山东为甚。明代北京人用一张"月光纸"代表月亮。画面上方是佛教的月光菩萨,下方是捣药玉兔。供品是圆形的水果、饼子。在月出之时,面对月亮进行祭拜。明代还出现一种泥塑的彩色兔子,叫"兔儿爷",用在祭月活动中代表玉兔。明代陆启浤《北京岁华记》记载:"市中以黄土抟成,曰兔儿爷,着花袍,高有二三尺者。"这种习俗一直延续到清末,社会各阶层都购买兔儿爷加以供奉。徐珂《清稗类钞·时令类》云:"中秋日,京师以泥塑兔神。兔面人身,面贴金泥,身施彩绘,巨者高三四尺,值近万钱。贵家巨室多购归,以香花饼果供养之,禁中亦然。"这里的兔子已经完全成为月亮的代表了。

四、汉译佛经中的兔子

印度传入中国的佛教经典中,兔子扮演着一个非常独特的角色——

---

① 见陆志红编《西王母文化研究集成·图像资料集》,第204页。
② 同上书,第221页。

供养人。这和佛教进入之前中国关于兔子的固有文化传统存在很大区别。

佛教对中国文化影响深远。前文说过,在明代的月光纸上,佛教所谓的"月光菩萨"就代替了中国传统的月亮神嫦娥。而佛教关于兔子舍身供养的故事在汉译佛经中经常出现。吴康居国沙门康僧会译《六度集经》第二十一条《兔王本生》云:古代有个梵志,避居山林数十年。狐狸、獭、猴子、兔子每天供养他,并听他讲经。后来山果吃完了,梵志打算移居。四兽为了继续听经,各自设法寻找食物。兔子积柴自焚,以身体供养梵志。梵志非常感动,就留下了。佛说:"梵志者,锭光佛是也。兔者,吾身是也。猕猴,秋鹭子是也。狐者,阿难是也。獭者,目连是也。"①这只牺牲自我以供养梵志的兔子其实是佛的化身。

类似的故事又见吴支谦译《菩萨本缘经》第六条《兔品》:菩萨往昔曾为兔王,为众兔说法。有一个婆罗门修行于山林,也来听兔王说法。后因旱灾,婆罗门找不到食物,乃欲离去。兔王投火自焚,以身体供养婆罗门。婆罗门大悟,最后抱着死掉的兔王一起投身于火。西晋三藏竺法护译《生经》第三十一条《兔王经》和宋绍德慧询等译《菩萨本生鬘论》第六条《兔王舍身供养梵志缘起》也有类似故事。

兔子舍身供养的故事在其他经文中又有更大的变异。《一切智光明仙人慈心因缘不食肉经》说:弥勒菩萨出家时,有一年遭遇连日大雨,无法出外托钵。林中有母子二兔见仙人七日不食,为使佛法久住人间,遂投身火中,以供养仙人。仙人见此,发愿道:"吾誓世世不起杀想,恒不啖肉。"这个故事是宣传不食肉的,跟前述兔王本生故事的主题有差异。另外,这母子二兔也不是佛祖的前世。

尽管各条兔子供养的文本之间存在细节差异,但是,这些兔子都是虔诚的修道者。为了弘扬佛法,不惜牺牲生命。

上述佛教经典中的兔子,与中国文化关于神圣兔子的固有传统很不

---

① 《大正新修大藏经》第 3 册,第 13 页。

一致，舍身供养的兔子似乎不大符合中国主流文化的价值观。因此，它在中国民众中间影响不大，迄今未见此类民间故事报道，也未见相关的习俗出现。这样，佛经中作为供养人的兔子形象在后来的中国文化中不具备典型性，不足以代表中国人关于兔子的观念，它是一个例外。

从何处寻找中国神话的民族特点？
——由狭隘的比较神话学眼光带来的问题

一、问题的由来

这是中国神话学里一个非常重要的题目，也是一个比较难做的题目。基本原因在于：中国古代有神话作品，但是没有"神话"的概念。我们必须用一个来自西方的神话概念来看待中国的神话作品。这就容易导致仅仅依据西方神话作为研究中国神话的标准参考系，忽视中国神话自身的独立意义，从而导致一些片面认识。

1903年，蒋观云在《新民丛报·谈丛》发表了《神话历史养成之人物》。这是中国第一篇神话学论文。蒋观云首次利用西方的"神话"概念研究中国神话资料，并强调"一国之神话与一国之历史，皆于人心上有莫大之影响"[①]，由此开创了现代中国神话学研究的历史。由于神话概念与神话学研究均来自西方，所以，中国神话学一开始就是从国际比较的眼光来看待中国神话。换一句话来说，就是用西方学者从希腊神话中抽取出来的神话概念要求中国神话。例如，希腊神话中诸神多是自然力量的人格化形成的，高于人类，权力大，永生不死。相比之下，中国神话中诸神的自然崇拜色彩淡漠（除了那些直接的自然神之外，如河伯、风伯、雨师之类），于是学界就争论："中国神话是否具有自然崇拜？"有人认为没有，有人认为非常丰富。中国神话中许多神灵原本是人（神农、燧人、后稷等），后来被崇拜为神，与希腊神话的超自然、超人间神灵大不相同。于是，学

---

① 马昌仪《中国神话学文论选萃》，中国广播电视出版社，1994年，第18页。

术界就争论:"中国神话是神话历史化,还是历史神话化?"①其实,神话与历史在远古时代的社会里、在现在的原始民族里往往是混同一体的②。好奇的民族就把它发展为"神话",如希腊、印度;务实的人民就把它发展为历史,如中国。学术界的相关争论根源在于把现代人对于神话和历史之间严格区分的概念用到了历史研究中,基本上不得要领。又比如,希腊神话系统分明,叙事清晰,而中国神话相对而言就混乱一些。希腊神话系统性强,学界就争论中国神话有没有系统的问题,以及究竟是什么系统的问题③。仿佛没有完整的神话系统就是中国古代文明的一大缺陷似的。

由此可见,神话比较,特别是中西神话比较贯穿了现代中国神话学的全部。蒋观云就认为:印度神话"深玄",希腊神话"优美",而中国神话(如盘古化身宇宙万物)则"最简枯而乏崇大高秀、庄严灵异之致"④。由此可见,他所面临的第一个问题就是:中国神话与西方神话相比,特点在哪里?据不完全统计:到1999年为止,中国有8部著作、341篇论文专门探讨中外神话的比较问题⑤。另外,海外汉学中相关论著也相当多。所以,谈中国神话,很难。概念与事实不符,就谈不清;谈不清,文章就多,各说一套。

我认为过去有关中国神话特点的研究存在三方面的问题。1.所用的参照系太少。一般都使用西方神话,甚至于仅仅用希腊神话做参照,来谈中国神话的特点。参照系太少,容易导致片面认识。而现在我们可以得到世界许多国家的神话资料,完全可以弥补这个欠缺。2.缺乏文化平等概念,忽视中国神话自身的独立性质。3.很多研究者所用的中国神话资料,仅仅限制在古代文献记录,不了解中国古代神话一直流传于广大民众

---

① 吕微《现代神话学与经今、古文说——〈尚书·吕刑〉阐释的案例研究》详细分析了中国神话学界之所以采用"神话历史化"命题的中、西方文化背景和学理依据。见陈泳超编《中国民间文化的学术史关照》,黑龙江人民出版社,2004年,第5—6页。

② 参看列维-斯特劳斯《神话与意义》,见叶舒宪编选《结构主义神话学》,陕西师范大学出版社,1988年。

③ 谢选骏主张中国古代的神话系统是"帝系系统"。

④ 马昌仪《中国神话学文论选萃》,中国广播电视出版社,1994年,第18—19页。

⑤ 参见贺学君、蔡大成、[日]樱井龙彦《中日学者中国神话研究论著目录总汇》,中国社会科学出版社,2012年。

之中,历数千年而未绝。经过中国民间文学工作者的长期努力,汉族民间流传的"活态神话"得到广泛搜集,可以从很多方面补充中国神话宝库。因此,我的文章着重从这三个方面展开,并集中探讨中国神话的特点问题。

"中国神话"在这篇文章里有三重含义:既包括远古华夏人民口头流传的原始神话,包括汉族古代文献记录的神话(或称之为"典籍神话"),也包括现代汉族民众之中依然流传着的神话(即"活态神话")。

二、中国神话的民族特点

1. 中国神话重实际,轻想象,主人公常常兼具神性和人性

按照一般的西方神话学理论,神话主人公是超自然的神。神与人在性质上是完全不同的。这是总结希腊神话、基督教神话的结果,也是西方文化中"人、神对立"观念的反映。但是,这只是西方文化的选择,并不具有绝对意义。因为神和人互不相容的结论并不符合其他民族的神话事实。以列维-斯特劳斯《神话学》中研究的美洲博罗罗印第安人的神话《水、装饰和葬礼的起源》(代号 M2)为例。村长贝托戈戈杀死妻子,结果小儿子变成一只鸟到处寻找母亲,并在贝托戈戈的肩膀上排泄粪便。粪便发芽,长成大树,压得贝托戈戈难以行动,大受羞辱。于是,贝托戈戈离村流浪,每当他停下休息的时候,就会产生江河与湖泊。因为此前大地之上没有水,所以每产生一次水,肩上的树就小一点,直至完全消失。但是,此时贝托戈戈却不愿回到村子去,他把村长职位交给父亲。后来,副村长追随贝托戈戈,二人最后成为文化英雄巴科罗罗和伊图博雷。他们在流亡中发明了许多服饰、装饰品和工具。由于这个故事解释了水、装饰和葬礼的起源,显然属于世界起源和文化起源的神话。其主人公也具有很大的超自然力量,但其身份却是一个十分普通的人。类似的土著神话还有很多,此处不赘。由此可见,神话主人公可以兼具神性和人性,神性和人

性并不是绝对互不相容的。这是区别于西方神话"人、神对立"模式的另外一种神话模式。

中国人是喜欢历史的,相对而言不太热衷于超自然的想象。以孔子为例,他对于超自然世界基本是回避的。他曾经说"未知生焉知死",连死亡都不愿探讨,更何况超自然?在如何阐述自己主张时,他也说:"我欲托之空言,不如实事。"可见,孔子是强调历史真实的,不喜欢谈论空虚的想象。因此,中国神话人物往往也兼具神性和人性。盘古是创世大神,可是有的神话却说他有坟墓——分明是个人。《山海经》中黄帝是吃玉膏,树立建木(天梯)的大神。可是,他在蚩尤作乱的时候竟然无法对付风伯、雨师的大风雨,只好请女魃下凡——这又分明像个人间帝王。后来,在其他古籍中,黄帝的人类属性更加突出。至今,陕西桥山还有他的陵墓。部分学者根据西方神话学"人、神对立"模式,认定作为人的黄帝是从作为神的黄帝"经过历史化"演变来的。孔子把"黄帝四面"解释为派了四个替身去治理四方,是学术界流行的一个关于"中国神话历史化"过程的典型证据。但是,前文已述,"人、神对立"模式并非人类神话的唯一选择。孔子的"歪曲"解释不能证明孔子之前没有兼具神性和人性的黄帝神话——离开了人性的黄帝神话传统,孔子的"历史化"解释如何能够说服其他人?他可是一直强调"述而不作"的,不太可能完全独出心裁地做出上述解释。

换个角度来思考这个问题,也许会有其他的解说。假如,我们放弃西方神话模式的绝对标准,从人类神话模式的多元化出发,承认神话人物可以兼具神性和人性,那么,就不必为所谓"历史化"而为中国古代神话遗憾,更不必责难古代先贤了。其实,中国古代思想里并不严格区分人和神。鲁班、关羽这些历史人物后来都被尊奉为神灵。按照儒家思想,凡是有功于社稷、黎民的人,死后都可以被尊为神。这和中国神话主人公兼具神性和人性的传统是一致的,也是和非西方传统的其他人类神话的事实彼此相似。从文化相对主义立场出发,现代学者应该尊重这种特殊的神话模式的独立价值。

2. 中国神话重直觉,轻思辨

古希腊人爱好哲学,"喜欢思索、分析各种观念,注重观念的隶属关系"①,他们"……生性好奇,喜欢思索,要知道事物的原因和理由"②。因此,希腊神话里有大量的观念神——最早的空间或深渊卡厄斯(即混沌)、永恒的时间神克罗诺斯、正义女神狄刻、报复女神(提西福涅等)、爱神厄洛斯、和平女神厄瑞涅、青春女神赫柏、快乐女神欧佛洛绪涅、光辉女神阿格莱亚、命运女神、胜利女神……而且他们喜欢概念明晰。一般的宇宙起源神话谈到混沌时,难以设想出什么清晰的概念。可是赫西俄德《神谱》却说卡厄斯是一个最早的空间,俄尔甫斯教徒认为卡厄斯是永恒时间神克罗诺斯的儿子,是一个深渊,里面存在夜和雾③。印度人是世界闻名的爱好宗教性沉思的民族。所以,印度神话也有重视思考的色彩。按照《摩奴法典》记录的流传很广的起源神话:一个抽象的"非显现的自存神"独自进行开天辟地的创世活动。他首先"扫除黑暗,揭示自然,使宇宙变化可见",他经过思虑,决定"万物从自体流出,于是首先创造出水来,在水内放入一粒种子",这粒种子变成一个"光辉如金的鸡卵","最高天上的神本身托万有之祖梵天的形体生于其中",梵天(原人)"经过个人思考,将卵一分为二",造成天地。沉思在创造过程中十分重要。而且整个印度神话都带有一种玄想色彩。

中国人重视实际,不太爱好纯粹的思索。中国神话中没有纯粹的观念神,和古希腊神话大相径庭。在推断宇宙起源时,我们的祖先思考到混沌,也就停止了。

《山海经》和《庄子》都把混沌当作一个"无面目"的神。《淮南子》把混沌描述为"惟像无形,窈窈冥冥,芒芠漠闵,澒蒙鸿洞,莫知其门"。就是说,混沌是无法描述的东西,没有任何进一步的抽象思考。混沌的发展是

---

① [法]丹纳《艺术哲学》,傅雷译,人民文学出版社,1963年,第252页。
② 同上书,第251页。
③ 参见[苏联]鲍特文尼克等《神话辞典》,黄鸿森、温乃铮译,商务印书馆,1985年。

阴阳二元素自动进行的,宇宙万物的出现也不涉及任何思考活动。

在解决问题的方式上,中国神话总是使用具体的实物。例如,女娲造人用的是实物——黄土。而印度神话里大匠造人却是使用各种性质(概念)——"鹦鹉颌下的柔软、金刚石的坚硬、蜜的甘甜、虎的残忍、火的炽热、雪的寒冷、鹃的啼、鹤的虚伪、鸳鸯的忠贞,把这些性质混合起来造成了一个女人。"①愚公移山靠的是人力,最后即使天帝感动,也得派两个具体的大力士"夸娥氏二子"把山背走。不能像《圣经》的上帝那样想一下就可以。所以,中国神话比较实际,与概念明晰的希腊神话不同,也和沉思默想的印度神话不同。

3. 中国神话具有浓重的伦理化倾向

一般来说,神话是一种超自然的神圣叙事。神灵的超自然性质使他们往往不受人类社会的伦理规范限制,人类也不用普通的道德规范去评价神灵的行为。希腊神话的各位天神的行为往往与人类道德规范背道而驰,乱伦、杀子、弑父、私通、嫉妒、报复、叛乱、屠杀等恶行充斥于诸神的一生。可以说,希腊神话中的诸神大多数都充满了私欲(像普罗米修斯那样品行高尚的人类救星绝无仅有)。可是,对于一个崇尚力量的古希腊人来说,诸神的恶行并不影响他们掌握力量,所以时人照样崇拜这些神。而且神话里一切对神不敬的人都必遭惩罚,像坦塔罗斯、西绪福斯等。作为印度教经典的《摩诃婆罗多》中的天神据说都"苦修苦练,长于自制"②。但是,这只是神灵的一个方面。另一方面,他们的私欲毫不逊色于希腊诸神。比如,众神为了得到长生不老的"甘露",就合伙搅动乳海,闹出一连串的灾难。楼陀罗是暴君。众神的天师毗诃波提私通其嫂。火神为了满足自己私欲,烧毁甘味林,屠杀其中全部生灵。在早期印度神话中,天神的恶行更多,像万神之王因陀罗就勾引乔达摩的妻子,而且任意屠杀达沙

---

① 参见魏丽明《中印开辟神话刍议》,《北京大学学报(哲学社会科学版)》1997年第3期。
② 《摩诃婆罗多》第一卷,金克木等合译,中国社会科学出版社,1993年,第82页。此书的形成从公元前400年至公元1000年,众神面目在这样漫长的历史过程中一定经过变化。

人(他自己支持雅利安人)。至于罗刹、阿修罗(非神)这些妖魔的塑造,则是罪恶满盈,抢劫、杀人、放纵情欲,无所不用其极。所以,有的西方研究者称,印度神话是纵欲与禁欲的混合。

反观中国神话,其伦理化倾向相当突出。中国神话的主要神灵几乎都是道德与正义的化身。《三五历纪》说盘古"神于天,圣于地",《五运历年纪》说盘古垂死,化身为宇宙万物,最后"身之诸虫,化为黎甿"。即使他发怒,也仅仅是变为阴天而已("喜为晴,怒为阴"),并不加害于人。女娲创造了人类,也竭尽力量补天除害,保护人类。伏羲、神农、燧人、黄帝、炎帝、颛顼、尧、舜、大禹也都是功绩辉煌、德炳千秋式的人物,其道德也都是毫无瑕疵。即便是权力之争,也总是有道德的一方胜利:如黄帝代替失德的炎帝,黄帝擒杀反叛无道的蚩尤,颛顼击败"为害"的共工。似乎天道与人道,神的道德与人的道德都是完全一致的。

另外,中国神灵在私生活方面也相当严谨。且不说那些正面的神,就是蚩尤、鲧一类反面的神灵在私生活方面也没有什么放纵的痕迹。射日的羿与洛神之间的婚外关系,是非常特别的例子。中国神话又采用"感生"这一特殊形式,避免了天神与凡人之间的实质的性关系。像附宝见电光照北斗而生黄帝,简狄吞燕卵而生下商民族始祖契,姜嫄履大人迹而生后稷。这就没有必要塑造放荡的天神来解说民族始祖的诞生。这和希腊神话中诸神杂乱的私生活构成鲜明对比。

中国神话的伦理化特点,连外国人也看得很清楚。美国传教士明恩溥在谈到中国人的各种宗教信仰时说:"中国的古典作品中一点儿也没有任何腐蚀读者思想的伪劣作品……它与印度、希腊的文学作品形成了鲜明的对照。"①这完全适用于中国神话与印度、希腊神话的比较。

中国神话的伦理化倾向是如此严重,以至于神话中的任何失败者最终都被指责为道德败坏。例如,《尚书》里鲧治水失败,结果被杀。《尚书》并没有指责鲧道德有亏。但是《山海经》追究他"窃帝之息壤以堙洪水,不

---

① [美]明恩溥《中国人的特性》,匡雁鹏译,光明日报出版社,1998年,第261页。

待帝命",《墨子·尚贤中》进一步指责鲧"废帝之德庸"。到了汉代,《淮南子》甚至于连鲧的文化发明——"作城郭"都要一概否定:"昔者夏鲧作三仞之城,诸侯背之,海外有狡心。"并极力鼓吹大禹面临叛乱时,"坏城平池,散财物,焚甲兵,施之以德,海外宾伏,四夷纳职"。这已经把伦理道德强调到了不合情理的地步。神的实际力量完全被其道德力量所取代。神话过多地担任了伦理责任,可能减少其叙事艺术的自由想象,从而制约古代神话的叙事艺术的发展。

这种浓重的伦理主义倾向也同样存在于中国哲学、政治学、外交学等诸多领域,形成中国文化一个非常持久的文化传统——崇德不崇力。《尚书·尧典》讲"克明峻德",《论语·为政》讲:"为政以德,譬如北辰。居其所,而众星共之。"《礼记·大学》讲:"大学之道,在明明德。"在这种古老的传统观念里,德实际上成了一种神秘的、无往而不胜的力量。失了德,有力者也会衰落。失了德,就理所当然被否定。

4. 由于缺乏史诗,中国古典神话的外在叙事形态未发育完全

任何文化现象都是逐步积累、慢慢发展起来的。完整的神话体系也应该是从零星的神灵故事逐步发展起来。我们今天看到的某些土著民族的神话故事集通常都是从宇宙起源开始,以民族起源传说结束,似乎存在一种系统性。实际上,这都是人类学家按照现代观念整理的结果[①]。原始时代的神话也是通过后来不断的整理和再创作而形成系统的。

史诗是古代文明赖以记录、传播民族神话和历史的至为重要的叙事形式。史诗诗人的自由吟唱,使史诗可以最大限度地容纳一切现实的和超现实的内容,神话与历史都可以进入其中;史诗的巨大规模则使得诗人必须将各种零零碎碎的神话安排得系统分明,才能保证整个叙事有条不紊。如果再从史诗的流传效果来加以考虑,它很容易把其他地方性的、小

---

① 参看[法]列维-斯特劳斯《神话与意义》,见叶舒宪编选《结构主义神话学》,陕西师范大学出版社,1988年。

集团的、零散的神话统一起来,最终实现一个完整的神话叙事体系。

据已知的材料,其他文明古国大都拥有史诗。巴比伦的《吉尔迦美什》过去一直被视为世界上最早的史诗。用楔形文字刻在泥版上的苏美尔史诗现在也被西方人翻译出来,时间比《吉尔迦美什》更早。由于这两部史诗保存不完整,难以确定其完整的神话体系。希腊和印度的史诗保存完好,可以作为例证。希腊史诗诗人有荷马、赫西俄德、阿喀提努斯、赫革西阿斯、塞浦里亚斯、克瑞俄斐卢斯、斯塔西努斯等。希腊史诗除了流传下来的《伊利亚特》《奥德赛》和《神谱》之外,根据古罗马人的记录,当时还有一大批史诗,例如《塞浦利亚》《埃塞俄比斯》《小伊利昂纪》《伊利昂的洗劫》《回国》《忒立戈尼亚》等。这些希腊史诗大多是围绕特洛伊战争和忒拜城的历史展开的。史诗围绕着一定的事件形成叙事,那么其中的人物(包括神灵)就不得不具有一定的关联,按照一定的秩序参与事件的进行,否则无法形成统一的叙事。以《伊利亚特》为例,众神根据各人的利益分别参与希腊远征军或特洛伊守军一方,而主神宙斯则居中平衡,并最终决定特洛伊的命运。可以说,特洛伊战争为众神提供了一个同时表演的舞台。神话在史诗中形成完整体系。根据印度古代的《吠陀》文献的记录,当时的祭祀典礼和家庭喜庆活动中都有专门的歌手为人们演唱神话和英雄传说①。在这样的社会气氛中产生蚁垤仙人、广博仙人最终完成《罗摩衍那》和《摩诃婆罗多》是自然的事。也正是在《摩诃婆罗多》这部史诗中,以往吠陀经典和梵书中比较简单、零散的神话②最终发展成详细而完整的故事。创造万物的始祖大梵天、天神之王因陀罗、火神阿耆那、保护神毗湿奴、毁灭神湿婆、死亡女神、日神、月神、爱神等都出现在这部史诗中。八大天王、三十三个天神集中在至高无上的弥卢山上,为了得到甘露,他们一同搅动乳海,使曼陀罗山旋转,并引发一系列后果。又比如,火

---

① [德]莫·温特尼茨《民族史诗和往事书》,转引于季羡林、刘安武编选《印度两大史诗评论汇编》,中国社会科学出版社,1984年,第309—311页。
② 参阅金克木《梵语文学史》。印度最初也没有宇宙开辟神话,《吠陀经》里出现了解释天地起源的要求,《往世书》里才出现开辟神话。

神阿耆那因为向罗刹布罗曼提供了美女布罗玛的消息导致美女被抢,结果遭到布罗玛的丈夫婆利古诅咒,火神阿耆那害怕这个诅咒,就熄灭圣火,使三界一片黑暗。众神无奈,只好请大梵天出面,劝说火神,并保证他不受诅咒伤害①。各位神灵的关系就在这些事件发展过程中得到了展现。总之,史诗使得完整的神话叙事体系成为可能。

中国古代典籍记载下来的各个神话之间缺乏联系,比较零散,正说明中国的原始神话没有获得史诗这种叙事形式,因而没有得到更加充分的发育。中国典籍神话的零散,并不像某些学者推测的那样是"文献没有记录当时的神话体系"②。实际上,中国古籍中记录的神话内容是非常丰富的。首先,典籍神话所包含的母题涉及神话的各个方面,并且与世界其他一些地区的神话母题相互一致③。例如宇宙万物的起源、人类及其文明的起源、神族战争、大洪水与世界毁灭、人类重新繁衍、世界重建、死亡起源、神界和冥界等。其次,中国神话中不少神话人物之间也存在着复杂的谱系关系。例如《山海经》所记录的帝俊及其妻子、儿子、后裔、部下构成的"帝俊神系",其他著作所提及的"黄帝神系"④、"炎帝神系"⑤。茅盾则推测中国古代神话"或许"存在着北部、中部、南部三个地方性的系统⑥。顾颉刚认为昆仑山和蓬莱在战国以前是两个独立的神话系统,到了《庄子》和《楚辞》,这两个神话系统走向了相互融合的道路⑦。但是,一个完全统一的、至少可以将主要神灵统一起来的神系并没有出现。所以,中国古代没有一套完整的神话叙事体系——即一套完整的神话故事,包括一

---

① 《摩诃婆罗多》第一卷,第 81—88 页,第 65—69 页。
② 如张振犁先生。袁珂先生早期也有此看法,后来放弃了。见袁珂《中国神话通论》,巴蜀书社,1991 年,第 37—38 页。
③ 参见陈建宪《神祇与英雄——中国古代神话的母题》,生活·读书·新知三联书店,1994 年,第 279 页。[美]斯迪思·汤普森《民间文学母题索引》,英文版。
④ 包括黄帝、嫘祖、风后、女魃、颛顼、鲧、禹等。
⑤ 包括炎帝、蚩尤、祝融、后土、刑天、夸父、女娃(精卫)、瑶姬等等。
⑥ 茅盾《茅盾说神话》,上海古籍出版社,1999 年,第 18 页。
⑦ 顾颉刚《〈庄子〉和〈楚辞〉中昆仑和蓬莱两个神话系统的融合》,载《中华文史论丛》1979 年第 2 辑。但是,其中的叙事内容并不丰富,而且"蓬莱神话"在现代看来,其实只是"仙话"而已。

批彼此相关,或者由统一的主神控制的神灵,以及这些神灵的愿望、行为与行为结果。也就是说,中国古代神话有若干个小的神灵系统,有许多零碎的神话故事情节,但是没有像古代希腊和印度那样出现长篇史诗演唱者或诗人对它们进行加工融汇,所以没有形成像希腊的《伊利亚特》《奥德赛》和印度的《摩诃婆罗多》《罗摩衍那》等史诗中那样的统一完整的神话故事叙述体系。

中国上古时代没有留下任何有关史诗和演唱史诗的"游吟诗人"的材料。师旷、师襄、师乙、师冕、师曹、大(太)师等宫廷歌手或音乐家屡屡出现在史籍中,但他们的活动基本都仅仅是演奏音乐,或歌咏《诗经》。没有任何一位涉及长篇史诗的。后代中国文学也根本没有史诗的传统。可见,当时中国没有类似于希腊或印度的史诗诗人,也没有史诗。那种从《诗经》的《生民》《公刘》《緜》《皇矣》《大明》等篇推测周民族应该有史诗、只是没有被记录下来的说法,仅仅是一种推测而已。所以,胡适在《白话文学史》中列举了中国上古没有"故事诗(epic)"的两种可能(1. 没有。2. 曾经有但因为文字记录困难未被记录)以后表示,他倾向于第一种可能。茅盾则进一步申说:自从武王伐纣之后,周民族便没有发生足以激动民族心灵、产生"神代诗人"的重大事件,于是"民间流传的原始时代的神话得不到新刺激以为光大之资,结果自然是渐就僵死"①。傅修延《先秦叙事研究:关于中国叙事传统的形成》从叙事学的角度讨论这一问题,认为:"倘若未有早期兴起的史官文化,倘若民间的自由讴歌不是通过采风网络进入官方传播,异化为维护统治的礼乐工具,那么汉民族中的歌手一定会被赋予更多的述史与记事功能,他们的自由演唱会因此得到鼓励保护,而他们流传下来的唱本将构成孕育伟大史诗的基础……可惜散文化的历史性叙事先行,这方面的社会需求获得部分填补,导致这些人失去了充分施展自己才华的机会。"②意思是说,史官担负了传承民族历史的责

---

① 茅盾《茅盾说神话》,第 8 页。
② 傅修延《先秦叙事研究:关于中国叙事传统的形成》,东方出版社,1999 年,第 104 页。

任,历史文献如《尚书》、《春秋》之类替代了史诗传承民族历史的可能,于是史诗所包含的歌手的"自由演唱"内容就不可能出现。史诗中普遍存在的神话内容,在史书里是不可能被接受的。所以,中国古代神话无法形成完整的叙事体系,也不可能被大规模地记录下来。中国典籍神话就显得比较零散。

5. 中国神话具有顽强的生命力,目前仍然流传在民间

西方文化往往通过否定前一个阶段而获得发展。希腊、罗马文化被基督教文化完全否定,希腊的神被基督教视为虚构,希腊的神话被斥责为"异教徒的胡言乱语"。在中世纪,希腊神话完全被禁止。一直到文艺复兴,希腊神话才在艺术家笔下重放光彩。但是,希腊神话仅仅是古籍中的僵死记录而已。没有人再信仰其中的神灵,更不会把其中的故事当作"远古发生的神圣事实"。所以,西方神话学通常都认为古代神话随着历史发展业已消亡。

但是,地处东方的中国和印度的文化始终是连续性的。两千多年前的印度教一直延续到今天。《摩诃婆罗多》至今仍是印度教教徒的经典,梵天、毗湿奴和湿婆仍然是该教教徒信奉的三大神灵,其神话也一直流传在人民中间。中国文化无疑也是一直延续下来的。虽然在中国上层文化中,神话人物被转化为上古帝王,神话被历史化了①。但是,在广大民众中间,古代神话及有关信仰一直保存下来。近二十年来,民间文学工作者在河南、河北、山西、陕西、甘肃、湖南、浙江等地进行了广泛的田野作业,发现了一大批关于女娲、伏羲、黄帝、蚩尤、夸父、尧、舜、大禹等的神话传说,涉及了古典神话的绝大多数内容。也有某些内容补充了古代典籍记录的不足——例如河南商丘阏伯台的神话,说的是阏伯用蒿绳从天上盗窃火种给人类,结果遭受大洪水而死亡。在河南、陕西、甘肃等地的民间

---

① 王青《中国神话形成的主要途径——历史神话化》(《东南文化》1996 年第 4 期)主张中国神话是从历史传说演变来的。其说根据不足。

宗教中,女娲、伏羲、黄帝等不仅仅是故事中的人物,更重要的还是宗教崇拜的对象。信徒们把这些神话当作真实发生的事件。可以说,神话依然活在民众中间。因此,民间文学界一般把这些神话称为"活态神话",使之有别于古代典籍中死去的神话文字记录。

中国古典神话和印度古典神话的内容至今依然以"活态神话"的形式存在于民众之中。这种文化现象说明:传统的西方神话学理论仅仅根据古代希腊神话的命运而得出神话必然消亡的结论是站不住的。应该根据中国和印度神话的实际,重新认识神话的历史命运问题。

总之,中华民族独特的民族心理造就了中国神话重经验历史,轻超自然幻想;重实际、轻思辨;重社会伦理道德,轻宗教或知识玄理等特点。研究中国神话,应该立足于各族神话价值平等的立场,同时尽量参考更多的其他民族的神话,从而发现中国神话的特殊性。尊重中国神话的独特性质,立足实际材料,是展开中国神话研究的根本。

重新思考神话的思想意义

人类是依靠自己的思维能力自立于世界之上的。自从诞生的那一刻开始,人类就在改造世界、改造自我的过程中,永不停息地思考着世界和自我。这种思考不仅仅是一般的了解与认识,可能更是某种精神上的彼此契合。尽管处于不同历史阶段的人类,其各自的思考方法不尽相同,但是其思考对象与思考内容却具有某种惊人的一致性。因此,人类历史上的诸多思想成果对于我们现代人都或多或少地具有某种独特的思想价值与思想意义,它们是值得我们深入研究、深入分析的。神话正是其中之一。

根据一般的历史学的理论,早在文字出现之前,人类就创造了神话。神话作为人类最早的意识形态形式,不仅是文学,而且也是哲学、宗教和科学。神话既代表了当时人类的文学成就,更代表了当时人类的思想成就。神话所达到的思想成就使得它在漫长的数千年历史长河中,在人类精神发展历程中,或彰或隐,或直接或间接,一直发挥着重要的作用。拨开笼罩在神话叙事上的迷雾,揭示神话叙事所具有的思想意义,正是本文的目的。而展示处于神话核心地位的众神的实质,则是我揭示神话思想价值的关键所在。

一、神话思想意义的层累性

初创神话的时代,以及神话早期流行的时代,人类尚未发明文字。当时神话的传播主要是依靠口头语言,以及身体表演或图画显示。因此,在流传过程中必然发生很大的变异,包括情节、人物和思想等方面的变异。而这些神话随着历史的发展流传下来,又被后世的人们用文字记录下来,也就不可避免地打上了记录时代的思想烙印。这就意味着:我们现在所面对的神话作品并不是某一个特定时代的人类所独有的,其所包含的思想也不仅仅是某一个特定的时代所独有的思想。我们所面对的神话是一个累积着深厚的历史内容的复合体,它同时具有多个历史时期的痕迹,当然以神话被记录时代的思想意识占比例最大,因为毕竟只有那些能够充分反映、记录时代思想的神话才最能引起记录人的兴趣。一则神话之中往往包含着几种属于不同历史时期的思想,这些思想内容随着历史的进展一层层地累积到神话故事的情节之上,从而使得神话得以在不同历史时期发挥不同的历史作用,给人们以不同的思想启迪。例如,汉代应劭在其《风俗通》中记录了女娲抟黄土造人的神话。神灵创造人类无疑是一个源于远古时代的思想观念,在宗教盛行的远古社会中,神灵造人的神话论证了人、神之间的基本关系,再次确证了人从属于神的信念。因此,它在远古社会中具有极端重要的思想意义。可是,《风俗通》所记载的女娲造人神话同时又包含着一些阶级社会的特有内容——女娲用黄土抟成的人是高贵的,过着富裕的生活;女娲用绳子蘸着泥浆做成的人则是卑贱、平庸的,过着贫穷的生活。这是对于人类社会不平等现象所做的解释,显然是神话在流传过程中适应社会生活变化所发生的变异。所以,《风俗通》所记载的女娲造人神话就不仅仅是一个神灵造人的问题,还是一个神灵造就了人类不平等的问题。这个神话同时包含着远古时代的宗教思想观念和后世社会政治观念。这样,神话在历史上所发生的思想影响也是相当复杂的。

既然如此,我们在研究神话的思想意义时就不能以偏概全,抓住一点不计其余。比如,曾经有这样一种观点,仅仅根据《风俗通》中女娲神话对于社会不平等现象的论证,就把它说成是应劭及其代表的封建统治阶级伪造、篡改的结果,否定这个神话的真实性。持这种观点的学者显然不了解神话在历史上如何传播的真相。他们只承认所谓"原始神话",而不承认神话的演化形态。这就无法揭示古代神话的历史价值。正确的态度,应该是尊重历史事实,客观而全面地揭示出积累在神话之上的全部思想意义。

二、神话世界观、宇宙观包含的理性

神话作为人类最早的思想结晶,是人类认识世界、改造世界的结果,因而任何民族的神话都必然要对自然界作出解释。源于远古时代,而成书于战国至秦汉时代的《山海经》最为完整地记录了我国先民对于世界和宇宙的神话解释。在那里,我们先民的视线从自己的居住地向四面展开。他们认为,整个大地极端辽阔,在东西南北中五方之外,则是海内四方、海外四方等。环绕大地则是东、西、南、北四海。东海之外的大荒之中生长着参天神树——扶桑,十个太阳在流经扶桑树下的汤谷之中沐浴,并依次从扶桑登上天空,在阳鸟背负下巡游蓝天。远远望去,太阳从东边的群山之上升起,奔波一天之后落入西方的群山之中……这茫茫宇宙是由天帝掌管的,他在西部的昆仑山上设立了自己的"人间圣城"。整个宇宙秩序都是由众神所决定的。

由于历史条件的限制,《山海经》所讲述的神话世界观、宇宙观不可能符合现代自然科学的结论。但是,我们必须历史地看待这一问题,根据当时社会条件所提供的可能性来看待神话世界观、宇宙观。

神话世界观和宇宙观对于大自然的解释固然包含着许多想象的色彩,但它绝不是随意的想象,而是建立在客观观察基础上的。大地与海洋彼此相连、彼此分割的相互关系,中国境内西高东低的基本地理形势,海内与海外的差异,日月星辰在天空合乎规律的运行,无不是我们祖先认真观察大自然的结果。在交通能力极端低下的远古时代能够了解全国基本的地理情况,能够了解境外异族的存在,那是需要付出很大努力的。没有认真、持久而客观的观察,要想达到这样的认识结论是不可想象的。这就是神话世界观、宇宙观的科学性。

神话世界观和宇宙观的想象主要集中在它对于这些自然现象的解释上,而这些想象也都是遵循着理性原则的。太阳的日日常新被归结为每天沐浴于汤谷,太阳的巡游蓝天被解释为阳鸟负载而飞……世界乃至整个宇宙的秩序则是神所决定的。这些内容表面看来很不科学,甚至于十分随意,但是这些在普通人眼中完全等同于任意想象的神话解释其实都遵循着一定的理性原则。理解这一点是至关重要的。试看,沐浴能够使人神清气爽,下雨能够使世界焕然一新,由此加以合理推理,把太阳的日日常新解释为每天沐浴也是合乎常理的。现实中的乌鸦早出晚归十分规律,在天空中的飞行高度超过常鸟,飞行轨迹也是直而又直,总之乌鸦的飞行方式在许多方面与太阳的运行方式十分接近,因此选择此鸟来背负太阳同样是合情合理的。更何况乌鸦的颜色正好说明它在太阳烧烤之下的焦黑形象……因此,太阳鸟由乌鸦充任也是有着相当充分的理由的。描写大自然的神话终究承担着解释自然的任务,如果它的解释充满主观任意性,甚至于扞格不通,那么就会丧失解释力。这正是神话解释的合理性原则。这种合理性原则与现代科学原则相比当然是非常原始,甚至是反科学的。但是在遥远的神话时代,在人类原本野性的思维远远没有得到充分驯化的条件下,能够认识并遵循哪怕是最为起码的合理原则也是非常有科学意义的。神话对大自然的解释当然包含着想象的成分,因为我们毕竟不可能看到太阳之中有鸟存在;但是阳鸟的出现和随意想象是完全不同的,它是人们经过合理的想象创造出来的。神话解释的合理性原则体现着一种萌芽状态的科学精神,而绝不是白日做梦。

　　过去,学术界对于神话把世界的决定权交给神灵掌管的意义认识不全面。人们总觉得既然把世界的决定权交给神灵,那就一定是宗教迷信。宗教信仰在神话中的确是十分重要的内容,把世界的决定权交给神灵当然是一种信仰。不过,在当时条件下这种信仰是十分合理的。那时的人类对于世界的影响力非常之小,几乎可以忽略不计,他们对于世界和宇宙的了解也是十分简单幼稚的,根本不可能认识物质世界的纯粹客观本质。我们不能忘记,即使到了科学相当昌明的时代,伟大科学家牛顿还将宇宙第一推动力归结为上帝!所以,在远古社会那样的条件下,将世界和宇宙的统治权交给神灵无疑是相当合理的选择。在这个意义上,神灵实际上是远古人类探讨世界和宇宙的一种解释手段。

归根结底,神话是人类凭借理智与想象力对于自己所面对的大自然作出的第一套完整认识结论。虽然它的具体结论在今天看来十分简单、甚至于十分幼稚,但是其中体现出了一定的科学精神。神话的世界观和宇宙观显示出人类思维的理性精神,这是地球历史上第一个智慧生命——人类的理性的自我证明。

三、神话的人类观、文化观

神话不是理论著作,不可能直接阐述当时人们的人类观。不过,我们可以从神话所描写的人类与神的关系、人类与万物之间的关系中体会到神话对于人类自身的认识与评价——这就是神话的人类观。

神话所处理的人,是一个类的概念。在神话中所谈的人,要么是全体人类,要么是讲述神话的那个部族的全体人民,也就是他们所知道的全部人类,而绝没有任何单纯的个人。神话充满了对于人类本身的叙述:人类从何而来?人类如何得生?人类为什么会死亡?人类怎样才能永远地生活下去?以及人类理想的生活是怎样的?不同的民族对于这些问题的叙述往往是有差异的。这些差异表明各自神话中所表现出来的人类观和文化观也是彼此不同的。

我从人类与物质世界的关系、人类与神灵的关系,以及人类与动物的关系等三个角度来具体阐述神话的人类观和文化观。

首先,探讨神话中人类与物质世界之间的关系。神话所描写的人类诞生主要有两种方式:自然孕育和神灵创造。在云南佤族神话中,人类诞生于一个石洞。纳西族诗体神话《人类迁徙记》说,人类是从海中出生的。其他还有说人类来源于某种植物或某种动物。这些都属于第一种方式——自然孕育人类。在这些神话中,人类与其他万物是处于同等地位的。它启发了人类与世界万物和平相处、共存共荣的思想。这种思想到了强调生态环境的现代很可能又重新焕发出潜在的价值。更多的神话则主张第二种方式——神灵造人。神灵造人也有两种方式:或者直接创造,如女娲抟黄土造人;或者垂死化身,如盘古死后,他身上的虫子化为人类。在神灵为什么造人的问题上,中国古代神话语焉不详。云南彝族的诗体神话《梅葛》说,天地万物都造成了,但是没有人,于是格滋天神造人[①]。其中隐含着世界万物是给人类准备的。古希腊神话说得最为清楚:天地万物造成之后,缺乏一个有灵魂者来支配,于是普罗米修斯就用泥土捏制成人。这样看来,人类是作为世界万物之灵被创造出来的。这些神话所体现出来的人类观无疑是"人类自我中心主义"的,人类在这里被确定为自然的主人。这一人类观在历史上曾经极大地鼓舞了人类自信心,促进了人类控制自然能力的提高和人类文明的迅速发展。不过近代以来,"人类自我中心主义"逐渐显示出它的负面效应,那就是对于大自然造成的破坏。人类为了满足自己的私欲,而大肆掠夺自然,以至于毁灭自然。这是值得我们警惕的。

其次,人类与神灵之间的关系是神话人类观的另外一个更加重要的内容。在神话世界,人与神是有所区分的[②]。在某些神话中,神灵作为超自然的存在,从出生到外形都是充满超自然神性的。《三五历记》佚文说,盘古出生于混沌,日长一丈数万年。《五运历年记》佚文说,"盘古之君,龙首蛇身"。《楚辞·天问》、《山海经》所说的女娲和伏羲也都是"人首蛇身",大量的汉代画像石为此提供了更为直观的说明。其他神灵如黄帝基本是人的形状,但是有四张面孔。西王母"其状如人",但是,"豹尾、虎齿"。即便是那些完全采取了人形的神灵也和人类存在重要差异,神灵长生不老,而人类则难逃一死。神灵的居处也远离人世。众神之都昆仑山不仅高不可攀,而且四周环绕烈火,环绕弱水,从而构成人神之间不可逾越的屏障。至于天空更是不允许人类涉足,重黎"绝地天通"正是出于这个目的。在此,人类被毫不留情地定为神灵的奴仆。

人类自己创造的神话,为什么把自己贬低到如此境地?表面上来看,

[①] 上海文艺出版社编《中国民间长诗选(第一集)》,上海文艺出版社,1980年,第387页。
[②] 至于人可以成神的问题,可参看拙文《走出西方神话的阴影》,载《长江大学学报(社会科学版)》2006年第6期。

似乎人类与神灵是对立的,人类的地位过于卑下。但是从实际看来,这些超自然的神灵乃是某种抽象秩序的具体化身,是对于人类社会必须遵守的某些规则的最可靠保障。尊重神灵实际乃是尊重人类社会规范。《梅葛》中天神格滋发洪水灭绝早期人类,原因是那时的人类太懒,或者糟蹋粮食①。纳西族《创世纪》中天神子劳阿普发洪水灭绝人类则是因为人类侵犯了天神的土地②。勤劳、爱惜粮食、不侵犯他人土地是人类最起码的道德要求。很明显,格滋和子劳阿普这两位天神所作出的惩罚体现着最基本的人类社会道德规范。神话的创造者们充分认识到人类天性的某些缺陷,懒惰、自私、贪得无厌……,于是假借超自然的神灵为自己设定了不可逾越的界限。一旦超越界限,就意味着毁灭与死亡。天神所降下的大洪水,并不是灭绝人类,而是消除人类的道德缺陷,是重新确证人类生命的神圣性。神话对于人类自身的善恶二重性有着极为清醒的认识与揭示,并且提出了克服邪恶的方法。在我看来,这是神话中包含的最为深刻伟大的思想意义。

神灵作为人类社会道德规范的象征与体现常常受到某些人的肆意歪曲。一些人为宗教使人神关系完全对立,利用神灵向信徒提出超过社会基本道德要求以外的限制,那是乘机压榨信徒。假如我们拿这些走上邪路的人为宗教的观念去比附神话中的人神关系,就会忽视神话在这方面的深刻思想价值。

第三,从人类与动物之间的关系来探讨神话的人类观。人类与其他动物在生物学形态上有差别,但是在生物学本质上是相同的,所以人类在动物分类体系中占据一科;但是双方在文化学本质上却完全不同。自古以来,人类一直从文化上把自己与动物区别开来:有文化生活的是人,无文化生活的是动物。珞巴族神话《人为什么和猴子不一样》、彝族诗体神话《门咪间扎节》都说人类原来也是猴子,后来他们发现了火,吃上了熟

---

① 《中国民间长诗选(第一集)》,第 392 页。
② 同上,第 105—106 页。

食,终于变成了人类①。猴子与人类的区别被神话确定为是否拥有火,是否吃熟食——即是否拥有文化生活。拥有文化生活者就是人类,即使暂时不是,未来也终究会变成人类;没有文化生活,完全过着自然生活者则是野兽。显然,生物学意义上的人兽形态差别在神话中根本不重要,神话中的人兽之别仅仅在于是否拥有文化生活。人们甚至于把某些破坏人类文化价值的人类分子等同于"禽兽"。孟子就咒骂反对儒学价值观的其他学者是"无君无父,是禽兽也"。神话的人类观与文化观是连接在一起的。

谈到神话的文化观,人们自然会想起神话中众多的文化英雄。《世本·作篇》详细开列了数十位文化英雄的名字与勋业:

> 伏羲作琴,神农作瑟。女娲作笙簧。颛顼命飞龙氏铸洪钟,声振而远。祝融作市。勾芒作罗。黄帝使羲和作占日,常仪作占月。伶伦造律吕。沮诵、仓颉作书。史皇作图。伯余作衣裳。尹寿作镜。蚩尤以金作兵器。巫咸作筮。巫彭作医。巫咸作铜鼓。逢蒙作射。胲作服牛。相土作乘马。奚仲始作车。宿沙作煮盐。化益作井。尧造围棋,丹朱善之。鲧作城郭。皋陶作五刑。舜作箫。夔作乐。㕤首作画。昆吾作陶。

即使如此详细,但还是遗漏了非常重要的伏羲作网、伏羲画八卦、神农教稼穑、燧人氏钻木取火、有巢氏构木为巢、嫘祖始蚕、女娲置婚姻等文化发明神话。至于被遗漏的其他一般性文化发明就更多了。这些有关文化发明的神话在内容上几乎囊括了人类生活的一切方面:衣食住行、生产、交际、旅行、伦理道德、法律、科学、娱乐……

这些文化英雄实际上乃是他们所发明的文化项目的代表;他们在神话中所占据的崇高地位正是该文化项目本身在社会生活中的地位的直接反映。中国传统社会的生产方式始终以农业为核心,因此发明稼穑的炎帝就在神话中获得了极高的地位——南方天帝。周民族的始祖弃也因为

---

① 陈建宪《神祇与英雄——中国古代神话的母题》,生活·读书·新知三联书店,1994年,第46页。

好种五谷而被尊为"后稷"。中国传统文化是以礼乐为主要外在特征的,所以神话中几乎每一位重要神灵都参与了音乐的发明创造,伏羲、女娲、黄帝、神农、颛顼、舜、夔等。他们不但发明各种乐器,而且直接创造各种乐曲。《楚辞·大招》王逸注:"……伏戏氏作瑟,造驾辩之曲。"《路史·后记三》云:"(神农)乃命邢天作扶犁之乐,制丰年之咏……"礼乐的重要性在这些神灵身上体现得十分充分。神话最终是对于人类文化生活的一种阐述与证明。正如英国人类学家马林诺夫斯基所说:"(神话)是原始信仰与道德智慧上实用的特许证书。"①

文化为什么具有这样重要的地位? 在神话中,人类赖以存在的唯一理论依据就是"文化生活"。只要创造了文化生活,没有人可以产生人,珞巴族和彝族神话中猴子就是这样变成人的;没有或者丧失了文化生活,那么即使有了人类也会归于毁灭,天神格滋和子劳阿普就是这样灭绝早期人类的。人类之所以高于其他世界万物,之所以无愧于"万物之灵"的地位,就在于人类是有文化的。这样的文化观念,是远古时代人类创造的一种特殊的形而上学,一种特殊的意识形态。它是人类自我中心主义最深刻、最重要的理论依据。

总而言之,神话叙事所说明的人类是有着坚定的文化价值取向的、严格遵守社会规范的人类。一般而言,神话中的人类是自然界的主人,号令天下。但是有的时候,人类只是大自然的一员,与万物和平共处。后一种情况虽然不多,但是值得我们现代人认真思考。我们人类目前正迫切需要与大自然建立起一种彼此和谐相处的新型关系。通过深入探索这些神话中的相关思考,也许能够给我们提供很多启示。

四、神话的历史观

神话对于任何事物的解释与说明都是追寻它的产生根源,寻求它的

---

① [英]马林诺夫斯基《巫术 科学 宗教与神话》,李安宅译,中国民间文学出版社,1986年,第86页。

历史,因此神话具有历史的基本特征。它包括大自然的历史,也包括人类史。我在此只探讨神话的人类史观念。按照法国人类学家列维-斯特劳斯的看法,对于远古社会的人类而言,神话就是他们的历史,他们的历史同样就是他们的神话①。在那里,神话与历史是合二为一的。我们现代人在神话与历史之间所作的区别对于远古时代的人类是没有实际意义的。不过,神话历史又和我们现代人所说的历史在形态上存在差异:神话历史中存在着被我们视为虚构的东西,所以某些历史学家不承认神话的历史性质。其实,早期的历史长期存在着虚构内容。《史记》是公认的史学名著,但是其中刘邦出生的记述不能不说是虚构。这丝毫不影响《史记》的历史学性质。英国历史哲学家科林武德把神话称为一种"准历史学(quasi-history)"②。科林武德的说法是可取的。

神话对于人类的历史一直向上追溯到造人,并由此而下叙述到人类遭遇大洪水,劫后余生。用现代社会的历史标准来看,这些内容绝对不可能是历史事实。但是,这并不妨碍它作为神话讲述者内心深处"历史观念"的直接体现。所以,神话的人类历史是从人类起源谈起的,并经历了若干灾难。此后诸神或众文化英雄启示或直接创造了人类文化,从而推动人类历史的进一步发展。

从神话叙事的表层意义来看,在这种历史观念中,神灵依然处于决定者的地位,人类的诞生与此后的前途命运完全是由神灵决定的。这是某种神定论的历史观念。可是,仔细分析不难看出,神灵所采取的行动并非其自身的自由意志;而是基于某种人神关系的实际状况决定的。古巴比伦神话中马尔都克造人是为了使众神得到人类的"供奉",这样就决定了某种人神关系——供奉与享受。一旦这样的人神关系被人类破坏,那么就必然引起神灵的惩罚。前文已经说明,神灵实际上是人类社会某种必

---

① 陈连山《结构神话学——列维-斯特劳斯与神话学问题》,外文出版社,1999年,第210—224页。
② [英]R.G.柯林武德《历史的观念》,何兆武、张文杰译,中国社会科学出版社,1986年,第16页。

需遵守的道德律令的化身。所以,所谓"神定"实际上是人类自己定——是否维护和坚持传统的人神关系！是否维护和坚持传统的文化生活方式！所以,神话历史观是把伦理道德标准视为人类社会发展变化的最基本动力。

总括起来说,神话中至高无上的众多神灵是神话的核心。超越神灵的外在形态,从其在神话思维中的实际功能出发,就可以看到:神灵是人类理性解释大自然的手段,是人类社会秩序与规范的化身。通过叙述这些神灵的活动,而不是通过理论阐述,远古人类表达了他们对于客观世界和人类本身及其文化生活的系统、全面而深刻的认识结论。

神话的思想意义非常丰富,值得我们不断深入思考。

陶瓷、冶炼人祭传说再探

——兼论民间传说的研究方法

活人投身于熊熊燃烧的陶瓷窑或冶炼炉从而成就一件著名工艺品的传说,即本文所说的"陶冶人祭传说"。它的数量虽然不及其他传说那么丰富,但由于它与古老的人祭习俗有着某种特殊关系,所以在人们心目中留下了极为深刻的印象。

该类传说的最早文献记录可以追溯到东汉,迄今已有一千七百余年,其最初产生时代当然更早。在数千年的历史发展过程中,这类起源于陶瓷、冶炼行业人祭风俗的传说获得了广泛传播。从河北到两广,从甘肃到浙江,都发现有它的踪迹。可以说,它的传播范围覆盖了中国传统文化的主要地区。它流传于不同时代、不同地区、不同职业集团时发生了种种变异。这些变异不仅反映着陶冶行业内部原始信仰的逐步演化过程,而且也反映着我们民族文化的历史进程。陶冶人祭传说具有如此深厚的历史文化积淀,其内涵如此丰富,对它进行分析研究应该是一件具有意义的事情。

我国学界对于陶冶人祭传说还没有进行过专门深入的研究。不过,某些论著曾经从不同角度涉及这类传说的个别作品。如钟敬文先生主编的《民间文学概论》在阐述地方风物传说的思想意义时,从马克思主义的阶级论观点评论过《龙凤瓷床》[①]的社会意义,指出:"《龙凤瓷床》悲愤地控诉了封建统治者对人民的残酷奴役,以至一个烧窑老名师的女儿在得到神人的指点后舍身跳入窑火,才烧成了龙凤瓷床,保全了全体窑工的性

---

① 仇尚健、蔡家婆婆口述,章光中搜集整理《龙凤瓷床》,见《民间文学》1960年4月号。

命。"①但这段评论没有分析为什么舍身投窑就能烧成龙凤瓷床,即没有涉及人祭这一中心情节。袁珂先生在其《中国神话传说》一书中评论莫邪传说的两种异文,认为莫邪舍身祭炉的异文比莫邪用发须爪代替自己祭炉的异文"更动人心魄,更富有戏剧性,但是有些夸张失实,因为其他传说都说干将牺牲了,莫邪还活着"②。这是从纯粹的文学角度来评论问题的。郑振铎在《汤祷篇》中就批评了这类观点:"我以为古书固不可尽信为真实。但也不可单凭直觉的理智,去抹杀古代的事实。古人或不至像我们所相信的那末样的惯于作伪,惯于凭空捏造多多少少的故事出来;他们假使有什么附会,也必定有一个可以使他生出这种附会来的根据的。愈是今人以为大不近人情,大不合理,却愈有其至深且厚,至真且确的根据在着。"③袁珂先生没有考虑到人祭原本是用活人作祭品的,所谓发须爪代替活人完全是后起的祭祀方法。相比之下,天鹰先生在其《中国民间故事初探》一书中对于陶冶行业人祭传说的看法就开始注意到了投炉情节的本质。他认为活人投炉反映了人民和统治者之间压迫与被压迫的关系,也"反映了人们在同自然界斗争中的神秘观念"。"这种故事表现了人在和自然界斗争中还不够强大有力,还需要借助于某种神秘的力量,另外也反映了在和自然界的斗争中,人类付出过巨大的代价。"④

日本民俗学界对于本国冶炼行业神崇拜有不少研究。石冢尊俊《锻冶神的信仰》⑤、《锻冶神信仰的破片》⑥和《金屋子神的研究》⑦,以及牛尾三千夫的《金屋神的信仰》⑧都是这方面的论文。松本信广通过对小五郎传说的比较分析,认为日本钢铁工人的信仰来自亚洲大陆古代的手工业

---

① 钟敬文《民间文学概论》,上海文艺出版社,1980年。
② 袁珂《中国神话传说》,中国民间文艺出版社,1984年。
③ 郑振铎《汤祷篇》,上海古典文学出版社,1957年。
④ 天鹰《中国民间故事初探》,上海文艺出版社,1981年。
⑤ [日]石冢尊俊《锻冶神的信仰》,日本《出云民俗》1950年4月第11期。
⑥ [日]石冢尊俊《锻冶神信仰的破片》,《上毛民俗》1949年2月第15期。
⑦ [日]石冢尊俊《金屋子神的研究》,日本《国学院杂志》1941年10月号。
⑧ [日]牛尾三千夫《金屋神的信仰》,日本《国学院杂志》1941年10月号。

工人①。这些研究对于我们认识中国古代冶炼行业的原始信仰是有一定帮助的。可惜他们的侧重点都在民俗,对于行业神祭祀的传说方面未见专门论述。

　　1985年,我被陶冶人祭传说所特有的悲壮风格吸引,开始着手对它进行研究。很快就发现自己面对的这一切远不是"文学"一词所能概括,其价值也非一个"美"字所能表达。用"文学幻想"来解释陶冶人祭传说的神奇情节——用人祭神从而获得成功——是很不够的。只用文艺学的方法根本不能把陶冶人祭传说解释清楚。为此,我撰文把陶冶行业的原始人祭习俗作为理解此类传说的背景,力图在此基础上用民俗学的方法来认识此类传说②。不过,那篇文章着重分析了陶冶人祭传说中的一个特例——莫邪投炉的传说,没有全面探讨陶冶人祭传说的内容及其发展。

　　在我看来,尽管文艺学的方法可以揭示陶冶人祭传说的许多艺术特性,历史唯物主义的社会批评可以阐释陶冶人祭传说的种种思想认识价值,但是,这些方法都不能直接揭示此类传说的基本情节——人祭的内容。因此,单纯使用这些方法,我们就不可能真正认识此类传说。陶冶人祭传说作为典型的民间传说,首先是民俗的一个组成部分。对此类传说的研究必须以民俗学为基础,并综合其他学科的方法进行全面的民间文艺学的研究。

　　陶冶人祭传说与行业习俗密不可分。唐人牛肃在记录了李娥传说后写道:"故吴俗每冶铜铁必先为娥立祠享而祈福。"③李娥是当时吴地铜铁冶炼行业的行业神,其传说当然是解释该行业崇拜的。明末清初的屈大均记述当时广东冶炼行业神林氏之后写道:"今开炉者必祠祀,称为'涌铁夫人'。"④当代景德镇流传的龙床传说之一谈到童公之女翠芳为救众乡亲挺身入窑杀退火龙,用生命换来了龙床,从此众窑工在烧窑时都在头上

---

① 〔美〕理查德·M·多尔森《当代世界民俗·传统的观念》,吴绵译,见中国民间文艺研究会研究部编《民间文学理论译丛》第1集,中国民间文艺出版社,1986年。
② 陈连山《从原始信仰看莫邪投炉的合理性》,《民间文学论坛》1987年第3期。
③ 〔唐〕牛肃《纪闻》,已佚,见《太平御览》卷四一五。
④ 〔清〕屈大均《广东新语》卷一五。

扎一块白布纪念她①。由以上事例可知，陶冶人祭传说乃是陶冶行业神崇拜的传说，是与陶冶行业习俗密切相关的典型的民间传说。所以，其故事情节的相对独立性弱于一般的民间故事。它与生活的关系不只是民间故事那种文艺与生活的关系，而是一种综合的文化关系。因此，我在本文中将主要探讨此类传说与文化思想的关系，探讨此类传说产生的思想根源以及文化思想之发展对它的影响。

在本文的写作上，我将主要按照陶冶人祭传说的历史发展过程来依次评述其与原始陶冶行业神崇拜、儒学、道教以及现代思想的关系，兼及由此形成的陶冶人祭传说的不同类型，即为行业神聘妻传说、孝女祭神传说和童男女祭神传说。它们分别是原始陶冶神崇拜、儒学和道教对陶冶人祭传说发生影响的产物。不过，考虑到陶冶人祭传说在历史文献中的记录是不连续和不完备的，某些记录时间较晚的传说异文实际上乃是前此时代某一阶段的遗存，所以，我在具体叙述中，将把它们提前放在适当的位置进行讨论。也就是说，我在基本沿着历史发展过程叙述的同时，也结合了对陶冶人祭传说不同类型的考虑，以便保持行文的简洁明了。

由于这方面可参考材料较少，而自己的学力有限，所以，尽管尽了很大努力，但文中仍会有不少缺陷，敬请各位专家批评指正。

一、上古人祭习俗与陶冶人祭传说原型

陶冶人祭传说的最基本母题是用活人祭祀神灵。就我所知，陶冶人祭传说的最早记录见于东汉人赵晔《吴越春秋·阖闾内传》：

> （吴王）请干将铸作名剑二枚。干将者，吴人也，与欧冶子同师，俱能为剑。越前来献三枚，阖闾得而宝之，以故使剑匠作为二枚：一曰干将，二曰莫耶。莫耶，干将之妻也。干将作剑，采五山之铁精，六合之金英，候天伺地，阴阳同光，百神临观。天气下降，而金铁之精，

---

① 汪国权《龙床》叙事诗，见西米等《流传在瓷都的故事》，景德镇人民出版社，1959年。

不销沦流。于是,干将不知其由。莫耶曰:"子以善为剑闻于王,王使子作剑,三月不成,其有意乎?"干将曰:"吾不知其理也。"莫耶曰:"夫神物之化须人而成。今夫子作剑,得无得其人而后成乎?"干将曰:"昔吾师作冶,金铁之类不销,夫妻俱入冶炉中,然后成物。至今后世即山作冶,麻绖菆服然后敢铸金于山。今吾作剑不变化者,其若斯邪?"莫耶曰:"师知铄身以成物,吾何难哉!"于是,干将妻乃断发剪爪投于炉中。使童男童女三百人鼓橐装炭,金铁乃濡,遂以成剑。阳曰干将,阴曰莫耶。

这里说干将的师傅、师母在冶炼金属过程中,由于"金铁之类不销,夫妻俱入冶炉中,然后成物",也就是说,其师傅、师母都作了人祭牺牲,然后铸成了器物。而莫邪学习师傅、师母的行为"断发剪爪投于炉中","金铁乃濡,遂以成剑"。发爪在古人心目中乃是人的精气神魄所寄托的地方,是人的生命的一部分①。莫邪用自己的发爪祭炉,就等同于用生命祭炉。

用人的生命祭祀神灵,反映了古老的原始宗教的野蛮习俗——人祭。在万物有灵论盛行的上古社会,天下万物都被看成是有喜怒哀乐的生命实体。由于当时生产力水平低下,人们无法控制陶瓷烧制和金属冶炼过程,就幻想通过某种取悦陶冶神灵的办法来换取成功。当然,从现代科学眼光看,莫邪师徒两代的祭炉活动与冶铸成功之间并无必然联系,我们可以说这个传说中的两次人祭活动的结果纯粹是幻想的产物。但这种思想绝不等同于艺术创作的虚构,它是一种宗教幻想。它反映了上古时代陶冶行业神崇拜的信徒们企图通过向神灵献祭生命而获得神灵佑助的思想。

现有陶冶人祭传说是上古陶冶人祭习俗的遗存,是原始陶冶神崇拜思想在历史发展过程中合乎规律的演变结果。因此,我们可以根据现有的陶冶人祭传说材料所透露出来的信息去探寻上古陶冶行业的人祭情

---

① 参见江绍原《发须爪》,《北京大学民俗丛书》第2辑第26种,台湾东方文化书局,1973年。

况。当然,这样做需要非常谨慎。我们既要从这些间接材料中发现哪些因素是古已有之的原始遗存,又要注意不要把后世变异因素当作原始遗存的一部分。柳田国男说得好:"……不把这些演变估计在内,只简单地把现存的传说,直接看成是上代信仰的写照,那么,在学术上确实是不妥当的,也是危险的,应予以足够的警惕。"①

我们先从上古历史材料说起。商代是我国历史上盛行人祭的时代。商代统治阶级对于神鬼祖灵有着令人难以置信的狂热崇拜。他们在祭祀天帝、鬼神和宗祖时,人祭往往是必不可少的,甚至在建房奠基仪式和落成仪式上也都要进行人祭活动。当时人祭活动的规模是惊人的,考古材料充分揭示了这一点:"规模最大的是武官村以北的一批祭祀坑,据不完全的统计,一百九十一座祭祀坑中,共埋人骨一千一百七十八个。……每次祭祀时杀戮的人数不等,少者一二人,多者几十人至几百人,最多者一次竟达三百三十九人。"②而有一次建房落成仪式上竟杀人牲五百八十五人③。在这种时代风气下,当时已经具有相当发展规模的陶冶行业集团自然也会拥有自己的行业神,并向自己的行业神献祭人牲。

周王朝代商而立之后,奉行了一套重人事轻鬼神的思想,从而使人祭习俗日渐衰微,到了《左传》时代,盛行于商代的人祭之风基本上消亡了。《左传》载:僖公十九年,"宋(襄)公使邾文公用鄫子于次雎之社,欲以属东夷。司马子鱼曰:'古者六畜不相为用,小事不用大牲,而况敢用人乎?祭祀以为人也。民,神之主也。用人,其谁飨之?'"把人放在神之上,从理论上把人神关系颠倒了回来,人成为中心。这就否定了人祭习俗存在的合理性。此思想的出现也是人祭习俗消亡的证据之一。人祭习俗很早即消亡,故陶冶人祭活动在文献中未有记载。所以,我们不能根据史料中没有记载就怀疑上古陶冶行业曾有过人祭活动。

那么,上古陶冶行业究竟是如何进行人祭活动的呢?与此活动有关

---

① [日]柳田国男《传说论》,连湘译,中国民间文艺出版社,1985年。
② 孙淼《夏商史稿》,文物出版社,1987年。
③ 同上。

的人祭传说的原型又是什么？要回答这一问题,我们需要弄清三个要素：享受人祭的行业神,充作牺牲的人以及以什么名义向行业神献祭。

古代文献中记载了一些陶冶行业神的情况。在制陶方面,《吕氏春秋·君守篇》云："昆吾作陶。"高诱注："昆吾。颛顼之后,吴回之孙,陆终之子,已姓也。为夏伯,制作陶冶。"①《考工记》则说："炎帝神农氏始课工、定地、置城邑、设陶冶。"②《路史》则一边说"神农氏……于是大埏埴以为器,而人寿"③,一边又说燧人氏在发明火之后,又进一步发明了金属冶炼："于是范金合土为釜。"④在金属冶炼方面除了燧人氏之外,蚩尤也是行业神之一。《尸子》云："造冶者,蚩尤也。"⑤《世本·作篇》说蚩尤利用金属发明铸造兵器⑥。这几位都是神话人物,是上古时代人们心目中的神。把他们当作陶冶活动的发明人,实际上是把现实中人类的生产发明归功于神灵。这是原始宗教思想决定的。恩格斯在《反杜林论》中写道："……一切宗教都不过是支配着人们日常生活的外部力量在人们头脑中的幻想的反映,在这种反映中,人间的力量采取了超人间的力量的形式。"⑦于是,现实的人的功劳被归结为高高在上的神的业绩。

尽管陶瓷和冶炼行业的行业神不尽一致,但其信仰本质却是统一的。两行业的生产方式是相近的,都是利用高温在某种容器里加工产品,而且冶炼业又肇端于制陶业⑧。因此,陶瓷业和冶炼业的原始信仰应该是统一的。正如燧人氏能同时兼任造陶和冶铁两行业的神一样。只有承认陶瓷、冶炼两行业的原始信仰是统一的,我们才能正确解释后世陶冶人祭传说的统一特征。

以上四位陶冶行业神有一些共同特点值得重视。首先,他们都是神

---

① 袁珂、周明《中国神话资料萃编》,四川省社会科学院出版社,1985年。
② 见《古今图书集成·经济汇编·考工典》卷一。
③ 同上。
④ 吴仁敬、辛安潮《中国陶瓷史》,商务印书馆,1984年。
⑤ 见《太平御览》卷八三二。
⑥ 见袁珂、周明《中国神话资料萃编》。
⑦ 弗·恩格斯《反杜林论》,见《马克思恩格斯选集》中文版第3卷,人民出版社,1973年。
⑧ 中国硅酸盐学会《中国陶瓷史》,文物出版社,1982年。

话人物。炎帝神农氏是太阳神兼农业神。燧人氏是火的发明者,是重要的文化神。蚩尤是与黄帝争夺天帝地位的战神。连最不出名的昆吾也是天神颛顼之后,带有神的血统。他们与后世陶冶人祭传说中某些由牺牲者转变来的行业神具有本质区别。他们才是真正原始的神,是原始宗教所崇拜的神。其次,他们无一例外均为男性。这可能反映了中国上古陶冶行业神崇拜乃是父系社会的产物。他们均为男性这一特点,对于人祭方式是有很大制约作用的。

下面探讨人祭的牺牲者。对此,我将主要依据后世陶冶人祭传说中人牲的材料加以说明。特列表如下(表1):

表1

行业	篇数	男性牺牲	女性牺牲	男女均有
冶炼	21	4	16	1
陶瓷	15	4	10	1
合计	36	8	26	2

上表清楚地表明,女性作为牺牲占有绝对多数。不管是冶铸行业,还是陶瓷行业,以女性作牺牲的作品数都占总数的四分之三左右。而在另外一些变异了的陶冶人祭传说中,则用人的发爪、偶像或血液等作祭品代替活人,其中女性所有物作祭品的作品占比例就更大,见下表(表):

表2

行业	篇数	男性所有物	女性所有物	男女均有
冶炼	10	1	9	0
陶瓷	2	0	2	0
合计	12	1	11	0

根据以上统计,女性作牺牲是普遍的,是具有代表性的。

除了篇数的分类统计结果之外,我们还可以分析一下陶瓷行业几篇以男性作牺牲的传说的具体情节。这几篇作品的情节都是:官府派下难

以完成的烧制任务,窑工们屡烧不成,被逼无奈投窑自杀。如宋应星《天工开物》卷中所引:

> 正德中,内使监造御器。时宣红失传不成,身家俱丧,一人跃入自焚,托梦他人造出,竟传窑变。好异者遂妄传窑烧出鹿象诸异物也。①

现代河南禹州流传的《鸡血红》②、《神窑的来历》③等传说的情节与此大体相仿,都强调窑工被逼自杀。以上几例传说是否真有其事难以考证,而景德镇所谓"风火仙"的背景材料却相当详细。此传说见于清初督陶官唐英《陶冶图说》一书,后来朱琰《陶说》转引:

> 有神童姓者,窑户也。前明烧龙缸连岁不成,中使督责甚峻,窑工苦累。神为众蠲,生跃入窑突中以死,而龙缸即成。司事者怜而奇之,建祠厂署祀焉,称"风火仙",屡著灵异。窑民岁祀惟谨,拟之社方也。④

此事《江西通志》也载之确确。另外,18世纪初曾经到景德镇参观的达·安特略神父也记述了此事⑤。由此可知,这是一件真实发生的自杀事件。当然,这条材料中已经渗入传说因素,把他的自杀与龙缸的烧成直接联系在一起。这是一个由真实发生的自杀事件形成的传说。短时间内,还保留着很现实的因素,比如牺牲者为男性。但是,随着时间流逝,偶然事件的因素渐渐被人们淡忘,"风火仙"传说的主人公就又变为信仰传统中的女性了。鹤林搜集整理的《风火仙》即说景德镇窑工所崇拜的"风火仙"乃是一个舍身投窑烧成龙床的姑娘⑥。景德镇窑工祭祀的"风火仙"为什么会发生这一性别的变化?我以为,男性投窑是不符合陶冶人祭习俗的传

---

① 〔明〕宋应星《天工开物》卷中,万有文库本,第2册。
② 据河南大学中文系张振犁先生调查资料。
③ 林野等人《中州名胜传说》,上海文艺出版社,1986年。
④ 〔清〕朱琰《陶说》卷一。
⑤ [苏]丹妮柯《瓷器的秘密》,科学技术出版社,1959年。
⑥ 见王冰泉、康戎《玉茗花》,江西人民出版社,1980年。

统的。在清初的文献记录里童宾成为陶冶人祭传说的主人公完全是历史偶然事件造成的。所以,随着时间流逝,他最终被陶冶人祭传说中女性为牺牲的普遍传统所同化。

前边说过,女性作牺牲是普遍的和典型的;而那些男性作牺牲的例子却是如此的不具有代表性,所以,我认为在陶冶人祭传说中,男性作牺牲是后世的变异,而女性作牺牲则是古代的原型。

在如何献祭,即以什么名义献祭的问题上,相对比较简单。用发爪、人血或某种物品祭祀的情况既然是替代活人的,那么它们显然是后起的。原型中必然是用整个活人祭祀神灵。有关用人祭神的所有陶冶人祭传说无一例外都采用活祭的办法——即未杀死人牲便直接向神灵献祭。这和我国商代的一般人祭方法明显不同。据孙淼说,商代主要有以下三种人祭办法。一、伐祭:用戈把人头砍下充作牺牲。二、汖:商王祭祀祖己、妣己等祖先时,用斧钺剁杀两人为牺牲。三、炆祭:把人放在火上焚烧,以求雨①。但是,商代还有一种人祭方法,姑且称之为"活祭"。丁山在《中国古代宗教与神话考》中认为商代有用人祀河的习俗:"殷商王朝禘河之地,有河神庙(河宗);祭河之礼,要沉璧倖(即汖璧)。而'河妾'一辞,适可证实了河伯娶妻纳妾的故事必启发自商代,也就证明了殷商王朝已有用人祀河的恶俗。"②这种为河伯娶妇的习俗一直流传到春秋战国时期。当时秦国有"妻河"之俗③,魏国也有此俗,但被西门豹给铲除了④。

这种祭河活动当然也是人祭的一种,但它采取的是用活人直接献祭,把她投入河中,送给河神作妻子。我认为陶冶人祭活动的献祭方法与此相似。以女性作为牺牲,献给男性行业神,而且采用活祭的方式,对此比较合理的解释恐怕只有一个——为行业神娶妻。为陶冶行业神娶妻,是原始陶冶人祭的主要目的,应该也是陶冶人祭传说原型的核心母题。

---

① 孙淼《夏商史稿》。
② 丁山《中国古代宗教与神话考》,龙门联合书局,1961年。
③ 〔汉〕司马迁《史记·六国表》。
④ 〔汉〕司马迁《史记·滑稽列传》。

唐人陆广微的《吴地记》记载了一条为炉神娶妻的陶冶人祭传说：

> 干将曰："先师欧冶铸剑之颖不销,亲铄耳,以□□成物。□□可女人聘炉神,当得之。"莫邪闻语,□入炉中,铁汁遂出。①

这条材料与《吴越春秋》的有关传说不一致。《吴越春秋》关于莫邪祭炉的记载虽然早于《吴地记》,但《吴越春秋》的记载中有明显的自相矛盾。例如,师傅是夫妇一起投炉,而徒弟莫邪却只是自己一人投炉,而且是用发爪投炉,师徒之间祭炉方式不一致,这是个矛盾。另外,遍查现有各种陶冶人祭传说资料,以夫妇俱入炉中的只有《吴越春秋》这一例。这使我们有理由怀疑赵晔的记载。所以,尽管《吴越春秋》记录在前,但它所记的人祭内容并没有《吴地记》原始可靠。《吴地记》这条为炉神娶妻的传说资料,为我关于陶冶人祭传说原型是为行业神娶妻的构拟提供了有力证据。

弄清了陶冶人祭的核心内容,我们就可以参考其他原始民族行业神崇拜的一般情况来全面构拟陶冶人祭传说的原型,如下：

1. 陶冶工人在应该献人牲的时候未献,触犯了行业神,结果导致烧造失败。

2. 按人祭习俗为行业神娶妻,进行人祭。

3. 行业神转怒为喜,烧造成功。

在盛行用活人祭祀行业神的时代,工作失败的原因必然被归结为对神不敬,违反了祭祀习俗。巴芬岛的爱斯基摩人崇拜海神塞德娜,认为她栖身海底,一切海洋动物均来自此海神;渔猎所获,无不视为女海神所赐。倘若触怒塞德娜,或失于献祭,她必然使渔猎徒劳无功②。西伯利亚的尤卡吉尔人认为：猎人如果违犯猎规,则触怒主宰神灵,猎人势必遭受惩罚,乃至劳而无功③。人们只有遵守既定的祭祀规范,才能获得神的保佑。上边所构拟的这个陶冶人祭传说的原型大体上反映了这一思想。这种传

---

① 〔唐〕陆广微《吴地记》,见《说郛合刊》卷六三。
② 〔苏〕谢·列·托卡列夫《世界各民族历史上的宗教》,魏庆征译,中国社会科学出版社,1985年。
③ 同上。

说情节可以通过不断讲述过去事件的传说来加强人们对人祭习俗的信仰和敬重。这是与原始陶冶人祭习俗密切结合的一种传说模式。

二、人祭习俗的消亡与陶冶人祭传说的变型

秦汉之后,人祭活动完全消亡了,陶冶人祭传说原型也随之丧失了自己原来的现实基础。它不再需要对已经消亡的保护神崇拜作说明,因而它那与陶冶人祭习俗密切相关的原始情节模式丧失了继续存在的必要,其内容随之发生变化。于是就出现了陶冶人祭传说的变型。

随着生产力水平的提高,人类对陶冶活动的控制能力也有了进步。原始的人祭活动对于已经进入较高文明阶段的人来说是极其残酷而不堪忍受的事,也是无知荒谬不可理解的事。社会思想的这些变化最终导致原始人祭习俗的消亡,同时也导致陶冶人祭传说原型的变化。

首先是行业神观念的淡化。在干将、莫邪生活的春秋时期,吴越地区冶炼铸造技术已经相当发达,一般器物铸造是毫无问题的。原始炉神崇拜此时已经衰落,人祭活动受到非议与怀疑。人祭传说作为传说总要使人相信,于是就发生了如下变化:《吴越春秋》关于干将、莫邪的传说中根本没有提及炉神,只是含糊地把原料不融化归因于原料本身的不同寻常——"五山之铁精,六合之金英",而实行人祭的理由是"神物之化须人而成"。《吴地记》关于莫邪的传说,虽然保存着原始炉神的观念,但也着重强调原料本身的原因,说干将所炼的乃是"五山之精"、"五金之英"①,因为这材料的原因才要"聘炉神"。这就把陶冶人祭传说原型中失败原因是违犯祭俗或得罪行业神的说法给改变了。很显然,这里面的所谓祭神已经是残存的观念了,只剩下行业神祭祀能换来成功的信念。至于行业神的品性、禁忌都淡忘了。还有一些传说则把失败原因归结为所造器物

---

① 〔唐〕陆广微《吴地记》,见《说郛合刊》卷六三。

的非同寻常。这种现象非常普遍,类似的非凡之物有"龙凤瓷床"①、"青瓷龙床"②、"窑变"③、"大红缸"④、"祭红"⑤、"鸡血红"⑥、"大钟"⑦、"万斤钟"⑧、"声音更亮的钟"⑨、"能响一百里的钟"⑩,山东临淄的《炉姑》传说则是要融化一头兴妖作怪的铁牛⑪。有时候说不清楚了,就笼而统之地说是皇帝自己想象的瓷器⑫。这样就否定了陶冶行业神对陶冶活动的决定性作用,否定了陶冶行业神的发怒是引起工作失败的原因。

其次,是社会现实因素的强化。在我所掌握的三十六条陶冶人祭传说中,除了强调所造物非同寻常从而引起人祭事件外,就是强调形势逼人。《吴越春秋》中莫邪说:"(吴王)使之作剑,三月不成,其有意乎?"这话提醒干将,剑必须及时铸成,否则将有性命之忧。传说三国时代孝女李娥的父亲主持冶铁有误,将受刑罚,李娥为救父亲投炉⑬。广东的"涌铁夫人"⑭传说和河北的《磁州红缸"亲娘"声》⑮传说则都说丈夫将受罚。这种把人祭的原因从宗教改为现实的变化,是符合文明社会的思想状况的。野蛮的人祭活动在已经跨入文明时代、不再信仰原始行业神的人们看来是无法理解的事,如果不是因为特殊的现实目的,那么实行人祭是无法使人理解,使人同情的。

第三,是原来的牺牲转变为新的行业保护神。原始陶冶行业神崇拜衰

---

① 见《民间文学》1960年4月号。
② 《龙泉青瓷·九天玄女》,见《西湖》1979年12月号。
③ 《"弟窑"和"哥窑"》,见《民间文学》1980年5月号。
④ 《磁州红缸"亲娘"声》,见《民间文学》1985年10月号。
⑤ 《瓷都剪影》,见《旅行家》1981年第1期。
⑥ 据河南大学中文系张振犁先生调查资料。
⑦ 《自来钟》,见《湖南民间故事选》,湖南人民出版社,1959年。
⑧ 江苏人民出版社编《南京民间传说》,江苏人民出版社,1983年。
⑨ 驯羊《北平传说》,见《宇宙风》1936年7月第21期。
⑩ 北京民间文艺研究会分会《北京风物传说·大钟寺的传说》,中国民间文艺出版社,1983年。
⑪ 见《民间文学》1956年6月号。
⑫ 赵景深《民间故事研究》,复旦书店,1928年。
⑬ 〔唐〕牛肃《纪闻》,已佚,见《太平御览》卷四一五。
⑭ 〔清〕屈大均《广东新语》卷一五。
⑮ 《磁州红缸"亲娘"声》,见《民间文学》1985年10月号。

微之后,陶冶人祭传说原型中从牺牲到行业神到成功这三者之间的联系中略去了行业神这一环节,从而使牺牲与成功直接挂上了钩。这样就势必意味着一种新的观念,即牺牲带来了福祉,牺牲发挥了原来的行业神的作用。于是人们就把牺牲作为新的行业神加以崇拜。唐人牛肃《纪闻》云:

> 吴宣城郡青阳县有梅根冶孝女李娥庙。居曾阜之巅……娥父,吴大帝时为铁官冶,以铸军器。一夕炼金,竭炉而金不出。时吴方草创,法令至严,诸耗折官物十万,即坐斩;倍,又没入其家。而娥父所损折数过千万。娥年十五,痛伤之,因火烈,遂自投于炉中,赫然属天。于是金液沸涌,溢于炉口。娥所蹑三(疑当为二,或之)履浮出于炉,身则化矣。其金汁塞炉而下,遂成沟渠,泉注二十里,入于江水。其所收金凡亿万斤,沟渠中铁至今仍存。故吴俗每冶铜铁,必先为娥立祠,享而祈福。①

李娥投炉而死,是人祭牺牲无疑。但上文却说"吴俗每冶铜铁必先为娥立祠,享而祈福",也就是说吴地冶炼工人把李娥当作了保护神。又如屈大均《广东新语》云:

> 铁于五金属水,名曰黑金,乃太阴之精所成,其神女子。相传有林氏妇,以其夫逋欠官铁,于是投身炉中,以出多铁。今开炉者必祠祀,称为"涌铁夫人"。其事怪甚。②

这说明清初广东某些地方也是把人祭牺牲当成神来崇拜的。类似的例子在历代陶冶人祭传说中还有很多。如明代"风火仙"童宾、现代的"老师傅女儿"③、"烧窑百姓"④、"陈氏窑女"⑤、"金火二仙姑"⑥、"金火圣母"⑦、"芦

---

① 〔唐〕牛肃《纪闻》,见《太平御览》卷四一五。
② 〔清〕屈大均《广东新语》卷一五。
③ 见《民间文学》1960 年 4 月号。
④ 赵景深《民间故事研究》,复旦书店,1928 年。
⑤ 见王冰泉、康戎《玉茗花》,江西人民出版社,1980 年。
⑥ 〔清〕孙承泽《春明梦余录》,见《古今图书集成·经济汇编·考工典》卷八。
⑦ 见林野等人《中州名胜传说》,上海文艺出版社,1986 年。

师傅"①等。把牺牲作为新神加以崇拜并不奇怪,古已有之。希罗多德在《历史》一书中介绍陶卡利人的人祭习俗:"他们把这些人作为牺牲献给少女神……他们对之奉献牺牲的这个少女神,据陶卡利人自己说,是阿伽姆农的女儿伊披盖涅娅。"②但据古希腊神话传说,伊披盖涅娅原是作为牺牲献给少女神阿尔铁米司的。可见,陶卡利人是用原来的牺牲代替了旧神。但是,这些由牺牲转变来的新的陶冶行业神并不是原来神祇的重复。原来的行业神是一种异己力量,他们不断地向人类索取牺牲;而这些新的行业神则是从牺牲演化而来,他(她)们是为了战胜困难拯救别人而牺牲,因而在道德伦理方面有崇高的价值。他(她)们作为行业神与人的本质是统一的。这和原始陶冶行业神具有很大差别。原始陶冶行业神崇拜出于人们对超自然力量的恐惧,而新的陶冶行业神崇拜则出于人们崇德报功的思想③。正如《礼记·祭法》所云:"夫圣王之制祭祀也,法施于民则祀之,以死勤事则祀之,以劳定国则祀之,能御大灾则祀之,能捍大旱则祀之。"这种新的行业神崇拜的宗教意味淡了,而道德意义浓了。

总的看来,陶冶人祭传说的这些变化都根源于思想背景的变化。这也是陶冶人祭传说适应新的现实环境的结果。这些适应性变化,是陶冶人祭传说得以继续流传的保证。

据以上所论,我把陶冶人祭传说变型的基本内容概括如下:

1. 陶冶工人奉命在一定期限内烧造一件非凡的器物,或完成一项特殊的冶铸任务。

2. 在正常工作条件下屡屡失败,期限已到。

3. 重提古代人祭经验,于是以活人投入窑炉。

4. 陶冶任务得以完成。

5. 主动投炉牺牲者成为新的行业神。

以上,是从总体方面论述原始陶冶人祭和原始陶冶行业神的消亡以

---

① 据河南大学中文系张振犁先生调查资料。
② [古希腊]希罗多德《历史》,王嘉隽译,商务印书馆,1959年。
③ 冯友兰《中国哲学史》,中华书局,1961年。

及陶冶人祭传说从原型向变型演变的原因。在此基础上,下面分别阐述我国历史上各种主要思想对于陶冶人祭传说的影响,以及由此形成的各种具体变型。

三、儒家思想的影响

进入封建社会以后,儒家思想逐步成为统治阶级的指导思想,在整个社会处于主流地位,并影响到社会各阶层人民。正如马克思、恩格斯在《共产党宣言》中所说:"任何一个时代的统治思想都始终不过是统治阶级的思想。"①儒家思想必然影响到陶冶行业的普通群众,并影响了陶冶人祭传说的发展变化,形成了孝女祭神传说和妻子救夫祭神传说这两种陶冶人祭传说的新变型。

儒家把孝顺看作人类最基本的价值观念。《孟子》云:"事孰为大?事亲为大。"《大戴礼记》云:"夫孝,天下之大经也。"《孝经》云:"天地之性,人为贵。人之行,莫大于孝。"又云:"孝,天之经也,地之义也,民之行也。"汉代统治阶级又通过举孝廉和公开褒扬孝行榜样等行政手段,逐步使孝道第一的观念深入民众心灵深处。陶冶行业群众也受到这种观念的影响,于是出现了孝女祭神这一变型。前文所述三国时代李娥的传说就是一个典型。

李娥传说由于宣扬孝道思想,所以在历史上不断被人著录,内容大同小异。如北宋《太平寰宇记》云:"孝娥庙在县西北四十里。吴大帝时,李娥父为铁官,冶遇秽,铁不流。女忧父刑,遂投炉中,铁乃涌溢,流注入江。娥所蹑履浮出于铁。时人号圣姑,遂立庙焉。"②明嘉靖年间编纂的《池州府志》与清代俞葆真的《百孝图说》都引述了李娥的传说。

李娥传说的中心思想是表彰孝女。她的投炉既不是被娶为神妻,也不是因为"神物之化须人而成",而是"痛伤"于父亲将受法律惩罚,替父而

---

① 见《马克思恩格斯选集》,人民出版社,1973年。
② 〔宋〕乐史《太平寰宇记》卷一〇五池州条。

死,完全出于一片孝心。《池州府志》评论李娥:"与夫流血自伏、投江出尸同一孝心,奋激有出于烈丈夫之所难为者。"① 李娥在这里是与二十四孝中的缇萦、曹娥一样作为孝女典范的。当然,李娥投炉所产生的奇迹,仍是陶冶人祭观念的残存。从陶冶人祭传说的角度看,李娥本来只是一个牺牲而已。但是,在这个传说里,她的牺牲身份不明显了,着重强调的却是其孝女身份。这是儒家孝道思想侵入陶冶人祭传说的结果。由此开始,陶冶人祭传说中出现了一系列孝女祭神投炉的传说,成为陶冶人祭传说中最主要的一种变型。各条传说彼此在细节上颇有差异,为节省篇幅,特罗列其基本情节型式如下表(表3)。

表3

	情节型式	篇名
基本式	1. 皇帝或官员下令烧制或冶炼某种特殊器物。 2. 父亲或父亲所率之人屡次失败,即将超过期限。 3. 孝女受神人指点或回忆旧事知道须人祭才能成功。 4. 孝女投炉窑,器物制成。 5. 监工官员或下令者受报应。 6. 孝女成神。	1.《龙凤瓷床》② 2.《炉姑》③
异式一	1. 无。 2. 父亲奉命冶铁,铁汁不出,将受刑罚。 3. 无。 4. 孝女投炉,器物制成。 5. 无。 6. 孝女成神。	1.《李娥》④ 2.《金火二仙姑》⑤

---

① 明代嘉靖年间所修《池州府志》卷五。
② 见《民间文学》1960年4月号。
③ 见《民间文学》1956年6月号。
④ 〔唐〕牛肃《纪闻》,见《太平御览》卷四一五。
⑤ 〔清〕孙承泽《春明梦余录》,见《古今图书集成·经济汇编·考工典》卷八。

续表

情节型式	篇名
异式二	1、2、3、4 同基本式。 5. 无。 6. 钟成后其声哀怨。	1.《Ko-ai 祭炉》① 2.《铸钟厂和钟楼的钟》②
异式三	1、2 同基本式。 3. 无。 4. 同基本式。 5. 无。 6. 成为被祭祀者。	1.《铸钟娘娘》③ 2.《铸钟》④ 3.《大钟寺的传说》⑤

除表中所列之外，另有两个传说几乎摆脱了人祭传说的框架，完全成为一般的孝女传说。《明辽王铁女庙记略》云："粤稽唐时有孙姓者，盖铁冶是任，以欺罔为法当坐而斩之。二女者痛其父之冤也，投炉而死，遂化为二铁人焉。於乎奇哉！有司以闻于上，卒释其罪，并赐祀典，以彰孝烈。"⑥清《江西通志》云："冶氏二女，失其姓。唐宝历间，金溪尝设场冶金。官收其课不及，女父逮系。二女愤之，以身投冶死。事闻，父谴获释，其冶场亦废。众因即废场立二女庙，颜曰：'烈孝二女祠。'"⑦在这两条传说里，女子投炉完全成为一种以自杀为手段的抗议活动，和人祭几乎没有一点关系。这一现象充分揭示了儒家孝道观念对陶冶人祭传说的深刻影响。统治阶级利用传统的陶冶人祭传说的情节框架来阐发"以孝治天下"的思想。《明辽王铁女庙记略》说得明白："顾世远人亡而厥迹犹存，则二女之高风诚有不可泯焉者……予有一国之责，将纳民于轨……乃为之伐

---

① 赵景深《民间故事研究》，复旦书店，1928年。
② 北京民间文艺研究会分会《北京风物传说·大钟寺的传说》。
③ 金受申《北京的传说》，北京出版社，1981年。
④ 江苏人民出版社编《南京民间传说》，江苏人民出版社，1983年。
⑤ 北京民间文艺研究会分会《北京风物传说·大钟寺的传说》。
⑥ 〔清〕倪文蔚《荆州府志》卷二七。
⑦ 《江西通志》卷一七四。

石立碑，以垂久远。……若二女者，其良心之明而义气之激，有不容已者欤？於戏，是可以风世矣。"①这位王爷对二女的赞扬完全是出于教化民众的目的；而在另一方面，处于被统治地位的普通劳动群众则利用陶冶人祭传说揭露统治者的贪得无厌与残酷无情，使陶冶人祭传说又有新的发展。《龙凤瓷床》中那个皇帝就是非要一张盘龙画凤的瓷床不可，而且这张瓷床必须夏天阴凉，冬天暖和。最后，他还限期造出，否则就要把窑工斩尽杀绝。逼得窑工的女儿被迫投窑来救父亲与其他窑工。这里，孝女的行为并非仅仅是行孝而已，它还是对残酷的统治阶级的控诉。

从以上统治阶级与被统治阶级两方面来看，他们各自从孝女祭神变型中获得了自己需要的东西，从而使陶冶人祭传说的这个变型获得了强大的生命力。

儒家思想对陶冶人祭传说的影响还体现在妻子救夫祭神的传说变型中。屈大均《广东新语》所记载的林氏妇就是"以其夫逋欠官铁，于是投身炉中，以出多铁"的。现在河北流传的《磁州红缸"亲娘"声》亦属此类：皇帝想要红色的缸，期限已到，丈夫尚未完成。妻子怕丈夫被杀，绝了手艺，便投身炉窑，成就了红缸，救了丈夫。这两个例子中，妻子完全是代夫受过，明显地含有"夫为妻纲"的思想。严格地说，以身祭神的只能是女性，但是不管是《吴越春秋》还是《吴地记》所记录的莫邪传说同样也是妻子作牺牲祭神，却根本没有代丈夫受过的意味，只是说需要女人祭炉而已。所以，我认为妻子救夫祭神的传说是后来儒家纲常观念影响的结果。

孝女救父和妻子救夫祭神这两类传说，反映了儒家思想作为数千年封建社会的统治思想对于陶冶人祭传说发展的深远影响。从另一角度看，这两类传说也是陶冶人祭传说适应封建社会儒家思想居于统治地位的现实的结果，表现出陶冶人祭传说的巨大适应能力。

---

① 〔清〕倪文蔚《荆州府志》卷二七。

四、道教思想的影响

若说儒家思想是从社会上层逐步深入民间,自上而下地对陶冶人祭传说发生影响,那么道教思想则来自民间,又返回民间,它对于陶冶行业人们精神生活的影响更为直接,它对陶冶人祭传说的影响也是多方面的。其中最重要的影响是陶冶人祭传说中童男童女祭神变型的产生。

童男童女,从其自然属性看,只不过是未成年的男女儿童而已。但我国秦汉时期的方士以及后来的道士们却赋予他们以特殊的神秘价值。道教天尊说法时,常有童子若干人列侍座旁。神仙出游,也是"童女掣电,童男挽雷车"①随行。方士和道士们认为童男童女具有某种巫术法力。《史记·封禅书》记秦始皇求长生药,"使人乃赍童男女入海求之"。仿佛童男童女跟神仙有某种缘分,更容易获得神仙垂青。《金简记》云:"欲知铜之牝牡,当令童男童女俱以水灌铜。灌铜,当以在火中向赤时也,则铜自分为两段。有凸起者,牡铜也。有凹陷者,牝铜也。"②《吴越春秋》在叙述莫邪以发爪祭炉后,特别补充了"使童男童女三百人,鼓橐装炭,金铁乃濡,遂以成剑"。由此可见,童男童女早被方士道士们赋予了神秘的价值。所以,有许多传说都以童男童女作人祭牺牲。《搜神记·寄斩蛇》中就是用童女向大蛇献祭,供它吞食。董作宾《西门豹故事的转化》一文也提到近代流传的鳖精、水怪索要童男童女作牺牲的传说③。

在这种风气影响下,陶冶人祭传说中也出现了以童男童女祭神的作品。这种变型的最早记录出于《吴地记》:"阖闾使干将铸剑,材五山之精,合五金之英,使童女三百人祭炉神。鼓橐,金银不销,铁汁不下。"④这里明确说到用童女三百人祭炉神,没有成功。考虑到当时吴地尚保存着用

---

① 〔晋〕傅玄《云中白子高行》诗。
② 见〔晋〕葛洪《抱朴子·登涉篇》所引。
③ 见《逸经》1937年5月号。
④ 〔唐〕陆广微《吴地记》。

女人聘炉神的较原始的陶冶人祭观念,童女祭炉神没有成功的情节其实说明童女祭神是不符合传统的仪式,所以不能获得炉神的保佑。这说明吴地当时对于童男童女祭炉神的新仪式还不信任。但是,这里毕竟谈到了童女祭炉神这种新的人祭方式,说明这时已经有了童男童女祭炉神的观念,只是不为吴地人接受而已。当时在其他地区应该有童男童女祭炉神的传说,可惜我暂时还没有找到古代的有关记录。

现代童男童女祭陶冶行业神的传说在陶冶人祭传说中占据一定的比例。河北承德地区流传的《新宫庙顶的龙》[1]说:乾隆修建承德新宫,要求在新宫庙顶上铸造一个"九龙盘顶"的装饰,久铸未成。老金匠意识到大约非用一对童男女祭炉不行了,就忍痛把自己的一对四岁儿女投入炉中,"九龙盘顶"终于铸成。但老金匠不胜悲痛,结果其中一条龙活了,带着老金匠飞去。在这个作品中,使用童男童女祭炉是老金匠自己主动想到的,他完全相信童男童女祭神这一人祭活动。天津流传的《钟楼的大钟》[2]讲的是天津大钟亭铸钟将成之际,有几个劣绅出主意说必须在炉中溶入一对童男童女的骨血才能铸好大钟。知县便抓来两个小孩投入炉中。由于扔得急,女孩一只鞋掉在炉外。钟成后,其音似乎是"鞋",人们说那是女孩在要鞋。而知县听时却发出"杀"的声音,结果被吓出病来死了。和《新宫庙顶的龙》一样,这里对于童男童女祭炉的野蛮习俗有所非议,但仍然相信童男童女祭炉所带来的奇迹。

童男童女作为牺牲完全是被动的,他们是被别人强行投入冶炉中的,这和孝女祭神传说中孝女的主动做牺牲形成鲜明对照。孝女是在形势逼迫下,为拯救父亲以及他人而主动地牺牲,因而她的牺牲行为具有崇高的道德价值,也就能够当之无愧地成为后人崇德报功的对象,成为受人尊敬并祭祀的神灵。而童男童女的牺牲是被动的,因而也就没有什么道德价值可言。他们只能引起人们的同情,不能引起人们的崇拜。所以,童男童

---

[1] 中国民间文艺出版社编《中国地方风物传说选》第2集,中国民间文艺出版社,1983年。
[2] 天津民研会分会《天津风物传说》,百花文艺出版社,1984年。

女祭神的传说变型中没有一个童男或童女成神的。这是童男童女祭神传说变型与孝女祭神传说变型的最重要区别。

道教对于陶冶人祭传说的影响还表现在祭神牺牲者的封号上。牛肃《纪闻》里李娥只是一个孝女而已,其庙名为"孝女李娥庙"。到宋代以后,李娥又有了"圣姑"、"仙姑"等封号。明代的童宾被封为"风火仙"。清代孙承泽《春明梦余录》中遵化铁厂为救父投炉的二女被封为"金火二仙姑"。所有这些封号无不带有道教神仙的意味。

在道教思想不断渗入陶冶行业并影响陶冶人祭传说内容的同时,从异域传入中国的佛教也利用陶冶人祭传说宣扬佛教思想,南宋尼姑黄心大师的传说就是一例。据施蛰存先生考察,黄心大师俗姓马,一生不幸。曾沦为官妓,后看破红尘,皈依佛法,成为尼姑。据说当时要铸造幽冥大钟,结果遇到"魔祟"而失败。大师"舍身入炉,魔孽遂败,始得成冶"①。此钟据说一直保存在南昌城外一座小庵里。庵中老尼说,当年黄心大师投炉是为了降服外道,保护佛法。这个传说把冶铸失败归因于"魔祟",归因于"外道"作恶;而大师投炉的目的也被说成是为了消灭这些邪门歪道,保护佛法。所以,这个传说是十足的佛教传说。

以上事实说明,各种宗教对陶冶人祭传说产生了巨大影响。宗教的影响使陶冶人祭传说发生了适应性的变异;而陶冶人祭传说被宗教借用,客观上又使得此类传说获得了更大范围的传播。

五、人祭观念的淡化与陶冶人祭传说的其他变异

陶冶人祭传说中有一些作品是用人的所有物作为替代性祭品,如莫邪用自己的发爪,锦花花用自己的血液②,现代莫邪传说中还有用塑像的③。这些所有物原是作为牺牲替代品出现的,但这一点很容易被人遗

---

① 施蛰存《黄心大师》,见《文学杂志》第1卷第2期。
② 蓝鸿恩编《壮族民间故事选》,上海文艺出版社,1984年。
③ 《莫邪与干将》,见《山海经》1982年第2期。

忘，只被人当作一般物品。随着人祭观念的淡化，又出现了另一种情况——即把冶铸失败归因于某种非常现实的因素，如原料不足等。《铸钟》就说因为浇铸时紧张，铜水洒了一斤，将铸不成万斤大钟[①]。工匠女儿身上的首饰正好重一斤，可怎么也摘不下来，只好投身炉中，凑够万斤之数。在这个传说中，人祭的原因似乎仅仅是因为牺牲者身上的首饰。《青铜葫芦镇宝塔》[②]也说浇铸的铜水不够，欧春子率众工匠各把自己的手镯抛入炉中凑够了铜水，赢得了成功。以上两个例子中，冶铸成功与活人祭炉的关系渐渐疏远，以至于没有了。而代之以活人身上的某种物品。于是，陶冶人祭传说随着人祭观念的进一步淡化而产生出一些更新的变异来。

清人宣鼎《夜雨秋灯录·古铁剑》云：方雪蓬得古铁一方，实际是五金之精，屡炼不化。后来访得一位老叟，老叟用女乞丐的发垢涂在古铁上，然后就炉灼烧，做成三支铁笔。现代民间流传的《贫婆钟》[③]说，百姓为防官兵和土匪，集资铸钟。贫婆将仅有的五个小钱捐上，主持人嫌少，扔了。钟铸成了，却不会响。人们找回那五个小钱，将它们铸入大钟，并在重铸时在钟上写了"不打中，不打沿，单打贫婆五个钱"等字样，于是一敲即响。广西仫佬族中流传的《北岭覆钟》[④]传说与此情节基本相同，只是后来没能补上那扔掉的钱，所以钟声沙哑。这类传说还有许多，不能一一列举。

这些变异是陶冶人祭观念逐渐淡化，以至于部分地趋于消亡而引起的。它们在情节上已经部分地或全部地脱离了陶冶人祭传说的传统，不再属于陶冶人祭传说。但它们作为来自陶冶人祭传说的变异，却是不能否认的。这些变异的出现，消极地影响着陶冶人祭传说的继续存在与流传，这一点是不容忽视的。

---

① 江苏人民出版社编《南京民间传说》，江苏人民出版社，1983年。
② 华积庆《中国民间工艺故事选》，福建人民出版社，1984年。
③ 见《南风》1986年第4期。
④ 包玉堂等编《仫佬族民间故事选》，上海文艺出版社，1988年。

六、怀疑精神与陶冶人祭传说面临的挑战

现实的人祭习俗在春秋战国时代已经衰亡。尽管陶冶行业因为自身的特殊性而较多地保留了人祭观念,甚至到明代还发生童宾自杀投窑的悲剧性事件。但人祭观念毕竟已经日趋没落,越来越淡漠了。如果说这一切只是消极地影响陶冶人祭传说的继续存在与流传,那么怀疑精神的日渐发达则向陶冶人祭传说提出了严峻的挑战。

随着社会的发展,文明的进步,人们自然会对陶冶人祭观念产生种种怀疑。许多陶冶人祭传说中人祭的要求既不是由神灵提醒人们的,也不是工匠们自己根据旧观念提出的,而是由恶棍们提出来的。这等于说人祭习俗是一种恶劣、野蛮的行为,理应铲除。而另外一些传说异文则根本否认人祭的作用。在现代苏州流传的《试剑石》传说中,吴王阖闾让干将用三百童男童女祭炉,但干将不忍心,结果根本没用人祭就把剑铸成了。在这个作品中,人祭成了可有可无的事。这些思想的出现,对于陶冶人祭传说的继续存在无疑是一个巨大的威胁。

但是,陶冶人祭传说在数千年历史的发展过程中所获得的传承力量以及它的神奇情节的巨大吸引力使人们无法将它彻底抛弃。于是,人们想出种种新的理由来重新阐述它,使它能够永远流传下去。正如柳田国男《传说论》所说:"住在乡下的村民们,将那仅有的传说,无比珍视着、爱护着传到了今天……至于'后代人'随着时间的演变,按自己的理解补充了一些解说,或添枝加叶地往原传说中塞进了一些固有名词(人名、地名)等,其动机也不外乎是'想着永远地信下去',而别无其他。"[①]现代河南禹州流传的《金火圣母》[②]传说虽然还继续讲人祭,但它解释说,通过人祭可以把牺牲者的血气凝结在烧造的花瓶上,从而烧出了"血般艳红的花瓶"。

---

① [日]柳田国男《传说论》,连湘译,中国民间文艺出版社,1985年。
② 林野等编《中州名胜传说》,上海文艺出版社,1986年。

现代甘肃流传的《凉州钟》①则说,为了铸好大钟,非要一名金嗓子的女歌手祭炉不可。这实际上暗示女歌手的好嗓子可以影响大钟的声音。而浙江流传的《龙泉青瓷》②传说则完全用一种类似于科学的观点来解释人祭带来的奇迹。该传说认为古代童男童女祭窑之所以能带来成功,乃在于人祭牺牲的血水改变了烧窑条件。传说主人公据此原理反复试验。最后,其弟媳误将水放入窑中,成就了名器。这一切都标志着现代人在不断地根据现代观念重新解释人祭传说。换言之,陶冶人祭传说在不断地适应现代社会的思想文化环境。

但是,像《龙泉青瓷》这样的陶冶人祭传说变异,事实上否认了人祭观念。那么,陶冶人祭传说能够继续存在下去吗?

回顾历史,我们看到陶冶人祭传说在失去了现实的人祭习俗背景后,时时都有失传的危险。但它不断调整内部结构,从祭神观念到具体情节都发生过种种变化,先后形成了孝女救父祭神变型、妻子救夫祭神变型以及童男童女祭神变型等陶冶人祭传说的新品种。陶冶人祭传说不但适应了新环境,而且还获得了更大的传播范围,从而进一步丰富了自己。可以说,陶冶人祭传说成功地应付了历史上的几次挑战。

陶冶人祭传说还是能够继续流传下去的。

首先在于它具有深厚的信仰背景。陶冶行业的行业神崇拜在历史上虽然发生过巨大的变化,但始终保存着原始行业神崇拜中人祭的影子,新的行业神本身就是从人祭牺牲转化而来的。只要陶冶工人的这种行业神崇拜存在,陶冶人祭传说就会继续存在。

其次在于它具有巨大的艺术魅力。活人投身熊熊燃烧的冶炼炉或瓷窑便产生了奇迹,铁水可以奔腾几十里,瓷床可以冬暖夏凉。故事情节惊心动魄,风格悲壮激烈,让人感动不已。这种感人至深的传说是人们难以忘怀的,也是具有强大生命力的。

---

① 《凉州钟》,见《民间文学》1982年第10期。
② 《龙泉青瓷·九天玄女》,见《西湖》1979年12月号。

第三在于陶冶人祭传说的基本情节结构和思想内容仍然具有很大的适应潜力，它应该能够继续流传下去。这一点，我们只要考察一下孝女祭神变型的新变异就可以知道。现代南京流传的《鼓楼大钟亭》[①]传说本来应该属于孝女救父祭神传说变型，但是这里却强调老工匠承担任务是为了拯救别人，他的三个女儿先后投炉也并非出于救父孝心，而只是为了免除一对童男童女被投炉的命运，她们是代替那对童男童女去死的。这样，该传说的主题就成了对三个女儿舍己救人精神的赞颂。现代河南禹州流传的《金火圣母》传说中的牺牲者，父亲早已亡故，只是与母亲相依为命。她的投窑完全是为了使父老乡亲们免除一场灾难，和孝道已经毫无关系。以上两个作品中舍己救人思想与我们现代提倡的为人民利益牺牲个人的思想是合拍的。这是孝女救父祭神变型在新社会发生的主题变化。仅仅通过主题变化，这一古老传说就在新环境中站住了脚跟。而事实上，陶冶人祭传说适应新时代的途径除此之外还可以进行情节变化，甚至可以给陶冶人祭传说带来更大的适应能力。比如，现代甘肃流传的《大云晓钟》[②]传说云：唐代凉州有一个和尚为了讨好武则天，要铸大钟。但铸成后大钟裂开一个口子，合不上。于是，和尚出主意要用童男童女祭炉。正在此时，童男的叔叔化装成大法师，声称这个和尚亵渎神明，必须用他祭神赎罪，大钟才能铸好。结果把和尚投入冶炉，大钟遂成，并发出"应当、应当"的声音。这种始作俑者最终害了自己的故事模式是极其普遍的，从我国古代的西门豹治邺传说，到日本现代水利建设方面的人祭传说[③]，都是采用这种故事模式。这种故事模式可以完全不依赖对于人祭的信仰。只要这种故事模式一天不消亡，陶冶人祭传说就可以继续存在，其生命力是不可限量的。

所以，我认为，陶冶人祭传说尽管面临种种挑战，但最终将长久流传下去。

---

① 董志涌《南京的传说》，上海文艺出版社，1984年。
② 易希高《丝路传奇》，重庆出版社，1984年。
③ 见柳田国男《传说论》，1985年。

再论中韩两国陶瓷、冶炼行业人祭传说的比较

一、对本文概念和材料的说明

人祭,就是把活人当作祭品、牺牲品献给神灵,以求得神灵保佑与赏赐。这是古代曾经出现过的一种宗教习俗,现在已经随着人类文明的发展彻底消亡。但是,由于人祭习俗的残酷及其幻想结局的神奇在人类脑海深处刻下了极深的记忆痕迹,所以人祭作为一种叙事母题总是反复出现于各种口头传说之中。例如,为河伯(河神)娶妇的传说,向吃人妖魔(大蛇或者金鱼精)献童男童女的传说,修建水库大坝、大桥等重大工程的时候杀人奠基的传说,烧制陶瓷或冶炼、铸造金属时把活人投入陶窑或熔炉的传说,等等。美国民俗学家斯蒂·汤普森《民间文学母题索引》中S260、S261、S262、S263、S264,以及B11.10等都是人祭母题,其分布范围遍及世界各地。这些以人祭母题为核心的传说就是本文所说的人祭传说[①]。

中、韩两国都存在不少人祭传说,也涉及建筑、陶瓷、冶炼等行业。但是,本文只讨论陶、冶两个行业的人祭传说。

本文把陶瓷、冶炼两个行业的人祭传说放在一起研究的原因和根据是:陶瓷、冶炼行业的生产方式比较接近,都是使用高温窑炉。在中国历史上,这两个行业之间存在渊源关系[②],古汉语中也常常把两个行业并举,称之为"陶冶"(现代汉语中,这个名词演化为动词)。两个行业各自崇

---

① 英文即 the legend of human sacrifice。
② 详见中国硅酸盐学会《中国陶瓷史》,商务印书馆,1982年,第52—53页。

拜的行业神也彼此相关,甚至于一神而兼二职,例如《吕氏春秋·君守篇》云:"昆吾作陶。"即,昆吾发明了制陶。高诱注:"昆吾,颛顼之后,吴回之孙,陆终之子,己姓也。为夏伯制作陶冶。"按照这个说法,昆吾同时发明了制陶与冶炼。《考工记》则把发明制陶、冶炼的行业神定为神农:"炎帝神农氏始课工、定地、置城邑、设陶冶。"近现代的陶瓷、冶炼行业在祭祀行业神的习俗方面也存在类似。因此,这两个行业的人祭传说非常接近。所以,本文的研究范围限制在与陶瓷、冶炼行业相关的人祭传说,简称"陶冶人祭传说"。

我目前掌握的中国陶瓷、冶炼行业的人祭传说有 37 篇(包含 2 篇口头资料),另外还有 12 篇异文则是使用人的头发、指甲、血液等代替活人作祭品。合计 49 篇。韩国方面的材料共计 16 篇。其中包括我在韩国大田搜集到的 10 篇关于奉德寺大钟的人祭传说(6 篇文献资料、4 篇口头资料),在北京的韩国留学生中搜集到 1 篇。另外,1999 年《韩国民俗学会报》第 10 号发表了崔云植先生的《人祭传说研究》[①],涉及多种行业的人祭传说,其中有 4 篇关于奉德寺大钟和 1 篇关于首尔大同门公园铜钟的人祭传说。

1987 年以来,我先后两次讨论中国的莫邪铸剑投炉传说[②]和陶瓷冶炼行业的人祭传说[③],主要用人祭这种原始信仰来解释此类传说中神奇情节的根源,以及人祭传说在中国社会各种主要思想影响下形成的变异。2003 年,在崔云植先生论文启发下,对中、韩两国的陶冶人祭传说进行了初步的比较研究[④]。本文是根据近年得到的新材料对中、韩两国的陶冶人祭传说所做的全面探索。

---

① 我邀请韩国留学生李根硕翻译了崔先生的论文。
② 陈连山《从原始信仰看莫邪投炉的合理性》,《民间文学论坛》1987 年第 3 期。
③ 陈连山《陶瓷、冶炼人祭传说再探》,北京大学中文系编《缀玉二集(北京大学中文系青年教师学术论文选编)》,北京大学出版社,1994 年,第 266—292 页。
④ 陈连山《中国韩国人祭传说的比较研究——以陶瓷、冶炼行业相关的传说为例》,张玉安、陈岗龙主编《东方民间文学比较研究》,北京大学出版社,2003 年,第 41—50 页。

二、陶冶人祭传说的原型

陶冶人祭传说的核心是其中的人祭母题。而人祭母题则是由被祭祀的神灵、祭品(牺牲者)和祭祀方式三部分构成。这三部分之间的不同组合,反映了不同的宗教观念。

我所掌握的 59 篇中、韩两国的陶冶人祭传说的人祭母题就分别属于不同的类型。我在《陶冶人祭传说再探》中依据古代文献记录和情节类型分析,构拟了陶冶人祭传说人祭母题的原始形态,是:男性的炉神,牺牲品是妇女,祭祀方式是为炉神娶妻[①]。与此相应的故事情节原型是:

1. 陶冶工人没有向炉神献祭,触怒炉神,导致铸造失败。
2. 为炉神娶妻。
3. 铸造成功。

这和战国时代漳河农民为河伯(河神)娶妇的宗教行为是一致的。

陶冶人祭传说在中国的最早文献记录出现在东汉人赵晔的《吴越春秋·阖闾内传》:

> (吴王)请干将铸作名剑二枚。……干将作剑,采五山之铁精,六合之金英,候天伺地,阴阳同光,百神临观。天气下降,而金铁之精不销沦流。于是,干将不知其由。莫耶曰:"子以善为剑闻于王,王使子作剑,三月不成,其有意乎?"干将曰:"吾不知其理也。"莫耶曰:"夫神物之化须人而成。今夫子作剑,得无得其人而后成乎?"干将曰:"昔吾师作剑,金铁之类不销,夫妻俱入冶炉中,然后成物。至今后世即山作冶,麻绖菆服然后敢铸金于山。今吾作剑不变化者,其若斯邪?"莫耶曰:"师知铄身以成物,吾何难哉!"于是,干将妻乃断发剪爪投于炉中。使童女童男三百人鼓橐装炭,金铁乃濡,遂以成剑。阳曰干将,阴曰莫耶。

---

① 详见陈连山《陶瓷、冶炼人祭传说再探》,载《缀玉二集》,第 271—275 页。

但是这条材料存在一些问题:核心问题是师父欧冶子的祭炉方式是"夫妻俱入炉中",作牺牲,但是徒弟干将的祭炉方式仅仅是妻子莫邪的一部分头发和指甲——这是一种替代性的牺牲[①]。师徒两代针对同样的问题、祭祀同一个神,他们的祭祀方式竟然不一致!这是完全不符合祭祀仪式惯例的。这说明赵晔记录的可能是传说的变异形式。所以,这条最早的文献记录并不是陶冶人祭传说的原型。

最能代表陶冶人祭传说原型的文献记录是唐人陆广微《吴地记》的记载:"干将曰:'先师欧冶铸剑之颖不销,亲铄耳,以□□成物。□□可女人聘炉神,当得之。'莫邪闻语,□入炉中,铁汁遂出。"[②]这段文字虽然有残缺,但是文中明确指出了为炉神聘娶妻子可以得到成功,莫邪投身炉中,验证了这种信仰。所以,这是一个珍贵的能够代表陶冶人祭传说原型的文献记录。陶冶人祭传说原型所反映的宗教观念是非常古老的。其中的炉神具有明显的异己性质,他要求人类奉献自己的生命以换取支持和保护。所以,这种炉神崇拜是一种原始宗教。《吴地记》记录的这个原型传说是原始宗教在民众中的一种历史记忆。

根据"历史地理学派"研究民间故事传播的一般理论,由于记录时间早,同时也有符合原型的传说异文,所以,中国可能是陶冶人祭传说的发源地。

我所见到15篇韩国陶冶人祭传说都是有关铸钟的,陶瓷行业没有(可能是文献不全,我尚未到韩国陶瓷行业进行调查)。这些传说中没有和原型接近的材料。

现有韩国陶冶人祭传说以奉德寺大钟的传说为代表。此钟正式名字是"圣德大王神钟",俗名"eimille 钟",目前保存在庆尚北道庆州市国立博物馆,属于国宝级文物。崔云植先生总结该传说的基本情节如下:1.新制作的钟声音不好。2.住持梦见一个老人说:"你们制作钟的时候,有个夫

---

① 参见江绍原《发须爪》。
② 〔唐〕陆广微撰,一卷。《宋史·艺文志(五)·地理》著录。原书已佚,现存辑本。引文出自《说郛合刊》卷六三。

人会施舍她的女儿。"3. 和尚找到那位夫人,说服她,然后把孩子在铸钟时放进去。4. 完成了大钟。我搜集的 11 篇韩国人祭传说中也没有涉及原始炉神或钟神的内容。

有一点需要特别说明。崔先生认为这些韩国传说里的老人就是钟神,我认为不妥。从韩国的铸钟传说内容看,老人仅仅是一个通晓铸钟需要人祭的人物。《韩国口碑文学大系》第 7 卷第 2 册《奉德寺钟》里也有一个了解这种需要的普通人。1998 年,忠南大学中文系学生朴美贞提供的口头材料是一位日官通过占卜知道需要用一个男孩子作为祭品。所谓日官,就是一个算命的。只有韩国《说话杰作选》第 138－143 页所收的《"eimille"钟》称和尚梦见的是一位神灵。但是,这位神灵并不是要牺牲,而是说那位母亲撒谎没钱,应该予以惩罚,才夺走了孩子。这位神灵更像是要求虔诚信仰的佛教神灵,而不是钟神。因此,我认为:韩国陶冶人祭传说中没有原始的炉神(或钟神)。没有原始的炉神,当然也就不存在为炉神娶妻的情节。

三、陶冶人祭传说的变型

农业方面的河伯崇拜在战国时代被西门豹铲除了。陶冶工人抛弃了向人类索要新娘的原始炉神,又创造了新的行业神——他们把原来的牺牲崇拜为新的行业神。这种新兴行业神的成神过程就是作牺牲。与此相伴,出现了陶冶人祭传说的各种变型。

目前所见的绝大多数陶冶人祭传说的人祭母题都呈现为变异型态,可以概括为两大类:牺牲者成神的变型,无关行业神信仰的变型。

1. 牺牲者成神的变型

在各种变型中,最接近信仰实践的变型是牺牲者转化为神灵,受到人们崇拜的变型。例如,《太平御览》卷四引唐人牛肃《纪闻》云:

吴宣城郡青阳县有梅根冶孝女李娥庙。居曾阜之巅……娥父,吴大帝时为铁官冶,以铸军器。一夕炼金,竭炉而金不出。时吴方草创,法令至严,诸耗折官物十万,即坐斩;倍,又没入其家。而娥父所损折数过千万。娥年十五,痛伤之。因火烈,遂自投于炉中,赫然属天。于是金液沸涌,溢于炉口。娥所蹑三(三,疑当为"二")履浮出于炉,身则化矣。其金汁塞炉而下,遂成沟渠,泉注二十里,入于江水。其所收金凡亿万斤。沟渠中铁至今仍存。故吴俗每冶铜铁,必先为娥立祠,享而祈福。

其中根本没有提及原来的炉神,李娥投炉的情节中也没有提到人祭需要,只是说"痛伤"于父亲即将遭受刑罚,于是投炉。李娥投炉产生奇迹的原因,也不再与炉神有关,而是被解释为"孝心感动天地"——祠庙被冠以"孝女李娥庙"的头衔,宋人乐史《太平寰宇记》卷一〇五记载的传说云:李娥投炉以后,被人尊为"圣姑",所立之庙名"孝娥庙"。李娥传说还被收入《孝苑》、《百孝图说》。这些传说强调的"孝心感动天地"应该是汉代以后鼓吹孝道的主流社会(即冶炼行业以外的人)对冶炼行业的人祭传说进行的利用和改造,他们强调的是李娥投炉的目的——替父亲受罚,或者说是救父亲。牛肃的记录没有详细说明冶炼工人如何解释李娥投炉的原因,只是说当时吴地冶炼行业的从业者也崇拜李娥,"每冶铜铁,必先为娥立祠,享而祈福"。我觉得,工人们并不是从表彰孝道的目的去祭祀李娥的,而是为了能够完成冶炼工作。他们看重的是李娥投炉的结果——保证冶炼成功。因此,李娥是他们的行业神——一个由牺牲者转变成的神灵。

在行业神的性质上,李娥和原来那种异己的男性神完全不同。但是,从情节发展来看,女性投炉能够带来成功,而且,这位牺牲者还成为行业神,这明显是从原型转化而来。所以,李娥传说属于陶冶人祭传说的变型。

牺牲者转化为神的情节在陶冶人祭传说中相当常见。明末屈大均《广东新语》记载了当地另外一位从牺牲者转化为神灵的冶炼业女神:"铁于五金属水,名曰黑金,其神女子。相传有林氏妇,以其夫逋欠官铁,于是投身炉中,以出多铁。今开炉者必祠祀,称为'涌铁夫人'。"民国时期,北京钟楼大钟的传说中,姑娘为了避免父亲被杀而投身熔炉。皇帝敕封她为"金炉圣母",在附近建立钟娘娘庙加以祭祀①。我在1987年调查时,听当地居民说:原来有庙,现在已经被毁。城市居民为什么信仰这样一位行业神,究其原因,原来钟楼附近有一片居民区,旧名铸钟厂。那里在明清时代曾经是铸钟作坊所在地,正是铸钟行业人口的集中地。这位"金炉圣母"(或"铸钟娘娘")是当时铸钟工人信仰的由牺牲转变来的行业神。附近的居民受铸钟工人影响,也记住了这位女神。北京西郊大钟寺里另外一口大钟也有类似传说,投炉的姑娘成了神,很多人信仰她,初一、十五给她上香,尤其是三月十五,上香的人更多。大约20世纪50年代的时候,该寺每年给她献一双新鞋(传说全文见附录)②。

在陶瓷行业同样存在许多把人祭牺牲者崇拜为行业保护神的传说。例如,陶瓷行业的人祭传说中"老师傅女儿"③、"陈氏窑女"④、"金火二圣姑"⑤、"金火圣母"⑥都是女牺牲者被崇拜为行业保护神。但是,清代记录的"风火仙"童宾⑦和现代钧瓷产地的"芦师傅"则是男性牺牲者转化为行业保护神,这和人祭传说的原型距离更大了,属于更新的变型。

上述人祭传说资料都直接或间接地来源于陶瓷、冶炼行业。它们是陶冶行业内部流传的关于行业保护神的传说,因此这些传说和陶瓷冶炼行业的行业信仰有着深厚紧密的联系。

这些陶冶人祭传说变型的资料中所反映的宗教观念显然和原型所反映的宗教观念大不相同。这里的神灵原本是人类牺牲者,为了拯救其他

---

① 驯羊《北平传说》,载上海《宇宙风》第21期,1936年7月1日。金受申《北京的传说·铸钟娘娘》称此庙为"铸钟娘娘庙",北京出版社,1981年。
② 禾波、许步云、郑瑞林搜集《大钟寺》,见中国民间文艺研究会、北京市文学艺术界合编《北京民间传说故事资料》(第三册),油印本,1960年。
③ 载《民间文学》1960年第4期。
④ 王冰权、康戎《玉茗花·风火仙》,江西人民出版社,1980年,第185—188页。
⑤ 〔清〕孙承泽《春明梦余录》,见《古今图书集成·经济汇编·考工典》卷八。
⑥ 林野等编《中州名胜传说·金火圣母》,上海文艺出版社,1986年,第208—210页。
⑦ 〔清〕朱琰《陶说》卷一。〔清〕唐英《陶人心语》卷六称之为"火神童公"。

人而献出了自己生命,因此具有崇高的道德价值。这里的神、人关系是亲密的,和原始的炉神与人类的关系不同。这是建立在崇德报功观念基础上的一种宗教信仰①。

2. 无关行业神信仰的变型

当然,中国有些人祭传说中没有牺牲者成神的内容。例如天津流传的《鼓楼的大钟》②说:铸钟时,几个劣绅出主意,抓来一对童男童女祭炉。女孩子的鞋子掉在炉外,所以大钟发出的声音是"鞋"。情节跟北京钟楼的传说非常接近,只是多了一个男童。但,他们都没有成神。这是天津大钟传说与北京大钟传说之间的最大区别。河北承德地区流传的《新宫庙顶的龙》③说:铸造九龙盘顶的时候不断失败,老金匠意识到要用童男女祭炉,只好把自己的儿女投进熔炉,才获得成功。但他悲痛欲绝,一条龙突然活了,驮着他飞走了。

南京地区流传的《铸钟》④变异更大。它说:在铸造万斤大钟的时候,铜水洒了一斤,即将失败。工匠的女儿身上的首饰正好一斤,可是情急之下摘不下来,只好投身炉中。在这个作品中,人祭完全是出于偶然,似乎是可有可无。

甘肃流传的《大云晓钟》⑤的情节更复杂:一个和尚为讨好武则天而铸造大钟,结果有裂缝,和尚要用童男童女祭炉。这时候,有人声称该和尚亵渎神明,必须用他祭神赎罪。最后,和尚自己成了牺牲品,所以大钟发出的声音是"应当、应当"。这里的和尚是个恶棍,讲述人完全不相信人祭,和尚的死被认为是理所应当,他当然不可能成为神。

这样的作品还有一些,此处不赘。

现有韩国陶冶人祭传说中也没有牺牲者成神的内容。我推测其中的

---

① 详见陈连山《陶冶人祭传说再探》,载《缀玉二集》,第 278—279 页。
② 天津民研分会《天津风物传说》,百花文艺出版社,1984 年。
③ 中国民间文艺出版社编《中国地方风物传说选》第 2 集,中国民间文艺出版社,1983 年。
④ 《南京民间传说》,江苏人民出版社,1983 年。
⑤ 易希高《丝路传奇》,重庆出版社,1984 年。

原因是：在这些韩国传说里，牺牲者都是被动的，她(他)们之所以成为牺牲，一般是因为母亲说错了话。故事结尾的钟声"eimille"，意思是"因为妈妈"①，就是牺牲者在抱怨妈妈说错了话，导致自己遇害。当然，这样的牺牲者不具备拯救他人的意义，所以不可能成为保护神。由此可以判断，现有韩国陶冶人祭传说中缺乏牺牲者成为行业神的变型。

那么，现实中韩国陶冶行业是否没有对牺牲者的崇拜？我没有找到相关材料。可能是我调查不够造成的，也许是韩国调查者对陶瓷冶炼行业的行业神崇拜了解不够——现有人祭传说材料可能都是从行外人那里得到的，不能充分反映行业神信仰的实际情况。因为，韩国土木工程行业的人祭传说中就存在把牺牲者加以崇拜的内容，例如崔云植先生论文中使用的第9条资料《丹若的灵魂长眠碧骨堤》是修筑堤防使用人祭的传说。其中丹若为了成全他人幸福，主动代替别人做了牺牲者，成就了大堤。金堤地区的人民开始祭祀丹若的伟大灵魂。既然土木工程方面能够接受祭祀伟大的牺牲者，那么从理论上说，陶冶行业也可能接受。希望未来进一步深入的田野作业可以找到这样的异文。

四、韩国陶冶人祭传说的两大特点

1. 与行业神崇拜关系疏远，文学幻想色彩浓厚

前文已经说明，韩国陶冶人祭传说跟行业神崇拜关系不大。因此，这些传说的文学创作自由度相对较高，文学色彩浓厚。故事讲述人似乎并不关注为什么需要人祭，也不关注牺牲者死后的结局，而是关注获得牺牲者的过程——特别强调是母亲失言致使孩子被选为牺牲。

---

① eimille 的意思是"因为妈妈"。1998年6月，全罗北道镇安郡的女故事家黄英顺解释"eimille"的意思是"妈妈送我"。琦君《琦君自选集·韩国庆州佛国寺与新罗遗迹》记录的"eimille"钟的异文是父亲杀了孩子，用血涂钟。所以，它解释"eimille"是孩子呼喊"妈妈"，没有"因为"的意思。为此，我托人专门询问过庆尚道的韩国朋友，按照当地方言，是"因为妈妈"的意思。

韩国这 15 篇铸钟传说中有 7 篇情节十分近似：和尚为了铸钟而化缘，一个妇女没有钱，只有一个孩子。她说："如果您要孩子，可以带走。"在另外一个异文中，母亲有钱，但是不肯施舍，于是用开玩笑的说法推脱："我只能捐献自己的孩子。"各个异文中，这句话的说法略有差异，但大意近似。有人认为这是一句含糊不清、模棱两可的话。我认为：仅仅从字面来理解这句话，它的确有歧义。可是，在作品的特殊语境中，母亲原话的意思很清楚，是一种委婉的拒绝。在后来的情节发展中，和尚要求按照这句话的字面意义带走孩子时，母亲坚决反对。由此可以清楚地判断：她原来的话仅仅是一个推辞而已。因为任何正常的人都绝不可能要求别人捐献孩子的生命。所以，这句话的含义大致相当于汉语的"要钱没有，要命一条"。只是语气比较和缓而已。这句委婉拒绝的话，被别人刻意误解为同意捐献孩子，于是孩子被杀铸钟。钟声是"eimille"，意思是"因为妈妈"。这个细节非常重要，它是韩国铸钟传说中的核心内容之一。"eimille"在民间已经成为奉德寺大钟的通用名字。

在中国众多的陶冶人祭传说中只有一个异文与此相近：甘肃武威流传的《大云晓钟》①有这个母题——和尚逼某家的丈夫去参加铸钟，又去他家化缘。妻子无物可捐，就愤怒地说："你硬要化（缘），就把尕娃②化去好了。"结果和尚利用这句话，抢走孩子准备祭炉。母亲为自己失言，大为后悔。万幸的是孩子的叔叔设计让和尚自己成为祭品，孩子才免于一死。这个"母亲失言"的母题与上述韩国铸钟传说非常一致。看来，中国民众也想到了母亲失言的情节，但是没有让它成为主导故事发展的核心情节。

2. 韩国陶冶人祭传说几乎完全集中在圣德大王神钟（eimille 钟，又名奉德寺钟）

圣德大王神钟原在庆州奉德寺，现存庆州国立博物馆。可是，它的故

---

① 易希高《丝路传奇·大云晓钟》，第 52—62 页。
② 尕娃：西北方言，小孩子。

事却流传到韩国各地,全罗北道、忠清南道、庆尚北道、首尔都有,甚至流传到中国境内的朝鲜族中间①。而且,这个传说情节基本上只属于它,全国各地那么多古钟只有首尔大同门公园那口钟有一个类似传说,其他钟都没有。完全可以说,圣德大王神钟垄断了这个故事情节。

圣德大王神钟传说发生垄断性的全国乃至国际性的流传,其原因是比较复杂的。

首先,这个传说的艺术价值很高,很吸引人。其故事情节出人意料,妈妈的一句平常话,却被解释为"愿意捐献孩子";而孩子成为人祭牺牲之后,竟然带来成功。其中的教训意义也非常明显,那就是平时不要随便乱讲话、乱承诺。在一个讲究礼仪、行为严谨的民族中,人们当然欢迎这个作品。不过,仅仅这个理由并不足以使圣德大王神钟传说发生垄断式的大流传,因为别的地方完全可以把这个故事情节转移到本地的大钟身上,而不必讲远在千百里外的庆州奉德寺圣德大王神钟。换句话来说,圣德大王神钟几乎完全取消了全国其他大钟形成地区性人祭传说的机会。为什么?

这就谈到了第二个原因,政治传统和意识形态方面的原因。从历史看,圣德大王神钟铸造于新罗时代。而新罗乃是韩国历史上非常强盛的国家,正是它消灭了高句丽和百济,完成了朝鲜半岛的统一。后来,新罗的政统被高丽和朝鲜时代所继承,所以,后世尊崇新罗时代顺理成章。包括圣德大王神钟在内的新罗时代的文化业绩受到后世尊崇也是很自然的。庆州是新罗的文化中心,根据顾颉刚在《孟姜女故事研究》中总结的理论——文化中心地区的故事具有更大的影响力②,那么位于这里的圣德大王神钟的传说自然更容易获得人们的重视。

第三个原因是圣德大王神钟本身的价值。它是韩国目前已知最大的古钟,被列为第 29 号国宝,陈列在重要旅游区的国立博物馆中,供人参

---

① 《奉德寺钟》,见《韩国口碑文学大系》第 7 集第 2 卷,韩国精神文化研究院出版,1980 年,第 298—300 页。
② 顾颉刚《孟姜女故事研究集》,上海古籍出版社,1984 年,第 67 页。

观。据说,它的形制已经显示出韩国特有的风格。因此,它代表着韩民族的高度文化成就,在全体韩国国民心中的地位十分崇高。那么,它的传说自然受到人们的普遍重视,从而获得广泛传播就顺理成章了。

相比之下,在中国没有任何一个陶冶人祭传说具有全国性的传播范围。没有一件瓷器作品具有全国性意义,同样也没有一口古钟得到全国性声誉——即便是目前测定为全国第一大的北京钟楼大钟,其他地区的人一般也不知道。原因之一是大钟高悬在数十米高的钟楼之上,政府不许人们接近它。所以,人们对这口大钟的了解非常之少。它的传说就无法取代各地存在的地方性大钟人祭传说。比如天津鼓楼也有自己的铸钟人祭传说,南京鼓楼大钟亭有自己的铸钟人祭传说,它们彼此接近,可谁也无法替代别人。北京钟楼大钟的传说是匠人女儿救父亲投炉,但遗下一双(或一只)鞋,所以大钟在阴天的时候就发出"鞋……鞋……"的声音。人们祭祀她的时候,供品有一双鞋。天津距离北京较近,传说也接近。天津的传说是抓来了一对5岁的童男童女,抛进熔炉,铸成大钟。但是,抛得太急,女童掉了一只鞋,所以,大钟发出"鞋"的声音①。南京鼓楼大钟亭的铸钟传说有两种:其一与北京一致,父亲阻止女儿不及,只抓下一只鞋,所以钟声是"鞋、鞋"②。其二说因为铸钟不成,来了三个少女投炉,铸成大钟③。在天津、南京找不到关于北京大钟的传说。其他城市,例如甘肃武威钟楼、湖南岳麓山下的大钟都有关于人祭的地方性传说。陶瓷行业的情况也类似,尽管景德镇是中国瓷都,但是它没有一件作品全国闻名,能使其传说家喻户晓。所以,景德镇的各种人祭传说和其他瓷器生产地的人祭传说并行于世。在这里,中国辽阔的国土面积导致的交流障碍是阻止出现某个陶冶制品的人祭传说发生全国性传播的原因之一。

通过上述对比,不难看出由于各自的历史地理特点决定了中、韩两国

---

① 天津民间文艺研究会分会《天津风物传说·鼓楼的大钟》,百花文艺出版社,1984年,第17—18页。
② 见蔡震中、纪鑫山《南京民间传说·铸钟》,第41—43页。
③ 石三友《金陵野史·古代报时处——大钟亭》,江苏人民出版社,1985年,第96—97页。董志涌《南京的传说·鼓楼大钟亭》中的说法略有不同,上海文艺出版社,1984年。

陶冶人祭传说的不同传播特点。

五、中、韩陶冶人祭传说比较的结论

第一，中国最早的记录是东汉。唐代的记录材料也有一些。而现有的韩国陶冶人祭传说的记录年代都晚于中国记录。我所见到的15条韩国资料中，14条都是关于庆州国立博物馆所收藏的圣德大王神钟（又名奉德寺钟、"eimille"钟）的。此钟原来是新罗国孝成大王为追悼父亲圣德大王而造，完成于慕王时代，相当于中国唐代宗大历六年（771）。而且当时史料上根本没有这个传说，所以它可能是后来逐步产生的。具体产生年代不详。而唯一的例外是关于首尔大同门公园铜钟铸造过程的人祭传说，其年代更晚。崔云植先生认为它很可能是受圣德大王神钟人祭传说影响产生的。所以，根据现有材料推断，韩国的陶冶人祭传说记录晚于中国同类传说的记录。我期待能早日见到韩国方面更古老的记录。

第二，中国有一篇唐代记录，符合人祭母题的原型。而现有15条韩国陶冶人祭传说资料中的人祭母题都不符合上述原型。其中没有那种异己力量的神，人祭牺牲更不是作为妻子献给神的。因此，它们应该是产生时代较晚的人祭传说变型。

第三，中国陶冶人祭传说有大量的牺牲者成为新的行业神，像李娥、涌铁夫人、风火仙等。而韩国陶冶人祭传说中没有牺牲者成为神的内容，这些传说距离陶冶行业的实际信仰比较远，应该是比较晚近时代的一种变异。

因此，我推论：韩国陶冶人祭传说可能是从中国传播过去的。

作品附录：

大钟寺

讲述人：北京西长安街派出所警察刘永生

记录人：禾波、许步云、郑瑞林

选自 1960 年 6 月 5 日中国民间文艺研究会与北京市文学艺术界联合会合编《北京民间传说故事资料》第三册

海淀区有一个大钟寺，这里的这口钟很大。每逢初一、十五，许多人到这儿烧香，尤其三月十五日，这儿挺忙，很多人去烧香。

据说这口钟有三层楼房那么高、那么大，要敲钟得上楼去敲。钟敲出来的声音老是"鞋——鞋——"，为什么这样呢？

当时皇上要铸这口大钟，限定多少天铸成，铸不成要杀头。这许多工匠中有一个工匠是头，铸不成，他得先杀头。大家没有办法，铸了好多天没铸成。这个头很发愁，这天回家和家里人说话，他的闺女躲在旁边听。她听父亲会被砍头，就说："我有个办法，明天我到铸钟厂去看一看就成了。"她父亲问："是什么办法？"闺女回答："这办法现在不能说，说了，你一定不同意我这样做。"

第二天早晨，闺女到钟场去了。她到铸钟场里，就问大家："就用这个铁吗？"大家答："是的。"她又用手一指东边说："你们看那东门是什么东西来？"大伙儿都掉过头去看。她就纵身跳进炉里。大伙回过头时，看见一口大钟铸成了，但是看不见这个闺女啦，只有一双鞋还掉在炉旁。钟铸成，她父亲不会被皇上砍头了。

以后这口钟的声音就是："鞋——鞋——！"这是女孩要鞋子。大钟寺每年都要送上一双鞋。

2007 年 12 月 16 日在北京大学与韩国外国语大学第一届中文论坛发表

作为时间想象的节日

一年365天,任何一天都是一个相等的时间段落。它们彼此之间在现象上有差异(有些日子热一些,有些日子冷一些),但是在自然属性上并没有什么不同。而其中的所谓"节日"之所以能够从365个平凡的日子中间突出出来,在于人们为这个特定的时间赋予了某种文化的属性,为抽象的时间赋予了某种特殊的、具体的想象。而所谓节日民俗,实际就是落实这种时间想象的行为模式,通过民俗活动将人们对节日的想象表现出来。因此,节日民俗实际上是一种日常生活之中的"行为艺术"。节日民俗所具有的价值,应该综合地从各个层面加以判断,不仅从科学层面,还应该从艺术层面、信仰层面综合地进行研究。现代激进主义知识分子仅仅依据科学去判断传统节日习俗的信仰层面与艺术层面,是严重的"知识僭越"。知识分子对于民众习俗必须给予充分的尊重。

一、对节日性质的想象

从时间的客观属性上看,是不存在好坏、吉凶之分的。但是,人类根据自身对于不同时间的主观认识,会赋予不同的时间以不同的涵义与价值。

二分、二至、四立等八个节气,本来是一年之中大自然的变化周期。但是,阴阳哲学把四季变化视为阴阳不断消长的一个过程。《礼记·月令》说仲夏之月:"是月也,日长至,阴阳争,死生分。"郑注云:"争者,阳方盛,阴欲起也。分,犹半也。"[①]而相应的仲冬之月则是:"是月也,日短至。

---

① 《十三经注疏》,中华书局,1980年影印本,第1370页。

阴阳争，诸生荡。"郑注云："争者，阴方盛，阳欲起也。荡，谓物动萌牙（芽）也。"① 从现代天文学观点看，夏至、冬至，不过是地球围绕太阳运行在不同位置决定的地球表面接受日照时间最长和最短的一天而已。但是，古人用阴阳哲学分析这两个日子都是阴阳争斗的具有危险性的日子——这种解说为夏至和冬至赋予了一种意义，否定性的意义。这当然是人们对这两个日子进行的一种想象性的解说。正是基于这种解说，我们看到《月令》又规定了在这两个特殊日期臣子们的行为方式。在夏至日，"君子斋戒，处必掩身。毋躁，止声色，毋或进"②。在冬至日，"君子斋戒，处必掩身。身欲宁，去声色，禁耆（嗜）欲。安形性，事欲静，以待阴阳之所定"③。同样是根据阴阳哲学，春分、秋分被看作是阴阳二气达到平衡的日子，并由此推出一个结论：二分之日适合校正度量衡。《礼记·月令》言仲春之月云："日夜分则同度量，钧衡石，角斗甬，正权概。"④《礼记·月令》仲秋之月与此类似："日夜分则同度量，平权衡，正钧石，角斗甬。"⑤ 以上春秋两季的"日夜分"，就是春分和秋分。二分之日在天文学上只是昼夜长短相当的日子，跟所谓校正度量衡之间并无客观必然联系。二者之所以被《礼记》作者连在一起，也是从日夜分现象抽象出一个阴阳平衡的哲学普遍结论，然后推理到度量衡。杜台卿《玉烛宝典》正是这样来解释此句："昼夜中则阴阳平，燥湿均，故可以同度量。"⑥ 这实际上是通过联想而产生的一个对于时间的想象。

　　基于人们对不同时间的不同认识与想象，一些日子被看作吉日，另外一些则被视为恶日。

　　正月初一一直被视为一个吉祥的日子。《周礼·天官·大宰》："正月之吉，始和。布治于邦国都鄙……"郑玄注："正月，周之正月。吉，谓朔

---

① 《十三经注疏》，中华书局，1980年影印本，第1383页。
② 同上书，第1370页。
③ 同上书，第1383页。
④ 同上书，第1362页。
⑤ 同上书，第1374页。
⑥ 《续修四库全书》第885册，上海古籍出版社，2002年影印本，第20页。

日。大宰以正月朔日布王治之事于天下。"①后代帝王则在这一天举行仪式,接受百官朝贺。清代元旦承应戏《喜朝五位》想象五位男喜神、五位女喜神等神灵在迎新之日来到人间庆贺圣寿无疆,献上一个大喜字。

而那些具有危险性的日子往往被视为恶日。时间接近夏至的五月午日就是一个例子。《夏小正》说五月要"蓄兰"。其传云:"为沐浴也。"《艺文类聚》引《夏小正》佚文:"此日(指仲夏之午日)蓄采众药,以蠲除毒气。"先秦至两汉时代,民众把五月五日视为"恶日",原本是想象当日所生孩子长大以后会杀死父母。作为恶日,五月五日的性质与五月午日近似,于是二者逐渐合为一个端午节。后来的民间传说也一直延续了端午节是恶日的想象——端午节有五毒出现,甚至变幻成妖怪来危害人类。于是,在《白蛇传》中,人们想象雄黄酒能使蛇妖现出原形。清代宫廷端午节承应大戏《混元盒》和长篇鼓词小说《五毒全传》都是五毒或其他妖怪作恶,张天师等神灵来捉鬼除怪的故事。

除夕也被看作危险时刻,传说有各种妖怪作祟。汉代有神荼、郁垒掌管恶鬼并成为门神的神话。《荆楚岁时记》说新年爆竹是为了辟山魈恶鬼。清代北京踩碎芝麻秸的"踩祟"习俗,也是针对除夕鬼怪的。明代内廷岁首供奉剧《庆丰年五鬼闹钟馗》讲述钟馗成神掌管邪魔鬼怪的故事,结局是众神在三阳阁庆贺新年。

这些关于时间的想象既有知识分子对时间性质的哲学想象,也有民众对于时间的宗教和艺术性的想象。这些想象使得节日成为特殊的日子。

既然是想象,为什么不把所有的日子都想象成吉日,那不就能省去恶日各种避讳的麻烦,并赋予人们更多的活动自由吗?历法中的365天是一个时间象征的系统,每一个日子必须彼此保持差异,才能互相区别,才能够构成一个符号系统。有吉日,也有恶日;有平日,也有节日。假如只有吉日,没有凶日,那么吉日的意义也就丧失了,正如有平日,才能显出节

---

① 《十三经注疏》,第648页。

日的意义来。

　　想象是自由的,因而其结果必然是多元的。人们对于同一个节日会有不同的想象。湖北、湖南流行把端午节想象为屈原投江的日子,在知识分子的支持下获得了比较主流的地位。而江苏苏州则把它想象为伍子胥被杀尸体抛入江水的日子。北方地区则延续了古老的"恶日"想象。这是不同地区的民众进行的不同文化选择,自有其特定历史地理环境的合理性。不同的时间想象之间是彼此平等的,因为选择它们是不同民众各自文化权利的体现。研究者不能根据主流观念去评价那些非主流的时间想象,而应该充分尊重民众的文化选择权。保持时间想象的多元化,将使得我们的节日民俗更加丰富多彩。

二、节日民俗是象征性的行为

　　节日民俗的各种行为一般都是按照想象进行的象征性活动。

　　新年爆竹原本是为驱除除夕作祟的鬼怪,所以《荆楚岁时记》说:"正月一日,鸡鸣而起。先于庭前爆竹,以避山臊恶鬼。"[①]后来发展出放鞭炮,传说是迎接灶神、财神返回人间。因此,它是一个象征性的行为。即便抛开传说不提,爆竹也是象征,象征时间的新开端。新年作为一年开端,其民俗活动最为丰富,象征性也最突出。祭神、拜祖、拜年是对人神关系、人伦关系的重新确认,即对于人类作为一个文化存在的确证。新年祭祀的神灵和祖先是最全的,原因在于:春节祭神、祭祖是对国人传统信仰的全面展示与重新确证! 在新年,人们由此重温人神关系,以求获得神灵的庇护。这是我们宗教文化开端的象征。新年穿新衣、吃美食,是象征未来一年有新衣、有美食。春节拜年则是人伦道德的体现。大臣为皇帝朝正,下级官员向上级拜年,晚辈为所有长辈拜年;而皇帝赏赐大臣宴饮、乐舞,长辈赏赐晚辈压岁钱。这一拜一赐之间,长幼尊卑等基本人伦关系与

---

　　① 王毓荣《荆楚岁时记校注》,文津出版社,1988年,第17—19页。

相关的道德规范就得到重新确认。

其他节日民俗也都是象征性的行为。端午悬挂菖蒲,是把它当成"蒲剑"来驱鬼辟邪。中秋月饼一定是圆的,因为那是月亮的象征。

看戏本来都是娱乐活动,但是,明清以后人们在节日观看戏剧,则是象征性活动,因为这些时令戏全部都是跟这些节日本身有关的戏曲剧目。清代宫廷节令承应戏:元旦有《喜朝五位》、《五位迎年》、《椒柏屠苏》;寒食有《追叙绵山》;端午有《灵符济世》、《祛邪应节》、《屈子成仙》;中秋有《丹桂飘香》、《霓裳献舞》;祭灶有《司命锡禧》;除夕有《升平除岁》、《迎年献岁》等。民间节令戏也类似。舜九《撤笛余谈》介绍:正月初一有《打金枝》、《贵妃醉酒》等;正月十五有《上元夫人》、《闹花灯》、《大观园》等;三月三日有《蟠桃会》、《麻姑献寿》;寒食节有《焚棉(绵)山》;清明节有《御碑亭》;五月五日《曹娥投江》、《屈原投江》、《钟馗嫁妹》、《白蛇传》、《混元盒》;七夕有《天河配》、《长生密誓》;七月十五《盂兰会》;中秋有《嫦娥奔月》、《梦游月宫》等。舜九认为:"旧剧中之有应节戏,可以纪念过去之事实。盖表演于舞台,可使观者印象深刻,不致忘却。犹之过年食年糕,过夏节食粽子,过秋节食月饼也。"[①]可见观看应节戏,实际是节日习俗的一部分。人们通过舞台艺术,直接展现对于节日的想象。

采用何种行为来展示人们对于节日的想象,同样是一种文化选择,具有很大的自由度。古代儒家知识分子对于节日行为的选择彼此也常常不一致。前文所引《礼记·月令》说夏至应当"止声色",郑注对此就颇不以为然:"声,谓乐也。《易》及《乐》、《春秋》说夏至,人主与群臣从八能之士作乐五日。今止之,非其道也。"《礼记·月令》说冬至也要"止声色",郑注云:"声,谓乐也。《易》及《乐》、《春秋》说冬至,人主与群臣从八能之士作乐五日。此言'去声色',又相反。"由此可见,同为儒家经典,《礼记·月令》对于节日行为的规定与《周易》、《乐》和《春秋》也存在矛盾。

节日民俗既然是一种象征性的行为,那么它本身就是一种宗教性或

---

① 见《戏剧月刊》第12期,第425页。

艺术性的生活。其本质并不在于给生活提供科学价值,而在于为生活赋予道德价值或艺术价值,由此美化生活,从而使生活更加有趣,更加丰富多彩。这是人民追求幸福生活的一种手段,对此,我们应该给予充分的尊重,而不是横加指责。

三、无法完成想象性的节日民俗行为是中国现代都市病

吃饭、睡觉是客观实际的需要,完成这类行为是人类本能,那算不上文化行为;而完成一个符合自己社会身份的吃饭行为和睡觉行为才具备初步的文化特征。能够完成一种基于想象的象征性行为,才是真正具有文化意义的行动。

由于节日民俗是以想象作为基础的,实施这种行为非常类似于艺术表演。而生活中的绝大多数民众并非艺术家,并不具备表演能力。他们是怎么认同了自己的民俗角色并完成节日民俗"表演"的呢?

中国节日传统绵延不绝数千年,所有人自幼即沉浸在传统之中,一切节日民俗的象征性活动似乎都是天经地义的,无须思考,更没有怀疑。还有各种民间历史传说来论证节日习俗的来源,所以,民众完全把节日的象征性行为看作对于历史的重现,甚至于看作实际生活的需要,根本不是表演。人们只要按照习惯做就可以完成全部的民俗行为,就能够享受艺术化的节日生活。

但是,现代中国都市人却在节日生活中遭遇心理障碍。一方面,人们在不断抱怨节日生活"无聊"、"没有意义";另一方面,这些人却又无法完成任何的传统节日习俗。文化生活的意义当然是在人完成了文化行为之后才能实现,无所事事,自然会陷入百无聊赖的难堪境地。他们为什么不去完成那些习俗?或者去创造一些"新民俗"?这是因为中国现代都市在西方文化冲击下,在本国文化激进主义破坏下,已经丧失了大部分的文化传统。节日习俗在"科学"的批判下,完全陷入虚假的尴尬地步。它已经不是天经地义的生活需要,而是一种外在于客观需要的表演行为了。把

客观实用看作一切行为基础的现代都市人无法理解想象行为的意义,其实是丧失了文化自信心,的的确确难以顺利完成节日民俗所要求的"角色"了。

相对而言,那些较少遭受西方文化冲击、较少接受本国文化激进主义"教育"的、被看作落后地区的乡村居民反而保存了对于传统习俗的文化自信心,在那里,人们依然忠实地扮演着节日习俗赋予自己的角色,享受着充分的文化意义。

这是一个有些荒诞的对比。"新文化"发达、经济发达地区的都市人陷入文化意义的匮乏;文化落后、经济贫穷的乡村居民反而生活在意义之中。这种现象显然有悖于《管子》已经说明的道理:"仓廪实而后知礼仪。"出现上述矛盾现象的原因只能是这种"新文化"本身出了问题。

四、尊重人们对于节日的想象是中国现代知识分子必须遵守的原则

我国在近代遭受了一系列军事、政治和经济的失败,激进知识分子首先丧失了文化自信心。然后他们彻底否定中国文化传统,以所谓的"科学"立场审核所有的建立在想象性之上的节日民俗活动,从而彻底否定节日民俗。这就毁灭了基于宗教想象和艺术想象之上的所有节日民俗。

节日民俗当然有科学成分。例如端午节被看作恶日,跟这个季节气温升高、细菌繁殖速度加快、毒虫活动加剧,人们容易生病、受毒虫叮咬有密不可分的关系。所以,要用各种药草泡水沐浴,要用雄黄驱逐毒虫。我们也可以用科学观念去审核节日民俗中哪些成分是合乎科学道理的,也可以审核其中的不合理成分。例如,喷洒雄黄酒驱除毒虫是有一定科学道理的,因为雄黄主要成分是硫化砷,具有毒性,的确有驱虫效果。台湾一些地区是把雄黄直接撒在木炭上烧,用其烟雾来驱虫。这也有理。因为雄黄被烧时,其中的硫燃烧冒烟,极其难闻,自然能够驱虫。

可是传统中还有喝雄黄酒的习俗。根据现代医学知识,雄黄酒有毒,

只能外用,不能内服。所以,喝雄黄酒应该取消。但是,由于端午节民俗从根本上说乃是对于五月五日的一个特殊想象,因此,仅仅以科学的理由不足以否定这个节日。用雄黄酒在儿童的额头上写"王"字,用百兽之王作为象征来保护孩子就是一种行为艺术,而且也没有实际毒害,这就具有继续存在的理由。

由于节日民俗是一种艺术化的生活方式,所以,对于节日民俗的价值,当然不能仅仅从是否符合事实、是否符合科学来加以判断。五四新文化运动以来,激进知识分子总是从科学立场出发,蛮横地指责传统节日习俗是"迷信",要求改造以至消灭传统节日,是完全错误的。他们混淆了科学、宗教与艺术的界限[①]。充分尊重人们对于节日的想象,尊重人们文化生活选择的权利,是现代知识分子应该也是必须遵守的原则。

当代作家王小波说,人文学界总有那么一些人喜欢给别人"设置"生活方式。现代激进知识分子所谓的"启蒙民众"就是企图给全体国民"设置"生活方式。在我看来,这种做法在一个平等自由的公民社会是很不妥当的。即便你是精英分子,即便你的计划和目的都无比高尚,你的聪明才智也绝对无法完全把握社会中每个人的实际生活条件,无法为人家设计出一种既合理、又有趣、又幸福的生活。更何况,你完全无法充分了解别人的主观需要!当你企图为别人"设置"生活方式的时候,你就剥夺了他人选择的自由。而这是严重违背平等自由的现代文明准则的。

2012 年底

---

① 见拙文《重新审视五四与中国现代民俗学的命运——以 20 世纪对于传统节日的批判为例》,《民俗研究》2012 年第 1 期。

重新审视五四新文化运动与
中国现代民俗学的命运
——以新文化运动对传统节日的批判为例

20世纪的中国发生了翻天覆地的变化。这个变化起自清末开始的新文化运动,而以五四新文化运动影响最大。五四新文化运动全面学习西方文化是一个创举,最终为我们带来了现代化,并泽被后世。在启蒙的大旗之下,民间文学、民间文化受到重视,中国现代民俗学由此诞生。但是,五四知识分子对西方文化的理解,对启蒙思想的理解存在严重偏差,既破坏了中国传承久远的文化传统(包括传统节日),也给现代中国人的社会生活和精神生活带来很大的困境,最后也导致现代知识分子自己的悲剧。在这种情况之下,中国现代民俗学的发展一直受到某种内在的思想限制,无法充分发展。

学术界在回顾中国现代民俗学历史的时候,总是不惜热情地加以赞美。其实,中国现代民俗学从一开始就步履维艰。影响最大的两个学术刊物都十分短命。《歌谣》周刊1922年创办,1925年停刊,只维持了三年。《民俗》周刊1928年创刊,1933年停刊,好歹维持了五年。这个学科的前三十年里,专门的民俗学家只有钟敬文和娄子匡两位,当时也非一流学者。从事民俗学的著名学者大都是业余时间关注一下民俗学而已。周作人、闻一多是文学家,顾颉刚是历史学家,江绍原是宗教史学家,而董作宾是古文字学家。他们虽然都曾经一度关注并从事民俗学研究,可是后来都放弃了这个领域。1949年以后,民俗学总体上被作为"资产阶级学术"遭受批判,只剩下一个作为政治宣传工具的民间文学研究。"文革"开始之后,民间文学研究也停止了。80年代恢复了民间文学、民俗学研究,至今也三十年了,这个学科依然十分弱小,在整个学术体系中影响很小。

为什么会这样？是从业者素质太差吗？假如的确如此,那么为什么高素质者就不肯投身这一领域呢？那些曾经参与过民俗学的大师们为什么都一去不回了呢？这样,问题就回到了民俗学研究学术本身。这个所谓的"与新文化运动一同降生"的来自西方学术的现代学问,为什么不能吸引真正的学术大师参与？它存在哪些先天或后天的缺陷？

我认为:五四新文化运动的主流是以启蒙为旗帜反对中国传统文化的,这样的思想倾向和一般民俗学的价值取向是存在矛盾的。本文把五四新文化运动以来知识分子对待民众与传统节日的态度作为考察对象,反思其启蒙思想中存在的偏差,并以此解释中国现代民俗学多舛的历史命运,为民俗学的未来发展扫除一些潜在的理论障碍。

一、五四新文化运动对民众以及民俗的错误认识

中国现代民俗学与五四新文化运动的关系密不可分,为了弄清中国现代民俗学的命运,我不得不从五四新文化运动的两大口号——"科学"与"民主"谈起。

五四新文化运动追求的核心价值是人类的自由平等。为了实现这个目的,运动领袖们采用了两个主要的宣传口号,那就是民主与科学,当时俗称"德先生和赛先生"。新文化运动的领袖们希望凭借来自西方的这两件武器,彻底批判中国旧的社会制度和文化,以建立新的社会制度和新文化。

首先谈谈新文化运动对民主的理解,这是政治启蒙。新文化运动的主将们认为,中国人民之所以不能得到自由平等,根本原因是中国传统社会的统治阶级实行封建专制。所以,他们提倡民主,反对专制。在这方面,新文化运动是重视民众,主张民众权利的。因此,民间文学、民俗学受到他们的重视。刘半农和顾颉刚从民间文学中发现了反对秦始皇专制暴政的孟姜女传说,并给予高度评价,引来了学界热捧。当时学者们还发现,民间文学是赞美个性解放、婚姻自由的,大量的爱情歌谣可以作证。

当时搜集出版的歌谣作品集里爱情歌谣占据很大比例。由于发现了民间文学中有这些反传统的思想,五四知识分子一度高度重视民间文学,希望从中发现新文化的基因。刘半农、周作人等人发起的歌谣学运动之所以能够产生巨大影响,最直接原因是民歌属于白话文学,顺应了五四新文学追求白话创作的时代需要;同时也和歌谣中包含的这些自由民主思想有关。

可是,中国现代知识分子的政治启蒙是不彻底的。既然讲民主,民主的前提是人人自由平等。而五四知识分子依然歧视民众,又惧怕民众,不肯把政治权利给予民众。1926年,周作人在《乡村与道教思想》一文中就认为政治从根本上说是贵族的,人类的真正主宰是思想家。他引用英国人类学家弗雷泽的话:

> 实际上,无论我们怎样地把它变妆,人类的政治总时常而且随处在根本上是贵族的。(我很想照语源译作"贤治的"。)任使如何运用政治的把戏总不能避免这个自然律。表面上无论怎样,愚钝的多数结局是跟聪敏的少数人走,这是民族的得救,进步的秘密。高等的人指挥低等的,正如人类的智慧使他能制服动物。我并不是说社会的趋向是靠着那些名义上的总督、王、政治家、立法者。人类的真的主宰是发展知识的思想家,因为正如凭了他的高等的知识,并非高等的强力,人类主宰一切的动物一样,所以在人类中间,这也是那知识,指导管辖社会的所有的力。……①

周作人自己在文章结尾还是表明了自己的态度,他说:"这或者是唯一的安慰与希望吧。"显然,周作人心底里是瞧不起民众的。说白了,周作人内心充满了知识分子的优越感,根本没有把民众看作跟自己权利平等的人。那么,我们又怎么能够期待这样的知识分子能够赋予民众政治权利,能够真正尊重民众的文化创造、全力推动民俗学的发展呢?洪长泰在《到民间

---

① 周作人《乡村与道教思想》,见吴平、邱明一编《周作人民俗学论集》,上海文艺出版社,1999年,第203页。

去》中发现周作人的民俗学与日本柳田国男的民俗学存在很大差异:"在柳田国男著作中的那种强烈的民族意识和本土情感,以及由这种情绪的引导,热情投身民俗研究运动的理想,在周作人的著作中很少见到。周作人的民俗学研究缺少这种冲动。"[1]正是这种差异,导致柳田国男不仅开创,而且全面推动了日本民俗学的正常发展;而周作人虽然开创了中国现代民俗学,但最终放弃了它。

其次,谈谈新文化运动对科学启蒙的理解。启蒙思想的核心是理性,五四知识分子理解的最高理性成果是西方自然科学,所以他们非常崇拜科学,以至于事事都要用科学的眼光审视一番,评价一番,结果发展为一种"科学至上主义"思想。他们看不起民众,主要的理由就是民众缺乏科学知识,"迷信"。周作人在《乡村与道教思想》里说,民俗学,大抵是以私人的迷信为主要研究对象。研究的结果就是"民众终是迷信的信徒,是不容易济度的"(这一次周借用的是西方学者勒南的话)[2]。南京国民政府建立之后,成立了一个"风俗改革委员会",大力扫除据说是违背科学的各种民间信仰活动。以至于容肇祖不得不于1930年把《民俗》周刊停刊[3]。可是,这种以自然科学为依据来判断信仰问题的做法合理吗?

进化论是五四新文化运动的重要思想内容。新文化运动的主要人物常常使用英国的文化进化理论来研究和判断中国民众的生活、民俗和民间文学,一切都用所谓的"科学"眼光重新审视一下。符合他们"科学理念"的就肯定,不符合其"科学理念"的,就用进化理论假设的人类文化发展阶段把它归到古老时代,视之为"原始遗留物",事实上否定了它在现代社会存在的合理性。中国古代有一个商汤祷雨的传说。商汤打败夏桀,创立商王朝,不料遇到连年大旱。社会舆论认为这是上天惩罚百姓造反。于是,商汤亲自堆了大堆干柴,沐浴更衣,上到柴堆上祈祷:"如果上天降

---

[1] [美]洪长泰《到民间去:1918—1937年的中国知识分子与民间文学运动》,董晓萍译,上海文艺出版社,1993年,第71页。
[2] 周作人《乡村与道教思想》,见吴平、邱明一编《周作人民俗学论集》,第202—203页。
[3] 参见洪长泰《到民间去》,第265—266页。

罪,请惩罚我一人。饶恕百姓,给他们降雨。"然后,就点燃柴堆,自焚。结果,大雨倾盆而降,旱灾解除了。1933年,郑振铎在《汤祷篇》分析了这个传说,认为反映了原始社会的一种信仰,统治者要代替百姓承担上天的惩罚。商汤自焚,会引发降雨,当然是原始时代落后的迷信,毫无科学道理。于是,中国古代历史上无数次上演的皇帝或地方官在遭遇天灾的时候代替民众受罚的行为都成了原始信仰的遗留物。

根据同样的道理,春节贴对联、守夜、放鞭炮,民间传说这些都是为了防止年兽侵害。用科学来审查,当然更是迷信。所以,1928年国民党南京政府刚刚执政不久,就开始禁止放鞭炮,禁止过春节。1966年,"文化大革命",新政府倡导"革命化春节",不放假休息,继续工作。90年代,新政府又禁止放鞭炮。按照中国传统习俗,清明节祭祀祖先,中元节祭祀祖先并给孤魂野鬼烧纸钱。但是,新文化运动的健将们根据科学判断鬼魂是不存在的。周作人1919年《论祖先崇拜》对中国人的祖先崇拜进行了全面批判。于是,清明节、中元节的主要民俗也是迷信。端午节,原来主要是为了防止瘟神作怪的节日。插艾蒿,是驱邪;划龙舟,表示驱逐瘟神。依据科学主义的思想,这些当然也被看作封建迷信了。

既然传统节日不科学,就要进行改造,要移风易俗,端午节在劫难逃。幸运的是,端午节传说之一是纪念屈原。于是,1941年,一批新诗人声称端午节本质上是纪念伟大爱国诗人屈原的。当年的端午节,被当作"诗人节"举办了盛大庆祝活动,借此培养爱国主义感情。于是,经过现代诗人篡改的端午节总算保住了。可是,老百姓中了解屈原的实在太少。信仰的端午节变成爱国主义的端午节,这是移风易俗。表面看,当然很好,端午节的意义一下子得到了提升。可是,老百姓不懂,也无法接受知识分子们的改造。所以,移风易俗的结果是端午节基本消亡了。

正是由于这样的以科学为标准的"理性主义"审查,中国民众的传统生活、传统文化大都被否定了。这种做法显然是错误的,因为科学本身并非万能,科学理性本身也不能僭越到宗教和审美领域(下文详论)。所以,我把这种以科学作为评价文化唯一标准的思潮叫作"科学至上主义"。

正是由于"科学至上主义"在中国现代知识分子头脑中根深蒂固,因此,他们开创的民间文学、民俗学研究无可避免地陷入自我矛盾:从肯定民众是国家主人出发,开始创建中国民俗学,可是经过"科学至上主义"的审查与研究,结论却是民众"无可救药地落后迷信"(周作人语)。这样研究的结果,只能使民俗学成为批判中国民俗、中国民众的工具,而无法成为建设新文化的有效力量。当时的歌谣学运动,以及后来以中山大学为核心的民俗学运动,一直受到现代知识分子的质疑——他们认为民俗学有宣传落后迷信、背离启蒙之嫌疑①。为了摆脱这种社会压力,周作人几次表白民俗学研究这些传统、落后的文化事项,并不是肯定它,而是进行纯粹科学的研究。可是这种所谓"纯粹科学"的研究在指导思想上是对民俗进行科学审查,根本不可能真正理解民俗文化的合理性。五四新文化运动在创造中国现代民俗学的同时给它戴了一个"科学启蒙"的金箍,造成现代民俗学的先天不足。因此,歌谣学运动和民俗学运动维持时间并不长,很快销声匿迹了。

过去,学术界总结这段学术历史的时候,主要归因于日本侵略破坏了我们的和平以及学术研究的条件。其实,日本侵略是一个外因,一个后天因素。我认为,除了日本入侵,戴着"科学至上"和"启蒙主义"金箍也让中国民间文学和民俗学研究无法全面发展。

五四知识分子对民间文学的文学研究,取得了一些成绩,对民间文学的价值也有肯定。而他们对民俗的研究,在肯定其历史价值的同时,大体上都是否定其在现代社会的价值的。1949年以后,代表劳动人民大众执政的中国共产党就肯定了民间文学学科,而把民俗学定性为"资产阶级学术"加以批判。以前我对20世纪50年代批判民俗学感到不可思议。既然民间文学和民俗学都是周作人、胡适这些人开创的,本质一致,为什么肯定一个,批判一个?现在我明白了。原因在于民间文学研究大体是在

---

① 洪长泰到《到民间去》曾引用爱伯哈德博士的回忆:"这些资产阶级民族主义者把民俗学当成了危险领域,说民间文学家们在搞复活迷信意识的活动。"见该书第266页底注。

进行文学分析,没有使用过多的"科学至上主义"审查,因而对于民间文学的价值多数是肯定的;而民俗学研究更多使用了"科学至上主义"的审查,多数民俗被归入迷信,因而作为民俗主体的民众的"革命性"被消解,这就引起了新政府的警惕。在此,我无意为新政府对民俗学进行政治干预做辩护。我只是提醒大家这种干预是有其内在逻辑的,并非来源于个人的主观意志。

坚持启蒙有问题吗?难道启蒙错了吗?启蒙没有错,错误在于新文化运动的主要人物对于启蒙的理解有错误。他们是用"科学至上主义"来启蒙,这是错误的;而基于知识分子优越性并对民众进行粗暴的强制启蒙不但错误,而且具有极大的潜在危险性,在后来的社会实践中造成了巨大悲剧。

二、正确的启蒙应该是怎样的

1. 五四启蒙的缺陷之一:科学崇拜导致科学僭越

人类的现实生活是丰富多彩的,既需要理性,也需要情感和信仰。这三者在社会生活中各有其适用的范围。

康德的哲学著作《纯粹理性批判》讲的纯粹理性,那是科学式的理性。纯粹理性研究的是客观世界,大致对应于我们所说的"真"的问题。他的《实践理性批判》讲的是人类另外一种理性——社会实践中的理性,道德的理性。所以,这本书研究的是"善"。百姓的道德实践是人类另外一种理性形式。康德认为:科学的理性不能跨越经验事实(就是客观事实)的范围,不能研究超经验世界,一旦跨越界限,纯粹理性会陷入二律背反,自我矛盾。当然,宗教、道德也不能僭越科学的范围。康德的《判断力批判》研究人类感性,既不是科学,也不是道德,而是回答"什么是美"的问题,它是一种感性的判断——不是理性判断。举一个通俗的例子。找男朋友、女朋友有一个真理性的谚语,叫"情人眼里出西施"。美不美,不是一个客观事实,而是由个人的情感决定的一种感性判断。

真、善、美,各不相同。纯粹理性、实践理性和判断力也不能互相跨越各自疆域,不能互相干涉。而五四知识分子崇拜科学,用科学去衡量一切是非。春节祭祀天地众神、祭祀祖先,清明节、中元节祭祀祖先都是宗教信仰,原本跟科学无关,不能用科学来判断它是迷信。可是,经过五四新文化运动洗礼的现代中国人说到宗教信仰,总觉得那是比较落后似的。其实,宗教信仰是人类生活的基本需要之一,因为宗教保存了一种伟大的道德价值。例如商汤祷雨,表现的是中国古人心目中的道德楷模,统治者应该为社会负责,为民众利益而牺牲自己。所以后来才有唐太宗在遇到蝗虫灾害时,自己捉蝗虫吞吃。这是信仰,是宗教。其中包含着重要的道德价值。用科学去否定宗教,并不能消灭宗教,只会破坏其中的道德价值。同样的道理,传统节日祭祀祖先,也是信仰,其中体现了国人对先人和传统的尊敬。用科学来判断这些民俗的真实性,是一种思想的僭越。科学也不能用来评价艺术。春节贴年画,上面是门神,这是艺术;所谓除夕夜有怪兽吃人,那是民间文学的想象,也属于艺术的范畴。因此,这些东西虽然是虚构的,但它们具有艺术的真实,不能用科学来批判它们不真实。这就像西方圣诞节发展出来的圣诞老人在半夜给所有的孩子送礼物一样,都是艺术想象,非常美丽。即使是虚构的,但是依然有存在的道理,不能用科学去批判它。

2. 五四启蒙出现偏差的原因之二:知识分子的优越感

五四知识分子在研究民俗的时候,并没有把民俗的创造者——民众放在和自己平等的地位上。哪些民俗是好的,哪些民俗是不好的,完全由知识分子来判断,而不是去调查民众自己的评价、自己的感受。这种做法的前提就是:掌握科学的知识分子是理性的,而缺乏科学知识的民众是不开化的、愚昧的。周作人1926年在《乡村与道教思想》一文中说:"自此(德国格林兄弟)以后就欧洲农民阶级进行统系的研究,遂发见惊人的事实,各文明国的一部分——即使不是大多数——的人民,其智力仍在野蛮状态之中,即文化社会的表面已为迷信所毁坏。只有因了他的特殊研究而去调查这个事件的人,才会知道我们脚底下的地已被不可见之力洞穿得多么深了。我们似乎是站在火山之上,随时都会喷出烟和火来,把若干代的人辛苦造成的古文化的宫阙亭院完全破灭。"①他引用西方学者的话:"民众终是迷信的信徒,是不容易济度的。"②

周作人主张应该由文化精英教育民众的"启蒙"思想并不符合西方启蒙主义的经典思想。德国哲学家康德在《答复这个问题:"什么是启蒙运动?"》中说:

> 启蒙运动就是人类脱离自己所加之于自己的不成熟状态,不成熟状态就是不经别人的引导,就对运用自己的理智无能为力。当其原因不在于缺乏理智,而在于不经别人的引导就缺乏勇气与决心去加以运用时,那么这种不成熟状态就是自己所加之于自己的了。
>
> 然而公众要启蒙自己,却是很可能的;只要允许他们自由,这还确实几乎是无可避免的。

康德认为民众并不缺乏理性。只要允许民众自由,他们几乎必然地会自我启蒙,只是民众自我启蒙速度比较慢而已。知识分子能够较早从愚民政策中觉醒,可以帮助民众尽早、更快启蒙。这是知识分子启蒙的价值所在。知识分子并不比民众更加优越。康德对民众很尊重。他说:"卢梭纠正了我,我意想的优点消失了,我学会了来尊重人,认为自己远不如寻常劳动者有用,除非我相信我的哲学能替一切人恢复其为人的共同权利。"③而五四知识分子心底深处,依然不相信民众具有理性。周作人1926年重新发表《乡村与道教思想》一文说:中国乡村被道教迷信和原始的拜物教笼罩,这些随时可能造成教派冲突、社会动荡,把知识分子精英辛辛苦苦建立的高级文明成果毁于一旦。周作人不仅想当启蒙者,还要

---

① 周作人《乡村与道教思想》,见吴平、邱明一编《周作人民俗学论集》,第202页。
② 同上书,第203页。
③ [德]康德《反思录》,转引自斯密《康德〈纯粹理性批判〉释义》,韦卓民译,华中师范大学出版社,2000年,第39页。

当"圣人"。他们设计出一套空想社会主义性质的制度,搞"新村运动"。结果当然是失败。他后来谩骂民众是反动的,表现出强烈的"知识分子优越感"。这违背了人人平等自由的信念,当然也违背了启蒙主义的基本原则。

三、五四启蒙的悖论

五四知识分子自以为比民众懂科学,自己更先进,应当用科学思想强制地启蒙民众。因此,秉承新文化运动宗旨的历届现代政府多次强制民众部分地或者全部地放弃传统文化、传统节日。这样做的直接后果是传统文化和传统节日的消亡。这一后果,今天我们看得很清楚,无须赘言。

在此,我要特别强调地说:强制启蒙还隐藏着一个更加危险的后果——它会被人利用,成为禁锢思想的工具。在现代历史上,强制启蒙这个思想后来被进一步继承,并发扬光大。到了三四十年代,属于"小资产阶级"的知识分子开始接受"革命启蒙"。解放以后知识分子更是要"洗澡"、"割尾巴",最后发展到"文革"中被关牛棚。理由是最先进、掌握了人类历史发展根本规律的一部分人,当然要教育一般知识分子。更加巧合的是,这个"历史规律"中的一条是:人民大众是革命的基本力量,他们最革命。因此,知识分子应该向民众学习,向工农兵学习。这个结局正好跟五四知识分子开创的由先进知识分子对民众进行启蒙反了过来!而且,双方在启蒙逻辑上甚至是高度一致的——优秀先进者给平凡落后者启蒙。所以,强制启蒙的做法,合乎逻辑地转了一个圈子之后,启蒙主体和启蒙对象之间竟然发生了一个颠倒。五四启蒙至此陷入了一个悖论。

这是一个巨大的讽刺!从社会阶层的属性和职能来看,知识分子本来是专业从事知识和舆论生产的。他们本应该对于自己制造出来的思想产品的性质和功能了如指掌。可悲的是,中国现代知识分子们亲手造出的"启蒙"理论居然最后扣在了自己头上!原本计划用来授予自己教化人权力的"启蒙"理论,不料到头来成为自己被别人"教化"的依据!

这种情况,用那些被知识分子看不起的大众的俗语来形容非常恰当——"木匠戴枷,自作自受"。这不值得我们深思吗?我们还自以为比民众优越吗?有人曾经说:"我看,知识越多越愚蠢!"这话很不中听。可是细想一下,也不是完全没有道理。从五四运动开始,中国知识分子提出的启蒙理论就包含谬误,所以,他们最终才被别人照葫芦画瓢地"强制启蒙"。通过这些反思,我的结论是:谁不给别人自由,最终自己也得不到自由。谁不给别人平等,最终自己也得不到平等。

基于以上理由,我认为一切移风易俗活动都要本着平等自由的原则来进行,让民众自己选择,否则就有文化专制之嫌。

四、正确评价五四新文化运动、摆脱思想禁锢是民俗学发展的前提

我们应该怎样评价五四新文化运动呢?

先说说评价的标准。张中行《顺生论·大计》讨论影响国计民生的大计时说:

> 第一类大计是一种看法或意见,关于如何制定整个社会形态以及其中所有人的生活方式的。显然,这,如果见诸实行,影响的广度和深度就太大了。……影响大,问题也就不能小。先想到的一个问题可能是,这看法之来是否出于救世之心。……不过意在救世与能否救世是两回事。……所以评价这类大计,眼睛不应该放在动机方面,而应该放在效果方面。效果方面包含两方面的问题:一是所设想的新形态是否真好;二是假定真好,能不能真正实现。两方面的问题都很难解决。①

五四新文化运动发起者们主观动机自然是利国利民,但是这个主观动机并不能保证其结果的正确。所以,评价五四新文化运动应该重点看

---

① 张中行《顺生论》,中国社会科学出版社,1993年,第105—106页。

结果。

　　新文化运动的结果可以分两个方面。首先,它最终实现了中国文化的现代化和西方化,富国强兵之梦大体实现了。这是新文化运动的功劳,不能抹杀。但是,另一方面,民众实际生活的改善是有限的,人民幸福还远远没有实现。因为民众在新文化运动中没有成为真正的平等主体,所以,在现代国家政治经济体制中,民众始终没有得到真正的权利,民众的现实利益自然也得不到保障。

　　举一个跟春节有关的例子来说。春运现在已经成为春节期间一件困扰全国人民的大事。为什么会有春运?一般的解释是交通工具不足。但是,为什么平时够用的交通工具,到了关键时刻又不足了?进一步的解释是人们因袭旧习俗,春节一定要回家团圆。于是,春运悲剧的责任就落在了春节团圆的习俗上。所以,广东省一些地区就劝农民工不要返乡团圆,就地过春节。可是,春节团圆是自古就有的习俗,古代人比现代人更加注重团圆,为什么那时候没有发生春运问题?原因很简单,因为那个时候一般民众的工作地和居住地是一致的,只有很少的一些商人出远门做生意。所以,古人过春节基本不需要长途跋涉回家。因此,古人虽然更加重视春节团圆,古代更加缺少交通工具,但是他们不会遭遇春运问题。与此相反,中国现代社会劳动者的工作地和家庭居住地严重分离——多数人都要独自一人背井离乡出门打工。他们孤独地忙了一年,春节必须长途跋涉回家。这是发生春运的最根本原因。

　　劳动者工作地和家庭居住地的分离,古代也有,但是不那么多。当代中国几亿民众全家分居的现状,不能不归因于新文化运动固有的缺陷。中国现代国家的建立一直强调富国强兵,相对来说忽视了民众幸福。某种程度上而言,民众为了国家利益牺牲了自己的个人幸福。几亿农民工的工资低到无法满足全家人在工作地生活(高房价连城市工人也难解决住房问题),只能一个人到工作地"打工",而家人生活在农村。发生春运的最深层次的原因在于对民众幸福的漠视,在于"五四"以来的现代精英统治阶层对民众的漠视。

我曾经接受网络新闻采访,完全客观地评论说:古代没有春运,春运完全是我国现代化过程中出现的问题,未来应该能够解决的。这个说法似乎很客观,很公道。但是,现在我发现,自己当时忽略了这种工作制度是违背基本社会公德的。所谓客观评论,实际上放弃了本应做出的道德判断。

可是为什么农民工"愿意"接受这种现状?因为农村的收入更低!这就是当代中国发生"春运"这种怪现状的深层次原因。当今社会不但不试图从根本上解决这个问题,反而为了维持"竞争力",竭力去维护这种现状,要农民工继续接受低工资,甚至要求他们放弃春节团圆(有一批政策研究者、企业家和所谓经济学家共同抵制最低工资法律的实施)。由此可知,春运问题还将会长期折磨中国社会。中国现代这样一个不能充分保障民众利益的用工制度的缺陷跟五四以来知识分子的认识偏差有很大关系。

其实纯粹知识分子的认识偏差还不至于产生这样重大的问题,假如能听取民众的意见的话。张中行说,"大计"的制订要高度慎重:"为了万无一失,慎重也要不厌其烦。就是说,凡是可以称之为大计的,付诸实行之前,一定要人民点头。"①

为什么要让那些"愚昧的民众"点头呢?因为这些"决策"本身所涉及的范围太大,并不是某部分人所能理解,也不是某一时刻所有精英分子能够彻底明白的。所以,这些"决策"实际只是个别精英分子根据个人的认识与倾向所做的一种选择。在这样重大的抉择面前,一般所谓的聪明选择与愚昧选择之间的差异可以忽略不计。既然我们知道所谓"决策"并不绝对可靠,那么实行前没有得到人民允许,那就不道德。这种"决策"可能造成的危害也很大,而且不容易纠正。

正是由于中国现代知识分子在设计现代民族国家政治制度和文化理想过程中出现偏差,导致了中国社会现代化的严重失误,中国传统节日的

---

① 张中行《顺生论》,第109页。

衰亡只是其中的小事一桩。国共两党内部都有不少高级知识分子出谋划策,搞新政治制度,搞新文化建设。民国之初,孙中山就废除夏历,改行公历。关于中国现代政府如何改造传统历法和节日的情况,左玉河《评民初历法上的二元社会》①和《从"改正朔"到"废旧历"——阳历及其节日在民国时期的演变》有比较全面的考察。他是从正面评论民国时期中国历法和节日制度的改革活动的。我则重点从反面来批评其中的偏差。左玉河认为:历法和节日改革的结果"把中国的时钟拧到了世界时钟的发条上","……是社会进步的标志和体现"②。我则认为:我们为这个"进步"付出的代价过于巨大了。我们的人民由于利益被漠视而丧失了幸福感;我们的内心被掏空了,既丧失了民族文化标志,也丧失了精神价值。

五四新文化运动所倡导的有偏差的启蒙给中国文化,进而给中国现代社会带来了不少的严重问题。

诞生于新文化运动的民俗学本身如果不对这个"先天"的历史缺陷进行充分研究,就无法摆脱"科学至上主义"和"强制启蒙"的禁锢,根本无法正常发展,也就无法在现代学术体系中获得应有的尊重和地位。

2010 年初稿,2011 年修订

---

① 载《近代史研究》2002 年第 3 期。
② 左玉河《从"改正朔"到"废旧历"——阳历及其节日在民国时期的演变》,见中国民俗学会、北京民俗博物馆编《节日文化论文集》,学苑出版社,2006 年,第 284 页。

二十四节气：精英与民众共同创造的简明物候历

1912年，孙中山发布《临时大总统关于颁布历书令》，令内务部编印新历书。从此，在公共生活中，来自西方的格里高利历以公历的名义取代了夏历，而后者只在百姓日常生活中使用，并被贬称为"废历"、"旧历"，或"农历"。这就是沿用至今的"二历并存"现象。于是，作为夏历内容之一的二十四节气逐步退出知识分子的生活和视野，只在普通民众生活中得以保存和沿用。这使得我们很多人误以为二十四节气是民间文化。本文从二十四节气的形成历史及其在后世的应用论证它是古代精英与百姓共同的文化创造。二十四节气是一种阳历性质的简明的物候历，它是中国传统的阴阳合历中不可或缺的组成部分。

一、二十四节气是中国传统历法的必要内容之一

中国传统历法是一种阴阳合历。每年十二个月，每个月的长度完全根据月相的圆缺周期来确定，小月为二十九天，大月为三十天。这就造成为平年只有354或355天，比太阳回归年大约少了11天。所以每十九年设置七个闰月，有闰月的年份实际上就有十三个月，为383天或384天。通过平年与闰年的搭配，这样制订的历法就最终与太阳回归年保持了一致。这种做法符合了阴阳和谐的哲学观念，满足了官方纪年的需要。但是，它每年的同一个日期里太阳在天空的位置不一致，无法准确体现大地的四季变化。所以，传统历法之中就必然需要一个完全与太阳回归年保持一致的阳历性质的节气，才能准确反映四季变化，满足人们的农业生产与日常生活需要。说到底，大地的四季变化不是由人类的哲学与政治决

定,而是由太阳决定的。中国古代所有历法的物候描述实际就是阳历性质的东西。

由于阳历性质的节气是传统历法必需的内容,所以,古代知识分子为了完善历法对此进行了持续不断的探索。二十四节气正是他们长期研究、不断改善的结果。《尚书·尧典》已经知道阳历性质的"日中""日永""宵中"和"日短",即春分、夏至、秋分和冬至,而且记录了与之对应的天文现象。可见这些知识不是简单地测日影就能得出的结论,这一定是当时的专业天文学者努力探索的结果。根据《左传》记载,到了春秋时代,人们已经区分了"分至启闭",即春分、秋分、夏至、冬至和立春、立夏、立秋、立冬等八个阳历节气。

完整的二十四节气体系是在战国时代创立的。起初,人们对于把一年划分为多少个时段看法不一,并进行了各种不同的尝试。《管子》把一年细分为三十个时节,部分时节的名称与后来的二十四节气相同或相似。《管子》的三十时节虽然细化了节气,但是作者牵合五行思想,三十个时节不能与每月一致,也不能按照四季平均分配①。所以,未能被后世普遍采用。《逸周书·时则训》开始有完整的二十四个节气排列。《黄帝内经·素问·六节藏象论》以十五天为一气,一年为二十四个节气:"五日谓之候,三候谓之气,六气谓之时,四时谓之岁,而各从其主治焉。"不过,初创的二十四节气与现在的二十四节气名称有一些差异。

沿用至今的二十四节气体系是西汉时代的《淮南子》最后确定的。《淮南子》不仅确定了后世二十四节气的名称,而且记录了与之对应的天文现象。其《天文训》用北斗星可见的指向和不可见的在大地的对应位置作为确定二十四节气的天文学依据。众所周知,北斗星在初昏时刻的指向可以用来区分四季,所谓"斗柄指东天下皆春"是也。而《淮南子》正是利用这种天文知识来判定二十四节气。书云:

---

① 参见李零《〈管子〉三十时节与二十四节气——再谈〈玄宫〉和〈玄宫图〉》,《管子学刊》1988年第2期。

> 两维之间,九十一度十六分度之五,而升(斗)①日行一度,十五日为一节,以生二十四时之变。斗指子则冬至,音比黄钟。加十五日指癸则小寒,音比应钟。加十五日指丑则大寒,音比无射。加十五日指报德之维,则越阴在地,故日距日冬至四十六日而立春,阳气冻解②,音比南吕。……加十五日指壬则大雪,音比应钟。加十五日指子。

以上是《淮南子》阐述的北斗星在初昏时刻的指向与全部二十四个节气的关系。

而《淮南子·天文训》还用不可见的北斗星在大地上的对应位置来判断节气:"紫宫执斗而左旋,日行一度,以周于天。日冬至峻狼之山(即南极之山),日移一度,凡行百八十二度八分度之五,而夏至牛首之山(即北极之山),反覆三百六十五度四分度之一而成一岁。"这里说冬至日北斗到达南极之山,而夏至日到达北极之山,跟人类肉眼可见的北斗指向正好相反。所谓北斗星到达的位置,我理解是对应于大地的位置。而这里只能理解为淮南王刘安身边的文士们的想象。

某些星辰也可以对应于二十四节气,例如辰星。《淮南子·天文训》云:"辰星正四时,常以二月春分效奎、娄,以五月夏至效东井、舆鬼,以八月秋分效角、亢,以十一月冬至效斗、牵牛。"这里的"效",就是出现。辰星常常在春分出现在奎宿和娄宿,夏至出现在东井和舆鬼二宿,秋分出现在角宿和亢宿,冬至出现在斗宿和牵牛宿。

我在这里不厌其烦地详述《淮南子》用天文现象解说二十四节气,目的是说明:《淮南子》创造了一套完整的有关二十四节气的理论体系。其中有科学性的客观内容,也有想象性的主观内容。如此复杂精细的关于二十四节气的理论与想象只能产生于当时的知识分子。二十四节气的发明是古代知识分子持续努力的结果。

---

① 此句依据王念孙校订。王认为"升"字当为"斗",并句读如此。
② 王引之认为此句当为"阳冻解",指地表层的冰冻融化。

由于民众在历史记录中通常是沉默的,所以,我们无法确切地知道二十四节气的发明是否有民众参与。不过,推想起来,民众的生活和生产实践应该是学者们创立和校订二十四节气的基本依据之一。民众如何具体地参与到二十四节气的再创造待本文第三部分说明。

二十四节气是纯粹阳历性质的东西。它的出现并进入历法体系,保证了传统历法对于太阳回归年的准确把握,保证了历法在生产实践中的指导性作用。1972年,山东临沂银雀山二号墓出土竹简历书一份,银雀山汉墓竹简整理小组定为汉武帝时期《元光元年历谱》。该历谱是目前发现最早、最完整的古代历谱。它以十月为岁首,记述当年每月每日干支与重要节气。由于原文有残缺,特根据吴九龙《银雀山汉简释文·元光元年历谱(复原表)》引述相关部分如下:十一月己未,二十八日,丙戌冬日至。……正月戊午,十五日,壬申反立春。……六月丙戌,三日戊(子)夏日至。七月乙卯,二十日甲戌立秋。[①] 除了冬至、夏至、立春、立秋四个节气之外,该历谱还标记了腊、初伏、中伏、后伏等。这是当时人们在日常生活中使用节气的直接证据。

东汉时代崔寔的《四民月令》和北魏贾思勰的《齐民要术》都采用了一些节气作为指导农业生产的重要参考。

二、二十四节气是一种抽象化的简明物候历

《夏小正》是古代物候历,每月都有极为详细而具体的物候描述。例如:"正月:启蛰。雁北乡。雉鸡响。鱼陟负冰。……囿有见韭。时有俊风。……田鼠出。獭祭鱼。……鹰则为鸠。"描述越多越具体,它的适用地域必然越窄,因为两地距离过于遥远,会导致物候差异过大而不准确。好在上古时期中国的疆域以黄河中下游为主,地区间节令略有早晚,但误差不会超出一个月的范围,所以还能适应。

[①] 吴九龙《银雀山汉简释文》,文物出版社,1985年,第236页。

《淮南子》对每月的物候描述大量沿用了《夏小正》的说法。可是，《淮南子》二十四节气每个只有大约十五天，时间范围缩小一半，物候误差不能太大。所以，它用北斗星初昏时刻的指向来对所有节气加以精确定位，基本每十五天为一个节气，但是立春、立夏、夏至、立秋、立冬各推迟一天，一岁正好三百六十五日。这样，二十四节气就和太阳回归年保持了一致。所以，《淮南子》的二十四节气在性质上是纯粹的阳历。

既然是纯粹的阳历，那么它的命名和物候描述在特定地区应该是精确的。其中，全部节气的命名都具有物候特征，有些还补充了其他方面的物候。例如，《淮南子》中的冬至、小寒、大寒三个节气，其名称都具有物候特征，其下都没有详细的其他物候描述。立春有一个物候叫"阳冻解"（根据王念孙校改），意思是地表冰层解冻。雨水之下无其他物候描述。雷惊蛰（后世简称惊蛰），意思是开始打雷，惊动冬眠的虫子，此节气无其他物候描述。春分有物候叫"雷行"，即打雷经常出现。清明为"清明风至"。谷雨无其他物候描述。立夏有物候"大风济"，意思是大风停止。小满、芒种、夏至、小暑、大暑都无其他物候描述。立秋之下有"凉风至"，意思是西南风至。处暑无其他物候描述。白露的物候是"白露降"。秋分的物候是"雷戒，蛰虫北乡"，意思是停止打雷，虫子都躲进背对北方的洞穴冬眠。寒露、霜降都无其他物候描述。立冬的物候是"草木皆死"。小雪、大雪都无其他物候描述。总体看，《淮南子》二十四节气所保存的物候描述都是简略的，所以，我认为二十四节气是一种阳历性质的简明物候历。

同时，《淮南子》二十四节气的物候主要是风雷雨雪等事物，和较为抽象的二分二至和四立。这些描述跟《夏小正》中间的物候描述相比是很模糊的，没有具体的某种植物、某种动物的活动内容。当二十四节气的物候描述更加抽象的时候，就容易适应不同地区的实际气候状况。这为后世不同地区民众根据本地区的实际情况对之加以再创造预留了相当广阔的发挥空间。

三、从各地物候谚语看民众对二十四节气的创造

　　古代文献对于民众的文化创造缺乏记录,致使我们对于广大民众在二十四节气的发明创造方面了解不够。所幸,民间谚语是长期流行于民众中的生活经验总结。其中关于二十四节气物候与生产活动的概括代表了民众对于二十四节气的创造性解释。

　　中国国土辽阔,南北东西的跨度都在五千公里之上,各地四时物候千差万别。农业与其他生产的需要,使得人们不得不根据各地实际物候来描述二十四节气,用不同的节气谚语来说明本地如何安排生产。下面,我以物候变化比较明显的春秋两季的节气为例来说明。

　　《淮南子》立春的物候为"阳冻解",即地表解冻。现代河北保定地区谚语虽然也说:"立春一日,水暖三分。"但是,当地谚语却说要到三十天之后的惊蛰才能化冰:"惊蛰化不透,不过三五六。"该地区的易县谚语说:"惊蛰十天地门开。"甚至于河北南部的巨鹿县竟然也说:"惊蛰开地冰,清明起春风。"涉县也说:"过了惊蛰老冰开。"① 从以上几则谚语看,河北地区的解冻物候比《淮南子》里面的"阳冻解"晚了两个节气,一个是立春,一个是雨水。其中主要原因应该是《淮南子》描述的物候是根据中原地区的情况。到了河北,自然晚一些。下面请看另外一个例子,《淮南子》立秋的物候是"凉风至"。这里的"凉风"专指西南风,并不是指凉爽的风。但是河北邢台谚语说:"立了秋,凉飕飕。"沧州谚语是"早晨立了秋,晚上凉悠悠。"② 我老家河南洛阳立秋谚语也是"早晨立了秋,晚上凉飕飕"。湖北、湖南、四川关于立秋的谚语也如此。全国各地如此一致,这有些奇怪。我参考气象学的资料做如下解释:秋季北风力量强,能够以较快的速度横扫全国大部地区。这就是各地对于立秋的物候描述比较一致的原因。但

---

① 以上惊蛰谚语见《中国谚语集成·河北卷》,中国社会科学出版社,1992年,第569页。
② 立秋谚语见《中国谚语集成·河北卷》,第572页。

春季来自南方的暖湿气流力量弱,需要慢慢地逐步吹到北方,所以河北地区的解冻物候就在其二十四节气中出现得较晚。由这些谚语例子可见,后世百姓没有考虑《淮南子》给二十四节气下的定义,更没有考虑《淮南子》的凉风是什么,而是根据本地区气候变化实际自己进行的再创造。

民众对于二十四节气还有另一个创造,就是直接把它跟生产活动联系起来。农业生产完全由四时决定,所以农谚说:"种田不懂二十四节气,白把种子种下地。"不同的庄稼播种日期不同。以流传颇广的清明播种的谚语为例,河南说:"清明前后,种瓜点豆。"到了河北省,情况开始发生变化。保定地区的安国市也说:"雨打清明节,豆儿拿手捏。"表示要清明播种豆子。但是同地区的容城县谚语则说:"谷雨前后,种瓜点豆。"这比安国市晚了一个节气。到了更加寒冷的东北地区,则普遍流行"谷雨前后,种瓜点豆"了。

根据以上所论,我认为各地民众在生活中对二十四节气进行了自己的再创造。这种再创造使得中原地区发端的二十四节气能够逐步扩大传播范围,乃至于全国通行,对于古代中国产生了巨大影响力。

2016 年底

春节（旧历新年）风俗的历史渊源、社会功能和文化意义

一、旧历新年和春节

我国各种传统历法（夏历、殷历、周历）的正月初一就是新年。在古代又称为"新正"、"元旦"、"正旦"、"元日"、"上日"、"岁首"、"新年"，即一年的开端。又名："三朝"、"三始"、"三元"。汉代的《尚书大传》说："正月一日为岁之朝，月之朝，日之朝，故曰'三朝'，亦曰'三始'。"意思是说：正月一日是一年的开端，一月的开端，一日的开端。隋代杜台卿《玉烛宝典》说："正月一日为元日，亦云'三元'：岁之元，时之元，月之元。"意思是说：这一天是新年的开端，新季节的开端，新月份的开端。

春节，是我们现代人对于夏历[①]（农历）新年的称呼。

在古代汉语中，"春节"二字的原始含义是指二十四节气中的立春日，它是一个迎接春季到来的重要节日。但是，辛亥革命之后，为了打破封建正朔观念，与国际接轨，在公务活动中改用公历。同时，为了便于农业生产和民众生活，仍保留夏历。于是，公历新年第一天取代夏历（农历）新年第一天而称为"元旦"。夏历（农历）新年第一天改称"春节"。不过，立春和夏历（农历）新年在时间上比较接近，现代中国的春节风俗已经在很大程度上融合了古代的立春和新年的内容，所以，用"春节"指代新年还是具有一定合理性的。

---

① 这种历法据说起源于夏代，故名夏历。自汉武帝以来，我国一直沿用这种历法的基本规定。

基于"春节"二字目前已经成为全社会公认的夏历(农历)新年的代名词,本文也在这个意义上使用它。不过,由于夏、商、周三代所用历法的正月分别相当于夏历的正月、腊月和十一月,所以,为避免混淆,本文有时也用"新年"代指"春节"。

新年的开始时刻

中国传统历法对于新年时间点的设置曾经有过变化,即学术界所谓的"三正"问题——夏、商、周各自历法的正月不同。从《史记·历书》可知,汉代人普遍认为夏代历法建寅——以寅月作为每年第一个月,"寅月"相当于现在农历正月。夏代新年相当于现在农历正月初一。而商代历法建丑——以丑月作为每年第一个月,"丑月"相当于现在农历十二月。商代新年相当于现在农历十二月初一。周代建子——以子月作为每年第一个月,"子月"相当于现在农历十一月。周代新年相当于现在农历十一月初一。秦王朝建亥——以亥月作为每年第一个月,"亥月"相当于现在农历十月。秦代新年相当于现在农历十月初一。汉代初年沿袭秦制,直到汉武帝太初元年(前104)实施太初历,才恢复夏历建寅。太初历的这一规定一直延续至今。从此,正月一直在春季。

一天十二个时辰,24个小时,究竟以哪一个时刻为新旧交替的时刻?新年到来的具体时刻在历史上也存在变化。夏代以平旦(实指黎明的寅时,3点至5点)为一天的开始时刻,商代以鸡鸣时(实指丑时,1点至3点)为一天的开始时刻,周代以夜半(实指子时,23点至1点)为一天的开始时刻。此后主要沿用周代人的日始概念,以子时为准。新年来临被称为"交子时",所以,古人是把除夕夜的子时刚刚到来的子初(即23点)时刻作为新年的开始时刻。不过,也有人把子正(0点)时刻当作新年开始时刻。

现代实行公历以后,我们以0点为一天的开始时刻。所以,人们通常在半夜开始放鞭炮庆祝新年的到来。

二、春节是自然性质的非宗教节日

春节是一个自然性质的节日,主要反映大自然的节律。我国旧历属于阴阳合历,同时兼顾太阳和月亮的"视运动"规律,所以,春节是一个反映太阳、月亮运动规律的自然节日。把春节这样一个自然性节日作为第一大节,而不像其他民族那样把宗教性节日作为第一大节,反映了中华民族文化核心价值的非宗教性质!

世界每一个拥有自己历法制度的民族都有自己特定的新年,即各自历法的1月1日。世界历法主要分为三种:太阳历(阳历)、太阴历(阴历)和阴阳合历。

1582年,罗马教皇格里高利十三世开始实施、并一直沿用至今的格里高利历(即所谓"公历")是一种太阳历,其新年即1月1日。它的新年与太阳回归年的差别最小(每四年差一天,通过闰月解决)。但是,由于该历法不考虑月相,所以,公历新年那天的月亮形状每年不同。

伊斯兰教的宗教性历法是一种太阴历,它的新年即回历1月1日。

而古代世界广泛流行的历法是阴阳合历——即兼顾太阳和月亮视运动周期的历法。像古希腊历、古巴比伦历、印度历、中国夏历(农历)都是阴阳合历。

中国的传统历法也是阴阳合历。它以月亮圆缺一次的周期为一个月,并把其中的朔日①规定为初一,这样每到望日(即十五)这一天,就一定是月圆之日。大月三十天,小月二十九天,平年十二个月,为354或355天。这样就比太阳回归年大约少了11天,所以每十九年设置七个闰月,有闰月的年份实际上就有十三个月,为383天或384天。通过平年与闰年的搭配,这样就最终与太阳回归年保持一致。至于十九年之内各年日期不同,不便于农时安排,于是,旧历中设置了完全阳历性质的二十四

---

① 月亮运行到太阳和地球之间,在地面看不到月亮的那一天。

节气。所以,旧历是阴阳合历。

中国旧历全面反映了日、月、天、地的运动节律,旧历新年是一个反映大自然节律的节日。春季是大地上万物复苏的季节,所以夏历把正月设置在早春时节最能体现出正月作为第一个月的意义。正月确定在春天,正月初一就叫"新年"、"春节"。初一是朔日,月亮运行在太阳和地球之间,地面上看不见月亮。因此,夏历正月初一是月亮从"无"(看不见)到"有"(能看见)的一个新周期的开端;它也大致是太阳从南回归线向我们回归的开端;而且此时正好大地回春(春节总设在立春前后),大地正处于新的四季循环的开端。所以不论从日(阳)、月(阴)两方面讲,还是从天(阳)、地(阴)两方面讲,春节都是最为名副其实的开端。

旧历春节的设置充分展示了中国人对于大自然规律的认识,它是一个自然节日。它不属于宗教纪念性节日,例如基督教世界最大节日是圣诞节,伊斯兰教最大节日是宰牲节和开斋节,等等。对于春节这样一个纯粹自然性质的节日如此重视,反映了我们民族对于大自然规律的无比关注。

同时,它也反映了中华民族传统的核心价值观念——阴阳和谐,反映了我们民族对于顺应天地自然的人生境界的向往。

1928 年 5 月 7 日,南京政府内政部决定"实行废除旧历,普用国历"[①],企图改变 1912 年以来公历、农历并存的制度。1930 年 4 月 1 日,南京政府又强令把贺年、团拜、祀祖、春宴、观灯、扎采、贴春联等习俗"一律移置国历新年前后举行"[②]。但是,这种不顾民族文化传统和人民希望的行为最终都遭失败。

---

① 中国第二历史档案馆《中华民国史档案资料汇编》第五辑第一编文化类,江苏古籍出版社,1991 年,第 424—426 页。

② 同上书,第 435 页。

三、春节是中国第一大节

春节不仅是汉族第一大节,也是我们39个民族的共同节日。

春节是汉族第一大节日,其间的活动既包括严肃的国家礼仪,大臣在春节向皇帝贺正,皇帝赐宴,大臣之间团拜等。春节同时也包括大量的民间风俗。它在古代是全体国民共同的盛大节日。

春节不仅仅是汉族的节日,也是其他38个少数民族的重要节日。按照高占祥主编《中国民族节日大全》的材料逐一统计,目前,春节已经成为我国包括汉族在内的39个民族的共同节日。其中31个民族普遍过春节,他们是汉族、满族、朝鲜族、赫哲族、蒙古族、达斡尔族、鄂温克族、鄂伦春族、土族、裕固族、锡伯族、普米族、羌族、彝族、白族、哈尼族、傈僳族、纳西族、景颇族、阿昌族、怒族、苗族、布依族、侗族、水族、仡佬族、壮族、瑶族、京族、黎族和畲族。而另外8个民族中也有部分群众过春节,他们是回族、东乡族、土家族、毛南族、佤族、仫佬族、傣族和柯尔克孜族。可见,春节是中国最为普遍的传统节日。没有任何一个其他节日可以和春节的普遍性相提并论。

春节不仅是最普遍的节日,它常常也是许多民族最重要的节日。汉族、满族、朝鲜族、赫哲族、蒙古族、鄂伦春族、裕固族、锡伯族、羌族、傈僳族、纳西族、景颇族、普米族、怒族、仡佬族、壮族、京族、黎族都把春节作为一年中最大的节日来过。春节受到人们普遍的重视。

从国际范围看,由于历史影响,春节也是朝鲜、韩国和日本等国家的重要节日。海外华人更是一直把春节视为民族文化的代表。他们身处异族文化之中,但是每年仍然坚持过春节,并加以展示,既强化自己的文化信念,也宣传了中华文化。

春节,在我们中华民族的共同生活中具有极其重要的影响。我们中华民族分布如此广泛,却能保持强烈的民族认同感,在相当大的程度上是得益于春节民俗的存在。这一点对于我们建立现代国家制度也是有益的。

因此,春节是我们最重要的节日。

四、春节民俗的起源和历史演变

综括地看,春节的各项活动主要包括两个方面:辞旧岁,迎新年。与春节相关的国家礼仪和民俗活动非常丰富。从腊月初八的"腊八节"、腊月二十三的"祭灶节"、除夕守岁、初一拜年、初五"破五"、初七人日,一直延续到正月十五"元宵节",其间的各种民俗活动都和春节相关,人们通常都把它们看作新年的一部分。换言之,广义的"春节"概念可以包括腊八直到元宵节。不过,为避免烦琐,本文重点介绍除夕和正月初一的节庆活动。

起源

由于远古时代文献缺乏,春节的具体起源时间不详。学术界关于春节起源的几种假说(例如"源于腊祭或蜡祭"说、"源于巫术"说、"源于鬼节"说等),证据尚不充分[①]。

考古资料显示,我国七八千年前已经出现发达的农业生产。出于生产需要,时人应该已经有了一岁、一年的概念。"岁"原来是一种斧类砍削工具,用来收获庄稼。当时农业是一年一熟制,每年收获一次。收获之后,人们用这种工具杀牲祭祀,"岁"又成为该祭祀的名字。最后,"岁"字成为时间段落标志,成为年岁的岁。"年"字原来也是标志农业生产的字,《说文解字》说:"年,谷熟也。"后来,"年"的字义也发展为时间段落标志,与岁相当。《尔雅·释天》说:"夏曰岁,商曰祀,周曰年……"有了年的概念,自然就会产生过新年的习俗。所以,新年(春节)是一个非常古老的节日。

---

① 杨琳《中国传统节日文化》,宗教文化出版社,2000年,第1—4页。

腊月初八

腊月初八有两个时间重叠的节日：腊日节和腊八节。

传统新年从腊日开始。先秦时，各代腊日日期不固定。汉代开始以腊月戌日为腊日。南朝梁代将腊日固定在腊月初八。

腊日主要是祭祀祖先和神灵的节日，所以也叫"腊祭"。它来源于丰收之后的祭神活动。《礼记·月令》记载：孟冬之月，"天子乃祈来年于天宗，大割，祠于公社及门闾。腊先祖、五祀，劳农以休息也"。郑玄注解称：腊祭是用狩猎得来的禽类作祭品，祭祀先祖以及另外五种对象：门、户、中霤（天窗）、灶、行（门外之地）。先秦时代，腊祭是"一岁之大祀"。汉代蔡邕《独断》(《太平御览》卷三〇引)说："腊者，岁终大祭，纵吏民宴饮。"民间的祭祀活动往往夹杂狂欢，所以，当时腊日是一个很盛大的节日。

南朝时，人们在腊日驱疫行傩。南北朝梁代宗懔《荆楚岁时记》记载，村民们在腊日敲起细腰鼓，戴上面具，"作金刚力士以逐疫"。通过鼓声和面具表演驱逐疫病邪气。现代河南濮阳、汝州等地农村依然保存着在腊月初八晚上擂大鼓的风俗，有些地方甚至每天傍晚击鼓，直到除夕。在安徽、福建一些地方现在还保存有岁末表演傩舞、傩戏的风俗。

腊八节是佛教纪念性节日。宋代腊月初八的民俗活动中引入了佛教因素。传说佛祖因为牧女煮的乳糜粥而得救，终于腊月初八日成道。为纪念此事，人们于此日煮粥献佛。宋吴自牧《梦粱录》卷六记载："此月八日，寺院谓之腊八。大刹等寺俱设五味粥，名曰腊八粥。"其原料可能是五种豆子。宋祝穆《事文类聚前集》卷一二："皇朝东京十二月初八日，都城诸大寺作浴佛会，并送七宝五味粥，谓之腊八粥。"南宋时代腊八粥原料是胡桃、松子、乳罩、柿子、栗子等。明清时代，连皇宫也煮腊八粥，而且分赐百官。

当代最普遍的腊八风俗就是喝腊八粥，即用各种杂粮（大米、小米、豆子等）所煮的粥。由于佛教影响淡化，普通人一般把腊八粥当作一种富于营养的特殊食品来看待。

腊月二十三（二十四）祭灶

腊月二十三或二十四日是民间送灶神回天的日子。灶神是和群众生活最接近的神。灶神的观念，先秦时代已经出现，但当时是在初夏或腊日祭祀它。

宋代盛行于腊月二十四日送灶神上天。南宋范成大的《祭灶词》详细叙述了当时男人们用美酒佳肴款待灶神，希望它上天言好事，下地降吉祥。当时，女性已不参与祭灶活动。南宋末周密《乾淳岁时记》记录的祭灶祭品是花饧米饵（糖饼）和糖粥。清代《燕京岁时记》记载当时北京人用各种糖祭祀灶神，并用清水和草料祭祀灶神的马。这种习俗一直延续至今，但现代一般在腊月二十三日祭祀灶神。

人们虽然祭祀灶神，但灶神的神圣性不高，人们常常以戏谑的态度对待它。用糖做祭品，就是要粘住它的嘴，不要它说坏话。给它的坐骑也不过是清水一杯、草料一把而已。

春联、年画

春联、年画都起源于古代驱鬼辟邪习俗，但是现代都发展为表达喜庆吉祥意愿的民间艺术。

在除夕之前，人们为春节所做的各项准备都已完成：清洁庭院，打扫房间，准备丰富的节日食品，为家人准备新衣，等等。在北方乡村采摘柏树枝插在所有房门上，辟邪迎吉。吴越地区还有用冬青柏桠树枝在房间里搭"摇钱树"，上挂彩条、金钱、玩具等。墙壁、门楣贴上春联、年画，窗户上贴窗花。

春联、年画都起源于上古时代的驱鬼习俗。先秦典籍《山海经》佚文（见于王充《论衡·订鬼》）说：大海中的度朔山上有棵巨型桃树。树上有神荼、郁垒二神掌管所有的鬼。对于恶鬼，他们就用芦苇绳捆住喂老虎。黄帝据此发明了驱鬼风俗："立大桃人，门户画神荼、郁垒与虎，悬苇索以御凶魅。"汉魏六朝沿袭此俗，每至春节，家家户户都在门前立桃人，画神荼、郁垒。

因为桃人制作复杂，三国时代开始用画了神像的桃板代替，甚至不再画像。六朝时发展为两块桃板挂在门上。南朝宗懔《荆楚岁时记》记载："正月一日，……造桃板着户，谓之仙木。"桃符与桃板略有不同，它是写有祈福禳灾文字的桃木板，原来是插在门前地下的。后来，桃符、桃板合二为一，仍然称为桃符，但是写了字，挂在门上。唐代开始在桃符上题写春联。敦煌卷子 S0610 号记录了开元十一年（723）的一些春联。例如："三阳始布，四序初开"、"年年多庆，月月无灾"，等等①。宋代，写春联更加流行。《东京梦华录》卷一〇记载："近岁节，市井皆印卖门神、钟馗、桃板、桃符，及财门钝驴、回头鹿马。"一般认为宋代桃符都是木板。如陈元靓《岁时广记》卷五引《皇朝岁时杂记》云："桃符之制，以薄木版长二三尺，大四五寸，上画神像、狻猊、白泽之属，下书左郁垒、右神荼。或写春词，或书祝祷之语。"但是，《东京梦华录》既云"印卖"，所以其中的桃符可能是纸质的。明代，桃符的名字逐步被春联所替代。贴春联普及全国。春联是我国独特的语言艺术形式和书法艺术形式，并流传到韩国等地。目前的春联一般是对偶的两句诗，写在红纸上，贴于门户两边，大大增添了节日喜庆气氛。

古代还有一种"宜春帖"。原来是立春时写的单句的吉利话，贴在门楣上。这也是春节贴春联的来源之一。有的学者认为它可能是春联横批的直接来源。现代民间在墙壁上贴"开门见喜"、"满院春光"、"福"、"春"等字。

"画神荼、郁垒"就是后来门神画、年画的源头。《荆楚岁时记》记载："岁旦，绘二神，披甲执钺，贴于户之左右，谓之门神。"宋代木版年画开始流行，年画的内容也扩大了，至今仍保存下来的《四美图》就是当时的年画。

清代，天津杨柳青、苏州桃花坞、山东潍坊成为中国三大年画产地。

---

① 谭蝉雪《中国最早的楹联》，《文史知识》1991年第4期。

内容除了门神之外,更多的还是表现美好愿望的"连年有余"、"福禄寿"等吉祥图案。朴素、美丽、充满情趣的民间年画艺术是我们民族宝贵的文化遗产。

团圆的年夜饭和除夕守岁

常年的腊月三十,或小建年的腊月二十九是一年的最后一天,通常被称为除夕。严格地讲,只有这天夜晚才是除夕。

新年活动是以家庭为单位举行的。面对新年,人们第一个愿望就是全家团圆。腊月三十日的晚饭,俗称年夜饭,或团圆饭。它非常丰盛,要求全体家庭成员都在场,即团圆。如果有远在异地无法赶回者,则空一个座位给他。团圆是人们对于生活幸福的最基本要求:人人平安健康。

团圆饭之后,人们开始守岁,也就是等待新旧年交接时刻的到来。汉代以后,中国人都把夜半子时视为一天的开始时刻。所以,守岁要一直守到夜半之后,甚至天亮。

守岁民俗的起源很早,南北朝时代已经流行。守岁时,全家欢聚,饮花椒酒①、屠苏酒②、吃五辛盘③。目的是驱邪、除病、保健。南朝文学家庾肩吾《岁尽应制》诗就描写了守岁情景:"聊开百叶酒,试奠五辛盘。"皇帝也守岁,并和臣子们一起赋诗助兴。唐太宗李世民召侍臣赐宴守岁,并有四首守岁诗流传下来。

为什么要守岁呢?饮花椒酒、屠苏酒,吃五辛盘都是为了驱邪、除病、保健,可见时人对于新旧更替时刻的担忧。南北朝时期的说法,除夕会有山臊恶鬼,近代民间传说有所谓"年兽"吃人,都突出表现了人们对这重要

---

① 普通的酒配一盘花椒,饮用时各取一些花椒放在酒内即可。
② 屠苏酒各个时代不同。东汉以前的屠苏酒可能就是一般的酒,只是因为新年喝它可以"除瘟气",才命名为屠苏酒。晋朝葛洪用细辛、干姜等泡制屠苏酒。明朝开始有固定配方,用大黄、白术、桔梗、蜀椒、桂心、乌头等中药泡制。或用细辛、防风、桔梗、花椒、干姜、肉桂、白术等泡制。
③ 〔晋〕周处《风土记》解释五辛盘是用葱、姜、蒜、韭菜、萝卜等五种有辛辣味的蔬菜拼合而成。

时刻的恐惧。于是,彻夜不眠,以保持警惕。但是,从另一方面来看,守岁也包含着人们对于美好未来的强烈期待。希望即将到来的新年是一个充满希望的新开端。

现代民俗调查发现,老年人更倾向于守岁,他们认为守岁可以长寿。而晚辈如果守岁成功,也能为其长辈增加寿命。

守岁时有许多娱乐活动。例如,掷骰子、藏钩。所谓藏钩,就是把戒指、顶针之类藏起来,让人猜。反复进行,以定胜负。

百姓守岁时往往同时准备新年食品:包饺子、包汤圆、做年糕,等等。

生旺火

新年来到时,在院子里点燃火把,火堆,或炭火盆,古代称为"庭燎"、"粴盆"、"烧火盆"、"烧松盆"(《帝京景物纪略》)、"旺相",现代民间称为"生旺火"或"点发宝柴"、"烧秦桧"(陕西在除夕、河南洛阳20世纪80年代在元宵)。古代的庭燎是为了助阳气、驱邪,或者祭神祭祖。后来的生旺火已经发展为象征全家兴旺发达,表达美好希望。

国家礼仪中很早就有在元日"庭燎"的规定。《后汉书·礼仪志中》云:元日,"百官受赐宴飨大作乐"。刘昭注解时引用蔡质《汉仪》云:"正月旦,天子幸德阳殿,临轩,公卿大夫百官各陪朝贺。蛮、貊、胡、羌朝贡毕,皆陛觐,庭燎。"《隋书·礼仪志四》云:"梁元会之礼,未明,庭燎设,文物充庭。"

民间庭燎习俗在南朝宗懔《荆楚岁时记》中有记载。关于庭燎的目的,一说是助阳气,一说是驱邪避灾。宋代陈元靓《岁时广记》卷四〇《燎骨骴》云:"《岁华纪丽》:'除夜,烧骨骴,为熙庭助阳气。'又《四时纂要》云:'除夜,积柴于庭,燎火辟灾。'"[①]庭燎目的的另一种说法是祭祀祖先和神灵,见明代周汝成《熙朝乐事》:"除夕人家祀先及百神,架松柴齐屋,举火

---

① 《丛书集成初编·岁时广记》,中华书局,1985年。四库全书本仅有卷一、卷四〇,阙逸甚多。

焚之,谓之粇盆。烟焰烛天,烂若霞布。"清代也有用炭火盆代替的。1738年,郎世宁画了一幅《弘历雪景行乐图》①,表现的正是乾隆皇帝与子女一起过年的情景。乾隆帝面前就放着一个火盆,一个小皇子正在向火盆中放松柏类的小枝(所以,不是为了取暖),应该也是一种庭燎。称为"烧松盆"。

现代民间生旺火常常是点燃柴堆或炭堆,火势越旺越好,象征新年全家兴旺。也有用火盆烧松柏桃杏树枝,合家跨火而过,象征燎去旧灾晦,迎来新气象。

从具有强烈的驱邪色彩的庭燎,发展到生旺火象征全家兴旺,春节庆典中的这一点火习俗逐步摆脱了迷信色彩。

爆竹

爆竹的原始目的是驱逐鬼怪,或迎神。后来以其强烈的喜庆色彩发展为辞旧迎新的象征符号,成为最能代表新年到来时刻的民俗标志。

关于爆竹的最早可靠记载见于南朝梁代宗懔《荆楚岁时记》:"正月一日是三元之日也,谓之端月。鸡鸣而起,先于庭前爆竹,以避山臊恶鬼。"当时的爆竹是把竹子放在火里烧,产生爆裂声。目的是驱鬼怪。新年起床第一件事就是爆竹。

为什么会出现爆竹?隋代杜公瞻注解上述引文时说:"俗人以为爆竹燃草起于庭燎。"就是说,民众认为春节点火习俗和爆竹都是起源于古代的庭燎礼仪。这是很有道理的。因为庭燎是烧柴,而南方多竹,如果用竹子代替柴,一定会爆响。宋代袁文《瓮牖闲评》卷三云:"岁旦燎竹于庭。所谓燎竹者,爆竹也。"袁文的说法证实了杜公瞻的记载。旺火加巨响驱鬼在时人看来比原来的庭燎效果好得多。于是,放爆竹驱鬼怪的习俗受到人们广泛热爱。

根据可靠史料,宋代出现了火药爆竹,即现代的爆竹、炮仗、鞭炮的雏

---

① 聂崇正《中国巨匠美术丛书·郎世宁》,文物出版社,1998年,第16—17页。

形。宋人施宿《会稽志》卷一三说:"除夕爆竹相闻,亦或以硫磺作爆药,声尤震厉,谓之爆仗。"宋代周密《武林旧事》卷三《岁除》记载了连续的爆竹——鞭炮:"至于爆竹……内藏药线,一爇连百余不绝。"有了火药爆竹,没有竹子的地区也可以放爆竹了。爆竹于是成为全国性的风俗。

后来,爆竹本身的喜庆色彩使得人们对于爆竹的象征意义有了进一步的认识:用喜庆的爆竹迎神。民国时代《呼兰县志》、《北镇县志》都记载民众放爆竹的目的是"迎神"。

爆竹本身的爆炸,也是极好的"辞旧迎新"的文化象征符号。即使完全的无神论者也都喜爱放爆竹。它可以使人更加深切地体验到旧与新的差别,使生活更加富于艺术美感。王安石《元日》:"爆竹声中一岁除,春风送暖入屠苏。"其中爆竹就是一个"除旧迎新"的象征。爆竹以其极好的象征功能代替庭燎成为我们迎接新年的第一要事。如果不放爆竹,春节就不像春节!

不过,爆竹有危险性。民国政府曾经以不利于社会治安为由禁放。但是,即使在控制严密的京兆地区禁放也失败了。"燃放爆竹本为官厅所禁止,自民国九年始,警厅忽取放任主义,于是家家户户,每至年底,争先购置,当子正初交时,乒乓之声不绝于耳。"①

爆竹的危险性应该通过细致的管理加以控制:从设计、生产、运输,一直到销售、燃放,全程管理。虽然复杂,但是一定会得到民众支持。1993年以来,各地常见的直接禁止烟花爆竹的做法却在重复民国时期的老做法。直接禁放看似容易,但是无人支持,其最终结果恐怕不容乐观。

年糕、饺子

年糕和饺子是最具代表性的新年食品,表达了人民对未来的美好期待。

年糕,又名黏黏糕,谐音"年年高",包含着人们对未来幸福生活的希

---

① 胡朴安《中华全国风俗志》,下篇卷一京兆,中华书局,2002年,第16页。

望。年糕一般用黏性谷物制作。北方有黄米年糕,江南有水磨年糕,西南少数民族则有糯米粑粑。公元6世纪的食谱《食次》记载了当时年糕——"白茧糖"的制作。此后一直延续下来。但是,现代北方吃年糕习俗比较少,南方依然兴盛。

北方最流行的新年食品是饺子,又名水饺、角子、扁食。5世纪的时候,"形如弯月"的饺子已经成为民间普遍的春节食品。唐代的饺子形状的食物于1968年在新疆吐鲁番出土。宋朝以前把饺子称为"角子",或"水角儿"。元代开始有"扁食"的叫法。明清以来,普遍使用"饺子"一词。

对于饺子的文化象征意义,一般的解释是:"角子"、"饺子"谐音"交子",即交子时的意思。就是象征春节的到来。所以,子时一过,人们立刻开始煮水饺,使之成为新年第一顿饭。更深一层的解释,饺子也包含了美食的意思。古代缺乏肉食,包了肉馅的饺子自然是上好食物,民间谚语"好吃不过饺子"表达的正是这个意思。春节时吃上饺子,当然是希望来年有更多好食物。

饺子这种普通食物被人民创造为文化象征符号,体现了人民群众不断的文化创造力。

祭祖

家庭是社会的基础,祭祖加强了家庭成员、家族成员的情感联系。中国社会里宗族力量一直强大,与之相应的作为宗族思想直接体现的祖灵崇拜也一直兴盛。加上儒家思想"以孝治天下"的政治影响,祭祖成为十分重要的民俗活动。

祭祖是春节习俗中最古老的内容之一。《尚书·舜典》记载:"月正元日,舜格于文祖。"孔安国解释这句话的意思是:舜帝在正月初一到尧帝的祖庙里祭祀祖先。

春节祭祖是一年里最大规模的祭祖活动。节前要把宗祠里全部祖先画像或牌位整理好。春节前,或初一,摆上祭品,集体祭祀全体祖先。《古今图书集成·历象汇编·岁功典》卷二二引《富平县志》云:"每族溯宗祖数世者,共为图像,名曰神轴。元日,子孙会拜。"回家还要分别祭祀自家的直系祖先。祭祖的目的是感谢祖先功德(所谓"慎终追远"),并祈求祖灵在新的一年里保佑全家幸福。当然也有团结家族力量、加强家庭关系的作用。

祭神

在辞旧迎新的时刻,重申人和神的关系是非常重要的。春节各种民俗仪式中经常看到祭神的内容。腊日祭祀百神,腊月二十三(或二十四)祭祀灶神。新年燃放爆竹,民间解释为迎接灶神、财神,等等。天明早饭前,人们面对神像祭祀天地全神。港、台等地还有新年抢烧第一炷香的习俗,据说成功者可以得到保佑。

生活中总有个人无法应付的困难,他们需要超自然力量的帮助。所以,人们希望在新年到来时拜祭诸神,提前获得精神支持,是有重要意义的。

朝正、团拜与拜年

古代国家礼仪中的朝正、团拜和民间百姓之间的团拜、拜年是新年期间强化社会关系、亲情关系的重要活动。

朝正,也称"贺正"、"元会"。指大臣在新年向皇帝拜贺。

周代每逢新年,诸侯要向周天子"朝正",即朝贺新年。《左传·文公四年》记载:"昔诸侯朝正于王,王宴乐之,于是乎赋《湛露》,则天子当阳,诸侯用命也。"根据孔颖达注释:四方诸侯会聚一堂,向周天子朝贺新年。天子安排乐舞招待他们。诸侯们赋诗言志,将天子比作太阳加以颂扬,一派其乐融融的景象。诸侯国内也举行类似活动。《论语·乡党》云:"吉月,必朝服而朝。"杨伯峻《论语译注》翻译为:"正月初一,一定穿着上朝的礼服去朝贺。"

汉代朝正之礼依然。《后汉书·礼仪志中》记载:"每岁首正月,为大朝,(天子)受贺。……百官受赐,宴飨,大作乐。"其中各级官员依次向皇帝献新年礼物,皇帝安排娱乐活动,并赏赐臣子。在地方政府中也组织官员新年庆贺。

清代朝正之礼提前到腊月三十日进行。富察敦崇《燕京岁时记·除夕》记载："京师谓除夕为三十晚上。是日清晨，皇上升殿受贺，庶僚叩谒本管，谓之拜官年。"

朝正之礼可以强化上下尊卑的关系。这对于加强君臣关系、加强中央与地方关系都有作用。

在朝正活动中，恐怕不仅仅是大臣贺天子、下级贺上级，大概也包含了大臣们之间互相贺年的活动，即所谓"团拜"。"团拜"一词最早大约出现于宋代。《朱子语类》卷九一《杂仪》云："团拜须打圈拜，若分行相对，则有拜不着处。"民国时代，地方政府机关也从事团拜。《大名县志》（民国二十三年）云："自改行阳历以来，城内每逢年节，县署知会各机关人员及士绅，届时于指定地点行团拜礼，较之诣门互拜，颇称简便。"现代政府机关和单位之中的新年团拜活动与古代团拜非常近似。团拜有利于增强和改善同事之间的联系。

团拜也在家族之中、朋友之间进行。

民间流行的拜年活动是一对一的拜年。在家庭内，晚辈清晨起床首先向长辈叩头（现代简化为向长辈鞠躬），并祝愿长辈健康长寿。然后，依次到各个亲戚朋友家向长辈拜年。而长辈则给拜年者以压岁钱，祝愿他健康成长。朋友之间也互相上门拜年。如果亲戚朋友多，则拜年活动一直持续很多天。

古代士大夫也有用名帖代替亲自上门拜年的活动，学界一般视为中国贺年卡的起源。宋周密《癸辛杂识前集·送刺》云："节序交贺之礼不能亲至者，每以束刺签名于上，使一仆遍投之，俗以为常。"现代贺年卡的使用遍及各个阶层，年轻人使用尤多。这对于扩大交际很有益处。

社会变迁巨大，人们的社会交际范围更大，联系方式更多。为避免过分烦琐的拜年活动，近年来，人们开始通过电话拜年、电子邮件拜年。

正月十五元宵节

正月十五是旧历中第一个月圆之夜，自然受到关注。它从最初的宗教祭祀活动最终发展为一个全民狂欢的最大娱乐性节日。

关于元宵节起源的说法很多,但比较可靠的说法是元宵节起源于汉代的太一祭。太一祭是皇家在正月上辛日祭祀太一星——北极星,时人认为太一星主宰着人类命运。后来元宵节祈求丰收、祈求子孙的风俗均渊源于此。

晋代已有元宵张灯的做法。

隋代元宵节发展为张灯结彩、锣鼓喧天的化装游行节日。《隋书·柳彧传》记载:柳彧上书皇帝云:"窃见京邑,爰及外州,每以正月望夜(即十五),充塞街陌,聚戏朋游,鸣鼓聒天,燎炬照地,人戴兽面,男为女服,倡优杂技,诡状异形。"

唐代,元宵张灯习俗风靡于世。政府还专门开放夜禁三天,以便于人们赏灯。宋代元宵观灯更加兴盛,从正月十四一直延续到十八,而且燃放烟火。迄今为止,张灯已经成为元宵节最为突出、最有代表性的民俗活动。

元宵张灯本来并不仅仅是为了游玩欣赏,还为了祈求生育。宋代陈元靓《岁时广记》卷一二《偷灯盏》解释时人在元宵节偷灯的原因时说:"一云,偷灯者,生男子之兆。"一直到民国时代,各地多有送灯给那些无子家庭,祝愿他们添子孙。

元宵节赏灯活动中还有猜灯谜游戏,充满智慧和趣味。

同时还有高跷、旱船、舞龙、舞狮、秧歌等传统艺术表演。

元宵节的时令食品是元宵,又名汤圆、汤元、汤团。宋代出现汤圆,当时叫浮圆子。周必大《平园续稿》记载:"元宵煮浮圆子,前辈似未曾赋此。"明清以后,吃元宵成为全国习俗。

现代元宵节已经基本成为一种完全娱乐性的节日。

春节的各项活动是从家庭内部,逐步扩大到亲戚之间和整个社会的。除夕守岁,初一为父母拜年,然后出门给亲戚拜年。再次,为朋友拜年。再后,人们开始逛各种社区性的大小庙会。到了正月十五元宵节,则全城男女老少一同上街,赏灯、看狂欢游行——高跷、旱船、舞龙、舞狮、秧歌等。所以,春节是一个渗透到社会每一个方面、每一个层次的民族节日。

正确认识春节,发扬光大其中优秀的成分,完全可以成为我们建设现代国家、发展现代文明的基础。

五、春节习俗的社会功能和文化象征意义的总结分析

春节是中国传统节日的最高代表。上至皇帝百官,下到黎民百姓,都非常重视这个节日。国家礼仪和民间风俗都有关于春节的规定。所有人都基本遵循着同一个节日行为模式度过这一天。因此,在古代,春节是我们全社会、全民族的共同节日,体现了全社会、全民族的共同文化精神。

通过民俗学研究,认真探讨春节习俗的社会功能和文化意义是继承、发扬传统文化,推动民族文化深入发展的基本前提。

1. 春节的哲学意义

春节是夏历一年的开端。夏历作为一种阴阳合历,它的制订兼顾了太阳和太阴——月亮的运行情况。这体现了我国人民自古以来就追求阴阳调和的思想境界。阴阳和谐,才能生生不息。正月初一是个朔日,月亮即将从三十日的"晦"走出,重新显现。正月是太阳从南逐步返回、大地即将回春的时刻。总之,是阴阳双方重新结合的开端。不仅是春节,其他节日如夏至、冬至、中秋等也都和阴阳和谐的哲学观念和价值观密切相关。而阳历是无法体现这种传统哲学观念的。使用阳历替代夏历,要付出很大的文化代价。

2. 春节燃放鞭炮象征着时间的新开端

新年第一件事是放鞭炮,它象征着新时间的开始。

由于在新年仪式中象征宇宙开辟是世界文化史上一个常见现象,有

学者认为放鞭炮也象征着宇宙的开辟①。

　　南朝梁代宗懔《荆楚岁时记》记载："正月一日,鸡鸣而起。先于庭前爆竹,以避山臊恶鬼。"意思是说,当时的人们在初一早上起床以后,第一件事就是把竹子放在火里烧,竹子的爆裂声能够赶走怪兽恶鬼。根据宗懔的记录,爆竹的目的是驱逐"山臊恶鬼"。这种说法一直沿袭至今,不少调查都表明:现代民众依然用"驱逐年兽"来解释春节放鞭炮。"驱鬼"是民众赋予鞭炮的第一层含义。民众赋予鞭炮的第二层含义是"迎神"。调查显示:民众常常认为灶神在正月初一返回人间,放鞭炮是为了迎接灶神归来。这些包含着迷信色彩的意义显然是广大民众通常都能意识到的春节的象征意义。但是,这些意义对于现代人(尤其是现代城市人)是不能充分发挥作用的,因为他们多数是无神论者,不相信恶鬼神怪。即便如此现代人仍然极端喜欢放鞭炮,并引起许多意外伤害,结果使得政府不得不在大城市禁止这一习俗。可见放鞭炮的意义绝不仅仅是为了"驱鬼"、"迎神"。

　　我以为,放鞭炮还隐含着混沌初开、宇宙起源的象征意义,只是这种象征意义深藏在民众的潜意识之中,不为人们所直接认识而已。鞭炮的形状、声响和结果都与混沌神话一致。三国时代徐整《三五历纪》云："天地混沌如鸡子,盘古生其中。万八千岁,天地开辟,阳清为天,阴浊为地。"②在这段最具经典意义的宇宙起源神话中,类似于鸡蛋这样一个封闭体的混沌被打破,天地由此开辟。而竹筒和鞭炮就像混沌一样具有封闭形状;竹筒被烧而炸裂,鞭炮被炸而粉碎,青烟上升而为空气,其他较重物体落而在地,也仿佛混沌初开、天地分离的瞬间。所以,放鞭炮习俗实际上是模仿开天辟地的过程。了解了这一层象征意义的存在,我们才能够理解为什么放鞭炮(或爆竹)总是春节第一件事! 宗懔《荆楚岁时记》说"鸡鸣而起,先于庭前爆竹",王安石《元日》诗说得更加清楚："爆竹声中一

---

① 陈连山《论春节的文化象征意义》,《民俗学刊》第四辑,澳门出版社,2003年。
② 见《艺文类聚》卷一。

岁除"。现代人在除夕之夜彻夜不眠,等待着初一零点的到来,并随即点燃自己的鞭炮,其他习俗活动都放在其后。原因在于天地开辟是一切一切的起点,只有在完成了象征天地开辟的放鞭炮仪式之后,其他仪式才有可能去象征别的事物。总之,放鞭炮标志着春节开始的时刻(即除夕午夜子时到来之际)正是宇宙开辟那一刹那。也许有人会认为放鞭炮仅仅是为了热闹,可是热闹的方式有很多,比如敲锣打鼓,为什么一定要用鞭炮呢?除夕之夜敲锣打鼓一定会被人视为"胡闹腾",令人反感,而放鞭炮为什么就被视为理所当然呢?原因是:放鞭炮不仅是为了热闹,而且是为了象征时间的开端。

放鞭炮在很多地方已被禁止,或者受到极大的限制,理由是出于人身安全、财产安全、环境卫生等。这当然是有道理的。可是,是否也应该同时从文化上认真考虑一下,禁放地区人民的节日感受如何呢?我们的文化是否受到破坏呢?安全和卫生当然重要,但是十几亿人民的文化生活和精神需要就不重要吗?为了安全和卫生就一定要禁止放鞭炮吗?

3. 初一画鸡和初七人日习俗是创造万物的象征

据叶舒宪先生的考证,我国古代和世界其他地区一样存在着神灵在七天之内依次创造动物与人类的神话,这种神话直接影响到春节的习俗[①]。《北齐书·魏收传》引南朝董勋《答问礼俗》:"正月一日为鸡,二日为狗,三日为羊,四日为猪,五日为牛,六日为马,七日为人。正旦画鸡于门,七日贴人于帐。"说的正是南北朝时期的春节习俗:正月初一要把鸡的画像贴在门上,或者直接把鸡画在门上。这是象征鸡在第一天得到创造。到了正月初七,则把人像贴在帐子上。这是象征人类在第七天被创造。正月初七还被古人规定为"人日"。宗懔在《荆楚岁时记》中记载:"正月七日为人日,以七种菜为羹。剪彩为人,或镂金箔为人,以贴屏风,亦戴之头鬓。"这一天,人们用七种菜做成菜羹,并用彩帛或金箔做成人形,贴在屏

---

① 叶舒宪《中国神话哲学》,中国社会科学出版社,1992年,第245—255页。

风上,或戴在头上。这种习俗至今依然残存于湖南、湖北、江苏、浙江的一些地区。以上习俗分别象征各种动物和人类的起源,其中初一画鸡象征天地开辟第一天鸡的被创造,所以春节就是天地开辟第一天的象征。在此,一年的开端——春节象征着宇宙开端的第一天。宇宙开辟,万物生长,一切都获得了新生命! 这种意义是何等的重要! 春节的这层象征意义还被人们引入生活的其他方面。例如婚礼、新店开张、建房仪式也放鞭炮,这些都是由春节放鞭炮引申而来的,都是用放鞭炮象征新事物的诞生。但是随着神话的消失,春节的这一层象征"万物初生"的意义逐渐被人遗忘了。现在民间年画中出现的鸡被民众说成是谐音"吉",其意义和过去比实在相差太多了。接受这种意义的人也很少,画鸡在年画中已经越来越少。由此可知,单纯的"吉利"含义根本不足以长期支持这种习俗形式。

4. 春节是人类文化生活开端的象征

春节祭神、拜祖、拜年是对人神关系、人伦关系的重新确证,即对于人类作为一个文化存在的确证。换句话来说,这些仪式乃是我们中国文化开端的象征。在上一段中所论述的人类起源,只是说明了人的自然起源。人类当然不仅仅是一种自然存在,他还必须是一种文化的存在,有自己的社会关系和价值观。

由于在人类任何一种文化体系之中最为核心的内容无疑是信仰,所以首先考察春节祭神、祭祖。传统中国人在春节对天地诸神、家族祖灵等超自然存在加以最隆重、最全面的祭祀。所祭神灵之多,之全,令人惊讶。对于这一点,凡是进行过春节民俗调查的人大概都会留下深刻印象。这当然是国人多神论信仰的反映。不过为什么平时这些多神论信徒并不同时祭祀如此之多的神灵,而春节却例外呢? 原因在于:春节祭神、祭祖是对国人传统信仰的全面展示与重新确证! 作为孤独于世的人们由此建立起人神关系,获得神灵的庇护。这是我们宗教文化开端的象征。春节所祭的祖灵也很全,总是从家族始祖开始,囊括一切祖灵。

春节拜年则是人伦道德的体现。大臣为皇帝朝正,下级官员向上级拜年,晚辈为所有长辈拜年;而皇帝赏赐大臣宴饮、乐舞,长辈赏赐晚辈压岁钱。表面看来,繁文缛节,不胜其烦。但是这一拜一赐之间,长幼尊卑等基本人伦关系与相关的道德规范就得到重新确认。其意义非同一般!这是伦理道德建立的象征!

通过以上这些仪式,传统中国人的人神关系、人伦关系得到新的确证,于是自然人作为一个具有文化意义的完整的生命存在——中国人就得到确认,他们的人生就得到了意义。海外华人身处异国他乡,他们面对的主流社会文化和我国文化是截然不同的,他们中的很多人早已加入了当地国籍,在政治意义上是不折不扣的外国人。但是,他们坚持过春节,坚持继承春节民俗。原因何在呢?海外华人通过春节民俗活动,重新确证自己是一个文化上的中国人!春节的文化开端意义,春节作为中国文化的代表与象征意义在这里得到了体现。

5. 春节是人生新希望的象征

由于春节成为一切开端的象征,所以春节的一切行为(包括日常行为)也都具有象征性、仪式性,具有决定在新的一年里命运如何的意义。春节时住的房子要装饰一新。穿的衣服也必须是全新的,据说这样新的一年里才能总有新衣服穿。吃的饭要有剩余,以求"年年有余",为此还产生了把鱼作为重要主题的年画。表面上看,春节期间似乎浪费太大。其实,春节的"铺张浪费"行为是一种文化象征!象征着未来的生活就像现在一样丰盛!

春节不能说倒霉的话,孩子打碎了碗,也不能责备,要说"碎碎(岁岁)平安"。消除过去的一切不幸,迎接充满希望的未来……所以,春节实际上又是我们除旧布新的机会,是我们表达美好愿望的机会。

总之,我们的祖先根据自己独有的"阴阳和谐"观念发现了早春时节一个原本普普通通的看不见月亮的日子的价值意义——开端,于是把它确定为自己历法制度中一年的开端,这就是春节。此后,人们陆陆续续创造了神话和种种仪式行为来标志这个开端,说明这个开端。不同的社会阶层按照自己的理解,赋予春节不同的文化意义。但是,春节的全部传统意义都是围绕着"开端"而存在的:宇宙的诞生、万物的起源、文化的建立、新生活的开端……

六、关于春节民俗的建议

中国的现代化进程包括经济、政治、军事、科研、文化等方面。随着其他方面的推进,中国文化现代化问题日益突显出来。五四新文化运动以来,一种常见的文化现代化策略是否定传统文化,在西方现代文化基础上创立新文化。体现在节日文化建设方面就是用公历新年取代农历新年,把农历新年变成"春节"。但是,这种脱离实际的文化变革没有得到全体国民的响应,公历新年迄今未能深入民众生活形成真正的民俗节日,基本只是一个法定假日而已;而农历新年这个事实上依然是中华民族最大的节日却遭到一定的贬斥——我们的民族文化于是遭到损害。我们的新年节日呈现出一种上下分离的不利局面——公务活动和理论上元旦是新年,可是百姓的日常生活中却以春节为新年。这种局面不利于统一的民族认同感的形成。

新的节日文化建设必须尊重既有的节日文化传统,这样才能得到人民最大限度的支持和响应。新年节日文化的重建也必须尊重原有的新年文化传统,并创造性地加以转换,使之全面适应现代国家制度、适应现代生活方式。

古老的春节民俗传统随着历史的脚步伴随我们民族走过了几千年。其间,它的名称、内容发生过多次演变,以适应当时的社会生活。我们相信,春节民俗经过转换,在当代社会依然可以发挥良好的社会功能。

我们总结春节文化的主要社会功能是:一年一度,我们民族文化的各个层面在此得到全面展示,从饮食、服装,到文学艺术、价值观念,再到娱乐游戏。全国人民,尽管来自不同地区、不同行业、不同族别,但是都在这个时间段自觉自愿地共同欢度节日。春节作为最普遍的超越政治、超越阶级,甚至超越国界的民俗节日可以最大限度地促进全民族的认同感。而且,春节是一笔现成的文化财富,利用它可以更加顺利地进入大众生活,有利于建设新的全民族各阶层共同享有的节日文化。

基于以上认识,我认为政府应该采取下列措施对待春节问题。

(1)维持公历和农历并存的历法制度

辛亥革命以来的公历和农历并存的历法制度基本是成功的,它既保证了我们在公务方面与世界的同步,同时也保存了我们的传统文化。而1928年废除农历的做法显然是失败的,这个教训值得汲取。

政府应该重申:公历和农历并存是现政府的历法制度。近年来,一些包含日历的印刷品只有公历,没有写明相应的农历,更没有农历节日,这是不对的。应该对之加以限制。

不过,公历和农历并存,也会带来一定的副作用。比如,一年之中出现两个"新年"容易使人迷惑。那些不了解传统历法精神和春节民俗意义的人会觉得春节"没有意思",甚至想用元旦代替春节。这方面应该推动整个学术界加强对于民俗学的研究,并加强民俗学在全社会的影响力来解决类似问题。

(2)春节假期应该从腊月三十开始

春节是最大节日,为了过好它,必须提前准备。而且除夕要全家团圆、要守岁,如果不放假,这些活动势必受到直接影响。所以,春节假期应该从腊月三十就开始,不能等到初一才开始放假。

(3)禁放烟花爆竹的政策应该改变

重新认识爆竹的文化功能,总结民国年间和近年来禁放的经验教训,我们认为简单禁放所付出的"文化代价"是巨大的,而且难以成功。

加强科研,开发危险性较小、少污染乃至无污染的新品种。

加强生产、运输和销售环节的安全管理。

加强燃放安全教育,严厉打击燃放中的故意伤害行为。

(4) 增加春节贺词和春节团拜

为了加强全体国民的民族认同,缩小政府与民众的距离,应该在春节的时候请相关的领导人发表贺词。现在,国家领导在元旦发表新年贺词,与世界同步是应该的。可是,人民最重视的春节却没有贺词,实际上我们就失去了一个亲民的机会。现在,外国一些领导人为了加强对于华人的吸引力,在春节特意发表贺词,向华人祝贺。在感谢他们的好意之余,多少也感到遗憾。

各个地方单位的团拜活动安排在元旦是不妥当的,应该改在春节进行。

(5) 限制春节联欢晚会

20世纪80年代出现的电视春节联欢晚会为守岁的人们提供了一个专门的娱乐节目,体现了政府对于百姓春节守岁习俗的尊重,因而也得到人民的喜爱。但是,近年来,人们对它的批评越来越多。原因何在?守岁的一家人同看一个节目,实际上就要求节目能够满足所有成员的兴趣,而这是不现实的。中央台针对不同观众安排了戏曲、舞蹈专场,企图最大限度地满足观众,但是,它又使得一家人争电视机,或者各自分别看,结果又损害了家人团聚和交流。另外,电视春节联欢晚会目前已经成为一个商业性极强的节目,充斥着商业广告、明星广告。为了广告效益,晚会节目越来越多,质量也就无法保证,结果年年遭到人们批评。

从民俗学角度看,电视春节联欢晚会毕竟是一个视觉艺术节目,大众只能坐着看,不能参与,没有交流,因此,它无法成为一项独立的民俗活动,只是一个娱乐节目而已。它是不能代替守岁的。

其播放时间从20点一直延续到24点以后,挤占了守岁的人们本应亲身参与的一些民俗——包饺子、彼此交谈话团圆等,影响了除夕团圆在家庭亲情交流方面的功能。

基于以上理由,建议减少电视春节联欢晚会的节目,缩短其节目时间,大致以两个小时为宜。

(6) 加强民俗学研究,保护优良的春节民俗

组织学术界加强对于全国各族人民春节民俗的全面调查和深入研究,总结春节民俗在民族认同、价值观培养和美学方面的意义。

对于春节民俗中公认的优良传统应该予以宣传、保护,加强引导;反对把春节活动恶俗化。例如,同事之间的拜年活动本来是借新年之机增进朋友情谊的,但是有人把它变成拉关系、拍马屁的机会,甚至于假借给领导的子女压岁钱而公然行贿。按照传统,压岁钱数额很小,的确是给孩子用的。现在由于子女少,父母溺爱;加上某些人变相行贿,最终使得压岁钱数额猛增。既是长辈的负担,又是对孩子的不良诱惑。应该宣传压岁钱的本来意义是表示长辈的慈爱。

论春节的科学性、神圣性与艺术性
——清理科学至上主义对春节习俗的谬见[①]

古语说得好:"仓廪实,然后知礼仪。"初步摆脱了物质贫困的中国社会越来越感觉到自己精神生活的"贫困"了。千百年来曾经给人们带来无穷诗意和价值满足的春节在物质生活水平最高的城市里已经严重衰败,变得无聊、乏味;而在相对贫困落后的农村,春节依然红火热闹。同样是中国人,城乡之间对于春节的认同差别如此之大,其中原因比较复杂。首先,农民日常生活中仍然广泛使用夏历(农历的传统名称),农业生产多用二十四节气,出生日期也多用夏历。农民对于夏历新年——春节毫无怀疑。而城市人习惯用公历,很少了解夏历。对于他们而言,公历新年大大冲淡了夏历新年——春节的真实性。其次,农村生活方式比较传统,春节习俗保存比较完整,内容比较丰富。第三,农民日常生活水平不高,春节的美食、新衣,仍然具有比较突出的节日象征意义,从而使得春节和平时的差异比较突出,节日气氛更加浓厚。相比之下,城市人的日常生活水平高,春节和平时的差异不大,节日气氛也就显得淡漠了。

但这些都只是表面的原因。城乡春节之所以冷热迥异,其主要原因不能不归咎于城市所接受的所谓"现代文化"。现代文化对传统的冲击是全方位的,这里只谈近100年来激进知识分子奉行的科学至上主义对春节习俗的侵蚀和毒害。

我所说的科学至上主义,是指那种把西方自然科学与社会科学当作评价一切文化现象的唯一标准的观念。春节作为传统节日,其内容包含了科学、信仰和艺术等各个方面。简单地仅仅根据科学去判断春节,是存

[①] 此文发表时被编辑改名为"我的春节观",现恢复原名。

在严重缺陷的。

一、从公历、夏历的比较看春节设立日期的科学性

由于现行公历的新年比作为夏历新年的春节早,所以,不少城市人都怀疑春节作为新年第一天的科学性和真实性。春节的设立究竟有没有科学依据呢?这还得从夏历是否科学来谈,从夏历与公历的比较来谈。

现行所谓"公历",实际是格里高利历,它是1582年罗马教皇格里高利十三世发布实施的一种历法。由于比较准确、比较简便,逐步成为西方世界的统一历法,并随着近代西方的扩张而流行于世界。公历是阳历,它的一年就是地球围绕太阳公转一周的时间,365.25天。平年与闰年的差异只有一天。这是公历的长处。但公历每月的长度差别巨大,从28天到31天不等,因此根本无法反映月相(即月亮圆缺变化)周期。所以,我看到的美国日历不得不另外用空白圆圈表示满月,用黑圈表示无月之夜,用半黑半白圈表示上弦月、下弦月。至于公历如何确定每月第一天,实在没有任何天文学上的科学根据。

夏历是阴阳合历,兼顾日、月的视运动周期。每月的长度完全依据月相变化周期29.5天,大月30天,小月29天。看不见月亮的朔日定为每月开端,即初一;十五,自然就是满月。正月的设置,也有天文学依据。古人发现北斗星的勺柄在天刚黑的时刻所指的方向四季不同;春季指东,夏季指南,秋季指西,冬季指北。于是,夏历规定:当北斗星的勺柄在天刚黑的时刻指向天空的寅辰——在东北方——的月份,即正月。正月初一即新年。由此可见,夏历新年春节的设立很科学、很直观,也很有美感。不过,夏历也有缺点,它每年的长度不同。平年12个月,354天;闰年13个月,383或384天。每19年加7个闰月,才能最终使夏历跟太阳回归年保持一致。这和农业生产的需要存在巨大差距。为了指导农业生产,夏历内部另外设立了纯粹阳历性质的二十四节气。

通过以上比较,夏历既有阴历,又有阳历,是一种很科学的历法。有

些人以春节在公历上的日期不固定为由否定春节,那是错误的;因为,假如以夏历为依据,公历新年的日期也不固定。公历与夏历各有长短。夏历之所以在与公历的竞争中处于劣势,完全是政治原因:近代西方国家的政治强势决定了格里高利历成为世界流行历法。指责夏历不科学是对传统历法的误解。

辛亥革命之后,民国政府出于政治目的,剥夺了夏历年的正名"元旦",转赠给公历新年第一天,并把夏历新年贬称为"春节"。这就破坏了春节作为夏历新年第一天的含义。新文化运动之后,一些并不了解历法科学的激进知识分子批判春节不科学。谬种流传,沿袭至今。也难怪被洗脑的城市人会怀疑春节的科学真实性了。在这方面,广大农民比城市人幸运。他们较少受政治家和激进知识分子影响,生活中也多使用夏历,因此对春节的"新年"属性确信无疑,计算年份、计算年龄、生肖都以春节为唯一标准。因此,农村的春节比城市的春节更加深入人心。

二、春节习俗的神圣性与科学无关

城市春节的衰微也表现在信仰的缺失方面。春节作为最大节日,必然要全面展示人们的信仰,借此重申人与超自然力量之间的关系。传统民众一般信仰多神论,所以春节要祭拜的神灵很多。来自道教的玉皇大帝、土地神、城隍、龙王、财神、灶神、门神,来自佛教的佛祖、观世音,还有祖先的灵魂都在祭拜之列。人们或者在家设立香案祭拜,或者到寺庙烧香祷告,祈求保护,祈求赐福。但是,在科学至上主义者眼中,这些都是"迷信",必须彻底扫除。发展到极端,就是"文化大革命"期间,全国尤其是城市全面消灭了宗教信仰,把这些超自然因素从春节习俗中全面扫除了。时至今日,城市里春节活动除了大鱼大肉等物质内容之外,基本上没有什么信仰内容。因此,城市春节的神圣性荡然无存。丧失了神圣性的春节如何能够使市民们心安理得呢?

人类生活是丰富多彩的,既需要科学,也需要信仰。信仰是科学以外的领域,不能用自然科学的道理要求宗教。神的存在与否,和科学的事实无关。激进知识分子以科学的名义消灭宗教信仰是对传统文化的破坏,也是对信众的迫害。近年来,农村民间信仰逐步复兴,城市各种庙会也有恢复。北京著名的白云观庙会人山人海,盛况空前。我想,参加庙会的市民与待在家里守着电视机的市民对春节的感受一定有天壤之别。

春节信仰也包括一些俗信,比如危害人的邪气、除夕夜会出来吃人的年兽、忌讳说不吉利的话语、忌讳摔碎盘子等等。这些在科学至上主义者眼中都是"迷信"。其实,生活中难免有一些未知的有害因素,在辞旧迎新的时刻,人们通过这些俗信强迫自己保持一份谨慎是十分必要的。比如,除夕守岁是非常辛苦的,人们解释说这样可以防止年兽害人,于是也就能够坚持下来。有的地区解释说老人守岁可以长寿,孩子守岁可以为长辈延寿,这样全家上下共同努力,还能促进家庭和睦。这些习俗表达的是美好愿望,怎么能用科学判断其真假呢?

三、春节习俗的艺术性

春节之所以吸引人,更直接的因素是其中包含大量的艺术化生活。如果抛开其艺术性,单单从科学立场评价春节,也是错误的。

丰子恺1947年写的《新年小感》总结民国初年的新年风俗:

> 总之,所有的人,在元旦这一天,不是做人而是做戏了。这样的做戏,一直延续半个月。
>
> 一年一度,这样的戏剧性狂欢,在人生实在是很需要的。好比一支乐曲,有了节奏,有了变化,趣味丰富得多。可惜四十年来,因了政治不清明,社会组织不良,弄得民不聊生。新年的快乐,到现在已经不绝如缕了。我不想开倒车,回到古昔;我但望有另一种合于现代人生的新的节奏,新的变化,来调剂我们年中生活的沉闷。目前的人的生活,尤其是都会人的生活,实在太枯燥了,太缺乏戏剧的成分了。三百六十六日,天天同样,孜孜兀兀,一直到死,这人生岂不太单调、

太机械,太不像"人生"吗?

日常生活是单调的,春节作为新年第一天,也是第一大节,它的所有活动都是艺术化的,具有很丰富的象征意义。

例如,春节放鞭炮起源于南北朝时期的爆竹习俗——烧竹子使之爆裂发声。信仰者说这能驱除吃人的"山魈恶鬼",或"年兽"。但在一般无神论者眼中,那些传说是一个奇幻的故事,丰富了孩子们的想象;而放鞭炮前的紧张与燃放之后的轻松,又构成一种美妙的艺术心理体验。但是,鞭炮是危险品,制造和燃放过程中多次出现伤人事件,燃放过程也有一定程度的污染。于是,放鞭炮自然成为科学至上主义者的又一个批判对象。1928年,民国政府禁止放鞭炮,理由是迷信、浪费钱财。丝毫没有考虑它美化生活的艺术价值。结果自然是失败。1993年以后,从北京开始,各大城市又陆续禁止燃放。理由是危险、污染。仍然没有考虑放鞭炮作为生活艺术的价值。效果呢?只有一个,就是城市里的"年味"更加淡漠了。喜欢放鞭炮的人只好大年初一冒着严寒,跑到乡下去放!2008年正式确定四大传统节日为国家法定假日之后,北京也改"禁放"鞭炮为"限放"鞭炮,城市人终于享有与农村人同等的过节权利了。那么,是否让鞭炮继续伤人呢?当然不是。政府改从控制生产、销售渠道入手,禁止高危险鞭炮,保证人们买到安全鞭炮。这样,城市放鞭炮的伤人事件和伤害程度都大大降低了。

春节是要挂灯笼、贴春联的。热热闹闹,红红火火,把新年第一天装扮得喜气洋洋。这也是一种生活的艺术。可是,在科学至上主义的影响下,我们的城市建筑师从来不考虑房屋还要满足人们日常生活艺术的需要。楼房门窄到无法贴春联,白色的粉墙也不能贴。门口没有突出物,更不能挂红灯笼。于是,没有任何艺术装点的城市春节就基本混同于普通的休息日,没有多少节日气氛。而广大农村依然是独门独院,不仅挂灯笼、贴春联,还有剪纸窗花,那个节日气氛实在令城市人羡慕不已。

要把生活变为艺术,是需要花费金钱、投入心血的。父母要操劳,准备年货,打扫卫生,装饰房间,很麻烦,很累。但是,年前的所有忙碌换来新年万象更新的美景。还是很值得的。不懂事的孩子要学习相关习俗与规矩。鲁迅在《朝花夕拾·阿长与〈山海经〉》里批判春节习俗太烦琐。鲁迅说:"我实在不大佩服她(指保姆阿长)……但是,她懂得许多规矩;这些规矩,也大概是我所不耐烦的。"为什么呢?原来,作为小孩子的鲁迅元旦(指春节)醒来,阿长要他先说:"阿妈,恭喜。"然后阿长回答:"恭喜恭喜!大家恭喜!"其次,再把"冰冷的"福橘塞进小鲁迅嘴里。这让鲁迅很不高兴,称之为"元旦劈头的磨难"。他说:"只有元旦的古怪仪式记得最清楚。总之:都是些烦琐之至,至今想起来还觉得非常麻烦的事情。"小鲁迅的感受当然是真实的,因为他当时还是一个不懂事的孩子,不知道这些规矩是幸福的象征,表达的是对美好未来的希望。而作为作家的鲁迅以此为据批判春节,实在是没有任何说服力。现在一些城市人害怕麻烦,什么也不做,却哀叹自己家的春节没气氛。这是咎由自取。

　　抛弃科学至上主义的偏见,正确认识春节的科学性,尊重春节习俗的神圣性,享受春节习俗为我们提供的艺术化生活,才能使我们恢复快乐人生。

从端午节争端看中韩两国的文化冲突

中国、韩国山水相连,文化上也非常相似,1992年建立外交关系以来,政治上彼此相安,经济上互相合作,都取得了很大成绩。按照一般想象,双方应该成为非常友好的邻邦。但是,偏偏在双方非常相似的文化上,彼此冲突不断,其中包括端午节争端,叶舒宪被韩国网民误解事件,郑在书被中国网民误解事件[①],等等。这些事件严重影响了两国国民之间的感情和进一步的文化交流与合作。

本文将以端午节争端为个案,还原事实真相,并探讨导致中韩文化冲突的表层和深层原因。由于我不懂韩国语,只能读韩国古代文献和现代翻译为中文的文献,论文中难免有错误之处,敬请中韩两国专家批评指正。

一、端午节争端的出现

2004年4月14日,《光明日报》报道韩国的文化部门正在为"江陵端午祭"申报联合国"人类口头及非物质遗产代表作"进行积极准备。但这条消息没有引起多少反应。5月6日,中国第一大报《人民日报》发表记者刘玉琴的《不要冷落了自己的传统节日》:

> 近日东北一位大学教授给文化部副部长周和平发来一份急件,说据可靠消息:亚洲某国准备向联合国教科文组织申报"端午节"为本国的文化遗产,目前已将其列入国家遗产名录,很快将向联合国申

---

① 2007年,韩国梨花女子大学中文系教授郑在书发表论文认为:中国上古神话包含了一部分东夷民族的神话。这个观点被部分网民误解为中国神话起源于韩国。

报"人类口头遗产和非物质遗产代表作"。

一石激起千层浪。很多国人,包括学者、政治家都觉得中国传承了两千多年的端午节成为韩国的世界文化遗产,感情上无法接受。网络上更是骂声一片,认为韩国的申报是偷窃中国文化遗产。于是,一批热心人士集中起来,开始进行所谓的"端午保卫战"。这种说法经过时任中国民俗学会理事长刘魁立先生的批评,经过民俗学家贺学君等人现场考察韩国江陵端午祭并详细说明它跟中国端午节有区别之后,并没有消失,至今还有流传。由此可见这场端午节争端之影响是多么深远。

我认为:这场冲突的起因很复杂。其表层原因是中韩两国国民对于对方文化的误解。为此,我认为有必要重新考察中韩两国端午节(包括韩国江陵端午祭),还原事实真相,以消除误解。深层原因则是双方都有文化自我中心主义思想。对此,我将在本文第四部分加以分析。

二、中韩两国端午节的事实

我在《话说端午》(2008)一书中全面考察过中国端午节的起源、流传变化和基本性质。这里只做简要概括:端午节是一个为了避免疾病瘟疫而产生的全民卫生节日。它最初的日期是干支记日法夏历五月午日,后来普遍采用数字记日法,于是节日日期正式改为五月五日。端午节起源于战国时代,最初的名字就是五月五日,晋朝周处《风土记》定名为"端午"。端午之所以能够成为节日,原因是古人认为五月五日(接近夏至)阳气最盛,即将衰竭,而阴气开始复生,阴阳相争,这是一个邪气横生的恶日。所以,端午节的主要活动目的就是辟邪。

中国端午节民俗大致包括八个方面:第一是使用兰草、菖蒲、艾蒿。兰草、菖蒲、艾蒿具有巫术和药用的双重价值。用它们泡水沐浴,或悬挂,或者用来制作各种装饰品。第二是缠挂五色线以驱邪辟凶。第三是张贴道教符图驱邪。第四是饮用药酒(蒲酒、雄黄酒)。第五是吃粽子,这是象征季节变化,实际也是趋吉避凶的。第六是到河边游玩,并抛弃香袋象征抛弃邪气。第七是划龙舟或龙舟竞渡。有一种六朝之后产生的传说称划龙舟或者龙舟竞渡是纪念屈原,但是在多数民众心目中龙舟竞渡的真正目的是"送瘟神"①。中国知识分子,尤其是现代知识分子认为端午节辟邪过于迷信,所以极力宣扬端午节是为了纪念屈原②。第八是亲友互相赠送夏季使用物品(端午扇、草帽、毛巾),互相关心。以上八项端午节习俗中,主要是以辟邪、辟瘟、保健为目的,因此辟邪是中国端午节的核心。杨琳、萧放等学者的观点类似。

韩国古代历法与中国相同,朝鲜时代以来,传统节日体系也与中国基本相同,绝大多数节日与中国相同,例如,韩国有四大节日:元旦、寒食、端午、中秋。这些都和中国传统节日习俗基本一致。当时,韩国只有个别节日是纯粹的本国节日,如农历六月十五的流头日③。当然,中韩两国在共同拥有的那些节日里,具体风俗也存在一些差异。

以下讨论端午节的起源问题。

韩国上古时代文献相对缺乏,所以,韩国端午节的起源时代记录比较晚。根据崔在洛整理、韩国外国语大学翻译的《江陵的无形文物》(2004)介绍:新罗时代已经定五月五日为端午节,全民同庆④。只从起源时间和节名看,韩国端午节可能来源于中国。但是,这样论证是不够严谨的。韩国一直到18、19世纪才有专门的民俗志书,上古典籍又短缺,所以,在新罗时代之前也有可能已经出现这个节日了。要确认韩国端午节起源于中国还需要更多的证据,详见下文。

但是,现代韩国民俗学界部分学者认为:韩国端午节有自己独立的起源。第一,韩国端午节除了这个汉字名字之外,还有一种固有名词:"上日"。因为这一天韩国民众吃车轮形状的艾子糕或 Suliqu(山牛蒡)糕。而 Suli 是"高、上、神"的意思。第二,中国端午节起源于纪念屈原,用楝树

---

① 见〔明〕杨嗣昌《武陵竞渡略》。武陵即今日湖南常德。
② 参看萧放《岁时——传统中国民众的时间生活》,中华书局,2002年,第165—167页。
③ 参看萧放《18—19世纪中韩"岁时记"及岁时民俗比较》,《江西社会科学》2007年第1期。
④ 《江陵的无形文物》,第18页。

叶包裹竹筒,内装大米投入河流,后来演化为吃粽子①。

但是,以上两条证据很不准确。

首先,艾子糕的确是韩国典型的端午节食品,但是这个习俗可能来源于中国。按照洪锡谟(朝鲜时代后期)1825年著《东国岁时记》云:"端午俗名'戌衣日'。戌衣者,东语车也。是日,采艾叶烂捣,入粳米粉,发绿色,打而作糕,象车轮形,食之,故谓之'戌衣日'。"②这里的"戌衣"很可能就是"Suli",韩语中"李"有两种读音,一个是li,另一个是yi。所以,吃艾子糕而命名节日,只能叫"戌衣日",意思是"车日",跟"上日"无关。另外,《东国岁时记》作者考证这个习俗来自中国:"按:武珪《燕北杂志》:'辽俗,五月五日渤海厨子进艾糕。东俗似沿于是。"③当然,洪锡谟的说法证据不是十分充分,只能说存在这种可能。不过这条证据足以说明:根据韩国端午节吃艾子糕来论证韩国端午节具有自己独立的起源是没有说服力的。

其次,把中国端午节理解为单纯的纪念屈原,更是错误的。前文已经说明,祭祀屈原在中国端午节习俗中是很晚才出现的,而且不是很普遍。另外,韩国古代端午节也有纪念屈原的内容,却被有意无意地忽略了。韩国的端午节还有一个固有名词是"水濑日"。金迈淳(1776—1840)《洌阳岁时记》云:"国人称端午日为'水濑日'。谓投饭水濑,享屈三闾(即屈原)也。地之相去万有余里,世之相后千有余年,谣俗不改,精爽(即神灵)如在,何令人感慕至此也!"④所投的米饭,和中国人投的粽子——实际就是包起来的米饭,十分相似。

基于以上论述,韩国民俗学界部分学者论证中韩两国端午节来源不同的说法,证据不足。

要论证中韩两国端午节的关系,除了考察起源时间、节日名称,更主

---

① 见《江陵的无形文物》,第18页。
② 《东国岁时记·洌阳岁时记·京都杂志》合编本,朝鲜光文会,1911年,第33页。
③ 《东国岁时记·洌阳岁时记·京都杂志》合编本,第33页。
④ 《东国岁时记·洌阳岁时记·京都杂志》合编本,第11页。

要是考察双方节日民俗的具体内容。我全面对比了中国端午节的八大内容和韩国朝鲜时代柳得恭(1749—?)《京都杂志》、洪锡谟《东国岁时记》、金迈淳《洌阳岁时记》记载的韩国端午节官方礼制与民众习俗,结论如下:

1. 韩国朝廷于端午节赏赐艾花(木制簪子饰以丝花、五色线)、艾虎和端午扇给大臣。与中国古代礼制同。

2. 韩国观象监制作朱砂辟邪文(或名"天中赤符")、除病,内医院制药佩带禳灾,赏赐大臣五色丝线以禳灾,与中国古代礼制和民俗相同。

3. 韩国采益母草、豨莶等药材备用,与中国类似。

4. 韩国给儿童穿红绿色新衣服,与当时北京习俗同。

5. 韩国民众用菖蒲水给儿童洗头洗脸,妇女用菖蒲根制作簪子,与中国民俗同。

6. 韩国吃米制的艾子糕、山牛蒡糕,中国吃米制的粽子,不一致,但是类似。韩国古代投饭水濑,中国投粽子于水,传说都是纪念屈原的。

7. 韩国端午荡秋千。中国是在清明节、寒食节荡秋千。《东国岁时记》认为是韩国民俗的演化所致。

8. 韩国金海地区有石战游戏,两组青年互相投掷石头攻击对方。中国辽宁等地区至今流传。

9. 韩国男青年互相角力摔跤,中国无。

两国端午节活动,基本一致。节日目的也非常一致。主要都是为了辟邪,少数是为了纪念屈原。基于中韩两国端午节内容一致,目的相同,名字基本一致(中国一些地方的端午节也有俗名,如粽子节),所以,我认为韩国古代学者柳得恭、洪锡谟、金迈淳三人把韩国端午节来源地定为中国是符合事实的。而现代一些韩国民俗学界同人把韩国端午节的起源跟中国端午节完全分开,我碍难同意。

不过,必须承认一点,端午节传入韩国之后,韩国人民进行了自己的再创造,像吃艾子糕、荡秋千、角力摔跤都是。这个节日已经韩国化,成为韩国传统文化的一部分。基于这个理由,我认为:把韩国端午节完全等同于中国端午节也是不正确的。

三、韩国江陵端午祭与中国城隍巡游的比较

中国民俗学界同人对于韩国江陵端午祭所知甚少,同样存在很多误解。2004年4月,《光明日报》报道韩国的文化部门正在为"江陵端午祭"申报世界文化遗产的时候,几乎没有人知道这个祭祀是什么内容。5月6日《人民日报》文章提到的那位东北某大学教授,其实是辽宁大学民俗学家乌丙安先生。当时,韩国方面通过亚细亚民俗学会邀请中国民俗学界元老到韩国江陵地区参加"关于非物质文化遗产保护国际研讨会"并参观"端午祭"。乌先生在受邀专家之列,他担心韩国申报端午节为世界遗产,所以,写信提醒中国文化部副部长。结果,大家都错误地认为江陵端午祭(韩语发音:danoje)就是端午节,一下子就闹起争端了。这是中国人对江陵端午祭的第一层误解——以为它就是中国的端午节。

可是中国学者考察江陵端午祭之后,承认它跟端午节不同,又认定它是纯粹的韩国文化,与中国文化基本无关。在我看来,这又成为一个问题,构成了第二层误解。

接受韩国方面邀请的民俗学者还有中山大学叶春生教授、中国社会科学院贺学君研究员、中央民族大学陶立璠教授等。2004年端午节期间,他们参观了江陵端午祭。回国以后,他们纷纷发表文章,认为韩国江陵端午祭跟中国端午节完全不同。叶春生《端午节庆的国际语境》说:"……可叹的是,我辈之孤陋寡闻,此端午非彼端午也。"[1]贺学君《韩国非物质文化遗产保护的启示》说:"江陵端午祭,虽然与我国的端午节在时间上有相合之处,也可能最早是从我国传播过去的,但从目前其所行的仪式分析,可认为它确实是属于韩国江陵民众的:仪式中所祭祀的对象是他们信仰中的神话人物,祭祀所执礼仪具有明显的江陵地方特色,尤其风物游

---

[1] 叶春生《端午节庆的国际语境》,《民间文化论坛》2005年第3期。

艺更表达出他们代代相传的文化底蕴。"①

那么,江陵端午祭究竟是什么活动？把它和端午节进行对比合理吗？它跟中国文化是否无关？

根据《江陵的无形文物》介绍,江陵端午祭祭祀三位神灵：一、大关岭山神。他生前是新罗将军金庾信,在统一韩国方面有重大功勋。传说他曾经在江陵读书,又铸造一口宝剑。死后被供奉为大关岭山神,守护这一地区。二、大关岭国师城隍神。生前是江陵鹤山人,曾任梵日国师。三、大关岭国师女城隍,是国师城隍神成神之后选取民女成为其妻子。这些神灵都是韩国人,的确跟中国文化无关。

韩国江陵地区祭祀山神的最早记录是南孝温(1454—1492)《秋江先生文集》："据岭东(江陵属于此地区)民俗,每年三、四、五月份,人们备齐山珍海味,择日求巫,祭拜山神。"②

许筠(1569—1618)《惺所覆瓿藁(稿)》于癸卯年(1603)参观了本地人五月初一祭祀大关岭山神金庾信,迎接他到山下城镇,初五还要举行各种表演,取悦神灵,目的是祈求丰收。可见,这时的山神祭祀已经成为巨大的集体庆典活动了。时间也在端午节前后。但是,我觉得这里的大关岭山神金庾信的神格跟原始的山神信仰很不一致。原始的山神本来是掌管山峰的,例如中国《五藏山经》的全部二十六组山神都是如此。但是,大关岭山神金庾信却被民众迎接到山下城镇去巡游。显然其功能是保佑山下城镇民众的生活,跟城隍的神格功能一致,与原始山神的神格功能不一致。

到1933年的《增修临瀛志》中,山神金庾信的地位进一步下降。他虽然也被祭祀,但真正被迎接下山的却是另一位神灵——大关岭国师城隍神。主要活动是各村庄举行的国师城隍祭祀和各种表演,从而成为庆典,本地官民共同参加。与现代端午祭基本一致。

---

① 贺学君《韩国非物质文化遗产保护的启示——以江陵端午祭为例》,《民间文化论坛》2006年第1期。

② 转引自《江陵的无形文物》,第23页。

现代端午祭的主要活动：

四月五日酿制祭祀神灵的"神酒"和其他祭品。

四月十五日，到山上的两个神祠分别举行大关岭山神祭和国师城隍神祭。祭祀祈祷词都是请求神灵保护本地百姓免除灾祸，粮食丰收。

之后，砍一根城隍神降落其上的神木（树枝），挂上彩色绸缎，开始下山游行。陆续经过邱山城隍堂、鹤山城隍堂，分别接受当地人的祭祀。最后回到江陵洪济洞的大关岭国师女城隍祠。设立神灵夫妇的牌位，并放在一处，进行合祭。所以，这个祭祀叫"奉安祭"。

五月初三，在南大川露天城隍堂举行城隍夫妇祭祀。叫"迎神祭"。以后早晚各祭祀一次。此后，整个端午祭进入高潮。端午节表演活动、娱乐活动、商业活动都全面展开。

五月七日，举行"送神祭"。目的是送他们分别回到各自原来的神祠去。然后，让国师城隍神的神灵重新回到神木，送到距离大关岭最近的地方，焚化神木、牌位、灯笼、龙船等。众人叩头，结束典礼。

举行的各种祭祀仪式，包括两大类，一种是儒教的，由地方官员或名人主持。另一种是由地方巫师主持的巫祭。

在整个祭祀活动期间，参加者超过一百万。

综合来看，江陵端午祭除了时间靠近端午节，名字包含"端午"二字之外，跟端午节本身没有多少关系。《江陵的无形文物》说"'江陵端午祭'起始于端午节的风俗"[①]，这也是一个误解。因为江陵端午祭在活动目的、活动方式等方面都与以辟邪为主要目的之端午节无关。不过，这个错误的发生责任不全在该作者，他不过是延续了当年《东国岁时记》的错误。洪锡谟就把军威地区的"三将军祭"、安边地区的"霜阴神祭"列入端午节习俗之中，这两种祭祀都是城隍巡游性质的活动。

既然江陵端午祭与端午节无关，那么，它好像跟中国也无关了。其实不然。

---

① 见该书第18页。

人们可能忘记了中国曾经普遍拥有城隍崇拜和城隍巡游活动。城隍是守护城池的神,各地崇拜的城隍姓名不同,例如苏州祭祀春申君,杭州祭祀文天祥,他们都是生前有功于当地者,所以总体性质一致。中国城隍崇拜,来源于《周礼》蜡祭的八神之一"水庸"。城隍二字的字面意思是城墙和围绕城墙的护城河。最早记载是三国时代吴国赤乌二年(239)建立的芜湖城隍庙。唐朝以后,各郡县都设城隍庙,祭祀城隍。道教以城隍为"剪凶除恶、保国护邦"之神。旱灾时候,可以降雨,水灾时候,可以放晴①。又以城隍为管领亡魂之神②。因此,各地民众总是在特定时间抬出城隍神像巡游,以保境安民。

人们总是选定本地城隍的生日前后,抬上城隍的神像巡游他所管辖的各个地区。在整个巡游过程中,人们祈祷他保境安民。农民还请他保佑丰收。如果该城隍的生日靠近端午节,城隍巡游就和端午节的时间发生了一定的重合。很容易使人误解,城隍巡游就是端午节的一个组成部分。经过五四运动和"文化大革命"的冲击,中国城隍信仰逐步被消灭一空。只在一些偏远地区有所遗留。近年在福建、广东等地陆续恢复起来。民俗学界对此研究不够。

研究端午祭与中国文化的关系,应该比较江陵端午祭跟中国的城隍崇拜和城隍巡游的关系。特别是江陵端午祭中的儒教祭祀礼仪,它跟中国的城隍祭祀礼仪是一致的。而叶春生教授、贺学君研究员把"端午祭"跟中国的端午节进行比较,其结论当然是双方不一致。这种比较是不对的,因为二者之间完全没有比较的基础。应该比较"端午祭"和中国的城隍巡游。

中韩两国文化相似的地方如此多,相互关系如此紧密,实在超出我原来的想象。因此,简单化的结论是很容易出错的。

遗憾的是,我对中国宗教信仰缺少了解,对城隍信仰了解不多,希望

---

① 见《续道藏》第1063册《太上老君说城隍感应消灾集福妙经》。
② 见《道藏》第973—975册《道门定制》。

以后有机会深入研究。尤其希望宗教学研究者,对中韩城隍信仰进行对比研究,彻底弄清楚它们之间的关系。

四、端午节争端的深层原因

误解,可以通过还原事实真相,通过不断的文化交流来逐步消除。中国人对江陵端午祭的误解,目前正在逐步消除;根据我和韩国学者的交流,他们对于中国端午节的误解也在消除中。那么,在端午节方面双方的争端是否就此彻底解决?

我认为只在事实层面沟通,不能彻底解决问题。因为:引发中韩两国端午节争端还有一个更深层次的原因。那就是两国国民各自的文化自我中心主义(或"我族中心主义",ethnocentrism)——中韩双方都认为端午节文化是自己创造的。

文化自我中心主义是人类任何一个群体都普遍存在的一种心态。其核心是认为自己的文化是天下最正常的、也是最好的文化。这种心态是人类文化生活的特殊需要。因为人类文化不是自然本性,而是后天习得的。所以,人们需要赋予本族文化以先天的优越性。当我们遇到其他文化的时候,尤其是弱小国家、弱小民族的人民遇到强大国家、强大民族文化的时候,很容易怀疑自己的文化是否正确。把自己的文化说成是最正常、最好的文化,有利于强化个人对于本民族文化的认同,有利于保持本民族文化生活方式。所以,文化自我中心主义具有特殊的合理性。

但是,它的缺点是:容易误解其他文化,甚至于以误解其他文化作为肯定本族文化的前提!在不同民族交往很少的时候,这种文化自我中心主义偏见的传播范围限于本族、本国之内,并不为其他民族所知晓。偏见主要影响本国民众,而不直接引发与其他民族、其他国家的文化冲突。

但是,在人类已经进入全球化时代,不同民族交往日益频繁的今天,文化自我中心主义偏见就越来越多地引发文化冲突。一国之内发生的文化偏见,通过现代媒体(特别是互联网)可以直接传入异国,就必然引起反感,导致冲突。

1. 中国人的文化自我中心主义

很多中国人觉得端午节是自己祖先的创造,传入韩国的端午节仍然是中国的,韩国不能申报为自己的文化遗产[①]。这种看法否定了文化传播的历史事实,不承认韩国对端午节的再创造,是荒谬的。按照这种逻辑,中国申报少林武术为文化遗产,那么印度也可以说中国人偷窃印度文化遗产了。

前中国民俗学会理事长刘魁立认为:即便江陵端午祭与中国端午节是同一回事,他们也有资格单独申报,只要江陵端午祭本身是具有保护价值的人类非物质文化遗产。刘魁立在《关于非物质文化遗产保护的若干理论反思》一文中详细阐述了理由:

> 文化遗产具有鲜明的共享性特点,可以被不同的社会群体甚至是不同的民族或国家所享用。正因为有了这种共享性特点,它才使我们的非物质文化遗产保护具有了重大意义,具有了世界意义。只有世界各国的优秀民族文化得到了充分的健康的发展,只有世界各国的政府和广大民众都对自己的优秀的文化传统加以认真的保护,才有人类文化多样性发展的前提和基础。[②]

联合国教科文组织 2005 年 11 月批准韩国江陵端午祭成为"人类口头及非物质遗产代表作"是符合上述道理的。文化遗产不是商品,不是发明专利。拥有发明权,并不意味着拥有独占权。我们的文化自我中心主义的错误就在于把文化发明权延伸为文化独占权。

---

① 2005 年 11 月 24 日,联合国官方网站正式公布,韩国江陵端午祭(Gangneung Danoje Festival, Republic of Korea)入选第三批"人类口头及非物质遗产代表作"。搜狐网上调查(调查结果截至 2006 年 3 月)题目 1:"你认为中国的"端午节"和韩国的"端午祭"是一回事吗?"答"是"者 52.94%;答"不是"者 29.41%;答"说不清"者 17.65%。调查题目 2:你如何看待"端午申遗"之争韩国胜出? 答"太痛心了,完全不可接受"者 59.46%;答"人类共同的文化遗产,没必要斤斤计较"29.73%;答"无所谓"10.81%。

② 见《民间文化论坛》2004 年第 4 期。

当代中国人对于韩国文化的态度很奇特。一方面觉得自己民族文化被韩国接受并传承,感到十分骄傲;另一方面,却又觉得韩国把这些文化申报人类非物质文化遗产是侵犯了中国的文化发明权。这是一种弱国心态——过分在意别人对本国的评价。现代中国虽然大,却是一个弱国。而古代中国是名副其实的大国、强国,所以当时中国人对于韩国学习中国文化是全力支持的。今后,随着中国逐步强大,我们的心态应该逐步调整到正常状态。

2. 韩国人的文化自我中心主义

与中国相反,古代韩国是弱小国家,学习当时强大的中国没有什么障碍,承认韩国很多文化来自中国,也没有任何问题,甚至是值得骄傲的事情。柳得恭《京都杂志》、洪锡谟《东国岁时记》、金迈淳《洌阳岁时记》都明确考证他们记录的韩国一些节日风俗来自中国。朝鲜时代韩国知识界以"小中华"自许,强调韩国文化习俗来自中国,反而可以增强本民族的文化优越感。

现代韩国虽然不大,但是经济、文化实力都很强。而中国国际地位相对于古代则严重下降,从强国衰落为弱国。实力对比的巨大变化,使一些韩国人的心态开始发生一些微妙的变化。他们不愿意再承认韩国文化与中国文化的历史关系。金迈淳《洌阳岁时记》是韩国民俗学名著,韩国民俗学界似乎不可能不知道。但是,为了强调韩国端午节与中国端午节来源不同,一些学者选择性地遗忘了它所记录的韩国端午节跟屈原有关的事实,选择性地采用了中国端午节的事实。《东国岁时记》更是韩国第一岁时记,其中相关记录也被现代某些学者选择性地加以使用。这种做法从强调本国文化独立的需要来讲,的确有其合理性。不过,在全球化的今天,国际交流如此频繁,这样做的结果很容易遭受同样秉持文化自我中心主义的中国人批判。

那么,怎样才能使我们双方既能根据自我文化需要而各美其美,同时又能客观地看待事实,正确地看待对方文化,避免发生文化冲突?这是很大的问题。

这里借用北美洲印第安人面对类似问题时候的解决方案,希望有所启发:

希达察人(the Hidatsa)学习借鉴了曼丹人(the Mandan)的文化生活方式。所以,彼此在一定程度上的相似掩盖了双方深层次上的差异。这样,他们就成功地防止了双方因生活方式差异过大而引发矛盾。但是,表面的相似会使得彼此很容易忽略深层差异而导致另外的矛盾。为了解决矛盾,曼丹人的哲人向希达察人提出了一种解决方案:

> 鉴于两个部落间习惯上的差异,你们最好到上游去建立你们的村庄。因为不了解各自的习俗,年轻人也许存有嫌隙,可能会导致战争。请不要走得太远,因为遥居远方的人如同生人,而在他们之间就会爆发战争。朝北走,直到看不见我们棚屋的炊烟,你们就在那儿安家定居。这样,我们将近得足以成为朋友,相隔又不远,不致成为敌人。[①]

我从其中得到的启示是:中韩双方彼此保持一定的距离,不要过分干预对方国内的文化认识问题;同时保持、并不断加强文化交流,通过深入交流,增进相互理解,尽量减少误解的发生。

五、结语

通过以上考察和分析,我认为中韩两国围绕端午节和江陵端午祭的争端起源于双方交流不够导致的误解,同时也是双方各自文化自我中心主义过度膨胀的结果。

中韩建交不到二十年,我们在文化交流方面已经取得了很大成绩。上述文化冲突是随着中韩不断深入的交流而出现的(过去没有交流的时

[①] 克洛德·莱维-斯特劳斯《结构人类学(第二卷)》,俞孟宣、谢维扬、白信才译,上海译文出版社,1999年,第283—284页。

候,我们反而没有什么冲突),也将随着交流的进一步深入而逐步消除。祝愿中韩两国不断克服交流中出现的各种障碍,携手迈入世界强大民族、强大国家之林。

端午节意义的分裂
——谈谈知识分子对端午节的爱国主义阐释

王小波有句话,不大招人喜欢。他说:"中国的人文知识分子,有种以天下为己任的使命感;总觉得自己该搞出些给老百姓当信仰的东西。"遗憾的是老百姓对这种信仰并不领情;危险的是弄不好这个东西反过来害了发明者自己。这话不好听,可我觉得它值得天下所有读书人反省。很不幸,我在当前众多有关端午的文章、著作里又看到了王小波批判的情况。学者们一边公认端午节的起源和本质与屈原无关,另一边却又执着地坚持后起的屈原传说是端午节至关重要的部分,理由是屈原传说为端午节增添了爱国主义思想。屈原在民众的端午习俗中本来并不普遍,但是经过历代知识分子的提倡,尤其是现代知识分子通过各种传媒的鼓吹,正在被越来越多的百姓接受。对此,我深感担忧。

一、莫把传说当事实

爱国主义是应该提倡的。但是,仅仅依据一个后起的传说而过分强调端午节的爱国主义内容是不妥当的,因为传说不能当作事实。

第一,屈原跟端午节的确有关,但是这事发生在东汉以后,而且基本只跟粽子和竞渡有关;事实上,端午节的内容非常丰富,远非粽子与竞渡所能涵盖。

端午节的主要内容一直是辟邪。说到辟邪,现代人总是嗤之以鼻,以为是迷信。的确,某些习俗没有科学根据,比如汉代人认为缠五色丝可以"辟兵",就是不受兵刃伤害(大致相当于现在所说的刀枪不入)。但是,辟兵的说法早已消失。现代缠五色线习俗的说法只是一般的辟邪了。那么,辟邪到底是什么东西呢?端午节大多数辟邪习俗在科学层面都是防病治病。采集百药,悬挂艾草、菖蒲,用艾草水沐浴,身上挂香囊(或称"葫芦"),额头用雄黄酒写王字……这些所谓辟邪都跟卫生有关。至于端午节祭祀瘟神,或驱送瘟神的习俗,那更是跟卫生保健有关了。学者们由此判定端午节是一个卫生节。这种说法有道理,但是,不全面,还悄悄回避了端午驱邪的信仰本质。端午驱邪的实质是用法术来解决卫生问题。说到底,端午习俗还是基于一种不大正式的民间信仰。这也就难怪民众的端午节总是招致崇拜科学的现代知识分子的批判和改造了。

可是这些辟邪的节俗都跟屈原传说无关。因此,屈原虽然伟大,但是无法代表端午节。

第二,从根本上说,即使是粽子,起初也与屈原无关。众所周知,粽子跟屈原传说关系最深。最早把端午节与屈原联系起来的传说是东汉应劭《风俗通》,他说端午缠五彩丝的习俗是因为屈原。令人遗憾的是,应劭没有记录详细的故事情节。南朝梁代吴均的《续齐谐记》第一次记录了完整的粽子源于纪念屈原的传说:

> 屈原午日投汨罗死,楚人哀之。每于此日以竹筒贮米,投水祭之。汉建武(刘秀年号)中,长沙欧回(或作区曲)白日忽见一人,自云三闾大夫(屈原的官职名),谓欧回曰:"君尝见祭,甚善。但当年所遗,并为蛟龙所窃。今若有惠,可以楝叶塞其上,以五色丝缚之。此二物,蛟龙所惮。"回依其言。今作粽带五色丝及楝叶,皆汨罗之遗风。

这个传说的意思是说:屈原在端午日自投汨罗江而死。楚国人哀悼他。每到端午节就在竹筒中装上米,投进河里祭祀屈原。东汉光武帝时代,屈原显灵给欧回说:过去人们献祭给他的竹筒粽子外边没有五色丝和楝树叶,都被蛟龙偷走了。请以后献祭的时候缠上五色丝和楝树叶。欧回遵照屈原的指示做了,于是形成了后来包粽子的习俗——竹筒外边缠五色丝和楝树叶。楝树叶有浓烈气味,古人用以辟邪。这种粽子,唐代还有流传,叫作"新筒裹练(楝)"。这个故事是吴均记录的关于粽子起源的传说。其实,早期的粽子,从南北朝到唐代都是加缠五色线和楝树叶的,传说是防止水族偷吃。可是,这五色线和楝树叶原本都是辟邪性质的,不是用来对付水族的。可见上述传说只是一种美化生活的艺术想象。把想象当事实,是会闹笑话的。如果说包粽子是为了防止水族偷吃,以保证送到屈原那里,可是,古今百姓有哪家把包好的粽子不是送进自己嘴里,而是扔到河里了?更不要说扔到汨罗江里了。当然,这话不够严谨,有报道,某地政府组织端午祭祀屈原,真的把成百上千粽子扔到河里了。他们的态度很认真,也很严肃,还舍得大把花钱,似乎应该在我心里引发某种尊敬。可是,实在对不起他们,我总觉得这事情办得有点儿滑稽。小孩子把故事当事实,那是天真;成年人这么做,岂不可笑?

第三,竞渡的本意也与纪念屈原无关。民间进行竞渡的目的一般是禳灾驱疫,或祈求丰收。例如宋代岳阳地区民众、明代武陵地区民众(这两个可都是屈原传说的重点地区)竞渡都是为了禳灾;而温州地区民众则说是为了"祈赛",就是祈求丰收。再说,竞渡活动在干旱少河的北方基本上没有,不具有普遍性。

由于屈原传说是后起的,与端午节本质无关,而且其普遍性也存在欠缺,所以,由屈原传说推定端午节是爱国主义节日的前提条件不够,结论自然也是不怎么妥当的。

二、民众与知识分子在端午意义解说上的分裂

当然,也有不少古代和现代材料显示:屈原传说在粽子和竞渡方面还是具有一定普遍性的。这种现象是怎么来的?

萧放《岁时》在讨论竞渡习俗的目的时说:"端午竞渡,文人偏于招屈的理解,而一般百姓将竞渡看作是禳灾、祈年。"知识分子与民众对端午节的解读存在着矛盾。从东汉应劭的《风俗通义》(今本是后人辑录,未必可靠),到晋人葛洪《抱朴子》,文人大都主张竞渡招屈。但是,民众并不接受。例如,宋人范致明《岳阳风土记》判断当地端午期间划船比赛活动"其

实竞渡也,而以为禳灾"。明人杨嗣昌《武陵竞渡略》说:"竞渡事本招屈……",而民众"划船不独禳灾,且以卜岁,俗相传'花船赢了得时年'"。古代文人总算客气,虽然瞧不起,但还没有抹杀民众自己的解说。而现代知识分子则毫不客气地把"禳灾"、"卜岁"斥责为迷信。于是,当今的民众大多接受了知识分子主张的竞渡纪念屈原的说法。古代话语权掌握在读书人手里,现代话语权在媒体和学者手里。民众其实是在知识分子强制重复了一千多年之后才接受的。

民众与知识分子在端午意义解说方面的矛盾,似乎以知识分子的胜利而告结束。不过,我心里对这个"来之不易的胜利果实"总觉得不踏实,说严重点,就是颇有疑虑。仅仅以科学为标准判断端午习俗迷信,理由不充分,也犯了科学僭越信仰的大忌。涉及哲学,这里不深谈。回到现实看,知识分子大都不过端午节,或者有选择地参与一部分。由他们来教导端午习俗的真正主体——老百姓,这是否恰当?本来是一个民众出于日常生活卫生需要、心理需要的节日,过于强调其"忠君"或者"爱国"的政治属性是否合适?回答这个问题,牵扯到学术道德和政治,太复杂,不容易说清楚。那么,我回到事实层面:这样做的效果如何?

1941年抗战之际,部分诗人出于时局需要,出于移风易俗需要,鼓动国民党政府在重庆把端午节更名为"诗人节"。政治大员、文人学士热热闹闹过了几年,后来不了了之。其实,如果真能不了了之倒也不错。只怕是一通鼓噪之后,把小民百姓弄昏了头,不敢过自己"太土的"端午节,也过不了高雅的"现代"端午节,只好彻底放弃!占社会绝对多数的老百姓放弃了端午节,只剩下知识分子,能够维持他们自己新创的节日吗?答案大概只有一个字——悬!

基于这个历史教训,我推想,这种不顾事实的"移风易俗",除了满足部分知识分子想做民众导师的个人抱负之外,恐怕没有多少益处。对于那些好心地想通过"拔高"端午来达到保护传统节日目的的民俗学同人,我的劝告是:别忙乎了,难道你忘记了田野作业的第一原则了吗?忠实记录。

端午枭羹考

枭羹,是用枭肉制作的羹汤,古代曾经是一种节令食品,分别出现在夏至、五月十五,或五月端午。后来成为皇帝端午节赐宴中的特殊食物,是古代端午节文化的一个重要组成部分。学界一般认为这个礼仪是古代皇帝为了提倡孝道而设立的。但是,这一皇家礼仪由于某种未知因素而失传,相关史料大多亡佚。甚至有学者认为这种皇家礼仪只在汉代一度闪现,随即消失[①]。为正本清源,本文钩稽史料,略陈仪式之变化,并探讨其中蕴涵之原始文化意义及其是如何转变为铲除忤逆、提倡孝道的。

一、枭的自然属性和文化属性

现代鸟类学中有鸱鸮科,此科所属的各种鸟类的基本形态是:头大而阔,眼睛巨大向前,眼周有辐射状排列的羽毛形成面盘。因此,其头部类似于猫,故俗称猫头鹰。它们都是夜行性猛禽,昼伏夜出,通常捕食鼠类为食,故也有人称之为"夜猫子"。但是,鸱鸮科的各种鸟的外形也存在一定的差别。与本文有关的差别主要是其头部有无角状羽毛。枭头部没有角状羽毛;而鸮头部有角状羽毛。这样看来,鸮的角状羽毛仿佛猫耳朵,更加类似于猫。所以,《脊椎动物学》认为长耳鸮是猫头鹰[②]。那么,本文所说的枭,乃是头部没有角状羽毛的鸱鸮科猛禽,如图1所示;头部有角状羽毛的,则称为鸮,如图2所示。

---

① 黄石《端午礼俗史》,"北京大学中国民俗学会民俗丛书",台北,1963年,第39页。
② 杨安峰等编著《脊椎动物学》,北京大学出版社,1983年,第365页。

图 1　　　　　　　　图 2

我之所以要区分枭和鸮，是因为这两种在现代鸟类学中同属于鸱鸮科的猛禽，虽然在自然属性方面非常接近，但是它们在中国古人心目中的文化属性差异巨大。普通人不加区分，一概称之为"猫头鹰"，容易导致误解。

枭，或名鵩鹠、旧留、鸋鴂、流离。许慎《说文解字》木部云："枭，不孝鸟也。"鸟部云："鸮，鸱鸮，宁鴂也。"段玉裁注云："鸱，当作雎……雎鸮，则为宁鴂；雎旧，则为旧留。不得举一雎字，谓为同物。又不得因鸮与枭音近（段认为鸮的古音是"于娇切"，就是 yāo。近人读为 xiāo 是错误的），谓为一物。又不得因雎鸮与鸱鵩音近，谓为一物也。"许慎、段玉裁如此费力地区分枭与鸮，是因为这两种鸟在古人心目中文化属性差异巨大。

枭是如何获得"不孝鸟"这一恶名的呢？

《诗经·邶风·旄丘》云："琐兮尾兮，流离之子。"毛传云："琐尾，少好之貌。流离，鸟也，少好长丑。"郑笺云："《尔雅》云：'鸟少美而长丑，为鹠鹠。'《草木疏》云：'枭也，关西谓之流离。大则食其母。'"看来，在汉朝人心目中，枭是一种忤逆不孝的鸟，长大了要吃其母亲，所以越长越难看。

这个传说的情节后来发展得更加完整。张华《禽经注》云："枭在巢，母哺之。羽翼成，啄母目，翔去也。"[①]宋代罗愿《尔雅翼》卷一六云："刘子

[①] 〔清〕陈元龙《格致镜原》卷八一所引。

曰:'炎州有鸟,其名曰枭。妪伏其子,百日而长,羽翼既成,食母而飞。'盖稍长从母索食,母无以应,于是而死。"枭在幼小时候,依靠母亲喂食,等长大以后,母鸟无法为其提供足够食物的时候,就吃掉母鸟,扬长而去。在这个传说异文中,枭的品性比汉代的说法更加恶劣。假如再与据说非常孝顺、懂得"反哺"母鸟的乌鸦对比[①],那么,枭在古人眼中实在是十恶不赦的恶鸟了。

而名字与外形都很接近枭的鸮(鸮多了两片耳羽),在古人眼中只是一个不吉利的"恶声鸟"而已。《周礼·秋官·硩蔟氏》云:"掌覆夭鸟之巢。"郑玄注云:"夭鸟,恶鸣之鸟,若鸮、鵩。"贾公彦疏云:"云鸮、鵩者,鸮之与鵩,二鸟俱是夜为恶鸣者。"《荆楚岁时记》进一步说:"鸮大如鸠(明抄本"鸠"作"鸥"),恶声,飞入人家不祥。"尽管如此,鸮的恶行和食母的枭相比,真是小巫见大巫了。

需要说明的是,所谓枭食母亲的说法,我查阅了部分现代鸟类学家对鸱鸮科鸟类的观察研究,未见相关报道。鸟类学家只是说鸱鸮科的幼鸟成熟较晚,需要亲鸟长期喂食。因此,所谓枭鸟食母,应该只是古人的传说而已。明陶宗仪《说郛》卷二五上引《遁斋闲览》云:"百劳,一名枭,一名鵙,能捕燕雀诸小禽食之,又能禁蛇……余尝偶居北阿镇小寺。寺后乔木数株,有枭巢其上,凡生八子。子大能飞,身皆与母等。求食益急,母势不能供,即避伏荆棘间。群子噪逐不已。母知必不能逃,乃仰身披翅而卧,任众子啄食。至尽乃散去。就视,惟毛嘴存焉。"此书作者言之凿凿,似乎确定了枭鸟食母的事实。但是,由于他混淆了百劳鸟(即伯劳鸟)和枭,其观察结果不可采信。

二、枭被捕杀的原因:从祭祀地神,到维护孝道

一般认为枭鸟被捕杀,主要是出于它犯了忤逆之罪。孝道,自古以来

---

① 《说文解字·鸟部》云:"乌,孝鸟也。"

就是中国人的最根本道德,儒家更是把孝道提高到关乎国家政治命运的高度。这就注定了被视为"不孝鸟"的枭的不幸命运。许慎《说文解字》云:"枭,不孝鸟也。故日至捕枭磔之。"这种杀枭鸟的传统在历史上一直延续到明清时代。

但是,我认为这个夏至日仪式的最初含义并不是为了维护孝道。汉代皇帝赐百官枭羹的日期,前后不同。汉朝初年是在夏至日赐枭羹,后来改为端午赐枭羹,二者时间不同,所赋予的含义也不尽相同。汉初,叔孙通制订《汉仪》:"以夏日至赐百官枭羹。"理由不详。后世注解者云:"夏至,微阴始起,长养万物,而枭害其母。因以是日杀之。"①注文为这个《汉仪》中夏至仪式提供的解说,主要是历法学和哲学性质的。夏至阴气开始回升,而阴为坤,为大地,厚德载物。但是,枭害其母,就是危害阴气,因而必须举行仪式杀之,以保护阴气。很明显,这个仪式的原始意义是跟保护阴气、祭祀大地有关的。"枭害其母"的罪名不在于违反孝道,而是危害阴气,危害大地,跟后世关于端午杀枭是为了维护孝道的观念存在很大差异。

许慎《说文解字》所谓在夏至日捕杀枭鸟只是因为它"不孝"的说法,是后来兴起的观念。他所说的"磔",并非一般的杀死,也不仅仅是分裂尸体;而是指分裂祭牲以祭神的一种特殊仪式行为。在不同的时刻,作为磔祭牺牲的动物可以是枭,也可以是狗。《尔雅·释天》云:"祭星曰布,祭风曰磔。"郭璞注:"今俗当大道中磔狗,云以止风,此其象。"《吕氏春秋·季春纪》云:"九门磔禳,以毕春气。"《礼记·月令》云:"九门磔禳。"孙希旦集解:"磔,磔裂牲体也。九门磔禳者,逐疫至于国外,因磔牲以祭国门之神,欲其攘除凶灾,禁止疫鬼,勿使复入也。"按照《史记·秦本纪》的说法——秦德公二年,"初伏,以狗御蛊"②。那么,磔狗仪式是在夏季六月,用来结束夏季,禳灾除疫。选择狗来磔的理由是什么呢?张守节《史记正义》云:

---

① 《汉仪》已失传。据〔清〕毛奇龄《续诗经鸟名卷》卷三转引。
② 《史记》,中华书局,1982年,第184页。

"蛊者,热毒恶气为伤害人,故磔狗以御之。……磔,禳也。狗,阳畜也。以狗张磔于郭四门,禳却热毒气也。"①因为狗是阳性动物,所以选择它作为牺牲。古人专门在夏至捕枭磔之,显然也是一种类似磔狗的仪式行为,只是时间安排在夏至日。其最初的理由应该也是跟季节转换有关。夏至,阳气最盛,阴气复活。为了保证季节转换顺利进行,这时候,要辅助阴气,祭祀地神。《周礼·春官·神仕》云:"以夏日至致地示物魅。"《史记·封禅书》云:"夏日至,祭地祇。"按照阴阳学说,天为阳,地为阴。祭祀大地,自然要选用阴性的牺牲。而枭为昼伏夜出的夜行性鸟类,属于阴性动物,与狗相反,正好拿来作为祭祀地神的牺牲。也就是说,枭最初是作为祭祀地神的牺牲,其理由在于枭是阴性动物,不是由于它的忤逆。

《淮南子·说林》有一条材料可以做旁证,说明枭在古人心目中属于阴性动物。《说林》云:"鼓造辟兵,寿尽五月之望。"许慎注:"鼓造,盖谓枭。一曰虾蟆。今世人五月望作枭羹,亦作虾蟆羹。"②虾蟆,就是蛤蟆,即蟾蜍。《文子·上德》云:"蟾蜍辟兵,寿在五月之望。"③其中"辟兵"二字,其注引《万毕术》云:"蟾蜍五月中杀涂五兵,入军阵而不伤。"这里所说的辟兵与当今时代所谓"刀枪不入"近似,与许慎所说的"一曰虾蟆"一致。朱芹反对蛤蟆之说:"'鼓造'二字切音为枭,则作枭者是。"④此说证据比较薄弱。但,我以为这两个说法暂时还可以共存。这里说鼓造(枭或蛤蟆)能够使人免于兵器伤害,与原始的祭祀地神观念不同。但五月之望,时间接近夏至,所以,这个民间信仰应该是民众对原始夏至祭地仪式的发展(下文详述这个民众信仰与皇家礼仪的差异)。尽管鼓造可能是蛤蟆,是枭的可能性较低,但是汉代民众在五月望日同时捕杀枭和蛤蟆以制作羹汤,表明这两者具有相同的属性。蛤蟆是原始信仰中代表月宫的动物,而月为古人心目中的"阴精",又名太阴。同时,蛤蟆也是夜里鸣叫,所以

---

① 《史记》,第184页。
② 刘文典《淮南鸿烈集解》,中华书局,1989年,第562页。书中未言此注出自许慎,但古人一般认为是许慎所作。
③ 一般认为《文子》乃是汉人托名之作。但《汉书·艺文志》已著录,至迟也是西汉人之作。
④ 刘文典《淮南鸿烈集解》,第562页。

其属性为阴是毫无疑问的。枭羹、蛤蟆羹并举,那么,枭与蛤蟆应该是同属阴性。

至此,我可以初步得出一个结论,西汉初年,夏至食枭羹的仪式,是因为枭是阴性动物。磔枭、食枭是为了祭祀大地或地神。

原始的磔枭、食枭祭祀大地或地神仪式的衰落,以及向以保护孝道为目的的食枭仪式转变,是从汉武帝开始的。

《史记·封禅书》载:汉武帝时,"后人复有上书,言:'古者天子常以春解祠①,祠黄帝,用一枭、破镜……'令祠官领之如其方,而祠於忌太一坛旁"②。被祭祀的黄帝,按照《史记·五帝本纪》的说法,"黄帝有土德之瑞"。《索隐》解释说,黄帝时代出现了黄龙和地螾。地螾,就是"土精",据说有五六围粗,十几丈长。而黄帝之色为黄,为中央之土。因此,这个黄帝实际代表了地神。使用枭祭祀黄帝,实际上基本沿袭了古代祭地用枭之礼。

不过,汉武帝按照这个方士的建议,把杀枭的时间从《汉仪》规定的夏至改为春季,破坏了夏至祭祀地神的基本天文历法学语境,遮蔽了仪式原来的象征意义,最终导致夏至用枭祭地仪式的内在意义发生变化。他所增加的牺牲——破镜,又作破獍,或獍,是传说中的一种恶兽,据说吃其父亲(或母亲③)。枭本来就是"害其母"的恶鸟,现在与吃其父的破镜对举,就使得后代注家都把这个仪式解释为灭绝忤逆的象征行为④。《汉书·郊祀志》全文引用《史记·封禅书》中这段记录,各家注解如下:"张晏曰:'黄帝,五帝之首也。岁之始也;枭,恶逆之鸟。方士虚诞,云以岁始被除凶灾,令神仙之帝食恶逆之物,使天下为逆者破灭讫竟,无有遗育也。'孟康曰:'枭,鸟名,食母。破镜,兽名,食父。黄帝欲绝其类,使百吏祠皆用

---

① 《史记·孝武本纪》为"春秋解祠"。
② 《史记》,第1386页。《史记·孝武本纪》记载与此略同,第456页。
③ 〔南朝梁〕任昉《述异记》云:"獍之为兽,状如虎豹而小。始生,还食其母。"
④ 罗琨《"用枭镜以祠黄帝"的可信性研究》认为:古代注家把枭、破镜解释为恶鸟、恶兽是错误的。用恶鸟枭、恶兽破镜献祭黄帝不合礼制,而商周出土文物与文献表明,上古时期的枭和破镜"属于承载了先民所崇尚的勇武的精神和强劲的活力的禽兽"。可惜,他没有认真区分枭与鸮,因此,他使用"鸮尊"、"鸮卣"等考古文物只能说明鸮的性质,无法证明枭的性质。

之。破镜如貙而虎眼。'如淳曰:'汉使东郡送枭,五月五日作枭羹以赐百官,以其恶鸟,故食之也。'师古曰:'解祠者,谓祠祭以解罪求福。'"这些注家如此强调汉武帝用枭和破镜祭祀黄帝仪式在保存孝道方面的意义,是符合汉武帝"罢黜百家,独尊儒术"的基本理念的。

于是,西汉初年沿袭下来的原本于夏至进行的磔枭、赐枭羹祭地仪式,就演变为汉武帝时代的春季用枭和破镜祭祀黄帝,既是为了祭祀大地,同时也是为了消灭不孝禽兽,维护孝道,具有了双重含义。这就为后来把杀枭完全解释为保护孝道开辟了道路。

随着夏至各项仪式逐步合并到端午节,《汉仪》记录的这个古老的夏至日祭地仪式最终演变为五月五日的皇家端午节日礼仪——食枭羹,保人伦。

三、皇家端午赐百官枭羹的象征意义

夏至磔枭的祭祀大地仪式,本属于皇家礼仪,因为祭天祭地是皇帝的特权。其仪式行为中包含的思想也比较抽象,涉及天文历法学和阴阳哲学。祭地仪式,百姓不得参与。所以,百姓就从自己的日常生活需要出发,对枭和蛤蟆做了自己的解说。枭可以使人"辟兵"——免于兵器伤害——这是民众出于安全需要而做的幻想。百姓们于"五月望"食枭羹,就是为了保证自己刀枪不入。而蛤蟆在民众眼里可以治疗皮肤病。例如《四民月令》记载:"五月五日取蟾蜍,可合恶疽药。"这个日期与《淮南子·说林》许慎注所记录的东汉民众于"五月望作枭羹,亦作虾蟆羹"存在差异,但是其食用虾蟆羹的目的应该是一样的。

根据上述说明,皇家和民众虽然都食用枭羹,但是,双方赋予彼此共同的杀枭仪式的文化象征意义是不同的。百姓是为了防止兵器伤害,并治疗疾病。而官方呢?

三国人如淳说:"汉使东郡送枭,五月五日作枭羹以赐百官,以其恶鸟,故食之也。"是目前已知最早的皇帝端午赐百官枭羹记录。唐虞世南

《北堂书抄》卷一五五云:"枭羹,《乐书》注云:'汉令郡国赐(当为"送")枭,五月五日为枭羹赐百官。以恶鸟故食之。'"与如淳说法基本一致。东郡,郡名。秦代以魏地改为东郡。治所在濮阳,在今日濮阳县南。汉代辖区包括河南、山东部分地区。枭在全国均有分布,选择东郡送枭,原因不详。

武帝以后的汉代皇帝端午赐枭羹,目的很明确,就是消除恶鸟,鼓励孝道。一般学者也大都持此见解。可是,端午赐百官枭羹的礼仪在后来一直有所延续,有人推测明代尚存①。从这些后世材料中,可以看出这个皇家礼仪的目的不仅仅是维护孝道,还包含着很深的政治含义。

《唐书·李元纮传》记载:"五月五日,明皇(唐玄宗)宴武成殿。"唐玄宗在其《端午三殿宴群臣并序》详细描述了端午宴会的内容:

> 朕……喜麦秋之有登,玩梅夏之无事。时雨近霁,西郊霏靡而一色;炎云作峰,南山嵯峨而异势。正当召儒雅,宴高明。广殿肃而清阴生,列树深而长风至。厨人尝散热之馔,酒正行逃暑之饮。庖捐恶鸟,俎献肥龟,新筒裹练,香芦角粽。恭俭之仪有序,慈惠之意溥洽。讽味黄老,致息心于真妙;抑扬游夏,涤烦想于诗书。超然玄览,自足为乐。何止柏枕桃门,验方术于经记;采花命缕,观问遗于风俗;感婆娑于孝女(指曹娥),悯枯槁之忠臣(指屈原)而已哉!叹节气之循环,美君臣之相乐。凡百在会,咸可赋诗,五言纪其日端,七韵成其火数……
>
> 五日符天数,五音调夏钧。旧来传五日,无事不称神。穴枕通灵气,长丝续命人。四时花竞巧,九子粽争新。方殿临华节,圆宫宴雅臣。进对一言重,道文六义陈。股肱良足咏,风化可还淳。②

参加这场宴会的大臣,超过百位,规模不小。根据小序的描述,宴会食物非常丰盛。有"散热"(消除暑热)的食物,有"逃暑"(避暑)的饮料。厨师们端来的食物有恶鸟(即枭)、肥龟,还有香芦角粽(粽子)。恶鸟就是

---

① 胡运飚《古代灭枭习俗管窥——从与枭相关的字词看古代的灭枭习俗》(《江汉论坛》2008年第9期)推测清前期或中期失传。但他说"魏晋至五代的文献似未记载枭羹",不确切。

② 《全唐诗》卷三,中华书局,1960年,第27—28页。

枭。尽管诗序没有明言如何食枭,但依照常情,应该是沿袭以枭为羹的旧礼。枭羹的含义自然也是沿袭消灭忤逆恶鸟的古义。但是,从通篇来看,宴会的主旨是要赞美股肱之臣,教化全体民众,即所谓"股肱良足咏,风化可还淳"。政治寓意十分明显。

宴会的进行,井然有序——"恭俭之仪有序,慈惠之意溥洽",显示了臣子的恭敬,皇帝的仁慈。玄宗"感婆娑于孝女,悯枯槁之忠臣",实际是借用端午节传说中的孝女曹娥和忠臣屈原为臣民树立道德榜样。"叹节气之循环,美君臣之相乐",他希望通过端午节赐宴来建立良好的君臣关系、社会关系,从而巩固统治。同时,他还要求赴宴大臣即席赋诗,"进对一言重,道文六义陈"。希望大臣在诗文中体现出完美的道德。这些内容可以清楚地展现皇帝端午赐宴、赐枭羹所具有的政治意义。它不仅提倡孝道,更注重的是提倡大臣对皇帝的忠诚。

北宋和明代皇帝端午赐宴也有枭羹。苏轼、苏辙、胡宿、程敏政等人都有诗咏皇帝赐枭羹之事①。为什么历代皇帝赐宴总要吃枭羹?并不是它好吃,也不只是为了在肉体上消灭这种"恶鸟"。其最主要目的,还是消灭恶人、奸臣。对此,聪明的苏轼深有体会。他在组诗《太皇太后阁》第六首中说得明白:"长养恩深动植均,只忧贪吏尚残民。外廷已拜枭羹赐,应助吾君去不仁。"②吃枭羹,就是为了帮助皇帝驱除不仁不义的人。可见,赐枭羹的政治象征意义是驱逐恶人、奸臣。看来,皇帝的端午宴会完全达到目的了。

正是基于端午赐枭羹礼仪不仅包含提倡孝道的意图,还包含着上述政治涵义和政治功能,因此,汉、唐、宋、辽、明各代都有端午节赐大臣枭羹的礼仪。

2009 年 10 月定稿

---

① 胡运飚《古代灭枭习俗管窥》,《江汉论坛》2008 年第 9 期,131 页。
② 《苏轼诗集》,孔凡礼点校,中华书局,1982 年,第 2488 页。

七夕节起源研究中史料的恢复问题

新文化运动以来,疑古主义盛行,导致大量古代文献的史料内容被歪曲,史料价值被贬低。时代越早的材料,遭到的质疑越多。本来,越古的材料越珍贵,现在却是"时代越早越可疑"。七夕节起源研究中的相关史料也遭遇这样的命运。为了更好地理解节日发展历史,我们有必要重新考察那些史料的内容,重新判断它们的价值。当然,新出土的考古材料,以及新的研究条件,都给我们重新思考这些问题提供了良好的基础。

一、先秦时期的牛郎、织女含义

七夕节的起源跟牛郎、织女的关系很大。所以,我从牛郎、织女说起。

牵牛(一名河鼓,俗名牛郎星)、织女在先秦时代是两组星,牵牛三星直线排列,织女三星呈三角形分布。它们分别位于银河(古称"河汉"或"汉")两侧。织女星在天空的位置是古人判断季节的方法。《夏小正》云:七月,"汉案户"。银河南北向,正对房门。又云:"初昏,织女正东乡。"初昏时刻,织女星在正东方向。这是秋季开始(七月)的时刻。《星经》记载:织女三星在天市东端,常以七月一日、六日、七日出现于东方。牵牛与织女相对于银河两岸,因此并提。这是先秦天文学上,牵牛、织女星与七月初的关系。当然还没有固定在七月七日。

关于这两组星之间的关系,最早见于《诗经·小雅·大东》。全诗是批判宗周掠夺东方诸侯国财富,导致东方各国民不聊生的,诗很好。周王朝居然收入《诗经》,也颇有肚量。诗云:"维天有汉,监亦有光。跂彼织女,终日七襄。虽则七襄,不成报章。睆①(huǎn)彼牵牛,不以服箱。"意思是:银河光亮照人。三角形的织女星一天变换七个方位。即使如此,她却只向西移动,不能往复,所以无法织成布帛。明亮的牵牛星,却不是用来拉车的。诗人的意思是说牵牛、织女二星有其名无其实,借此以批判宗周贵族尸位素餐。所以,这里叙述的牵牛、织女只是一种比喻,不是真正的叙事。跟牵牛、织女爱情无关,既不能证明他们之间当时没有爱情,也不能证明他们之间有爱情。

不过,我从中推测可能有爱情。

首先,民众为二星取了这样的名字,一定是有意义的。东汉末年占星书《荆州占》云:"王者至孝于神明,则三星(指织女三星)俱明;不然,则暗而微,天下女工废。"织女星被看作人间女工兴废的象征。向织女乞巧,就建立在这个观念上。牵牛,代表了农耕,是男人的工作。日本学者中村乔认为:人间有用三牛(太牢之礼)祭祀河神,那么祭祀天河也要用牛。牵牛是祭祀银河的活的牺牲品,是作为银河祭品的太牢。《史记·天官书》可证:"牵牛为牺牲,其北河鼓。"甲骨文以牛祭河是祈求丰收。祭祀银河的牵牛,也应当看作丰收祭的牺牲。——《史记·天官书》是天文学,其说法不能代表民间的观念。至于中村乔又推论织女是嫁给银河神的女性,类似人间为河伯所娶之女,这就更加不可靠。他说:织女作为判断七月的标志星,七月又是收获季节,人间有丰收祭祀。所以,织女大概也是想象的向天河祈求丰收祭祀的牺牲品。中村乔的推论很有趣,但是,《史记·天官书》就有一个反证:"牵牛为牺牲,其北河鼓。……婺女,其北织女,织女,天女孙也。"织女是天帝的孙女,怎么可能做牺牲?《淮南子·俶真训》云:"若夫真人,则臣雷公,役夸父,妾宓妃,妻织女。"真人娶织女,双方地位还比较相当。

所谓男耕女织正好代表了农业社会最典型的生活方式。所以,这个命名是很有意义的。可惜《诗经》时代命名之意的直接材料失传了。我们

---

① 睆:星光明亮的样子。

只能推测。

其次,从字面上看,这首诗中的牵牛、织女之间没有什么爱情关系。但是,此诗不是客观记录,不足为证。另外,因为先秦资料失传很多,我们更不能根据此诗下结论当时牵牛、织女之间真的没有爱情关系。否则诗人为什么把他们放在一起谈?再说,虽然有银河相隔,但牵牛、织女一男一女,很容易想象他们之间会发生爱情。

过去学者以此为根据否定先秦时代牵牛、织女有爱情,是不妥当的。当然,我也不能推定当时已经有爱情关系,只是一种可能。如果要说当时的牵牛、织女有爱情,还需要举证。

拜赐现代考古学的成就,我们现在还真有了证据。湖北云梦睡虎地出土的战国时代秦国的简书《日书》证明当时牵牛、织女已经有爱情了,而且谈婚论嫁。《日书》甲种第一五五简记录"取(娶)妻"的忌日云:"戊申、己酉,牵牛以取(娶)织女,不果,三弃。"意思是:戊申日、己酉日,牵牛迎娶织女"不果"。字面上是不成功。但是,从当时人的忌讳看,如果在这些日子娶妻,丈夫会三次抛弃妻子。另一简文云:"戊申、己酉,牵牛以取(娶)织女,不果,不出三岁,弃若亡。"所以,我推想,牵牛、织女是结婚之后又分离。可见,当时秦国已经普遍出现牵牛、织女结婚、最终失败的传说。但是,由于先秦时代的牵牛、织女婚姻是一个悲剧结局,所以当时人的婚礼忌讳在戊申、己酉这两天举行。戊申、己酉在几月呢?不详。这条材料极其重要,它彻底打破了先秦时代牵牛、织女没有爱情关系的旧说。

回到《日书》所记录的戊申、己酉这两个与牵牛织女婚姻有关的日子。它们在几月不能确定。《日书》云:"正月、七月朔日,以出母(女)取(娶)妇,夫妻必有死者。"意思是:如果正月初一和七月初一结婚,那么夫妻必有死者。朔日是初一,而前文所说的戊申、己酉这两个相连的牵牛、织女结婚的日子,可能也在正月,或七月。

二、西汉时期的牛郎、织女传说

这两个材料,可以帮助确定汉代一些一直被怀疑的牛郎织女传说。

《汉书·武帝纪》：汉武帝元狩三年（前120）在长安开凿昆明池。当时在两岸各设一个石像，即牵牛、织女。班固《西都赋》云："……临乎昆明之池。左牵牛而右织女，似云汉之无涯。"这石像保存下来了，相隔三公里。（见下图，引自《中国牛郎织女传说·研究卷》第120页。原载《文物》1979年第2期汤池《西汉石雕牵牛织女辨》）

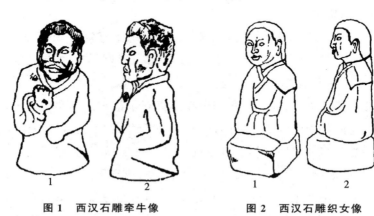

图1　西汉石雕牵牛像　　　　　图2　西汉石雕织女像
1. 正视　2. 侧视　　　　　　　1. 半正视　2. 侧视

一对孤零零的男女老这么互相遥望，人们最终设想他们可以相见。

《淮南子》逸文（《白氏六帖》卷九五《白帖·鸟部·鹊》"填河"注文引述）："乌鹊填河成桥，渡织女。"可惜没说明具体日期①。我推测可能是七夕。因为这个传说在后来的记录更加完整，都是讲七夕渡河相会。虽然三国以后依然很多诗歌说他们还是各自孤单，但是，这跟一年一见并不构成截然对立的矛盾，不能用后者否定西汉的材料②。何况先秦《日书》已经表明他们结婚之后又分离！

以上是传说。还有与传说相关的风俗。

---

① 杨琳认为此注是宋人所加。但即使是宋人所加，也不影响出自《淮南子》。王孝廉认为这内容跟《淮南子·俶真训》真人"妻织女"有矛盾（见《中国牛郎织女传说·研究卷》第97—98页）。但是《淮南子》是集体创作，有矛盾是可能的。

② 杨琳认为东汉到三国时代诗文只说牵牛织女分离，没有提及相会，"若当时有相会的情节，他们不至于都只字不提。"（第287页）此说不对。毕竟天河中二星相隔，所以诗人多观星而感伤，自然强调相隔。更加重要的是曹植《九咏》明确说"交际兮会有期"。详后。

西汉时代，除了《淮南子》逸文所记录的七月七日采瓜叶治疗黑痣以外，西汉还出现了七月七日表达爱情和祈求子嗣的习俗。晋葛洪《西京杂记》卷三云："戚夫人侍儿贾佩兰，后出为扶风人段儒妻。说在宫内时，见戚夫人侍高帝，……至七月七日，临百子池，作于阗乐。乐毕，以五色彩相羁，谓为相连爱。"①葛洪时代虽晚，但是近来的史学界认为其史料基本可信。

这种习俗后来一直流传。陈元靓《岁时广记》卷二六引唐代《天宝遗事》云："唐宫中七夕，嫔妃各执九孔针、五色线向月穿之。过者为得巧。古诗云：'金刀细切同心鲙，玉线争穿九孔针。'"②卷二七又引唐《金门岁节》云："七夕装同心鲙。"这个"同心鲙"，就是表达爱情的食物。唐陈鸿《长恨歌传》云：杨贵妃与唐玄宗于天宝十年避暑骊山宫。"秋七月，牵牛织女相见之夕，秦人风俗夜张锦绣，陈饮食，树花燔香于庭，号为乞巧。宫掖间尤尚之。时夜始半，休侍卫于东西厢。独侍上。上凭肩而立。因仰天，感牛女事，密相誓心。愿世世为夫妇。"③

唐代七夕求子用蜡制婴儿像——化生。宋周弼编《三体唐诗》卷一薛能《吴姬》"水拍银盘弄化生"。元释圆至注解："《唐岁时纪事》曰：'七夕俗以蜡作婴儿形，浮水中以为戏，为妇人生子之祥，谓之化生。'"宋吴自牧《梦梁录》卷四《七夕》云："七月七日谓之七夕节。……内庭与贵宅皆塑卖磨喝乐，又名摩睺罗孩儿。悉以土木雕塑，更以造彩装襕座……市井儿童手执新荷叶，效摩睺罗之状。此东都流传，至今不改，不知出何文记也。"民国时代的《中华全国风俗志》下篇卷七《广州岁时记》："初六夜初更时焚香燃烛，向空叩礼，曰迎仙。自三鼓以至五鼓，凡礼拜七次，因仙女凡七也，曰拜仙。……拜仙之举，已嫁之女子不与会。惟新嫁之初或明年，必行辞仙礼一次，即于初六夜间礼神时，加具牺礼、红蛋、酸羌等，取得子之兆。"这些后代材料印证了《西京杂记》记录的含义。

---

① 〔晋〕葛洪撰，周天游校注《西京杂记》卷三，三秦出版社，2006年，第146页。
② 《岁时广记》卷二六，中华书局，2020年，第528页。
③ 同上书，第542页。

所以,西汉开始,人们转变了先秦时代的牵牛织女婚姻无果的观念①。从此,七夕跟婚姻爱情关系更加密切了,不再是分离,而是强调重逢。七月七日从先秦时代的凶日,逐渐演变为吉日良辰。

西汉还有乞巧活动。

其一是穿七孔针。《西京杂记》又云:"汉彩女(低级嫔妃)常以七月七日穿七孔针于开襟楼,俱以习之。"这个穿针习俗,就是后来普遍流传的乞巧习俗之一。这应该是与牛郎织女七月七日相会有关。宋孝武帝《七夕诗》:"沿风披弱缕,迎晖贯玄针。"《太平御览》卷三一引梁顾野王《舆地志》云:"齐武帝起层城观,七月七日宫人多登之穿针,世谓之穿针楼。"后代有穿双孔针、五孔针、九孔针等。(见陈元靓《岁时广记》卷二六,其中引《天宝遗事》最完整,先祭祀牛郎织女星,然后乞巧:"宫中七夕以锦彩结成楼殿,高百丈,可容数十人。陈瓜果、酒炙,设坐具,以祀牛女二星。嫔妃穿针乞巧。动清商之曲,宴乐达旦。士民皆效之。")

其二是水浮针:杜台卿《玉烛宝典》(成书约在北周)引《淮南子》:"丰水十仞,金针投之,即见其形,乃有旧事。"

总之,西汉时代七月七日已经有了表达爱情、祈求子嗣、求健康美丽和乞巧的习俗,这个节日正式出现了。(杨琳在《中国传统节日文化》②中认为东汉才流行,可能觉得《西京杂记》不够可靠。)

三、东汉七夕节的发展

东汉牛郎织女传说的记录更加完整。鹊桥相会的时间明确为七夕。

《艺文类聚》卷四引崔寔《四民月令》云:"七月七日曝经书,设酒脯时果,散香粉于筵上,祈请于河鼓织女。言此二星神当会,守夜者咸怀私愿。或云见天汉中有奕奕之正白气,如地河之波,辉辉有光曜五色,以此为征

---

① 萧放《岁时——传统中国民众的时间生活》,中华书局,2002年,第171页。
② 杨琳《中国传统节日文化》,宗教文化出版社,2000年。以下简称"杨琳书"。

应,见者便拜乞愿,三年乃得。"——杨琳认为"时果"以下文字在其他类书所引中均无,当是来自周处《风土记》的类似文字。不过,杜台卿《玉烛宝典》(成书约在北周)卷七之所以不引,是因为他先引了《风土记》有此文,紧接着就是《四民月令》,相互可能避免重复。

但是,韩鄂《岁华纪丽》卷三《七夕》:"鹊桥已成,织女将渡。"原注:"《风俗通》云:'织女七夕当渡河,使鹊为桥。相传七日鹊首无故皆髡,因为梁以渡织女也。'"①清钱大昕辑《风俗通义逸文》有此文。不能都是假的吧?杨琳认为鹊桥情节最早是梁代庾肩吾《七夕》诗"倩语雕陵鹊,填河未可飞"。这个雕陵鹊是神话中的大鹊,不是乌鹊,所以杨琳认为现实化的乌鹊一定是后出的变异说法②。——这个推论不可靠。文人喜欢雕饰,很可能把原来民间传说的喜鹊改为雕陵鹊。我相信《白氏六帖》转引的《淮南子》和《岁华纪丽》转引的《风俗通》是可靠的。

这里分析一下为什么是鹊桥,而不是其他鸟架桥。杨振良认为是因为喜鹊是阳鸟,是报喜讯的鸟,所以用它③。还说古人崇拜候鸟。其实,喜鹊是留鸟,不是候鸟。喜鹊传喜讯,与架桥不矛盾。但是也没有多大关系。用它的关键在于喜鹊七月的时候头毛消失,就是《风俗通》所说的"相传七日鹊首无故皆髡,因为梁以渡织女也"。为什么喜鹊七月秃头?武当山老农讲这个传说的时候告诉我,这是事实。我观察了,果然。这是喜鹊在七月更换羽毛造成的,要随着秋季到来换上更厚的羽毛准备过冬。农民熟悉物候,所以创造了喜鹊由于搭桥而头秃。这是一个基于现实而创造的艺术想象。搭桥就头秃,有人解释是被踩秃的。大误!织女一个人过桥,只是一个往返,织女脚上又没有牙齿,至于如此吗?《风俗通》原文是"相传七日鹊首无故皆髡,因为梁以渡织女也"。意思是拔了头上的羽

---

① 杨琳根据《渊鉴类函》转录《唐类函》同样的文字为出自《风俗记》,不是《风俗通》,而判断韩鄂失误。杨琳的判断根据不足。第一,可能是《渊鉴类函》有误。第二,今本《风俗通》无此文,是因为《风俗通》原书三十卷,今仅存十卷。用这个不完整的本子无法判断韩鄂征引有误。
② 杨琳《中国传统节日文化》,第 288 页。
③ 杨振良《"桥"在七夕传说中的民俗意义》,见《名家谈牛郎织女》,文化艺术出版社,2006年,第 288—289 页。

毛作桥。现代民间传说也是拔了羽毛做桥造成的！我们这些读书人太不了解民众生活以及他们在生活中积累的知识，所以闹出如此笑话。从事民间文学、民俗学研究一定要倍加小心。现实的条件只是一种可能，那么，喜鹊自己有什么理由去充当这个角色？萧放根据《淮南万毕术》①记载："鹊脑令人相思。取雌雄各一，燔之四通道，丙寅日与人共饮酒，置脑酒中，则相似也。"推论汉朝人有此巫术②。但，此书可能是六朝人作。当然即使如此，也可能反映汉朝内容。我只从思想看，这个巫术说明，喜鹊被古人看作喜欢做媒人的鸟。所以，在现实和思想双重作用下，喜鹊成为架桥者。

四、三国以后七夕节更加普遍

　　三国一些诗歌咏叹牵牛织女相隔。曹植《洛神赋》"咏牵牛之独处"，李善注引曹植《九咏》诗"目牵牛兮睹织女"注："牵牛为夫，织女为妇，织女、牵牛之星，各处河鼓之旁，七月七日乃得一会。"这个注释的作者有争议，或曹植，或佚名。杨琳支持后者，理由有二。第一，三国之前无牛女相会。第二，杜台卿也引《九咏》诗，但是无注。推定必是后人作注③。

　　我不同意杨琳的观点。第一，他把三国前的牛女相会都怀疑掉了。第二，我核查了杜台卿《玉烛宝典》(成书约在北周)全文，既有诗，又有注。第三，不但有注解，而且原诗中就有相会的内容。

　　杜台卿《玉烛宝典》卷七："陈思王(曹植)《九咏》曰：'乘回风兮浮汉渚，目牵牛兮睹织女，交际兮会有期。'"引述时还有两个注解。第 2 句后："牵牛为夫，织女为妇。虽为远偶，岁一会也。"第 3 句后："织女、牵牛之星，名(各)处河之旁，七月七日得一会同也。"④即使注者不是曹植，原诗

---

① 《旧唐书·经籍志下》记载《淮南王万毕术》为刘安作，不大可靠，因为《汉书·艺文志》无。
② 萧放《岁时》，第 171 页。
③ 杨琳《中国传统节日文化》，第 290 页。
④ 见《续修四库全书·史部·时令类》，上海古籍出版社，2002 年，第 74 页。

总是曹植的吧？宋陈元靓《岁时广记》卷二六《得会同》引："曹植《九咏》：'乘回风兮浮汉渚,目牵牛兮睹织女,交际兮会有期,嗟吾子兮来不时。'注云：'牵牛为夫,织女为妇。织女、牵牛之星,名(各)处河汉之旁,七月七日得一会同。'"再次印证杜台卿《玉烛宝典》所引是完整的。

曹植不大会凭空创造牛女相会情节。我们把《九咏》跟汉代材料被怀疑材料对照,再跟先秦《日书》对照,牵牛织女传说一脉相承,无可怀疑。

疑古派不大注意社会知识的丰富性,更不注意民间资料大量遗失,只靠传世文献来推论,是非常危险的。

《玉烛宝典》卷七转引的傅玄(217—278)《拟天问》是过去公认最可靠的牛女七夕相会："七月七日,牵牛织女会天河。"又引周处(？—279)《风土记》："夷则①应,履(备具)曲七,齐(zhāi)河鼓,礼元吉。注云：七月俗重是日。其夜洒扫于庭,露施机(几)筵,设酒脯时果,散香粉于筵,上荧重,为稻,祈请于河鼓、织女。言此二星神当会,守夜者咸怀私愿。或云：见天汉中有奕奕正白气,如地河之波漾,而辉辉有光耀五色,以此为征应。见者便拜,而愿乞富乞寿,无子乞子。唯得乞一,不得兼求。见者三年乃得言之。或云颇有受其祚者。"既然"七月俗重是日",这就证明此时七夕节已经普遍流行。

梁宗懔《荆楚岁时记》最全面,也最权威。其中记录了传说：

> 天河之东有织女,天帝之子也。年年机杼劳役,织成云锦天衣。天帝怜其独处,许嫁河西牵牛郎。嫁后遂废织纴,天帝怒,责令归河东。唯每年七月七日夜,渡河一会。(梁代殷芸《小说》与此基本相同②。)

---

① 夷则：古代十二乐律之一,对应孟秋七月。十二律,是古乐的十二调。包括阳律六：黄钟、太蔟(簇)、姑洗、蕤宾、夷则、亡(无)射(yì)。阴律六：大吕、夹钟、中(仲)吕、林钟、南吕、应钟。《吕氏春秋》开始将十二律与一年十二月相配。孟春律中太蔟,仲春律中夹钟,季春律中姑洗,孟夏律中仲吕,仲夏律中蕤宾,季夏律中林钟,孟秋律中夷则,仲秋律中南吕,季秋律中无射,孟冬律中应钟,仲冬律中黄钟,季冬律中大吕。

② 殷芸《小说》云："天河之东有织女,天帝之子也。年年机杼劳役,织成云锦天衣,容貌不暇整。帝怜其独处,许嫁河西牵牛郎。嫁后遂废织纴,天帝怒,责令归河东。但使一年一度相会。"

又记录了穿针乞巧和蜘蛛网乞巧的风俗:

> 七月七日为牵牛织女聚会之夜。是夕,人家妇女结彩楼穿七孔针。或以金银、鍮(tóu)石(黄铜)为针,陈瓜果于庭中以乞巧。有喜子(蜘蛛)网于瓜上则以为符应。

由此可见,牛郎织女的传说自战国时代开始,就一直流传。过去被疑古派否定的许多材料其实是可靠的。

中国民俗学未来发展的三个基本问题

自20世纪初中国民俗学诞生以来,其发展经历了各色各样的坎坷,其中包括战争、政治运动和经济压力。这些坎坷之中荦荦大者,要算1937—1945年日本侵华战争的摧残和1966—1976年"文化大革命"的破坏。而20世纪90年代末的巨大经济压力,导致当时唯一的国家级民俗学理论刊物《民间文学论坛》改为旅游性杂志《民间文化》。这次不大不小的坎坷,使得全国民俗研究遭遇非常困难的局面,也使得主办者——中国民间文艺家协会——丧失了原有的在理论研究方面的组织职能。2004年6月,《民间文化》恢复为理论刊物《民间文化论坛》,这提醒我们,中国民俗学刚刚度过了又一次衰落危机的谷底。

回顾这些坎坷,对照目前民俗学发展所面对的一系列困难,我觉得其中存在一些问题值得认真思考。一般看来,自从1979年恢复民间文学研究,1983年成立中国民俗学会以来,"文化热"持续升温,似乎民俗学也应该一直顺利,事实却不然。为什么?我以为,其中有社会原因,也有民俗学研究自身的原因。社会原因主要是经济发展水平和条件的不成熟;民俗学研究自身的原因主要是学科独立性不强,理论不成熟,研究水平不高。针对以上原因,我认为中国民俗学未来发展的三个基本问题将是:一、伴随着经济水平的发展,中国人的民俗文化获得持续发展,并形成自觉意识。二、民俗学基础理论的独立和应用研究的发展,以适应社会需要和其他社会人文学科的需要,并与其他学科形成平等的学术对话。三、社会各层面尤其是社会控制层面对于新的民俗学的支持。

一、关于传统民俗文化持续发展的问题

按照美国心理学家马斯洛的理论,人类都有一个必须被满足的需要层次,其范围从基本的生理需要,到爱、尊重,乃至自我实现。在没有满足食物、住所和安全等最基本需要的人那里,不能表现出对更高层次的需要。在我看来,传统的民俗生活的意义,正是属于比较高级的精神需要,它们只能在一定的经济条件下才能发展。

伴随着我国经济水平的提高,在基本生活需要得到满足之后,人民日常生活文化即民俗文化本身得到了持续发展。人民随着物质生活水平的提高,越来越关注自己的生活文化,生活艺术,以便使自己的生活更加有意义。20世纪90年代中国的经济起飞,解决了大多数人民基本的温饱问题,人们基本不再为吃饭穿衣而发愁。吃饭不再仅仅是吃饱肚子,而且要吃出某种意义。比如,北方农村春节前要预备许多花样馒头——花馍(以模仿动物形象、水果形象,表达吉祥寓意为主),以备节日期间食用,或作为礼物送人。这是一种传统民俗。但是,极度的贫困使得这种传统食物的文化象征意义在廉价(对于当事人是很贵的)的工业品——糕点面前一度丧失了意义。80年代初,许多地方春节拜年都用糕点作为礼物。一盒毫无个性的点心仅仅作为"高级食品"的象征在若干个普通家庭之间送来送去,无人舍得吃,最后发霉,坏掉。现在的生活水平,使得糕点的"高级食品"性质完全丧失,变得毫无意义。于是,春节期间,人们又重新制作传统的民俗食物——"花馍"。可以说,经济腾飞为中国当前民俗文化的复兴奠定了物质基础。

从城市的角度看,经济腾飞使得城市高度发展,从而使城市居民对迅速失去的田园生活产生巨大向往。城市越来越现代化,北京、上海等大城市与世界现代化大都市之间的差距迅速缩小。于是,现代都市对于城市人的精神吸引力下降;而传统的田园生活对他们的吸引力迅速上升。城乡之间互相沟通的所谓民俗旅游发展起来。以北京西北郊区一个久遭废

弃的山村——爨底下村为代表广泛开展的住农家院、吃农家饭的民俗旅游就是利用传统民俗的一个典型。可怜的城市人由于居住空间的极度狭小,许多民俗生活无法展开,比如春节放鞭炮,在城市不得不严格限制,市民们只好驱车前往农村去放。这种对于传统民俗价值的再发现和再利用很大程度上是经济迅速发展之后城乡互动的结果。

传统民俗的复兴伴随着清醒的自觉意识。根据我的观察,传统民俗的复兴,往往不是单纯地复活旧民俗,而是包含着对于旧民俗的再利用,是旧民俗在新条件之下的再生。对于旧民俗的再利用体现出人民大众对于自己的民俗文化生活的自觉意识。湖北西部和北部山区长期流行民歌,人们在生产劳动、婚丧嫁娶、空闲娱乐等活动中吟唱各种内容的歌曲。80年代包产到户之后,由于集体劳动减少,田间歌唱活动逐渐减少。但是,90年代后期,在一些地方民俗工作者和政府启发下,武当山附近一些农村出于发展民歌民俗旅游的目的,重新把民歌演唱活动恢复起来。私下里传抄各种民歌歌词,拜师学艺,当地政府还组织民歌比赛,选举歌王,等等。通过2002年和2004年暑期的两次考察,我发现当地农民对于民歌的自觉意识有明显深化。他们越来越认识到民歌的价值,不仅仅用它自娱自乐,而且用它换取社会地位和经济利益,比如"歌王"的身份,各种奖品和民歌表演的旅游收入等。

传统民俗生活的复兴也是"现代性"魔咒控制放松的结果。自20世纪以来,中国自上而下的现代化运动,实际是所谓知识分子和政治家合作发动的改造中国社会、改造中国大众的思想文化运动与政治运动,企图制造出一个高度一体化的现代国家体制。为此,他们通过制造"现代化"神话,把传统生活妖魔化("封建"、"迷信"、"落后"),剥夺了大众的话语权利。随着改革开放的深入,经济水平的提高,文化控制自觉不自觉地、自愿不自愿地放松了,大众在一定程度上恢复了自由选择文化生活方式的权利。知识界在90年代初经过无人理睬的尴尬之后,通过反思"现代性"的迷雾,终于开始放弃霸道的话语特权,承认大众的文化权利。这虽然是被动的,但毕竟使民俗文化的复兴减少了压力,从而有利于大众对于传统民俗文化的自信心。

总的看来,中国经济的初步发展,创造了重建传统民俗文化的物质条件和精神需求,削弱了"现代性"魔咒的效力,并最终成全了民众的文化信心。

摆脱了"现代性"魔咒的中国文化建设将是一个自动发展的、无比巨大的文化运动。传统民俗文化的恢复和未来日常生活文化的建设是其中非常重要的组成部分。中国民俗学在这场文化运动中将发挥重要作用。

二、民俗学基础理论的突破

仅仅拥有一个丰富的研究对象,并不意味着民俗学理论的独立,更不意味着民俗学本身的发展。我们现有的一些观念和实际研究工作事实上限制了民俗学的发展,需要重新加以反思,以求理论突破。

1. 民俗概念在现代的两个转向

民俗是民俗学最基本的概念。自从1846年英国人汤姆斯创造了Folk-lore这个组合词以来,学者们就对其定义进行了长期讨论。早期,曾经理解为某种古代遗留物。后来,一般理解为下层百姓的一种文化现象。在当代中国,后一种观点依然流行。但是,这种概念存在很多局限。所以,20世纪60年代美国人阿兰·邓迪斯主张把"民"理解为"任何民众中的某一个集团"[①],扩大了"民"的范围,任何社会集团的成员都可以是"民",只要他们有自己的民俗。这就导致了民俗概念的从"社会下层"向"所有社会集团"的第一个转向。民俗概念的另一个转向是从过去的以抽象文本为中心转向现代的以具体生活为中心[②]。高丙中《民俗文化与民

---

① [美]阿兰·邓迪斯《世界民俗学》,陈建宪、彭海斌译,上海文艺出版社,1990年。
② 户晓辉在《民间文化论坛》2004年第6期发表的《概念辨析·民俗》中说:"……20世纪60年代以来,'民俗'定义发生了一个从物体定向(以物体为中心)向活动定向(以活动为中心)的转向。"高丙中《民俗文化与民俗生活》把它表述为事项研究和事件研究的区别。

俗生活》基本体现了以上两个转向,是当前民俗学基础理论方面很成功的著作。

有学者认为,民俗概念的第一个转向仅仅是扩大了研究范围,但是却可能丧失学科特点,所以没有实际意义。对此,我认为民俗概念的第一个转向的意义绝不仅仅是扩大了研究对象的范围,而是更加全面地反映了民俗文化的实际,并提高了研究对象的价值。民俗并不只存在于普通百姓之间,同样也存在于被认为是社会精英的知识分子集团和政治统治集团的生活实践之中。1738年,郎世宁画了一幅《弘历雪景行乐图》[1],表现乾隆皇帝与子女一起过年的情景。楹柱上贴着红色春联,乾隆帝端坐交椅之上,脚前放着一个炭火盆,一个小皇子正在向火盆中放柏枝,相当于民众的点旺火。第二个皇子托着一盘桃子(应该是桃子形状的面点,因为桃子无法保存到冬天)走向乾隆,准备献寿桃拜年。第三个皇子怀抱一捆芝麻秸往地上撒,准备让人踩踏,取"踩祟"的意思。第四个皇子在放鞭炮。另外三个皇子正在塑雪狮子,这是古代孩子都喜欢玩的游戏[2]。这幅画非常直观地证明:所谓皇帝的节日文化生活与百姓风俗存在着完全一致的内容。把统治阶级排除于民众之外,不符合民俗普遍存在于社会各阶层的事实。民俗在社会各阶层的普遍存在,证明民俗具有促进全体社会成员彼此认同的重要社会功能。基于这一理由,我不同意把民俗仅仅理解为下层的、非官方的、非正式的文化现象。过去的狭隘民俗概念把民俗仅仅理解为下层的、非官方的、非正式的文化现象,不符合民俗普遍存在的实际,也限制了民俗学的研究视野,同时忽视了民俗文化的某些重要价值,最终使得民俗学研究成果遭受社会漠视。

民俗概念第二个转向的重要性主要在于关注民俗的主体——活生生的人。过去的民俗研究以文本为中心,总是热衷于从具体的民俗活动中抽象出一个平面的文本加以研究,甚至于从各地千差万别的民俗活动中

---

[1] 聂崇正《中国巨匠美术丛书·郎世宁》,文物出版社,1998年,第16—17页。
[2] 根据《东京梦华录》,宋代京城汴梁的孩子们就有塑雪狮子的游戏。现代的孩子们多塑雪人。

去抽取一个想象的统一文本。这种研究结论与事实之间的偏差是明显的,而且也忽略了民俗活动的主体——人。每个人在民俗活动中的情感和理智选择是民俗得以存在的核心部分。忽略了人,我们就难以更加深入地理解民俗。不过,鉴于民俗学本身的文化学属性,文本分析有着天然的合理性,在民间文学研究中尤其如此。关注民俗主体,并不是要否定文本分析,而是要在文本分析之中加入一个新的维度——人。

2. 民俗文化的性质

钟敬文主编的《民俗学概论》用"生活文化"来概括民俗文化的性质,是比较准确的。但是,我觉得还不够深入。因为它对生活文化的意义阐释不够,没有回答这种文化的实际价值,民俗文化依然处于精英文化之下。

我认为,民俗文化还存在一个更加重要的性质没有得到说明,那就是它作为一种"业已实现的文化"的性质。文化在功能上是一种价值体系,它满足人与自然、人与人、人与自我交流的需要。所谓"业已实现的文化",就是指那些能够充分实现以上三种基本功能的文化,这是真正的文化。生活文化并不因为常见而低下,反而比那些仅仅见诸文字的概念性文化更加真实可贵。所谓概念性文化,就是指精英阶层的哲学、伦理、宗教、文艺等著作。过去,在普通人眼中,仿佛只有这些精英著作才是国家、民族的文化代表。其实,这些著作只是一种概念性的文化产品,它们能否变成全体公民或全体民众身体力行的文化信条、文化行为完全是不确定的!绝大多数概念性文化产品仅仅是作者个人想象,尚未实现与他人的交流,与自然的交流。比如20世纪80年代大量的先锋实验性文学创作就属于此类。

根据以上所论,我把人类文化现象从其外在形态划分为两类:第一类是纯粹个人性的概念文化,它可能自始至终都完全是个人的想法,也可能经过一段时间为大家在理论上接受;第二类是集体的已经落实到行为的文化,实际的文化,它是一种长期流传、普遍接受的文化。前者以最新哲学理念、文学理念为代表；后者是业已实现了的文化，民俗文化是其一。前者是空想的文化、尚待他人认可的文化，后者是实现了的全体公众之间公认的可交流的文化。前者缺乏稳定性，后者实在可靠。不过，概念性文化具有创新功能，它为整个文化体系不断提供超越的可能；而实现的文化则主要为社会大众提供基本的交流平台。两种文化各自发挥不同的社会文化功能。

民俗文化的现实性质，是其社会价值的基本保障所在。对它的研究，可以把握任何一个民众集团精神生活的真实面貌，而不仅仅是他们假想中的理想面貌。

如果我们针对民俗作为"业已实现的文化"的属性，来深化我们的民俗概念，可以更多肯定民俗的价值。

3. 民俗学的学科意识

尽管从事民俗学研究的队伍非常大，中国民俗学会有 3000 多会员。各省的地方性民俗学会还有大量的会员。但是民俗学作为一个学科目前还是很弱小的。来自其他学科的漠视乃至挤压，的确是民俗学面临的困境之一，但这些不是民俗学积弱的主要原因。主要原因恐怕还是在于我们缺乏实实在在的、独立的、有辐射力的研究实绩。这方面，吕微、陈泳超都有同样看法。作为民俗学从业者，我们都希望它成为一个大学科，强势学科。但是，要达到此目的，不能靠呼吁，更不能靠其他学科的照顾提携，只能靠研究成绩。

我们没有成绩吗？当代中国民俗学从 1983 年成立中国民俗学会开始，已经 21 年。成绩当然不少，前辈学者为此也付出了大量心血。但是，这些成绩为什么依然得不到社会普遍承认？学者们付出的努力，没有得到应有的社会回报。这里既有我们研究成果本身水平的问题，也有学科目标偏差的问题。

先谈学科研究水平。民俗学的学科基础很不稳固。由于时间短，学术队伍小，本学科的基本学术资料建设尚未过关。比如，古代民俗著作浩如烟海,可是没有得到系统的整理。现代民间文学三大集成中最可靠的县卷本没有公开发行。又比如,基本工具书,我们只有老彭的《民间文学书目汇要》,刘德仁、盛义的《中国民俗学史籍举要》和数本民间文学、民俗学辞典,它们实际都有不少缺漏。由于上述欠缺,许多论著在使用材料方面出现很多错误。比如把伪书当作真书引述,直接使用古代类书材料而没有核对原著,甚至在资料缺乏时不得不大胆假设,等等。这些都造成学术品位的下降,并遭受其他学科的白眼。这些是未来民俗学发展过程中必须解决的问题。

民俗学学科目标偏差主要体现在缺乏时代意识,没有把握时代需要。学术目的在于求真,在于实事求是,在于获得真实知识。求真本身与价值关怀无关,现代学术的品质之一就是把学术研究中的科学态度和社会生活中的人文态度区分开来①。可是,仅仅求真,对于学术发展的推动力是不够的。大千世界,真理万千,求什么真更有价值?这是关乎学科发展的大事。当代中国民俗学研究不关心世界潮流,不关心国家发展方向,不知道自己学科的研究应该对于国家民族文化的未来发展起何种作用。那么,我们怎么能够找到最有价值的课题,最有价值的真理?

看一下现代文学、古代文学研究的情况。他人是怎么做的呢?现代文学从创作到研究都以"建设新文化进而建设新生活、新国家"相标榜,那是自觉地把学科放置在探索国家与民族未来走向的位置上。所以,该学科自然而然地处在了现代化进程的重要地位。古代文学号称"国学"之一,是以继承民族传统为己任的,也同样了得。民间文学在20世纪50年代因应当时特殊时代气氛,以人民大众的文学相号召,也曾经得到一时辉煌。可是,现在"人民"概念大大落伍了。原来的民间文学学科也岌岌可危。现在怎么办呢?我们急起直追,准备"与其他学科接轨"——也讲现代性,也讲传统,其实是想从现代文学、古代文学分一杯羹。即使成功,也

---

① 参见吕微《旧文一篇:告别浪漫主义》,载"民间文化青年论坛"网站(http://www.folkculture.cn),2003年5月14日。

只是追赶其他学科。民俗学要做到其他学科离不开你,才有你的地位。只满足于分一杯羹的学科理想,从未想象过超越其他学科成为显学,正是通病。现代性正在遭受质疑,传统也有狭隘民族主义之嫌,它们都不是理想的当代民俗学发展的核心理念。

因此,我们需要立足当前形势,重新思考民俗学的学科定位。中国现代化进程已经全面展开,在经济上取得初步成绩,并逐步展开文化建设。中国现代文化自20世纪初所谓"新文化运动"就已经开始,但是囿于"现代性"神话,其结果主要是输入一些西方文化概念而已,比如自由、个性解放、男女平权等。这些概念没有真正进入日常生活,并形成具有交流功能的生活民俗,生活文化。它破坏了中国传统文化,包括传统日常生活文化,却没有建立起新的民俗文化。以男女分工为例。按照古代生活模式,男耕女织。抽象一点是"男主外,女主内"。男女各自承担的社会角色十分分明,不过其中男性权力大于女性,不符合现代男女平等的价值观。新文化运动以及其后各种革新运动都提倡男女平等的现代文化价值观,这当然是正确的,可是这一概念引入生活的结果却是男女都得内外兼顾,等于取消了男女分工,中国人的家庭生活质量实际在下降。再以节日为例。1912年改用公历,引入公历新年,夺去了传统夏历新年的"元旦"名分,丢给它一个"春节"的称谓。但是,直到现在,公历新年没有形成任何自发的民俗活动,反而是春节历尽劫难却仍然保持着原来的最大民俗节日身份和内容。男女平等的新观念当然是正确的,新历法也符合世界潮流,但是它们的确没有形成合适的新生活模式,没有形成新民俗。中国现代精英们引入了西方文化之后,事实上导致中国社会文化出现了分裂:上层文化接受西化,下层文化保持传统。在历法制度上最为明显:国家政府行为一切依照公历(实际是西历),政府规定的节日基本都是公历的。而农民生产仍然使用旧历,百姓日常生活节日也用旧历,可是政府通常不给假期(清明节、端午节、中秋节都没有假期)。社会文化应该是一体化的,具有统一性的。否则社会各个集团无法进行充分交流,难以实现社会整合。所以,现代主义文化运动带来的这种对立局面是不利于社会生活正常进行的。

经历了近100年的概念引进之后,中国陷入了文化分裂的局面。生活的理想和生活的实际脱节了,文化概念与文化行为分离了。目前,人们正在痛苦地探索新的生活模式。民俗学应该把握这一时刻,在新与旧,现代与传统,理想与现实,精英与大众之间去研究民俗的形成与变迁。目的只有一个,就是探讨中国民俗文化的问题,为中国未来统一的文化建设提供事实依据和学理依据。它是涉及13亿中国人民当前与未来生活实际的大事,中国民俗学应该以此为职志。

三、社会各层面尤其社会政治层面对于新的民俗学的支持

学术发展离不开社会支持。社会各层面尤其社会政治层面的支持是民俗学发展的一大支柱。无可讳言,政治对于学术发展是有着关键性影响的。古代中国的民俗研究一直担负着教化民众的功能,与国家政治、伦理建设相辅相成。现代民俗学当然不可能,也不应该成为政治附庸,政治工具。我所强调的是利用政治力量建设现代文化——这是民俗学的题中应有之义——不单纯为了纯研究,而且是为了文化建设。

民俗学要通过关注全局性的社会文化问题,使自己成为一门于社会有用的学问而获得公众和政治力量的理解与支持。

民俗学与地方行政当局的合作一直在进行。地方当局出于旅游、经济建设等短期目的,早就开始利用民俗进行开发。如湖北丹江口市,河北赵县、元氏县,北京朝阳区等地,民俗学者受邀请参与其中。但是,这些研究如果局限在行政当局的狭隘经济目的,是不足为训的。

真正具有全局意义的问题当然是现代民族文化重建的议题。随着旧意识形态的瓦解,中国当代政治家们已经认识到重建中国民族文化的必要性。中国的历史文化、民俗传统在重建中国民族文化中无疑具有十分重要的作用。即将开始的"保护无形文化遗产"和"抢救民族民间文化遗

产"活动，是两个非常重要的具有全局性影响的大事。无形文化遗产，实际是以民俗文化为主的一种文化遗产。把民俗文化上升为民族无形文化遗产，并加以保护，无疑代表了联合国和我国政府对民俗文化的高度重视。这对于民俗文化的保存、发展，对于民俗学的发展都有着极好的促进作用。民俗学必须抓住这次机遇。

我们需要防止民族无形文化遗产的确定和申报工作中存在的不正常倾向。例如，由于政治体制的作用，这项工作基本上被行政力量控制，一般民俗学者不能全面介入。这一话语权必须争取。另外，由于一旦被确定为无形文化遗产将具有巨大旅游价值，所以，无形文化遗产的申报工作很可能也被地方当局转化为争取旅游资源的活动，值得民俗学界高度警惕，因为这样就大大限制了这一工作原有的重要意义。我们应该始终把这项工作的目标与民族文化重建联系在一起。

而社会公众出于生活实际需要对于民俗学也有非常迫切的需求。各种媒体关于民俗问题的讨论、节目制作都反映了公众对于民俗学的强烈需求。因此，现在正是民俗学介入生活的重要时机。

当然，介入生活，是存在丧失学术自主和学术独立之危险的。所以，学者们必须保持清醒头脑，独立立场，不屈服于任何外力压迫。从学术立场关注意识形态问题，关注全局性问题。

当以上三个方面的问题得到有效解决之后，中国民俗学一定能够走出目前的困境，它的未来是乐观的。

2004 年完稿

论中国隐士文化的成立与发展
——中国人的隐居理论与实践①

作为一种现象,隐居虽然不是人类生活的常态,却是一种相当多见的行为。当然,世界各地的人们选择隐居的具体原因各不相同;不同的社会、不同的时代对于隐居特别是长期隐居者——隐士的态度和评价也各有差别。因此,各国的隐士文化是存在差异的。本文根据中国古代历史中隐士文化赖以存在的理论依据以及各种隐士的隐居实践两个方面来探讨在中国文化体系中隐士文化的成立与发展。

一、隐士的概念和一般意义

当前中国学术界研究隐士现象的著作很多,对于隐士产生的社会历史条件和隐士们的文化贡献有了越来越清晰的认识。但是其中存在一个普遍性的问题——很多学者认为中国隐士已经消亡,这是不符合实际的。我认为他们的隐士概念存在一些问题,才导致了这样的结论。

隐士,在中国古代又称为隐者、隐逸、高士、作者、隐君子、隐夫、隐生、隐民、幽人、退士、逸士、逸(佚)民、逸人、遗士、遗人、处士、处人、岩穴之士、山谷之士、山林之士、山人、山民、隐介、居士、方外之士等。古人所说的隐士是指长期隐居,有条件为官,但拒绝为官的人。

现代中国学术界使用的隐士概念有广义、狭义之分。广义的隐士概念指古今中外所有长期隐居、不参与社会主流生活的人。狭义的隐士概

---

① 此文是我 2005 年在韩国华川参加"韩国隐士文化与谷云九曲第 2 次国际学术大会——以东西方隐士文化的传统和朝鲜时代性理学派金寿增的谷云九曲思想为中心"上的主题发言。论文缩写本《隐居在中国文化经典中的理论依据》发表于 2017 年第 1 期《中原文化研究》。

念则只包括中国君主时代隐居的士人,这是从中国古代的隐士概念沿袭下来的。个别学者的隐士概念介于以上二者之间。在中国,流行使用狭义的隐士概念。很多学者把隐士定义为隐居的士人①。于是,隐居就被视为士人抗拒特定的历史文化(中国从秦汉至明清的封建社会制度)对于士人的压迫而产生的一种行为。按照这种狭义概念,隐士随着中国封建社会制度的结束而结束②。这种观点由于其定义过于狭窄,把士人之外的所有隐居者都加以排除——当然外国的隐居者更无法进入其中,因此其结论必然限制在中国古代隐居的士人小圈子里。这样,就不能全面认识隐居对于人类的普遍性,更不能准确理解隐居的性质和意义,也无法在国际间进行交流。中国存在大量隐士,印度、韩国历史上也有不少隐士。不仅东方社会如此,根据我的了解,西方社会,包括欧洲和现代美国也同样存在隐士。英语中 recluse 一词就是指居住在森林小屋中的隐士。他们虽然都不是中国的"士",但是他们都不算隐士吗?

所谓隐士已经消亡的结论不仅在理论上存在偏差,而且不符合中国历史的实际。从中国上古传说时代开始,一直就存在隐士,例如尧帝时代的许由、巢父,舜帝时代的善卷。那时候并不是所谓的"封建社会"。有文字以来,西周时代有伯夷、叔齐这样的遗民隐士。而现代,直至今日,中国仍然存在相当多的隐士。1989 年下半年,美国人比尔·波特专程到人们普遍认为已经没有隐士的中国大陆寻访隐士。根据西安香积寺方丈绪东和尚的估计,在终南山大约有 250 名以上的隐士③。比尔·波特随后访问了其中一些从事宗教活动的隐士。

还有相当多的人士(包括中国大陆和台湾地区)认为,中国共产党的

---

① 这个概念有望文生义的嫌疑。如果可以这样定义隐士,那么面对"隐民"、"隐逸"、"山人"这样的称呼又该如何解释?像《论语》中提到的农人隐者荷蓧丈人该如何归类?
② 例如蒋星煜《中国隐士与中国文化》(1947)、高敏《隐士传》(1994)、冷成金《隐士与解脱》(1997)、李生龙《隐士与中国古代文学》(2002)等。
③ [美]比尔·波特《空谷幽兰——寻访现代中国隐士》,明洁译,民族出版社,2001 年,第 98 页。这里的隐士不是指寺庙里的和尚、道士,而是指在山林之中独自修行的人,包括独自修行的和尚、道士。

政策使隐士失去了生活的土壤。确实隐士在现代社会几乎消声匿迹,其社会文化地位和过去相比已相去甚远,但是,隐士在现代中国仍然存在。比尔·波特的调查否定了中国现代已经没有隐士的说法。

从事实来看,隐居绝不是古人的特有行为,而是人类文化中一种相当普遍的行为。人类既然是所谓的"社会动物",那么为什么总有一部分人选择了远离社会而隐居呢?原因何在?

我认为,造成隐居现象的原因在于人类社会文化生活的内在矛盾。作为一种"社会动物",人们总是在一定的社会集体中生活。而集体生活出于彼此协作和交流的需要,必然产生具有强制性的社会秩序和多数人自觉不自觉遵循的主流生活模式。既然社会秩序和主流生活模式是根据集体生活的需要而产生的,它就不可能适应每一个社会成员——它本来就是为了限制那些违反或者试图违反主流生活模式的个人。于是,社会集体的秩序和主流生活模式就构成对于某些个人的压迫。这就是人类社会文化生活中内在的个人与集体的矛盾。当这对矛盾发展到相当激烈的程度的时候,而压迫的个人也获得了独自生活的条件(社会对此有相当程度的宽容、个人有足够的经济条件),他就必然选择脱离社会集体,甚至远离社会集体,走向隐居。人类社会文化生活中集体与个人的矛盾是普遍存在的,所以,隐居也是一种普遍存在的文化现象。

中国学术界在隐士研究中还存在一个问题,就是把隐居视为个人的一种解脱。蒋星煜甚至认为隐居的两大原因之一是"个人主义或失败主义"[①]。隐居是个人远离社会的一种行为,对于隐居者个人当然是一种解脱。但是,隐居这种表面看来似乎是个人的行为,其中却含有或明或暗的对现实社会的批判与反思。中国正史中第一部专门的隐士传——《后汉书·逸民列传》总结隐士的活动说:"或隐居以求其志,或曲避以全其道,或静己以镇其躁,或去危以图其安,或垢俗以动其概,或疵物以激其清。"其中"求志"、"全道"、"垢俗"、"疵物"都含有批判现实、追求完美人格的意

---

① 蒋星煜《中国隐士与中国文化》,中华书局,1947年,第6页。

义,具有重要的道德价值。《逸民列传》里的隐士都是著名的隐士,他们隐居的目的比较明确。而普通隐士的隐居行为虽然在主观上可能没有明确的批判社会的目的,但是他们对于主流社会的逃避本身在客观效果上就构成一种批判。现有的社会秩序和生活模式并不总是具有充分理由的,甚至是存在严重缺陷的,所以,对之保持一种清醒的批判态度是十分必要的。从社会文化体制的角度看,也只有在不断批判与反思的推动下,社会文化体制才能一步步发展完善。《隋书·隐逸传》总结历代明君尊崇隐士的理由:

> 以其(隐士)道虽未弘,志不可夺,纵无舟楫之功,终有贤贞之操。足以立懦夫之志,息贪竞之风。与夫苟得之徒,不可同年共日。所谓无用以为用,无为而无不为也。

隐居看似无用,却因为隐居者承担了高贵的道德价值,所以包含着巨大的社会意义。隐居虽然是个人解脱之道,但同时也是一种重要的社会性行为。所以,任何一个理性的社会都应该尊重、至少也应该宽容这种行为。

隐居这种故意疏离社会的行为具有某种潜在的反社会特征。一般情况下,隐士通过回避社会而反抗社会,至少是间接地反抗社会。但是,在某些时候,隐居的这种反社会性质还会相当突出。例如,改朝换代之后出现的遗民式隐居就具有典型的反社会性质。伯夷、叔齐不食周粟,隐居首阳山,事实上就是反对武王伐纣。在特别专制的时代,站在社会主流立场的人也会把一般的隐居都视为直接的反社会。所以,在中国历史上一直有反对隐居的声音。从太公望、赵威后,到明太祖朱元璋都斥责隐士是"不为君用"[①],现代中国第一部研究隐士的著作《中国隐士与中国文化》[②]批评隐士的人生是"悲观、保守、冷酷、倨傲、浮躁、衰弱、懒惰、滞钝、疏忽",这些都说明了隐居活动的确具有某种潜在的反社会特征。社会文化

---

① "不为君用"这个罪名即使成立,表面看来似乎还不到必须诛杀的地步。但是,在"普天之下,莫非王土;率土之滨,莫非王臣"的时代,"不为君用"就意味着不是王臣,甚至是王的敌人。这个"不为君用"的理由是自古以来几乎所有的反对隐士者最常用的理由。

② 蒋星煜《中国隐士与中国文化》。

体制怎样对待隐居行为的潜在反社会特征,是宽容还是禁止,将直接反映出该体制自身的性质和特点。周武王容忍了伯夷、叔齐的行为,而孔子对伯夷、叔齐的评价是"不降其志,不辱其身",说明当时主流社会是比较宽容的。但是,当时分封的诸侯中也有推行暴政的。《韩非子·外储说右上》记载,太公望诛杀了齐国隐士狂矞、华士昆弟二人。太公望的做法代表了一种极端的专制行为。所以,葛洪《抱朴子·外篇·逸民》严厉批评太公望"以军法治平世,枉害贤人,酷误已甚矣"。

中国古代主流社会对于隐居行为一般都是宽容的,对于著名的隐士甚至于崇敬有加。《梁书·处士传序》把隐士分为三个层次,分别评论其意义:

> 古之隐者,或耻闻禅代,高让帝王,以万乘为垢辱,之死亡而无悔,此则轻生重道,希世间出,隐之上者也;或托仕监门,寄臣柱下,居易而以求其志,处污而不愧其色,此所谓大隐隐于市朝,又其次也;或裸体伴狂,盲喑绝世,弃礼乐以反道,忍孝慈而不恤,此全身远害,得大雅之道,又其次也;然同不失语默之致,有幽人贞吉矣。

从最高级的"轻生重道,希世间出",到"大隐隐于市朝",再到"全身远害,得大雅之道"这三种层次的隐士,都给予了肯定的评价。

20世纪90年代以后,中国社会体制逐渐走向民主化,社会气氛逐步宽松。中国学术界对于隐士的研究越来越多,对于隐士的评价也越来越高。我想,未来人们会从更加广泛的意义上来研究隐居问题,而不仅仅是研究中国古代隐士,有关隐居问题的研究将会取得进一步发展。

二、中国隐士文化的起源

由于史料缺乏,中国隐士文化起源于何时、何人,目前无法确知。

关于最早的隐士,古籍有一些说法。《隋书·隐逸传》云:"自肇有书契,绵历百世,虽时有盛衰,未尝无隐逸之士。"意思是自从有文字历史以来,一直存在隐士。按照古史传说,汉字是黄帝臣子仓颉发明的。这就意味着黄帝时代就出现了隐士。但是,古人所说的最早的隐士一般指的是《庄子》里记载的尧帝时代的隐士许由、巢父,和舜帝时代的隐士善卷等人。黄帝、尧、舜都属于古史传说时代,如果传说可信,那么中国隐居文化的起源是很早的。很可惜,尧、舜时代的历史目前尚未得到考古学证明,更遑论黄帝时代!其实,中国隐居的观念起源很早。《易经》卦爻辞有一些关于隐逸的内容,如《遯》之上九云:"肥遯,无不利。"《蛊》之上九云:"不事王侯,高尚其事。"由于《易经》历史悠久,古代学者常以此推测隐士的起源。可惜,其中没有具体的时代和隐士的名字。

根据确切的史料,商代已经出现隐士。商纣王荒淫无道,箕子远遁,姜太公垂钓渭水,他们都是一时的隐士。而当时孤竹国君的儿子伯夷、叔齐由于互相推让君位而隐居就更加有名。可是,如果把商代末年这些贤哲看作中国隐士的源头似乎太晚了一些,而且这些还都是政治性的隐士。

中国早期隐士中还有一种宗教性的隐居者,就是巫师,还有那些求仙的人。按照传说,黄帝曾经向广成子、宁封子求道。广成子、宁封子都是有升仙术的巫师,远离社会,应该算是最早的宗教性隐士。

比尔·波特推测,中国最早的隐士是上古时代的萨满①。按照考古学家的观点,萨满教曾经是中国上古文明最重要的组成部分。萨满为了达到与神灵直接交流的目的,常常独自漫游在森林、原野,使用酒精、药物麻醉剂等加强自己的幻觉。脱离世俗社会,寻求超自然的神圣之道是萨满教的精神传统。但是,随着文明的发展,萨满教不能适应商代社会新兴的国家宗教。于是,萨满们离开宫廷、离开城市,走向深山,在那里继续寻找超越于现实之上的某种"真理",正如《山海经》中记载的那些萨满一样,隐居深山,修道、采长生不老药。这些萨满开创了中国隐居传统,成为后世隐士之祖②。《山海经》成书于周代,其中包含了一部分商代的历史资

---

① 萨满的概念是西方人类学的词汇,在中国传统文化中应该叫"巫"、"巫师"。所以,应该用"巫师"代替"萨满"。

② [美]比尔·波特《空谷幽兰——寻访现代中国隐士》,第17—23页。

料,另外还记录了很多巫师。

乍一看,巫师和后来的隐士似乎差别很大,他们之间是否存在实际关系?目前还缺乏明确的史料证据。但是,双方在精神和具体行动上的确有不少相近之处。巫师和隐士一样超越于世俗社会之上,不受现实强加于人的各种观念的束缚。巫师(还有先秦时代的方士)熟谙天文、地理、超自然事物,并以各种方式追求长生不老;后来的道教隐士也完全相同。中国古代皇帝尊崇隐士的重要原因之一就是看中他们在超自然领域的才能。隐居句曲山的陶弘景学贯儒、道,兼通炼丹术、阴阳五行。他之所以能成为"山中宰相",主要是因为梁武帝萧衍需要他献丹药、卜问吉凶。陈抟的情况也颇类似,天文、数术都精通,其"蛰龙法"据说可以连续长睡数月之久。周世宗向他请教"黄白之术",就是炼丹术。宋太祖则向他请教宋祚之长短,就是占卜国运。宋太宗也曾向他请教"养生之术"。由此可见,中国隐士文化中包含了一种非常古老的宗教精神传统。这种宗教精神传统和后代隐士文化中强调政治与道德的传统十分不同,应该来源于更早时代的原始宗教,或者叫萨满教。至少,我们可以说,中国的道教隐士是起源于上古时代的巫师。

中国隐士文化的这个宗教性的源头通常都被忽略了。这里有一个非常重要的原因:中国典籍大量出现的春秋战国时代完全不是一个宗教性的时代。当时诸子百家对于隐居问题的论述,关注都在政治、道德层面,对于其中宗教性层面大都忽略不论。宗教在中国社会历史上也没有获得过政治统治权,所以人们一般都不探讨隐士文化的宗教性源头。这个偏差应该纠正。

三、隐居在文化经典中的理论依据

虽然中国隐居文化的起源目前不能确知,但是,隐居在中国春秋时代已经是相当常见的一种社会现象。当中国文化的"黄金时代"来临之际,诸子百家对于隐居问题展开了深入的探讨。这些经典性论述在塑造中国文化模式,在影响后世隐居文化的发展方面产生了深远影响。所以,了解文化经典的相关论述将帮助我们认识隐士文化在中国古代文化史上得以确定的理由。

不过,由于各家说法不一,在此不能一一说明。我重点研究影响最大的儒、道、法三家的观点,兼及道教和佛教的观点。

1. 儒家对于隐居的态度

孔子所创立的儒家思想在汉代以后成为中国历史上处于支配性地位的思想体系。孔子的思想对于后世知识分子人格的形成、行为模式的塑造具有决定性的影响。他在隐居方面的论述和行为实践对于中国隐居文化的发展有着非常深远的影响。

孔子热心救世的倾向十分突出,他一生周游列国,积极推销自己的社会理想。这使他和隐士之间产生距离,所以遭到当时隐士(像长沮、桀溺、荷蓧丈人、楚狂接舆等)的嘲弄。在理论上,他强调社会伦理关系,尤其强调君臣大义,所谓"父父、子子、君君、臣臣"①。这也和彻底回避社会的隐士思想大异其趣。所以,在参与社会的层面上,隐居不是孔子的选择。正如子路所云:"长幼之节,不可废也;君臣之义,如之何其废之? 欲洁其身,而乱大伦。君子之仕也,行其义也。"②孔子正是为了"行其义"才积极入世的。

孔子隐居思想主要针对是否参与政治的层面。当时各国的君主并不欣赏他的"义",不欣赏他的仁道治国方略,反而横行无道,攻伐不止。孔子一生只做过五六年的官,基本上处于一个被动的隐居状态。因此,他对于隐士是同情的,也是尊重的,并称之为"逸士"或"隐者",甚至于把自己也列入"无可无不可"的"逸士"。面对黑暗、混乱的社会政治,孔子认识到一味进取对于个人非常危险,而且很可能会损害大义。所以,他提出了一

---

① 《论语·颜渊》。
② 《论语·微子》。子路这段话中还有"不仕无义"四字,比较过分,不太符合孔子思想。故不用。

整套的隐居理论作为自己主要思想的一个补充。

避祸是孔子隐居理论的最低层次。所谓"邦有道,不废;邦无道,免于刑戮"①,所谓"邦有道,危言危行;邦无道,危行言孙"②,所谓"邦有道则仕,邦无道则可卷而怀之"③,所谓"邦有道则智,邦无道则愚"④,都是讲在乱世之中远离政治漩涡,明哲保身。

需要特别说明的是,孔子如此强调"邦有道"、"邦无道",并不仅仅是从消极避祸的角度立论,而是有更深的含义。孔子的出仕是为了"行义",他说:"所谓大臣者,以道事君,不可则止。"⑤如果不能行道,则要停止出仕;否则就会损害道德。他说:"笃信好学,守死善道。危邦不入,乱邦不居。天下有道则见,无道则隐。邦有道,贫且贱焉,耻也;邦无道,富且贵焉,耻也。"⑥"邦有道,谷⑦;邦无道,谷,耻也。"⑧意思是在国家政治清明的时候应该出来做官,而在政治黑暗的时候出来做官就是耻辱⑨。他还说:"隐居以求其志,行义以达其道。"⑩所以,孔子主张的隐居并不仅仅是避祸,而是为了坚守道义志向。这样的隐居是对高尚道德的坚守。在孔子看来,是否坚守道义是检验品质的试金石:"君子固穷,小人穷斯滥矣。"⑪这也被孔子作为评价古代隐士高下的标准:"不降其志,不辱其身,伯夷、叔齐与?……柳下惠、少连,降志辱身矣,言中伦,行中虑,其斯而已矣。……虞仲、夷逸,隐居放言,身中清,废中权。"⑫其中只有伯夷、叔齐"不降其志,不辱其身",完全符合坚守道义的原则,所以得到孔子最高的赞赏。

---

① 《论语·公冶长》。
② 《论语·宪问》。
③ 《论语·卫灵公》。
④ 《论语·里仁》。
⑤ 《论语·先进》。
⑥ 《论语·泰伯》。
⑦ 谷,指官员的俸禄。
⑧ 《论语·宪问》。
⑨ 另一种解释为:邦有道,君子不必白拿俸禄,拿了也是羞耻。我不同意这种解释。
⑩ 《论语·季氏》。
⑪ 《论语·卫灵公》。
⑫ 《论语·微子》。

如果没有隐居,孔子"守死善道"的主张就可能遭到政治阻挠而不能一以贯之。这样看来,隐居实在是孔子思想中一个不可或缺的重要环节,与出仕相辅相成。由此,孔子把人的一生中出仕和隐居两种基本状态都包括进来,从而把他的道德人生原则一以贯之。他的学生原宪深明老师这一思想,后来就隐居了。原宪很穷困,但是他认为自己是学道而能行之的人,并批评子贡①。

孟子把这种思想加以发挥,提出:"故士穷不失义,达不离道……得志,泽加于民;不得志,修身见于世;穷则独善其身,达则兼善天下。"②无论是孔子的"天下有道则见,无道则隐",还是孟子的"穷则独善其身,达则兼善天下",都强调严守道义,这是儒家隐居思想的核心内容。宋代范仲淹在《岳阳楼记》中说:"居庙堂之高则忧其民,处江湖之远则忧其君。"退处江湖,依然关心政治。这句话体现了后代儒士们在坚守孔、孟关于"出处"原则时候的具体做法。儒士即使隐居也和其他隐士不同。

由于坚持道义第一,现实利益只能在其次。面对隐居所带来的穷困(相对于出仕而言),孔子强调"君子忧道不忧贫"③。他赞扬颜回安贫乐道:"一箪食,一瓢饮,在陋巷。人也不堪其忧,回也不改其乐。"当孔子说"道不行,乘桴浮于海"④的时候,其中颇有仕进绝望之后被迫选择隐居的意味。可是,他还准备"居九夷",别人劝他说那里太简陋了,不堪居住。孔子说:"君子居之,何陋之有!"⑤穷困、偏僻,都不影响隐居者的道德君子身份。孔子个性是很雍容的,很能欣赏虽然贫困但是自由的隐居生活。他同意曾点"浴乎沂,风乎舞雩"的志趣。所以,在孔子眼中,隐居也不失为一种归宿,有它独立的价值⑥。

但是,孔子主张的隐居是有限度的,只回避无道的政治,不回避人类

---

① 《史记·游侠列传》。
② 《孟子·尽心上》。
③ 《论语·卫灵公》。
④ 《论语·公冶长》。
⑤ 《论语·子罕》。
⑥ 参见何怀宏《孔子与隐士》,《读书》1994年第4期。

社会。这和后来庄子的隐居理论很不一样。当长沮、桀溺嘲笑他是避人之士,不是避世之士时,孔子告诉学生们说:"鸟兽不可与同群,吾非斯人之徒与而谁与?天下有道,丘不与易也。"①人类既然不能与鸟兽同群,如果再不和人类打交道,又同什么打交道呢?假如天下有道,我就不和你们(指弟子们)一起改革了。这里"天下有道,丘不与易也"有两层含义。第一,如果天下有道,却不出来做事。这和"有道则见"似乎有矛盾。但是,从隐居能够考验士人的道德节操来看问题,我们就能理解它。天下完全清平,就无须士人再出来从政,士人应该隐居求志,磨炼自己。但是,"天下有道则见"中的"有道"还没有达到完全清平,所以还要出仕。所以,二者不矛盾。第二,意味着正是因为天下无道,才出来改革社会的意思。这似乎和"无道则隐"矛盾,其实也不然。因为在参与社会的层面上,孔子是坚决入世的,而他的"无道则隐"则仅仅指出仕为官层面②。不做官,依然要参与社会改造。所以,尽管孔子对于在无道时代的隐居做了肯定,但是对于完全逃避社会的隐居则是不赞同的。正是基于这样的理由,后来一些比较激进的儒士就直接反对隐士。例如子路就说:"不仕无义。"汉初的陆贾也反对隐居:"当世不蒙其功,后代不见其才,君倾而不扶,国危而不持,寂寞而无邻,寥廓而独寐,可谓避世,非谓怀道者也。故杀身以避难则非计也,怀道而避世则不忠也。"③但是,这些激进儒士的观点不尽符合孔子的理论。

2. 道家的隐居思想

儒、道两家在隐居问题上的看法存在一个共同点——有道则出,无道则隐。孔子的这一隐居思想来源于老子。按照《史记·老子韩非列传》的记载,孔子曾经向老子问礼。老子告诉他:"君子得其时则驾,不得其时则蓬累而行。"司马贞《史记索隐》解释说:"以言若得明君则驾车服冕,不遭

---

① 《论语·微子》。
② 参见何怀宏《孔子与隐士》。
③ 〔汉〕陆贾《新语·慎微》。

时则自覆盖相随而去耳。"这是孔子"无道则隐"思想的来源。老子还告诫孔子："君子盛德,容貌若愚。"而孔子所谓"邦有道则智,邦无道则愚"可能也是从老子那里得来的启示。

但是,道家所追求的"道"是一种自然属性的天道,超越于人类社会之上,遵循自然天道,关注的核心是保持个人生命的淳朴自然,必然导向隐居世外;而孔子思想中的"道"却是社会属性的"仁道",关注的核心在于人伦关系,始终牵连着人类社会,是不能彻底摆脱社会的。因此,以老子、庄子为代表的道家思想中远离社会的隐居理念远远强于儒家思想。他们给予隐居的文化地位也远远高于儒家。所以,道家思想对于后世隐居文化发展的影响虽然没有儒家广泛,但是更加深刻。

老子认为世俗社会的文化价值观念破坏了人类淳朴自然的天性,引发了社会危机。他指出人间之道违背了天道："大道其夷,而民好径。朝甚除,田甚芜,仓甚虚,服文采,带利剑,厌饮食,财货有余,是谓盗夸①,非道也哉!"②这个天道是不可道,无可名的,"道隐无名"③。这个道"生而不有,为而不恃,功成而不居"④,所谓"功成身退天之道"⑤。基于这种观点,老子承认建功立业的必要性,但是只把它视为人生的初步。基于"物极必反"的道理,为了避免"功成者堕,名成者亏"的危险局面,人应该遵循隐而无名的天道,必须功成身退,走向隐居,那才是人生最终的归宿。这不仅仅是为了避祸,更是为了保持人的淳朴天性。老子这样说,也是这样做的。他在担任藏室之史多年之后名满天下,于是他突然彻底失踪——走向了隐居。如果说孔子的隐居多少有一些被动的色彩,而老子的隐居则是完全主动选择的,是其思想的必然结果。

庄子说："当时命而大行于天下,则一反无迹;不当时命而大穷乎天

---

① 一本作"盗竽"。
② 《老子》第53章。
③ 《老子》第41章。
④ 《老子》第2章。
⑤ 《老子》第9章。

下,则根深宁极而待:此存身之道也。"①似乎与孔子有道则仕、无道则隐的观点类似。可是,其内容有两点不同。第一,庄子强调,不论出处,目的都在于"存身"养性,以个人本真的生命为中心。孔子则是以外在的道德为中心。所以,在评价伯夷、叔齐的时候,庄子认为他们是死于名,不是真正的隐士:"伯夷死名于首阳之下,盗跖死利于东陵之上。二人者,所死不同,其于残生伤性均也。"②第二,庄子"当时命"则出的思想只是一个空谈。因为在庄子眼里,只有原始时代才是合乎理想的时代:"古之人,在混芒之中,与一世而得澹漠焉。当是时也,阴阳和静,鬼神不扰,四时得节,万物不伤,群生不夭,人虽有知,无所用之,此之谓至一。当是时也,莫之为而常自然。"③而自从文明诞生之后,大道一天天崩溃:

> 逮德下衰,及燧人、伏羲始为天下,是故顺而不一。德又下衰,及神农、黄帝始为天下,是故安而不顺。德又下衰,及唐、虞始为天下,兴治化之流,浇淳散朴,离道以善,险德以行,然后去性而从于心。心与心识知,而不足以定天下,然后附之以文,益之以博。文灭质,博溺心,然后民始惑乱,无以反其性情而复其初。繇是观之,世丧道矣,道丧世矣!世与道交相丧也。道之人何由兴乎世,世亦何由兴乎道哉?道无以兴乎世,世亦无以兴乎道,虽圣人不在山林之中,其德隐矣。④

既然如此,人生就只有隐居才是唯一出路。所以,庄子的隐逸理论更加彻底。

庄子以人类淳朴本性为最高价值。在他看来,外在的功名利禄和内在的欲望,都是伤害人类存身养性之道的。人必须彻底"丧我"才能达到清虚宁静,就是要达到无欲的境界。在政治上则要无为,在文化上要无仁——破除世俗社会一切价值观念对于人心的束缚。

---

① 《庄子·缮性》。
② 《庄子·骈拇》。
③ 《庄子·缮性》。
④ 《庄子·缮性》。

> 有虞氏招仁义以挠天下也。天下莫不奔命于仁义,是非以仁义易其性与?故尝试论之。自三代以下者,天下莫不以物易其性矣。小人则以身殉利,士则以身殉名,大夫则以身殉家,圣人则以身殉天下。故此数子者,事业不同,名声异号,其于伤性以身为殉一也。①

仁义、名、利、家、国五者都是世俗社会极其重要的价值观念。但是,这些都被庄子视为侵害人类天性的事物。他认为名利是危险的。庄子本人是一个大隐士,长期隐居,楚威王派使臣延请他出任丞相。他对使臣说:

> 千金,重利;卿相,尊位也。子独不见郊祭之牺牛乎?养食之数岁,衣以文绣,以入太庙。当是之时,虽欲为孤豚,岂可得乎?子亟去,无污我。我宁游戏污渎之中自快,无为有国者所羁,终身不仕,以快吾志焉。②

庄子认为名利是没有意义的。庄子笔下的隐士对于一切世俗价值都不屑一顾,包括拥有天下。许由对准备禅位于他的尧说:"归休乎,予无所用天下为!"③而善卷则回答舜说:

> 余立于宇宙之中,冬日衣皮毛,夏日衣葛絺。春耕种,形足以劳动;秋收敛,身足以休食。日出而作,日入而息,逍遥于天地之间而心意自得。吾何以天下为哉!④

善卷内心无欲无求,也不受外在礼法拘束,极度逍遥自在。在这种情况下,拥有天下对于他没有任何意义,反而像牢笼。

在《马蹄》篇中,庄子借伯乐治马、陶者治埴、木匠治木比喻文明社会各种规范对于人类本然生命的限制和压迫:

> 马,蹄可以践霜雪,毛可以御风寒。龁草饮水,翘足而陆,此马之

---

① 《庄子·骈拇》。
② 《史记·老子韩非列传》。
③ 《庄子·逍遥游》。
④ 《庄子·让王》。

> 真性也。虽有义台路寝,无所用之。及至伯乐,曰:"我善治马。"烧之,剔之,刻之,雒之。连之以羁馽,编之以皂栈,马之死者十二三矣!……陶者曰:"我善治埴。"圆者中规,方者中矩。匠人曰:"我善治木。"曲者中钩,直者应绳。夫埴、木之性,岂欲中规、矩、钩、绳哉!然且世世称之曰:"伯乐善治马,而陶、匠善治埴、木。"此亦治天下者之过也。

这一思想揭示了社会文化生活模式对于千差万别的人类个体的束缚——"夫埴、木之性,岂欲中规、矩、钩、绳哉!"人的自然本性当然也不是为了遵循社会规范而生的。所以,庄子主张把这些束缚人类天性的东西都抛弃掉,彻底隐居,人类才能实现本性自然,达到最高的自由境界,实现"神人"、"至人"的人格理想。这种精神境界远远超出了世俗价值观念,令人无限向往。庄子的隐居理论可以说是最能体现隐士精神的理论,最能揭示隐居的文化意义的理论。由于老、庄哲学把隐居视为人生的最终归宿,所以不少学者都把老子哲学,特别是庄子哲学称之为"隐居哲学"[①]。

3. 韩非对于隐士的批判

中国古代法家思想的代表韩非是严厉抨击隐士的。按照韩非的思想,一切都要直接有利于国君的统治,思想要符合权力的需要,行为要有利于耕战,否则就加以排斥,直至消灭。站在这一立场看待隐士,隐士的行为和思想显然是不合要求的。《韩非子·奸劫弑臣》云:"古有伯夷、叔齐者,武王让以天下而弗受,二人饿死首阳之陵。若此臣者,不畏重诛,不利重赏,不可以罚禁也,不可以赏使也,此之谓无益之臣也。"仅仅无益,似乎也不是什么罪过。但是,韩非的理论中,君主治理国家大致有三种手段:"一曰利,二曰威,三曰名。"[②]隐士不为这三种方法所左右,将阻碍权力的行使,"无益"也就有害了。另外,韩非认为隐士非议君主,并利用声

---

① 见王博《庄子哲学》,北京大学出版社,2004年。
② 《韩非子·诡使》。

名获取不正当利益:"而士有二心私学,岩居窞处,托伏深虑,大者非世,细者惑下。上不禁,又从而尊之以名,化之以实。是无功而显,无劳而富也。"①这些将导致社会观念的混乱。因此,韩非主张消灭隐士。他讲了一个故事。据说,太公望封于齐国,海上有有狂矞、华士昆弟二人隐居。太公望诛杀了他们。周公旦认为二人是贤者,责问太公望为何杀人。太公望说:

> 是昆弟二人立议曰:"吾不臣天子,不友诸侯,耕作而食之,掘井而饮之,吾无求于人也。无上之名,无君之禄,不事仕而事力。"彼不臣天子者,是望不得而臣也;不友诸侯者,是望不得而使也;耕作而食之,掘井而饮之,无求于人者,是望不得以赏罚劝禁也。且无上名,虽知,不为望用;不仰君禄,虽贤,不为望功。不仕,则不治;不任,则不忠。且先王之所以使其臣民者,非爵禄则刑罚也。今四者不足以使之,则望当谁为君乎?不服兵革而显,不亲耕耨而名,又非所以教于国也。今有马于此,如骥之状者,天下之至良也。然而驱之不前,却之不止,左之不左,右之不右,则臧获虽贱,不托其足。……已自谓以为世之贤士而不为主用,行极贤而不用于君,此非明主之所臣也,亦骥之不可左右矣,是以诛之。②

一言以蔽之,隐士"不为君用"就该杀。这段话道尽了古代隐士不容于专制政权的所有理由。历来排斥隐士的理论中惟此为甚。

法家的思想虽然凶恶残酷,一般为儒、道各家所批判。但是,由于中国古代的社会制度一直是君主专制制度,法家的思想实质上是符合其需要的。历代君主表面上实行儒家的仁道,实质都运用法家的权术,这就是所谓的"外儒内法"。因此,韩非排斥隐士的思想在古代是有一定影响的。朱元璋就是一个典型。不过,排斥隐士并没有成为主流思想。朱元璋一开始也想招隐士,也的确得到过刘基、周颠、铁冠道人等人的帮助。但是,

---

① 《韩非子·诡使》。
② 《韩非子·外储说右上》。

也有人拒绝。朱元璋深知隐士是一种潜在力量,如果不出仕,对他的统治可能不利。于是,他动了扫除隐士的念头,理由是"不为君用"。虽然如此,有明一代仍然出现很多隐士,《明史》依然设立《隐逸传》。这是朱元璋预想不到的。

从总体来看,儒家和道家都肯定了隐居的意义。这对于中国古代形成尊崇隐士的主流传统是有深远影响的。后世著名的隐士多数来自儒、道两家。至于法家和个别儒家激进分子排斥隐士的思想作为支流也一直不绝于世,在秦代、在明初也曾经一度成为国家政策。但是,排斥隐士的做法没有发生持续的全面的影响。中国古代文化总体上洋溢着尊崇隐士的气氛。

4. 宗教的隐居理念

儒、道、法三家都十分侧重隐居对于道德和政治的意义,从未谈到隐居的宗教性意义。而整个中国历史上,社会一直是由世俗政权统治着,宗教从来没有获得过像中世纪欧洲基督教会那样全面统治的地位。这可能导致了中国人对于追寻隐居文化的宗教性源头的忽视,更影响到后来学者对于宗教信徒隐居理论的忽视。中国学术界对于道士与僧人隐居的宗教理由研究比较少。

按照结构主义人类学的观点,神圣与世俗是对立的。从宗教的神圣属性看,不脱离世俗社会是无法获得超自然的神秘力量的。所以,所有宗教的修道过程都需要远离社会大众,都需要隐居。

道教的前身是汉代以前的方仙道,大体以追求不死、升仙上天和预知能力为核心。但是,其经典没有流传后世,只在古代地理志《山海经》中有所反映。《山海经》中神仙世界的中心是昆仑山,那里有宫殿、玉石、奇花异木,还有不死药。周围环绕弱水、火山,凡人不能进入。而灵山的十大巫师则修炼、采药,并上下于天地之间[①]。东汉发展起来的道教,依然以

---

① 《山海经·大荒西经》。

求长生为重点。个体生命为什么获得如此重要的地位？在道家思想中，人类生命本身就被看作最根本的价值，因为道家认为人类最美好的品质存在于人的原始自然本性之中。所以，人类生命本身就是最真实的价值。以道家著作为经典的道教的长生不老术就是其最为关心的终极价值。从先秦时代的方士，到东汉以后的道士，无不如此。

如何才能成道长生？首先要到名山大川去修炼。那里与天上星宿对应，有神灵居住，有神秘的正面的气。最好的地方莫过于五岳和三十六洞天、七十二福地。道士杜光庭《洞天福地岳渎名山记序》解释了原因：

> 乾坤既辟，清浊肇分。融为江河，结为山岳。或上配辰宿，或下藏洞天，皆大圣上真主宰，其事则有灵官秘府，玉宇金台。或结气所成，凝云虚构。或瑶池翠沼，流注于四隅；或珠树琼林，扶疏于其上。神凤飞虬之所产，天驎泽马之所栖。或日驭所经，或星躔所属。含藏风雨，蕴畜云雷，为天地之关枢，阴阳之机轴。乍标华于海上，或回疏于天中，或弱水之所萦，或洪涛之所隔。或日景所不照，人迹所不及。皆真经秘册，叙而载焉。

若要在这样的环境下长期修炼，只能远离世俗社会而隐居。

道士除了修炼内丹，还要制作外丹，就是烧炼丹药。炼丹的地方也是名山，而且必须断绝与俗世来往，因为俗世有邪气，妨碍成丹。道士葛洪《抱朴子·内篇·金丹》云：

> 合此金液九丹……第一禁，勿令俗人之不信道者谤讪评毁之，必不成也。……若不绝迹幽僻之地，令俗间愚人得经过闻见之，则诸神便责作药者之不遵承经戒，致令恶人有谤毁之言，则不复佑助人。而邪气得进，药不成也。……郑君云：左君告之，言诸小小山皆不可于其中作金液神丹也。凡小山，皆无正神为主，多是木石之精、千年老物、血食之鬼，此辈皆邪氣，不念为人作福，但能作祸。……是以古之道士，合作神药，必入名山，不止凡山之中，正为此也。

基于以上原因，道教信徒是十分重视隐居的。元代道士赵道一《历代真仙体道通鉴》是道教传记,其表章云:"自三皇以降,虽真仙(道士自称)脉络传授接踵于人间,然多尚隐逸,不立文字,其声迹亦间闻于人。"一般道士得道成仙之后,就彻底脱离人间。但是,那些大师级的道士会通过教导众人修行而发挥社会作用。

中国佛教来自印度。释迦牟尼是出家修道的。他曾经在檀道山修道,也在森林中隐居悟道,最后在菩提树下得道成佛。佛教思想四大皆空,对于世俗生活是否定的,尤其把人类的欲望视为一切痛苦的根源。所以修习佛理,是需要远离世俗社会、需要隐居的。中国的僧人受隐士地位的吸引,似乎更加喜欢隐居。晋武帝时释法济著《高逸沙门传》(今佚),就把和尚看作隐士。根据《世说新语》记载,"即色宗"的创始人支道林就曾经"买印山而隐"。当然,佛教讲究普度众生,所以得道以后,也会出山教诲世人。这和道教大致相似。

四、中国古代隐士的隐居实践

中国古代主要有三种隐士,儒家隐士、道家隐士和宗教隐士。他们各自的隐居实践颇不相同。我划分隐士类型的标准是他们自己隐居的理由和隐居后追寻的主要道义。所谓儒家的隐士就是根据孔、孟思想而隐居,最大规模的是东汉时代的隐士群体。后代著名的儒家隐士有周敦颐、邵雍、顾炎武、王夫之等。道家的隐士就是追求道家精神的隐士,他们往往一边研修道家哲学,一边也修行养生,最大规模的道家隐居潮流发生在魏晋时代,如竹林七贤、陶渊明等。宗教隐士则是指那些隐修的道士和僧人。例如梁代道士陶弘景,东晋和尚慧远,唐代道士司马承祯、和尚寒山与拾得,北宋道士陈抟、元代道士丘处机等。

1. 儒家的隐士

汉武帝独尊儒术之后,经学成为汉代士人主流思想。到了西汉末年,政治昏暗。"汉自中世以下,阉竖擅恣。故俗遂以遁身矫洁放言为高。"①到了王莽篡权时,更有大量儒生拒绝合作,走向隐居道路。"汉室中微,王莽篡位。士之蕴藉义愤甚矣。是时裂冠毁冕,相携持而去之者,盖不可胜数。"②这种隐居不仅仅是活命,更是坚持道义,充分体现了孔子隐居求志的价值观。例如,孔子建说:"道既乖矣,请从此辞。"③这些隐士因而被视为"清节之士"。这是儒家隐士的典型做法。

接踵而至的战乱一直到光武帝刘秀时代才得以平息,社会逐步趋于安定。但是,东汉初年,隐士依然广泛存在。例如周党、严光、王良、王成、王霸等人。当时博士范升就指责他们是"钓采华名"。当代有的学者认为这和孔子"有道则仕,无道则隐"的观念相左,是孔子隐居理论被修正④。我以为这是片面看待孔子隐居理论的结果。孔子曾经说过"天下有道,丘不与易也"。天下有道也可以隐居的。东汉这些隐士,其核心理念都是儒家的。王霸自从王莽篡汉一直隐居。"建武中,征到尚书。拜称名,不称臣。有司问其故。霸曰:'天子有所不臣,诸侯有所不友。'"⑤这段话的根据是《礼记·儒行》中"儒有上不臣天子,下不事诸侯"。他通过隐居展示自己的儒学德操。这些隐士的行为也不是抗拒政治。周党被征聘三次,才去见汉光武帝:"及光武引见,党伏而不谒。自陈愿守所志,帝乃许焉。"被周党拒绝的汉光武帝并没有责难这些隐士,反而说:"自古明圣主必有不宾之士。伯夷、叔齐不食周粟,太原周党不受朕禄,亦各有志焉。其赐帛四十匹。"⑥他是尊重这些儒生的隐居之志的。在他眼里,这些隐士的存在不但没有反对政府,反而可以体现他政治统治的清明。博士范升反对隐士的建议也没有被采纳。

在政治相对清明时代隐居的大儒还有宋代的邵雍。邵雍,字尧夫,谥

---

① 《后汉书·荀韩钟陈列传》。
② 《后汉书·逸民列传》。
③ 《后汉书·儒林列传》。
④ 邰积意《汉代隐逸与经学》,《汉学研究》第20卷第1期,第49—50页。
⑤ 《后汉书·逸民列传》。
⑥ 《后汉书·逸民列传》。

康节,是北宋著名的道学思想家、历史学家和《易》学家,著作有《皇极经世》、《观物内篇》、《观物外篇》、《渔樵问对》和诗集《伊川击壤集》等。他虽然有一些道家思想,也研究过佛学,但其主要思想还是儒家的。他说:"予自壮岁,业于儒术。谓人世之乐,何尝有万之一二,而谓名教之乐,固有万万焉。"①邵雍这样一位大儒长期隐居在当时的西京洛阳,以教书、著述为业。一般说来,邵雍生活的时代社会繁荣,思想开明,是古代中国文化事业最昌盛的时期②。邵雍自己也多次肯定当时是"太平盛世"。可是,他一生不仕。其间,有大臣多次举荐他为官,都被邵雍谢绝了。后来,朝廷下诏荐举隐逸,吴克和祖无择共同举荐他做秘书省校书郎、颍川团练推官,邵雍依然推辞,后来在朝廷严命之下,勉强答应出山。随后,他称病不赴任。事实上坚持了隐居。

邵雍隐居首先是其个性使然。他热爱读书,曾经说"学不至于乐,不可谓之学"③。他安居在自己的安乐窝中做隐士,每天以读书、著书为乐。有学者称:"邵雍不是没有经邦济世之才,只是缺乏经邦济世之志。"④他学过佛,也喜欢道教养生,但是反对佛理,也不以道教养生为学,专以儒学自任、自尊。其《答人书》云:"卿相一岁俸,寒儒一生费。人爵固不同,天爵何尝匮?不有霜与雪,安知松与桂!虽无官自高,岂无道自贵?"⑤这是本着儒家"道尊于势"的观念来的。其次,和他的家世有关。他生于贫寒,壮年以前身体多病,没有机会为官,靠设馆教书为业,依然穷困。43岁时才在学生帮助下结了婚。通过学术事业和隐居成名之后,常常与达官贵人交往,通过他们的馈赠,生活十分优越,再让他做官,他恐怕是不屑的。第三,邵雍隐居也是为了避祸。他小心谨慎,甚至于世故圆滑。《六十五岁新正自贻》诗云:"恶闻人之恶,乐道人之善。"⑥他以仁者自居,其《仁者

---

① 〔宋〕邵雍《伊川击壤集序》。
② 据陈寅恪语。
③ 《观物外篇》第十二。
④ 唐明邦《邵雍评传(附陈抟评传)》,南京大学出版社,2011年,第81页。
⑤ 《伊川击壤集》卷四。
⑥ 《伊川击壤集》卷一四。

吟》云:"爽口物多终作疾,快心事过必为殃。"①1069年,王安石开始变法,新党、旧党斗争激烈。邵雍和旧党领袖富弼、司马光等人交游甚密,又指示反对新法的门生故旧在执行中悄悄修改新法;但是,他不公开反对新法,赢得了王安石的赞赏。但是,这种口不臧否人物的做法并不符合孔子的仁者标准。所以,程颢评论他说:"邵尧夫在急流中被渠安然取十年快乐!"②

邵雍生于太平盛世,成名后生活又极其优裕,住在"安乐窝"中。他的隐居无法显示出德操。于是,他开始接受道家思想。邵雍晚年在《安乐窝吟》第九首中自称"儒风一变至于道"③。他去利欲,重静处,炼气养生,希望使自己的安乐窝生活达到道家的超然境界。其《仙乡吟》云:"何处是仙乡,仙乡不离房。"④其《击壤吟》云:"长年国里花千树,安乐窝中乐满悬。有乐有花仍有酒,却疑身是洞中仙。"⑤他的修炼却没有达到超越世外的道家境界,只是给安逸的日常生活锦上添花。如果用所谓的"大隐隐于市朝"⑥做标准,邵雍也算大隐士。可是,我以为,邵雍没有儒家隐士的道义担当,也缺乏真正的道家超脱气象。所以其隐士之才高,但隐士之品俗,称不得高贵。

儒家隐士的典型还是明清之际的遗民。清军入侵,明室颠覆,汉族士大夫遭受亡国、失道的双重打击。但是,他们不屈服。激烈者先是武装抗击,失败之后又坚持遗民身份,隐居山林。如顾炎武、黄宗羲、王夫之、朱之瑜等。温和者隐居不出,甘当遗民。如陈确。

顾炎武,原名绛,字忠清。明亡后,改名炎武。他隐居以后,矢志不渝,拒绝出仕。他把亡国和亡天下相区别。所谓亡国,就是"易姓改号",即改朝换代;"亡天下"则是指"仁义充塞,而至于率兽食人",则指道统丧

---

① 《伊川击壤集》卷六。
② 《河南程氏外书》卷一一。
③ 《伊川击壤集》卷一二。
④ 《伊川击壤集》卷一三。
⑤ 《伊川击壤集》卷八。
⑥ 其实"隐于市",还可以算隐士;"隐于朝"的说法存在自相矛盾。但是,玄学的朝隐理论除外。详见下文。

失,人伦失落——就是指汉族文化的丧失。所以,他强调:"天下兴亡,匹夫有责。"在这种强烈的道义使命感促使下,顾炎武在极其艰难的隐居环境中完成了《日知录》、《天下郡国利病书》等。其书全面梳理中国传统文化的制度、观念等,宗旨就是保存中国文化根基。与顾炎武思想相近,王夫之的《读通鉴论》云:"天下所极重而不可窃者二:天子之统也,是谓治统;圣人之教也,是谓道统。""儒者之统与帝王之统并行于天下而互为兴替。其合也,天下以道而治,道以天子而明。及其衰,而帝王之统绝,儒者保其道以孤行,而天所待以人存道而不可亡。"王夫之所谓的"帝王之统绝,儒者保其道以孤行,而天所待以人存道而不可亡",是他作为遗民隐士的最佳宣言。这种隐居绝不仅仅是逃避当年武装抵抗的罪名(后来清政府邀请顾炎武出仕,被顾拒绝),而是在用生命来承担中国文化的道统。这正是孔子所谓的"不降其志,不辱其身"的高尚的隐士境界,赢得了后人普遍的崇敬。

2. 道家的隐士

中国历史上政治变化无常,无过于魏晋时代。叛逆屡现,篡位频繁,政治环境极其险恶,不少士人死于非命,如曹魏的孔融,西晋的张华、陆机、陆云、潘岳,东晋的郭璞等。"时方颠沛,则显不如隐;万物思治,则默不如语。"①这是当时士人的普遍心态。于是,大量士人不得不隐居。在这样的政治条件下,汉代儒家那一套忠君思想根本无法面对。所以,何晏、王弼等人以道家思想为主,调和儒学,发展为玄学。后来,嵇康、阮籍又把玄学发展到否定儒学,"越名教而任自然"。玄学基本属于道家思想体系,它崇尚自然,重视生命,强调遗世独立,不为物累。这为士人隐居逃避现实提供了理论支持。所以,魏晋时代的众多隐士中,有坚持儒家思想的,如宋纤、郭瑀;但是更多的隐士却是以道家思想为依托。《晋书·隐逸传》四十多位隐士,大都信奉自然无为的老庄思想。如张忠、伍朝、任旭

---

① 《晋书·袁宏传》。

等。张忠隐于泰山,"恬静寡欲,清虚服气"。伍朝"少有雅操,闲居乐道,不修世事"。任旭"立操清修,不染流俗"。最著名的隐士群体是竹林七贤,其中包括嵇康、阮籍、向秀等人,其思想都属于玄学。

嵇康曾隐居十二年。他的隐居目的是道家的。其《答二郭三首》其三云:"至人存诸己,隐璞乐玄虚。功名何足殉,乃欲列简书。"其《杂诗》亦云:"婉娈名山,真人是要。齐物养生,与道逍遥。"完全是庄子的理论。他甚至于完全否定儒家价值观——"非汤、武而薄周、孔"①。他任性而为,好饮酒,好长生术(服食五石散),不喜礼节约束。当人请他为官时,他罗列"七不堪"、"二不可"加以拒绝。嵇康为什么如此反对儒学名教?当时司马氏政权正准备篡逆,但为了统治,仍标榜儒学名教。嵇康看透了政治的虚伪,他的极端玄学思想和隐居行为具有明显的反抗虚伪政治的意味。所以,他最终被司马氏罗织罪名杀害了。嵇康是个大隐士,临终还在哀悼自己的隐居之志未能实现,其狱中写作的《忧愤诗》云:"采薇山阿,散发岩岫。永啸长吟,颐性养寿。"

西晋正式出现了"朝隐"的理论,它是当时特定政治形势下的产物。司马氏政权非常残酷,常常强迫隐士出山。如向秀、阮籍在嵇康死后都为形势所迫而为官。阮籍内心十分痛苦,其《咏怀诗》第三十三首云:"一日复一夕,一夕复一朝。颜色改平常,精神自损消。胸中怀汤火,变化故相招。万事无穷极,知谋不相饶。但恐须臾间,魂气随风飘。终身履薄冰,谁知我心焦。"他为官却不理事务,只是饮酒酣醉,行为放诞,在精神上阮籍仍然是独立的。向秀《庄子注》根据庄子思想提出了一个物我两忘的"冥"的概念。按照这个概念,隐居和出仕都是有痕迹的行为,不符合"冥"。真正的圣人心神超越,隐居与出仕没有差异。所以,当他被"举郡计入洛"的时候,文王司马昭故意问他:"闻君有箕山之志,何以在此?"向秀回答:"巢(父)、许(由)狷介之士,不足多慕。"虽然为官,但是向秀完全不理政务。被迫为官,但拒不理事,保持精神独立,这是真正的朝隐。从

---

① 《与山巨源绝交书》。

一般逻辑来说,朝与隐是对立的,朝隐存在自我矛盾。但是,按照玄学的特殊逻辑,却是可以的。除了向秀的理论之外,后来郭象在注解《庄子·逍遥游》时也说:"神人者,无心而顺物者也。""无心而顺物,顺物而王矣。"通过"无心而顺物",他把《庄子》里超越世俗的神人、至人与人间帝王、圣人之间沟通了。所以,他说:"圣人虽在庙堂之上,然其心无异于山林之中。"朝隐的关键在于"心隐"。这种朝隐理论消弭了被迫出山的道家隐士的部分内心痛苦,保持了士人精神的独立,在那种社会条件下是合理的。

不过,玄学的朝隐理论并不是为利禄之徒开脱的。谢安"始有东山之志。后严命屡臻,势不获已,始就桓公司马。于时人有饷桓公药草,中有远志。公取以问谢:'此药又名小草。何一物而有二名?'谢未即答。时郝隆在座,应声答曰:'此甚易解。处则为远志,出则为小草。'谢甚有愧色"①。郝隆嘲笑谢安企图一身而两任的朝隐行为,就像药材有两种名字一样;隐居时是"远志",出仕则堕落为"小草"。为此,谢安深感惭愧,他是知耻的。后来一些利禄之徒自称朝隐,却忘记玄学朝隐的理论依据,更没有向秀、阮籍"为官不理事"的勇气,那就陷入无耻的地步。

中国古代最完美的隐士是东晋时代的陶渊明。陶渊明,字元亮,别号五柳先生,晚年改名潜,谥号靖节。陶渊明青年时代有儒学思想,但是以道家思想为主。陈寅恪说:"渊明之思想为承袭魏晋清谈演变之结果及其家世信仰道教之自然说而创改的新自然说。"所谓"新自然说"就是"惟求融合精神于运化之中,即与大自然为一体"②。但是,他的隐居却既不是逃避或批判乱世,也不是为了追求成道③,而是出于自己淡漠自然的个性。在一片混乱中,陶渊明曾四次为了生计而出仕。其《归去来兮辞》云:"余家贫,耕植不足以自给。……尝从人事,皆口腹自役。"在乱世出仕对于他不是一个很大的问题。可是,他不热衷功名,不愿为五斗米折腰,也不喜欢官场交游。《晋书·陶渊明传》记载:刺史王弘拜访,陶渊明"称疾

---

① 《世说新语·排调》。
② 参见陈寅恪《金明馆丛稿初编·陶渊明之思想与清谈之关系》,上海古籍出版社,1980年。
③ 陶渊明《归去来兮辞》说自己隐居是"质性自然,非矫厉所得"。他也从来不求长生。

不见。既而语人云:'我不狎世,因疾守闲。'"因为不适应官场,陶渊明最终归隐田园,在那里他终于找到了自己热爱的生活。他的《归园田居》之一说:"少无适俗韵,性本爱丘山。误落尘网中,一去三十年。……久在樊笼里,复得返自然。"尘网、樊笼,指的就是官场。离开了名利世界,使他得到了个性自由,得到了"真"——道家所指的质朴真实生活。其著名的《饮酒》诗之五云:"结庐在人境,而无车马喧。问君何能尔?心远地自偏。采菊东篱下,悠然见南山。山气日夕佳,飞鸟相与还。此中有真意,欲辨已忘言。"这和《庄子·外物》所谓的"言者所以在意,得意而忘言"是一致的,但是陶渊明是在生活中体悟出来的①。这是最自然的隐居境界,没有丝毫刻意追求的痕迹。

陶渊明没有隐居山林,而是隐居在田园之中,耕种自养。其《归园田居》之三云:"种豆南山下,草盛豆苗稀。晨兴理荒秽,戴月荷锄归。道狭草木长,夕露沾我衣。衣沾不足惜,但使愿无违。"这种生活是十分艰苦的。其《怨诗楚调示庞主簿邓治中》云:"风雨纵横至,收敛不盈廛。夏日抱长饥,冬夜无被眠。"他甚至于穷困到需要"乞食"(借贷)的地步。但是,他坚持下来了,显示了君子固穷的高尚品德。

陶渊明平时和朴素的村民打交道,平等相处。"相见无杂言,但道桑麻长。"②或者在一起饮酒、谈笑。其《移居二首》之二云:"春秋多佳日,登高赋新诗。过门更相呼,有酒斟酌之。农务各自归,闲暇辄相思;相思辄披衣,言笑无厌时。"这些朴素的农民和老庄理想中老死不相往来的小国寡民十分相像。而陶渊明在和他们的交往中找到了现实的"隐居社会"。《桃花源记》中那个想象的因逃避暴秦而"不知有汉,无论魏晋"的隐士社会其实就是他根据这种现实生活得来的。这比之完全个人化的山林隐居生活更加具有真实意义。陶渊明以自己自然真实的隐居实践为中国隐士文化做出了伟大贡献。

---

① 孙立群《魏晋隐士及其品格》,《南开学报》2001年第5期,第27页。
② 《归园田居五首》之二。

3. 宗教的隐士

中国的道士和僧人一般住在寺庙中,脱离了俗世生活,与一般隐士没有多少差别。其中一些人还远离寺庙,独自生活,独自求道。有些著名的道士甚至于谢绝皇帝的征召,更是被古人视为大隐士,像陶弘景、陈抟等。这样的独行者和拒绝出仕的道士应该是中国隐士文化的重要组成部分,正是他们继承了中国早期宗教性隐士的传统。他们隐居的理由是宗教性的,追求的价值也是超自然的,他们代表着人类对于终极价值的关怀。

陈抟[①],字图南,自号扶摇子。他早年学儒,兼通数术、方药。陈抟曾经书写对联,自称"开张天岸马,奇逸人中龙"。生当乱世,有经邦济世、救民于水火的宏愿。但是,926年,后唐明宗向他请教军国大计,他却觉得明宗是个文盲,无法合作。931年,举进士不第,遂弃儒修道,成为道士,四处游历。在道士孙君仿和麂皮处士指点下,于934年隐居湖北武当山,共20年。后周显德年间(954—960)又迁隐华山40年,直至终老。武当山、华山都是著名的道教修炼胜地。在华山期间,先后有后周世宗、宋太祖、宋太宗三位皇帝诏见,甚至赐官,都被他谢绝了。

陈抟的隐居主要是放弃世俗名利,追求超自然的生活。其诗云:"我谓浮荣真是幻,醉来舍辔谒高公。因聆玄论冥冥理,转觉尘寰一梦空。"[②]为了修炼,他一生未婚,不近女色。他在武当山修炼"蛰龙法",就是睡功,据说能够一睡百日;又到四川邛州天庆观学习"锁鼻飞精术",即道家胎息法;还和麻衣道者一同辟谷修炼。这些都是道教的养生长寿之术。陈抟的著作《指玄篇》、《阴真君还丹诀注》都是指导修炼内丹的。陈抟还醉心于《易经》研究。《易经》本来是周代占卜之书,用于预测未来,后来被儒家作为哲学经典。陈抟则从道家立场研究《易经》。陈抟认为:伏羲画卦,有

[①] 史称陈抟卒于118岁,但是恐不可靠。因为按照这个年龄推论,他前半生似乎无所事事,60岁才应科举。而106岁、113岁两次从华山应诏到开封,更是于情理不合。方外之士长寿之说,多如此。

[②] 〔南宋〕陆游《老学庵笔记》卷六。

图无辞。周公系辞、孔子作传,反而导致丧失卦画的本义[1]。所以,他主张通过原始的卦图研究《易经》,反对拘泥于周公、孔子的解释[2]。这种研究立场只能出自道士陈抟。陈抟传下来的《先天太极图》用黑白阴阳鱼图案象征宇宙万物及其运动规律[3],以此推论世事变化。这是后世所有《太极图》的祖本,对于周敦颐、邵雍都有影响,开创了宋代《易经》研究中的图书之学。陈抟研究《易经》有两个目的,一是预知世事,一是修炼内丹、养生长寿。据《神仙传》云,陈抟在赵匡胤兄弟还是婴儿的时候就预知他们将来都是皇帝。《太华希夷志》云,他曾经为宋太宗预卜战事吉凶。《宋史·陈抟传》则说陈抟能看相,为太宗选中寿王(即后来的宋真宗)继承皇位。至于用《易经》炼丹,东汉魏伯阳《周易参同契》已经开始。不过,魏伯阳炼的是外丹,而陈抟则用《易经》古图指导炼内丹,就是修炼。从"祖气"开始,经过"炼精化气、炼气化神"、"五气朝元"等阶段,实现从无到有的境界。然后"取坎填离"、"水火交济"而结"圣胎",最后达到"练神还虚,复归无极"的修炼极境[4]。他能够长寿,能够预知自己的死期,可见其修炼境界的高深。由于在修炼方面达到的境界,以及在指导后人修炼方面的贡献,陈抟被后世道教信徒尊称为"陈抟老祖",被视为神仙。

综上所述,中国古代的隐士在隐居实践中,或者遵循儒家"无道则隐"、"隐居以求志"的原则,或者遵循道家鄙视世俗价值、重视养生的传统,或者追求宗教性的超自然人生。他们共同创造了中国古代隐士文化的绚丽图画。隐士们高尚的人格为世人提供了常态生活模式之外的其他生活方式,更加高尚的生活模式,以此映照出世俗生活的缺点、丑陋,鼓励人们加以改变,从而推动了中国社会的发展。隐士文化是中国古代文化中光芒闪耀的一个组成部分。假如把中国古代文化视为一顶王冠,那么隐士文化就是这顶王冠之上镶嵌的一颗宝石。

---

[1] 〔明〕焦竑《焦氏笔乘·希夷说易》卷一。
[2] 参见陈抟《正易心法注》第一章、第四十一章。
[3] 详见唐明邦《邵雍评传(附陈抟评传)》,第320—326页。
[4] 详见唐明邦《邵雍评传(陈抟评传)》,第347—351页。